大鱼

有爱的青春陪伴者

不可爱你过来

奚尧 著

上海故事会文化传媒有限公司
上海文化出版社

图书在版编目（CIP）数据

小可爱你过来 / 奚尧著. -- 上海 ： 上海文化出版
社，2020.4
ISBN 978-7-5535-1879-4

Ⅰ. ①小… Ⅱ. ①奚… Ⅲ. ①长篇小说—中国—当代
Ⅳ. ① I247.5

中国版本图书馆CIP数据核字 (2020) 第 041298 号

责任编辑　蔡美凤
特约编辑　娄　薇
装帧设计　刘　艳　西　楼
封面绘制　涂　梦　夏诺多吉
印务监制　周仲智
责任校对　彭　佳

小可爱你过来
奚尧　著

出　　版　上海文化出版社
出　　品　上海故事会文化传媒有限公司
　　　　　（200020 上海市绍兴路 74 号　www.storychina.cn）
发　　行　长沙大鱼文化传媒有限公司发行中心
印　　刷　长沙鸿发印务实业有限公司
开　　本　880×1230　1/32　印　张　9.5
版　　次　2020 年 5 月第 1 版　印　次　2020 年 5 月第 1 次印刷
书　　号　ISBN 978-7-5535-1879-4/I.732
定　　价　36.80 元

故事会 大众文化出版基地 www.storychina.cn　上海故事会文化传媒有限公司　出品(00933)www.storychina.cn

本书如有印装问题，请与印刷厂联系调换。联系电话：0731-82755298

目录

目录

Chapter 01
她看上的人是我

九月的鹭市骄阳似火。

今天是东大新生入学的日子，校内外挂满了"欢迎20XX届新生"的横幅，走到哪里都能看到戴着红袖章的高年级迎新队。

作为大一新生中的一员，喻茉早早完成了报到，然后与同宿舍的秦甜甜结伴去校外的超市买日用品。

秦甜甜与喻茉一样，家都在省内，来得比较早。宿舍里的另外两个铺位还是空的。两个新生，尬聊着去，尬聊着回，来来去去几个回合，便产生了点儿友谊，没最初那么尴尬了。

到校门口时，秦甜甜开始暴露本性。

"茉茉，快看，有帅哥！"她两眼放光，激动得不得了。

喻茉左手拎着满满一购物袋的日用品，右手拿着一个垃圾桶，非常配合地问："帅哥在哪里？"

"你的两点钟方向。"

喻茉立即在脑海中画一口大钟，朝着两点钟方向看过去。

然后，整个人就呆掉了。

右斜前方的门岗旁，立着一个人，他穿着蓝灰色亚麻衬衫，八字刘海耷拉在额前，视线落在远方，眼眸幽深，眉宇间疏疏淡淡的，似在等什么人。

不知是不是感受到了她的注视，他忽然微微侧头，看了过来。

喻茉顿时像个被发现的偷窥狂一般，心虚得不得了，急忙背过身去，一颗心扑通扑通直跳。

他……他怎么会在这里？

难道他也报了东大？

莫名地，紧张心虚之余又多了些许雀跃。

喻茉的嘴角不自觉地微微弯起一个弧度，心想：以后又能当同学了呢。

虽然可能不同系，没办法像高中那样天天见……等等……高中……

高考结束那天的画面忽然在脑海中闪现，喻茉顿时羞愧得无地自容，脸烧得通红，心中只剩一个想法——

找个地洞钻下去。

可根本无处遁形。

西校门原本左右两边都设了门岗，但左边的门岗今天关闭，只能从右边进出。

也就是说——她必须从他面前经过。

他会不会认出她来？

喻茉心中忐忑不已，怕他认出自己，更怕他认不出。

"茉茉，你在躲什么？"秦甜甜歪着头问。

"啊？没……没有……"

"哦。"秦甜甜虽然觉得她怪怪的，但也不深究，一把挽起她的胳膊，兴高采烈地说，"走，我们去打听一下帅哥是哪个系的。"

"别——"

喻茉想拉住秦甜甜，但已经来不及了。秦甜甜一动，她便被动地一个九十度转身，眼见立在门岗处的人的目光又要转过来——

她慌乱不已。

怎……怎么办？

六神无主之际，她忽然灵光一闪计上心头，当机立断抄起手里新买的垃圾桶，套在头上。

安全感瞬间爆棚。

她大松一口气，默默地为自己的机智点赞，几秒之后，又伤感起来。

哎，想不到她的安全感，竟是一个垃圾桶给的。

喻茉无比忧伤，一米六的小身板，因头上的垃圾桶而向上延伸十厘米。

——俨然一个行走的智障。

秦甜甜："……"

秦甜甜："垃圾桶是用来装垃圾的，你稍微尊重一下它好吗？不是所有垃圾桶都愿意被当成帽子使用的。"

秦甜甜："更何况它还是绿色的。"

喻茉："……"

绿帽子就绿帽子吧，管不了那么多了。

这回换喻茉紧紧拽住秦甜甜了。

"从现在开始，你是我的眼。"她讨好地说。

秦甜甜："能先告诉我原因吗？"

喻茉隔着绿油油的塑料桶，依旧能看到阳光下谪仙般出尘俊逸的高大身影。

这让她更加羞愧不已，悔不当初。

她那天一定是鬼上身了，才会强行将他……

"我不能让他看见我。"喻茉甚是保守地说。

秦甜甜的头顶挂了一个问号："谁？"

"两点钟方向。"

"哦——"秦甜甜拉长尾音，若有所悟地看一眼两点钟帅哥，思维稍稍一发散，得出结论，"前男友？"

"不是……"

她倒是想。不过要去掉"前"字。

喻茉垂下头，略羞耻地小声嘀咕："高中同学。"

"哦——"

秦甜甜再次若有所悟，发散思维："所以你往头上套个垃圾桶，是想吸引'高中同学'的注意力？""高中同学"四个字咬得特别重，显然不信只是同学这么简单。

喻茉："……"

秦甜甜："喻茉，你太有才了。"

喻茉："……"

回到宿舍后，秦甜甜还在感慨："我给你这个创意打满分。你的'高中同学'盯着你看了好久。"

喻茉顿时心花怒放："真的？"

秦甜甜："嗯。我猜他大概是在想——智障会不会传染？"

喻茉："……"

喻茉泄气地将垃圾桶往书桌旁一扔，整个人跟没了骨头一样，软趴趴地瘫在桌上，打开《王者荣耀》，看到好友列表里唯一的人没有上线。

她叹了口气，给对方留言"开学第一天遇见男神，心情好复杂"，然后开始玩游戏。

没一会儿，她的心情就不复杂了。

因为她已经被对手杀得没想法了。

果然没有大神傍身，她就只会送死这一项技能了——毕竟熟能生巧。

在死了N次之后，她所在的战队终于赢了。

游戏结束。

喻茉正想退出游戏，忽然看到大神好友发来信息。

南风将至：我今天也有奇遇。

她心情莫名地一亮，连忙回过去。

一朵茉莉：遇见奇葩了？

南风将至：差不多。

她正想问遇见了什么奇葩，那边又发来消息——

南风将至：你又去送死了？

喻茉："……"

她的本意是上分好吗？

喻茉长长地叹一口气，无比沉痛地打出一个字：嗯。

对面没有回复，她猜他大概是被她的坦诚感动得不能言语了。

几秒之后——

南风将至：我现在有事，晚上带你打。

咦？

她没有要求他带啊？

喻茉眨眨眼，忽然明白过来。他想帮她"重拾信心"。

大神真是好人。

她忙回复：好。

退出游戏，喻茉想起和南风认识的经过。

那时候她高考刚结束，闲得无聊就下了《王者荣耀》这款风靡全国的手机游戏，打发时间。

一圈新手入门指引后，开始第一局 5V5 实战——系统自动配对玩家，五人一组，两组对战。

玩家可以根据自己的喜好选择人物，她选的人物是鲁班。

出城还没蹦跶几步，她的鲁班就被敌军杀死了，然后——

复活，出城，被杀死。

复活，出城，被杀死。

复活，出城，被杀死。

无限循环。

在第十八次被杀死之后，她才意识到，敌方有个人专门蹲点杀她。

"……"

神经病啊！

她受不了地在局内发消息：对方后羿，麻烦你干点正事，去射日好吗？干吗老杀我啊？

那人用的人物是后羿，她觉得自己这样说十分合情合理。

对方的回复与下手杀她时一样干脆利落，言简意赅——

后羿：好杀。

"……"

后来他又杀了她十八次，气得她干脆躲在己方水泉不出去了。

游戏结束后，他凭着杀死她三十六次的逆天战绩，成为全场最佳。而她却因为一直躲在水泉不动，被系统判定为挂机，扣分禁赛了。

她气得当天就卸载了游戏。

一个星期后，实在无聊，她又重新下载游戏，心想躲了一个星期，应该能避开神经病了吧？

结果一上线就收到了后羿的好友请求。他的 ID 叫"我就是王者"。

验证消息：带你一局当补偿。

"……"

她看了看时间，发现请求是一个星期前发来的。

大概她当时删游戏太快，没看到那条消息。

算他还有点良知。

不过说到底只能怪自己操作太渣，活该被杀。

既然他抛来橄榄枝，那就趁机抱一抱大神的大腿吧。

《王者荣耀》这款游戏的段位从低到高分别是：

青铜，白银，黄金，铂金，钻石，星耀，最强王者，荣耀王者。

虽然他也不过是白银段位，但至少比她这个青铜高。

喻茉点了通过。

后羿到晚上才上线。她连忙给他发消息。

一朵茉莉：你帮我打辅助，我要拿全场最佳。

我就是王者：你是谁啊？

一朵茉莉：……

这人"精分"吗？

一朵茉莉：你自己加的我。

我就是王者：啊？哦。我知道了。你等等，换我表舅来。

一朵茉莉：表舅？

对面安静了几分钟，然后发来消息。

我就是王者：辈分高。

言简意赅的三个字，一看就是那天杀她的那位仁兄。

一朵茉莉：噢噢。你和你外甥玩一个号啊？

我就是王者：我帮他练号。我用自己的号带你。

一朵茉莉：好。

过了一会儿，一个叫"南风将至"的向她发来好友请求，段位——荣耀王者！

哈哈哈哈……

她真的抱上大神的大腿了！

不过——

一朵茉莉：你段位那么高，我们没办法一起玩吧？

她现在是青铜段位，只能跟青铜段位和白银段位的玩家一起玩。

南风将至：稍等。我换区建一个青铜小号。

在《王者荣耀》里面，同一个 ID 下创建小号十分方便快捷，只需要在登录时切换一个新的服务区即可。

没一会儿，大神换了青铜号。喻茉很兴奋。

一朵茉莉：大神，我们做朋友吧。

南风将至：等你的段位比我外甥高了再说。

一朵茉莉：……

往事不堪回首。

喻茉深深地叹了一口气，虽然她至今还没有强过"我就是王者"这位小学生，但她和南风已经建立了深厚的革命友谊。

算……朋友了吧？

喻茉有些不确定，收回思绪，听到秦甜甜说："茉茉，你高中同学叫什么名字？"

哪个高中同学？

她愣了几秒，随后反应过来，说："沈怀南。你问这个干吗？"

秦甜甜："有人偷拍了他的照片上传到学校论坛上，下面全是求帅哥大名的。我回复一下。"

喻茉："……"

要不要这么热心？

她一点也不想跟别人分享男神……

不过……就算秦甜甜不说，也会有其他人说的吧。

毕竟他那么耀眼，不管走到哪里都能成为焦点。

喻茉打开论坛，点进首页飘红的帖子——在西校门门口捕捉帅哥一个，求人肉。

配图是沈怀南站在门岗处的照片，只拍到了他的侧脸，轮廓棱角分明，一双黑眸深邃不见底。

怎么能这么好看啊？

喻茉托着腮帮子，看得入迷，视线从他的眉一路滑过眼、鼻，最后落到他的唇上。

没来由地，她一阵心慌，红了脸。

慌乱之际，她眼角一晃，忽然在照片的背景里，捕捉到了一抹绿。

"茉茉，我突然发现，你跟帅哥合影了耶！"秦甜甜的声音适时响起。

喻茉心如死灰："嗯……"

那一抹绿不就是她？

——与男神的第一张合影，她的头上顶着一只绿油油的垃圾桶。

苍天啊。

这比在游戏里被连杀三十六次，还要令人沮丧。

西校门门口。

周洋从外文系回来，看见好友沈怀南开着游戏界面，奇怪地问："你不是已经把《王者荣耀》戒了吗？"

沈怀南将手机收回裤兜，手顺势抄在里面，表情淡淡，不答反问："东西送到了？"

"送到了。本人亲自签收。"周洋给出肯定答复，随后又说，"你干吗不自己去送啊？反正都在同一所学校，早晚会碰面。难不成你怕她……"

话说到一半，周洋发现好友的脸色冷了几分，心知碰到了雷区，连忙转移话题："既然你重出江湖了，那晚上组队来两局？"

沈怀南大步走向学校，星眸微动，淡声说："有事。"

"开学第一天，能有什么事？"周洋不以为然。

沈怀南没有接话，想起刚才在校门口看到的那个女生，感觉有点眼熟。

疑是故人来。

晚上喻茉果然收到了南风的游戏邀请，依旧是 5V5 对战。

系统配对玩家的空隙，南风发来消息：老规矩。

喻茉立即回过去：噢噢。好。

老规矩的意思是——他给她打辅助。

让大神给自己打辅助，喻茉其实是很不好意思的，奈何她除了送死和躲在大神身后之外，实在没有什么特殊技能。

说起来这个游戏她玩了也快两个月，怎么一点进步都没有呢？

喻茉望着天花板好好地自我反省了一番，觉得主要原因还是大神的保护罩太无敌，让她没机会成长。

莫非这就是和大神做朋友的烦恼？

喻茉很欠扁地得意扬扬起来。

游戏很快开始，按照他们约定好的一贯战术，她专杀敌方的小兵打钱，南风负责保护她，同时把敌方英雄的人头送到她面前给她砍。

每当敌方英雄只剩最后一滴血时，他便通知她：杀。

接到信号后，她就会向敌方发出冷却已久的大招，一招毙命。

在《王者荣耀》这款游戏里，敌方英雄被杀死时，谁砍的最后一刀，谁就能拿到人头，战绩里的杀敌次数就会加一。

这样的战术能够保证喻茉在最低死亡次数的情况下，拿到最多的杀敌次数。杀敌次数与死亡次数的比越高，战绩就越好。

也就是说，这个战术能够保证喻茉，不费吹灰之力地拿到最好的战绩。

当然，这个天才战术是喻茉自己想出来的。

最开始她提出来时，大神估计从来没有遇到过这么不要脸的菜鸟，隔了足足五分钟才回了一个"好"字。

……

大半局下来，组内频道里全是南风发的杀杀杀，每一个"杀"后面都带一个句号。

喻茉隔着屏幕都仿佛能看到，南风淡定从容大杀四方的样子。她一边疯狂地放大招抢人头，一边骄傲自满：好操作不如神队友。

一局结束，喻茉毫不意外地躺着拿到了全场最佳，心情大好，当即谄媚道：南神威武！

那边照例只回了一个酷酷的"嗯"字。

过了几秒，他又发来消息。

南风将至：再来一局？

喻茉看一眼正在收拾铺位的新舍友——还是先跟舍友认识一下再说吧。

一朵茉莉：不了。宿舍来了新同学。

南风将至：也好。

关掉游戏，喻茉主动与新舍友打招呼。

"你好，我叫喻茉。刚才在打游戏，没吵到你吧？"

"没有。听着蛮有意思的。我叫林路遥。"

东大的本科生宿舍都是四人一间，与喻茉同宿舍的，除了秦甜甜和林路遥外，还有中午到的赵文敏。

四人年纪相仿，相处起来十分和谐，新生军训又分在同一个排，没几天就打成一片了。

这一日军训结束后，四人一起去食堂，边走边聊系里的男生的颜值。

正说到从小到大同班的男生都长得不怎么样时，秦甜甜忽然头一低，悄悄说："注意，前方有帅哥。"

喻茉："……"

喻茉觉得秦甜甜的头上大概装了个雷达，专扫帅哥的那种。

"那不是论坛上的那个帅哥吗？叫什么来着？"赵文敏回忆着。

林路遥："沈怀南。"

"沈怀南？"秦甜甜抬眼看去，果然发现刚才扫描到的小帅哥的侧后方，有一个大帅哥。

——不就是喻茉的"高中同学"嘛。

秦甜甜心里的八卦之火瞬间燃起，一转头，发现少了个人："茉茉呢？"

赵文敏和林路遥你看看我，我看看你，最后一齐看向身侧几步之遥的电线杆。

算不上粗的电线杆后面，一个穿着迷彩服的人影若隐若现。

众人："……"

喻茉听到"沈怀南"三个字就吓破了胆，拔腿躲到电线杆后，用双手捂住脸，然后从指缝里偷偷看向不远处的人。

宽松的迷彩服穿在他身上，跟量身定制一般英气逼人。俊朗完美的脸上波澜不惊，眸深如潭，眉宇间依旧一派气定神闲、云淡风轻，完全看不到一丝军训后的疲惫，全身上下写着"从容不迫"四个大字。

男神果然厉害啊！

喻茉默默地为男神骄傲三秒，目送他走进食堂后，才抚了抚忐忑起伏的胸口，从电线杆后面晃出来。

不期然对上三双探究的眼睛。

"喻茉同学，你在面壁思过吗？"秦甜甜问。

喻茉："……"

差不多吧。

喻茉尴尬地嘿笑两声，然后转移话题："去排队吧，趁现在人还不多。"

进食堂后，喻茉才明白什么叫躲得过初一躲不过十五。

她到底还是跟沈怀南碰面了。

那时候她刚打好饭，找到四个空位，正想召唤舍友们过来，一抬眼，发现沈怀南坐在对面桌，中间隔着一排餐桌，两条过道。

他也看到了她。

四目相撞，她呆了几秒，接着一颗心狂跳不止。

她正纠结着是若无其事地打个招呼呢，还是假装没有看到把视线移开。这时，秦甜甜端着餐盘走过来，也看到了沈怀南，打趣道："不去跟'高中同学'打声招呼？"

喻茉原本还有点纠结，被舍友一打趣，当即就怂了，慌乱地收回视线，坐下，埋头吃饭。

他应该没有认出她吧。

毕竟眼神那样波澜不兴。

……

对桌。

周洋见坐在对面的好兄弟兼大学舍友忽然停了筷子，奇怪地回头看去，意外地看到一个认识的人。

"那不是二班的喻茉吗？她居然也报了东大。"他惊道。

沈怀南轻淡的眉宇微挑，淡声问："她叫喻茉？"

"是啊！你不认识她？也对，你那时候一颗心扑在杨……"剩余的话在周洋的喉咙眼里一个急刹车停住，然后咽下去，他改口道，"总之她在一中还挺有名的，长得漂亮，成绩又好，听说性格也特别好，软萌软萌的，想追她的人一箩筐。"

说完这番话，周洋一摸下巴，嘀咕道："要不我也试试？你说，如果我追她，成功的概率有多大？"

沈怀南："实话？"

周洋："当然。"

沈怀南："零。"

周洋："……"

周洋被打击到了。

"我长得有那么差吗？"他不满地问。

沈怀南："这不是长相问题。"

周洋："那为什么？"

沈怀南黑眸微抬，淡淡地扫一眼对面，清纯雅致的容颜映入眼底，她眉眼低垂的样子，与脑海中的画面重合，想起开学那日的偶遇。

难怪他当时觉得有点眼熟。

原来是她。

过了许久，沈怀南记起周洋的问题，决定还是答一下。

"她看上的人是我。"

"噗——"

周洋一口饭差点喷出来。

周洋与沈怀南从幼儿园开始就是同学，深知好友向来沉着稳重一本正经，很少胡说八道，所以这句话他信了。

喻茉八成是在神不知鬼不觉的情况下，向沈大帅哥告白过。

"那你有没有看上她？"他笑问。

"没看。"沈怀南回答得干脆利落，不假思索。

周洋："……"

看都没看，也是够酷的。

周洋在心里默默地为喻茉同学点根蜡，然后吊儿郎当地说："人家姑娘好歹肤白貌美，你看都不看，会不会太不懂得怜香惜玉了？小心以后遭报应。我听说啊，感情的事都是一报还一报，你现在伤了人姑娘，以后总会有一个姑娘来伤你。"

沈怀南微微扬眉，又瞟一眼对面，说得甚是高深莫测："她应该跟受伤沾不上边。"

……

喻茉确实没有受伤。

她心虚。

特别心虚。

一顿饭下来，她手心里全是汗，回到宿舍连灌三瓶养乐多，才终于安抚好受惊的小心脏。

"茉茉，你真的不打算告诉我们，你为什么那么怕沈怀南吗？"秦甜甜一边吃西瓜一边问。

林路遥和赵文敏也拖着凳子围过来，和秦甜甜一起当吃瓜群众。

喻茉："……"

她现在都快纠结死了，她们能不能稍微掩饰一下看戏的心？

喻茉丧气地拿起一块西瓜，啃一口咽下去后，说："我心虚。"

"为什么心虚？"三人异口同声。

喻茉再啃一口西瓜。

哎。

因为……

哎哎哎。

她将西瓜皮扔进垃圾桶，拿头狂磕桌子，许久之后，抬起头问："你们知道'强撩'这个词吗？"

说到"强撩"时，她脸上的表情可以用以下这句诗来形容——

风萧萧兮易水寒，壮士一去兮不复还。

十分悲壮。

三人互看一眼，然后一齐点头："知道。"对后文相当之期待。

"我……"喻茉拧眉咬唇，纠结好一阵，一脸心塞地说，"我高中那会儿，强撩过沈怀南。"

"咕——咳咳咳……噎死我了……咳咳……"秦甜甜差点被一口西瓜给噎死，咳得脸都红了，缓了好一会儿才问，"你……请问你是怎么强撩的？"

这个问题……实在是……不堪回首。

喻茉长长地叹一口气，思绪回到高中散伙饭那天。

那是一个月黑风高的夜晚。

酒过三巡，大家都有了点儿醉意。同桌忽然宣布要去向喜欢的男生告白。

喻茉一听这话，比自己要去告白还紧张："啊？告白？你想清楚了吗？万一被拒绝怎么办？"

"拒绝就拒绝呗。反正毕业之后就各奔东西了。我怕要是现在不说，往后心里一直惦记着，妨碍我去大学里追求新欢。"

"……"

说得好有道理，完全无法反驳。

说起来，她也有一个喜欢了三年的男生。而且她知道那个男生班上的散伙饭局，就在隔壁包间。

要不也去告个白？

反正毕业之后就各奔东西了嘛。

山高水远，江湖不见。

打定主意之后，她在男厕所门口等到了沈怀南。

看得出来他也喝了点儿酒，醉眼微醺，眸光有些涣散，好看得不象话。

"沈……沈怀南……"她的声音低如蚊蚋。

他停下脚步，转头看她。

"有事？"他的声音淡如水，算不上友好，也算不上不友好，就是对待陌生人的那种客气。

"沈怀南同学，我……我……"

不知是羞还是急，她感觉脸跟火烧似的热。

他似乎已经知道她想说什么了，对着她淡淡地笑了笑，弓着腰问："你叫什么名字？"

扑鼻而来的淡淡酒气，让她紧张得几乎窒息。

他……他问她叫什么名字……

这绝……绝对不能说！

她屏住呼吸，痴痴地望着他，满脸通红，"我喜欢你"四个字在嘴边打了无数个圈，却怎么也说不出口。

天人交战半晌，她忽然鬼使神差地，胆从天外来，一个对她来说惊世骇俗的想法在脑中闪现。

既然说不出口，那就占点儿便宜再走——反正以后不会再见面了。

于是，她借着几分酒意，倏地扑进他怀里，闭眼感受两秒，然后踮起脚在他耳边轻轻道："沈怀南，毕业快乐。"

松开手的瞬间，她似乎瞟到他的耳根红透了。

来不及细看，她揣着一颗惴惴不安、小鹿乱撞的心，拔腿就跑。

这个拥抱让她荡漾了整整一个暑假。

如果不是开学那天在校门口与他狭路相逢，她还会继续荡漾下去……

哎，难道她整个大学都要活在怕被他认出来的阴影中？

这也太惨了。

喻茉老老实实地将"强撩"过程交代了，然后征求意见："你们说，如果我假装什么都不记得了，他会不会相信？我听说有一种病叫'选择性失忆'。"

对此，众人的反应是："……"

"我觉得选择性智障比较有说服力。毕竟你已经选择过一次了。"秦甜甜吐槽。

喻茉："……"

真希望秦甜甜同学也能选择性失忆，忘记她的智障行为。

喻茉瞬间化作一朵蔫了的茉莉花，缩在椅子上，万念俱灰："我以后还是尽量躲着他吧。"

秦甜甜："……"

赵文敏："……"

林路遥："……"

向来温柔的林路遥也忍不住吐槽："茉茉，你真的是我见过最怂的美女，没有之一。"

"……"喻茉自己也知道。

她做过最不怂的事，就是强抱沈怀南。

——看看她现在遭到了什么报应？

"你真的不知道自己长得有多漂亮吗？"秦甜甜不可思议地问。

喻茉抬眼，这跟她长得漂不漂亮有什么关系？

秦甜甜无语地摇摇头，叹道："我真喜欢你这种对自己的美貌一无所知的人，这样你就不会跟我抢帅哥了。"

能不能正经一点……她现在很需要心灵导师啊！

"这样说吧。"秦甜甜放下啃到一半的西瓜，扯一张纸巾擦干嘴巴，然后说，"以你的美貌，咱们学校百分之九十的男生能任你随便挑。"

"可是沈怀南不属于那百分之九十。"

"那就追呗。自己相中的男神，跪着也要追到手。"

"……"

她要是有那个胆，还会往头上套垃圾桶吗？

喻茉再叹一口气。

还是玩游戏吧。游戏使她快乐。

有气无力地打开游戏，看到南风的头像亮着，她当即心中一喜，回了点儿血。

一朵茉莉：南神，我现在特别沮丧，能带我一起玩吗？

消息发出去后，她等了几分钟，那边没有回应。

沮丧二次方。

算了，没人带，那就自己玩吧。

选择模式，依旧是熟悉的 5V5 对战。

这次她操作的人物是后羿，后羿使用的武器是弓箭，擅长远程攻击。

按照她的理解，后羿比较不容易死，毕竟不需要与敌人肉搏，躲在远处放箭就行了。

然而，半分钟后——

她激起了群愤。

"一开场就五连死，厉害啊！"

"这人头送得可真溜。确定不是敌方派来的卧底？"

"旁友（朋友），你的操作水平和你的战绩不太符啊。"

喻茉看着频道里的一条条留言，暗自庆幸：还好还好，没有骂人。

看来系统今天给她分配的队友的素质都挺高。

以往这种情况，她的祖宗十八代早就被挨个问候了个遍。

复活之后，她弱弱地在组内频道里回复："不好意思啊。玩表舅的号。"

……

东大计算机系，大一新生宿舍。

周洋一边激战一边笑道："这个'表舅'心可真大，把号给小学生玩。喂，大侠，小心后方。"

"我去，差点被偷袭。多谢提醒！"大侠是周洋的对床，叫叶开，与古龙的武侠小说《边城浪子》里的男主角同名，所以大家喊他"大侠"。

一起战斗的，除了周洋和大侠外，还有同宿舍的余少嘉，是个十分接地气的富二代，据说祖传至宝是两座山，山下有煤矿，所以大家都喊他"款爷"。

款爷听到周洋的话，懒洋洋地说："表姊吧？那ID一看就是女生。"

大侠："也有可能是人妖。一朵茉莉，人妖最爱取这种名字。"

三个人打得热火朝天，火力全开，只求不被"人妖"坑。

这时，一道漫不经心的声音响起——

"周洋，你给她打辅助。"

周洋一愣，看向声音的主人——宿舍里唯一没有参战、正在啃书的沈怀南，问："谁？"

"一朵茉莉。"

"为什么？"

闻言，沈怀南翻书的手顿了一下，沉吟数秒，然后气定神闲地说：

"我就是那个'表舅'。"

Chapter 02
这个九月里，最美的意外

沈怀南的话让正在浴血奋战的三人集体蒙了。

玩个游戏都能碰上舍友家"外甥女"，会不会太巧了点？

大侠忽然想起自己刚才说那个"表舅"是人妖，顿感背脊一阵寒，再观沈大神周身那股无形的杀气，没错，他确实说了不该说的。

"一朵茉莉这个名字取得特别有水准。"大侠口是心非地谄媚道。

沈怀南挑了挑眉，漫不经心地给众人解惑："我带她练号。"

"噢——"

所以一朵茉莉是怕被他们骂，才谎称自己玩表舅的号？

现在的小学生啊，思路可真活络。大侠在心里这样感叹，再回到游戏时，发现自己的人物已经阵亡了。不仅如此，周洋和款爷的人物也都被干掉了。

大侠痛心疾首："敌军太阴险了，趁我发呆来偷袭。"

相比之下款爷就淡定多了，默默地等待自己操作的人物复活，调侃道："敢情人家杀你还得挑个时辰？"

"……"

喻茉被队友嫌弃后，非常自觉地躲在己方水泉里，不再出去送死，以免给大家添乱。

然而很快她发现，四个队友里有三个在同一时间阵亡了，还是站在原地任敌人随便砍的那种死法。

"……"

刚才是谁在嫌弃她来着？论送死，他们的实力也不差嘛，与她旗鼓相当。

喻茉在心里嘲笑队友三秒，寻思着，瞧这局势，得靠她来力挽狂澜了。

这个认知让喻茉信心大增，当即便操作后羿，雄赳赳气昂昂地出去了。

"后羿留步！"复活后的庄周骑着一条鱼追上来，在组内频道里说，"小朋友，我给你打辅助。"

咦？

喻茉惊呆了。

一朵茉莉：真的吗？给我打辅助很难的。

庄周：有多难？

一朵茉莉：你既要保护我，又要杀敌，还不能把敌人杀死，得把最后一刀留给我。

庄周：那你做什么？

一朵茉莉：我砍最后一刀。

庄周：……

周洋看着手机里"一朵茉莉"发来的消息，大开眼界了。

他一边操作庄周御敌，一边在心里感慨：

太无耻了。

从未见过如此厚颜无耻之人。

难怪她的战绩那么逆天，技术却烂到掉渣。

敢情都是被"表舅"宠出来的。

不知道为什么，周洋觉得自己被"外甥女"和"表舅"喂了一把狗粮。

是错觉吧？

他甩了甩头，回复一朵茉莉：我就给你打一次辅助。

喻茉看到庄周的消息，呆了几秒，回复：为什么啊？

庄周：我跟你表舅是朋友。

？？？

什么鬼？

表舅是她瞎扯的啊！

喻茉来不及问清楚缘由，敌方已经来攻城了，她连忙将这事儿放到一边，出城迎敌。

有庄周打辅助后，她的后羿的生命力果然顽强多了，一直活着坚持到了游戏结束。

回到主页面，看到南风发来消息——

南风将至：刚才没注意看手机。

喻茉愣了几秒才意识到，他是在解释信息回复晚的事，连忙说：噢噢，没关系，你忙你的。

消息发完后，喻茉等了一会儿，见那边没有回复，心想他可能又去忙了，正准备下线，忽然收到他的消息。

南风将至：不忙。

一贯的言简意赅。

不忙的意思是……可以听她唠叨几句？

喻茉立即化身话痨，跟他讲今天的奇遇。

一朵茉莉：我今天在游戏里遇到一个庄周，主动给我打辅助，还说是我表舅的朋友。哈哈哈，好搞笑。我根本没有表舅啊！可能是认错亲戚了吧。

沈怀南看到"一朵茉莉"发来的消息，修长手指在键盘上慢悠悠地打字：那个庄周，是我朋友。

收起手机，他想起刚才游戏结束时，周洋的话："老沈，对外甥女不能太宠，不然她没办法成长。"

太宠了吗？

他勾了勾唇，视线重新落回编程书上，一抹笑意从嘴角弯上眉梢。

游戏而已，成长什么？

她开心就好。

喻茉盯着手机呆了好半天，接着后悔不已地自言自语："啊啊啊！早知道那个庄周是大神的朋友，就加他为好友，打听一下大神的八卦了。"

"打听哪个大神的八卦？"秦甜甜凑过来问。

喻茉："嘿嘿。游戏里的大神。"

"我劝你还是别打听。游戏里的大神，在现实生活中多半都是纯屌丝。"

"不会吧？感觉我碰到的这个大神神格挺高的。"

"你想啊，正经人谁一天到晚玩游戏啊？"

"……"

喻茉："你面前不就有一个？"

秦甜甜尴笑两声，道："你是例外……例外……"

"……"

虽然喻茉并不觉得玩游戏就是不正经，但她还是决定听从秦甜甜的建议，不去打听大神在现实生活中的事了，以免幻灭。

而且说不定大神并不喜欢把游戏与现实混为一谈。

万一知道得太多，被大神拉黑，那就麻烦了。

游戏里的朋友，就止于游戏吧。

两周的新生军训很快进入尾声，学校里的各大社团开始纳新宣传，围棋社、摄影社、电竞社、攀岩社、羽毛球社等等，五花八门，应有尽有。为了吸引新生，不少社团派了人在食堂门口发传单。

喻茉吃完饭从食堂出来，没走两步，手里就被塞满了各色传单，被学长们围得寸步难行。

"学妹，一定要来我们摄影社！不会拍照不要紧，长得好看就行。"

"不不不，学妹你一看就是有理想有抱负的好同学，怎么能甘当花瓶呢？来我们围棋社，让你的智慧发光发热。"

"学妹玩游戏吗？'王者农药（荣耀）'玩过吗？加入我们电竞社，带你上王者。"

……

学长们热情地推销着自己的社团。

喻茉抱着一堆传单，笑得脸都快僵了。

她向来不太懂得拒绝人，可又实在是对社团活动没有什么兴趣，只好微笑着收下所有传单，礼貌地说："谢谢，我会考虑的。"然后艰难地挤出包围圈，奔向被当成空气晾在一旁、满脸哀怨的舍友们。

好尴尬。

居然只有她一个人接到了传单。

喻茉尬笑两秒，然后自我调侃以安抚舍友们受伤的心灵："可能我看起来比较好骗。"

众人："……"谁信这话谁好骗。

秦甜甜无语问苍天，愤愤道："那些发传单的，他们自己不也处于颜值界的底层吗？为什么要相互伤害？"

"……"这个问题问得好，喻茉答不上来。

赵文敏十分淡定地拍拍秦甜甜的肩，说："这就跟你喜欢帅哥一样。不管自己长得多寒碜，他们都喜欢美女。"

"肤浅！"秦甜甜越发愤愤不平，走了几步之后，发现不对劲，"咦？你说我长得寒碜？"

赵文敏："是你自己说自己肤浅。"

秦甜甜："……"

喻茉好笑地弯起唇，听舍友们相互调侃，边走边看刚才收到的传单，看到登山社时，忽然听到有人喊她的名字。

"喻茉。"

她疑惑地抬头，目光触及正前方的人，脸上的笑容瞬间一僵。

沈……沈怀南。

怎么又遇上了？

她记得东大明明很大啊！

果然要大学四年都活在他的阴影中了吗？

喻茉的心里开始狂打鼓，下意识地想掉头就跑。

这时刚才那个声音又响起："你好呀喻茉。我是周洋，榕城一中三班的同学。"

三班？那不是沈怀南所在的班级吗？

喻茉循声看去，这才发现沈怀南的身边还站了个人。

"你……你好。"她僵硬地开口,笑得无比刻意,眼角的余光注意到沈怀南似乎在看她,于是改口,"你们好。"

加个"们"字,就算是顺带着一起打了招呼吧。

周洋双手抱胸,看着眼前紧张得语无伦次的小姑娘,再睨一眼讳莫如深的好友,心道:这两人绝对有故事。

"你在发传单吗?"他用下巴指着喻茉手里的厚厚一沓传单。

喻茉大囧,将传单递过去:"这是我收到的社团纳新传单。你要吗?"

收得真不少。果然如传说中一般软萌。周洋强忍着笑意,说:"不用。我对社团没兴趣。"

"噢。"喻茉收回手。

双方都陷入沉默。

弥漫在空气中的尴尬愈演愈烈。

就在喻茉快站不住的时候,沈怀南忽然开口了:"都有什么?"

清朗的声音随风飘来。

"咯噔"一下,喻茉的心提到嗓子眼。

她骤然抬眼,不期然撞上他的深邃黑眸,随着时间一分一秒地推移,心里的那朵花,在紧张不安中小心翼翼地绽放。

他……他跟她说话了!

这是不是表示他没有认出她来?抑或是,认出她来了,但并不打算跟她算账?

她越想越欣喜。

"有好多……嗯……各种……漫画社、登山社、合唱团……"她对着传单一张张念,从最初的语无伦次到心平气和、字正腔圆,一鼓作气念完了所有传单。

周洋目瞪口呆,这姑娘真是太耿直了!更不可思议的是,好友居然就这么静静地听她念完了。

他记得刚才在路上,有个美女过来递传单,沈大帅哥看都没看一眼,直接两个字"不用"就回绝了。

怎么这会儿又突然对社团感兴趣了?

他百思不得其解,狐疑地看向好友,想一探究竟。

喻茉也仰头望着沈怀南,特乖巧特善解人意地问:"你想要哪张?"

她等啊等,等得心里那只小鹿又要开始乱撞时,忽听沈怀南说——

"都不太感兴趣。"

"茉莉花"瞬间蔫了。

呜呜呜,为什么她没有拿到男神感兴趣的传单嘛。

到食堂排队时,周洋问沈怀南:"你刚才为什么戏弄人家姑娘?"

沈怀南一挑眉："戏弄？"

"难道不是？你明明对社团没有兴趣，刚才为什么还问？"

"我以为会有感兴趣的。"

"真这么简单？"周洋完全不信，斜着眼睛看他，"喻茉刚才好像很伤心。"

沈怀南闻言敛起眉宇，凝神想了想，然后淡声说："你看错了。"

如果他没有理解错的话，她当时的表情应该是——很遗憾没有更多的传单可以供他选择。

跟伤心完全沾不上边。

思及此，沈怀南的唇边浮现出一个极淡极淡的弧度。

她的思路倒是跟一般人不太一样。

无论是以前，还是现在。

喻茉的思路确实跟一般人不太一样。她一点也不觉得伤心，只感到非常非常遗憾。

好可惜。

要是她手里有沈怀南感兴趣的社团宣传单就好了，这样她就能知道他会报什么社团了。

哎哎哎，为什么那些学长不能再热情一点？

一定是她笑得不够真诚。

喻茉伸手扯一扯脸颊，决定下次再遇到发传单的，一定热情相迎，哪怕是外卖传单也不放过。

——万一哪天男神想点外卖了呢？

"知道沈怀南会报什么社团之后，你想做什么？"秦甜甜笑眯眯地问。

喻茉不知道她为什么笑得那么暧昧，一脸莫名："不做什么，能做什么？"她就单纯想多知道一点他的事。

"果然。"秦甜甜毫不意外地耸耸肩，"就知道你什么也不会做。尿包。"

喻茉："……"不带这样人身攻击的。

秦甜甜："其实我觉得你完全没有必要那么害怕沈怀南。今天你跟他在食堂外面偶遇，他不是也没有把你打死吗？我相信下次再碰到，他也不会打死你的。"

喻茉："……"有这样安慰人的吗？会不会说话啊？

"说不定他很享受被你强撩呢。"秦甜甜调侃道。

喻茉："……"

这——是不可能的。

喻茉觉得沈怀南之所以没有把她打死，很有可能是没有认出她来，或者说早就已经把那件事忘记了。毕竟喜欢他的人那么多，毕业应该给了不少人勇气，她不过是表白大军中的渺小一员，他怎么会记得她？

是啦，他根本不会记得她，不然不可能那样冷静。

虽然没有被他记住，会有一点点失落，但——

这一点点小失落完全不会影响她的心情好到爆！

真是太好了！

以后就当作什么事都没有发生过吧。

归零。

重来。

军训的最后一项训练是二十公里拉练，之后就算正式结束了。对于大一新生来说，军训之后最重要的事就是抢课了。

之所以是抢课而不是选课，是因为在东大选课就跟春运抢火车票差不多，拼的是网速。

尤其是像高尔夫、游泳、野外生存等热门的课，基本上开抢后一秒就没了。

选课系统正式开放的时间是周六早上九点，那时候喻茉刚刷完牙，从盥洗室一出来，就听到舍友们的阵阵哀号。

"这也太夸张了吧？连瑜伽课都能被一秒抢光！是不是系统还没开放啊？完全不敢相信自己的眼睛。"赵文敏一脸不敢置信，眼睛死死地盯着网页，不停地刷新页面。

邻床的林路遥对着电脑欲哭无泪："我的架子鼓啊，我只是想学一种酷一点的乐器而已，怎么就这么难呢……"

秦甜甜则一脸惊奇："居然连法学院的课都这么抢手。我一门都没有选到。"

"你为什么一定要选法学院的课？"喻茉一边往脸上抹乳液，一边问。

"想学点法律知识好傍身。"秦甜甜说得十分坦然。

"……"

秦甜甜的这句话，喻茉连标点符号都不信。

八成是看中法学院的帅哥了吧。

喻茉打心底佩服秦甜甜的勇气。

她慢条斯理地护肤完毕后，打开电脑，加入选课大军。

喻茉这学期需要修两个学分的选修课，可以选择两门一学分的课，也可以直接选择一门两学分的课。

她选择了后者。

鼠标从学分栏一一划过，最后停在第一个两学分的课上。

——《信息技术之美》。

听起来很有用，毕竟这是一个信息时代。

喻茉果断地点击选择，正要确认选课时，眼角忽然一晃，看到课程后面的系别列写着——计算机科学系。

手蓦地抖了一下，她浑身的神经在目光触及"计算机"三个字时，一齐紧绷了起来。

计算机系……这……这不是沈怀南所在的系吗？

怎么办？

选，还是不选？

喻茉的手指放在鼠标上，身子僵在电脑前，心里开始天人交战。

这时林路遥又号叫道："好想学乐器啊！可是格调高的课全都没有了。哎，茉茉，你说唢呐和二胡，我选哪个好？"

喻茉听到自己的名字，回神道："我没选！"

"我知道你没选。"林路遥奇怪地看她一眼，"我问你唢呐和二胡哪个好。选个课而已，你怎么跟做贼似的？不知道的还以为你在浏览少儿不宜的网站呢。"

"……"

也差不多了吧。她不小心点进黄色网站时，都没这么紧张过。

喻茉定了定心神，说："二胡吧，好歹是琴的一种。以后说出去，你也是会琴的人了。"

"这倒是。那我就选二胡了。"林路遥愉快地选完课，然后问喻茉，"你选了什么课？"

喻茉望着电脑做最后的挣扎，然后鼠标一按，选了。

"《信息技术之美》。"她心虚地说。

"信息技术？那是计算机系的课喽？"林路遥一连两个问句，接着恍然大悟，"噢——"她拉成尾音，歪头笑，"计算机系的课，嗯，好课。以后修电脑就指望你了。"

秦甜甜和赵文敏在听到"计算机系"时，也都心照不宣地露出暧昧的笑。

赵文敏："修电脑就不用了。多认识几个会修电脑的同学就好。"

秦甜甜："你们能不能别这么现实啊！我相信喻茉同学选这门课，纯粹是出于对科学知识的热爱，绝对不是想认识计算机系的同学。"

"……"

喻茉羞得抬不起头了，刚才点鼠标的那一秒的勇气也瞬间烟消云散，不住地拿书敲头。

哎哎哎，连她们都认为她选这门课是冲着沈怀南去的，不知道沈怀南会怎么想？

应该也会这么想吧。

毕竟，她自己都是这么想的……

《信息技术之美》排在周三下午第四节，在主教学楼的阶梯教室。

喻茉周三下午没有课，吃过午饭后便在图书馆自习，等到快到点时，才背着书包慢吞吞地走向教学楼。

从图书馆到教学楼不过两三百米的距离，她三步一顿足，五步一转身，走了快二十分钟才到阶梯教室门口，远远看到教室里已经坐了不少人。

她跟做贼似的，低着头从后门走进去，在最后一排的最角落坐下，然后拿书挡着大半张脸，只露出一双眼睛在教室里贼兮兮地巡视。

没有看到想找的人。

奇怪，难道他翘课了？

喻茉又寻了一遍，确定沈怀南不在教室里，才收回视线，心里有点庆幸，又有点失望，说不出来哪一种感觉更多一点。

这时，秦甜甜忽然在微信群里发来消息。

秦甜甜：[图片]。

秦甜甜：在上学的路上偶遇计算机系的同学 @喻茉。

喻茉不用点开大图也能认出来，秦甜甜发来的那张图上的人是谁。

他今天穿的是白衬衫，背一个方形的黑色书包，双手抄在裤兜里，背影十分挺拔。

照片上的他正侧头与旁边的人说话，所以拍到了一点点侧脸，挺拔鼻梁的上方，是长而浓密的睫毛。

真好看啊。

她暗戳戳地将图片保存到手机里，然后将他的脸放大，趴在桌上数睫毛的数量。

一根，两根，三根，四根……

"喻茉同学，看什么看得这么认真？"一道戏谑的声音忽然从头顶传来。

惊得喻茉手一抖，手机落在桌上，屏幕上那张好看得令她痴迷的侧脸图片，完全暴露在来人的视线之中。

她呆了三秒，然后惊慌失措地藏起手机，一抬头，对上一双波澜不兴的黑眸。

他穿着与照片上一样的白衬衫，与打在他脸上的阳光一起，毫无征兆地闯进她心里。

是这个九月里，最美的意外。

周洋居高临下地打量着眼前受到惊吓的人，头一回发现她竟然生了一双桃花眼，眼尾微微上翘，眼眸黑白却不分明，雾蒙蒙的眼底眸光流动。

以前远远看她，觉得她属于清纯型美女，此时近看之后才发现，清纯里带着妩媚，眼若桃花，唇红齿白，美得不可方物。

最重要的是，她似乎并不知道自己有多美，就连笑起来都十分腼腆，矜持得近乎于不自信，这让她的美貌又添上了几分楚楚可怜，简直就是传说中的"直男杀手"。

周洋很难想象，像喻茉这样集美貌与才华于一身的姑娘，眉黛之间竟然也会藏着点点卑微之色。

不对，那不是卑微，而是为了仰望某个人，刻意放低的姿态。

她在仰望谁呢？

周洋心思流转，想起刚才看到的，她手机屏幕上的人，答案不言而喻。

姑娘不仅人美，眼光也不错。

周洋兀自勾唇笑了笑，心道：明明与她说话的人是自己，她却只看到了自己身旁的人。

果然跟太帅的人走在一起，就容易变成背景墙啊！

周洋心疼自己三秒，然后笑问："你来旁听吗？"

喻茉在抬起头撞上沈怀南的目光时，就看呆了眼，一直愣在原地忘了反应，此时听周洋问自己话，才恍然回神。

"嗯……不……不是……我……我选了这门课。不小心的。"

说完这句话，她就恨不得咬舌自尽。

选课就选课，为什么还要特别强调是"不小心的"啊！

这不是此地无银三百两吗？

想不到她也会干出这种蠢事，果然偶遇男神时的智商为负。

喻茉对着周洋挤出一个尴尬的笑容，然后用余光偷瞄沈怀南，毫不意外地，在对方深邃的黑眸里看到了一丝笑意。

那种"你的谎话说得好烂，但我不拆穿你"的笑容。

姑且认为是善意的微笑吧。

喻茉在心里自我麻痹。

"这是我这学期的选修课。"她再一次强调，试图挽回形象。

周洋点点头，好心提醒道："既然是选修课，那就坐到前面一点吧。你坐在这么后面，怎么听得清？这门课是要考试的噢。"

一般的选修课，只需要出勤率达标，到学期结束时交一篇论文即可拿到学分。而像这种其他系的专业课，选修的学生就必须跟主修这门课的学生一样，参加考试，考试及格之后才能拿到学分，否则就需要重修。或者下学期多修一门选修课，以补足没有拿到的学分。

喻茉当初选课时，看到"计算机"三个字就神游太虚了，完全没有注意看考核方式。经周洋一提醒，她不禁紧张起来——千万不能在男神的眼皮子底下挂科啊！

这门课一定要好好学，争取拿优。

喻茉暗暗下决心，然后对周洋说："没关系，我的听力很好。"

周洋笑了笑,不再坚持,见身旁的好友一派淡然,似乎也不打算开金口,便向喻茉道别:"我们去前面坐了。"

"噢。好。"

喻茉点头如捣蒜,目送沈怀南在她的侧前方坐下,中间隔了四排座位。

说是"前面",其实也相当于最后一排,因为中间空出的那四排里一个人也没有,最后一排也只有她一个人缩在角落。

这样一来,更加引人注目了。

周洋坐定之后,实在忍不住了,问沈怀南:"你刚才有没有看到她的……"

"没看到。"沈怀南直接打断周洋的话,声音淡如水。

周洋:"……"

他都还没有说完,这货就急着反驳,明显是看到了,不然怎么知道他指的是什么?

既然看到了,为什么还这么淡定呢?对方可是貌美如花的直男杀手啊!

真的一点都不心动?

周洋越看越看不懂了。

难道是还放不下杨大美女?

想到此,周洋唏嘘不已,同时又有点恨铁不成钢。

"这都三四年了,该放下了。"他委婉地劝道。

闻言,沈怀南翻课本的手微微一顿,侧头问:"什么三四年?"

"还能有什么?不就是杨……舒婧大美女嘛。"

周洋到底还是说出了那个名字。让他意外的是,沈怀南竟然没有翻脸,并且头一回对与杨舒婧有关的事给出了回应——

"你想多了。"

不咸不淡的四个字,没有半点起伏,不带一丝情绪。

周洋一怔,不禁想起开学那天,他去外文系给杨舒婧送东西时,杨大美女见来人是他而不是沈怀南时,那哀怨的眼神。

看起来,被甩的人好像是杨大美女……

可是当初明明是天天追着沈怀南跑的杨舒婧,一上高中就忘了还在念初三的沈怀南,后来沈怀南升高中后,杨舒婧见到他也跟见到陌生人似的,连招呼都不打一个。

明眼人都看得出来,是杨舒婧变了。

但沈怀南刚才说得那句"你想多了",并不像是在逞强。

难道另有隐情?

周洋百思不得其解,最后索性甩甩头,不想了。改天找机会套套杨大美女的话就行了。

上课铃很快响起。任课教授戴着一副金色边框的老花镜，头发花白浓密，微卷，他夹着一本厚厚的书走进教室。

他将书放在讲台上，扶了扶鼻梁上的眼镜，举目扫视了教室一圈，然后说："最后面的那位女同学，坐到前面来。"

这句话里的"女"字，让全场百分之九十九的男生齐刷刷回头。

计算机系里的女生，比大熊猫还稀有宝贵，岂有不围观的道理？

众男生纷纷看向最后一排，眼里俱是惊为天人，垂涎三尺。

——乖乖，他们之前怎么没有发现系里有这么漂亮的女生？

系微信群里瞬间炸开了锅：

"最后面那位美女是谁呀？军训时没见到过啊！"

"可能报名来晚了吧。"

"班长，快把美女拉进群里来。"

班长："冷静点，那是其他系来上选修课的同学。经济学院统计系，喻茉。"

沈怀南的视线在"统计系"三个字上停了几秒，然后关掉微信。

这不是他第一次知道她的名字，但看到这两个字时，还是不由自主地在脑中念了一遍。

喻茉。

被教授点名的喻茉后悔不已，在心中不停地叹气。

哎哎哎，为什么她刚才不听周洋的建议，坐到前面去呢？

她实在是不太喜欢被别人行注目礼，这让她浑身不自在。

喻茉抱起书包，默默地向前移动，一颗小脑袋压得低到不能再低。

走到倒数第五排时，她正想坐进去，忽然听到教授说："再往前一排，不要缩在后面。"

再往前一排……就是沈怀南所在的那一排了。

他坐在那一排最外面，左手边有两个空位，空位的旁边是过道。过道的另一边的一排位置上，已经坐满了人。

也就是说，她只能在他旁边和他旁边的旁边这两个位置之间，选择一个。

喻茉非常明智地选择了后者。

其实她更想坐在他后面的一排，这样上课的时候还能偷偷地看几眼。

现在坐在同一排，她大脑不敢开小差，眼睛不敢斜视，一节课下来，脖子僵硬无比，又酸又疼，跟落枕似的。

下课铃一响，刑满释放的喻茉背起书包拔腿就跑。

沈怀南："……"

要不是刚才在她的手机里看到他的照片，他都要以为自己什么时候得罪她了。避他避得这么狠。

高中散伙饭那会儿干了一票大的，之后就尻了？

现在的女生都喜欢这样吗？

半途而废。

沈怀南走出教室，正好还能看到在校道上低头漫步的人，想起自己也认识一个小尻包，一碰到男神就给他直播。

说起来，快一周没有收到她的信息了。

莫非一周都没有碰到男神？

还是说——也放弃了？

喻茉背着书包小跑出阶梯教室，一口气拐到主校道上，才放慢脚速，慢悠悠地晃回宿舍。

一进门，她就被早已埋伏在门口的舍友们团团围住。

"怎么样？第一天上课，有没有交到朋友？"

"班上的同学友好吗？没被欺负吧？"

"要尽快适应新环境，融入集体噢。"

三个舍友一人一句，关切之情溢于言表，但就是没有一个人关心课程本身。

喻茉："……"

听她们这语气，是把她当成祖国的花朵在呵护？不知道的还以为她是第一天上幼儿园的小朋友呢。

喻茉取下书包，用三个字回答完所有问题："都挺好。"然后拿出高数课本，准备预习明天的功课。

不就是去男神系里上选修课嘛，有什么大不了的。她一点都没有紧张，也没有怯场。

就是脖子还有点疼。

众人："……"装得倒挺像那么回事儿。

三人心照不宣地相互交换一个眼神。

秦甜甜坏笑着走到喻茉身后，惊道："咦？沈怀南在楼下。"语气有起有伏，说得跟真的似的。演技满分。

"沈怀南"三个字成功地触动喻茉心中的警报，她猛地从椅子上弹起来："哪里？"下一秒就发现自己上当了。

喻茉："……"

欺负她老实是不是？

"茉茉，你就招了吧。今天上课，有没有碰到沈怀南？"秦甜甜八卦道。

喻茉：呵呵。

你都已经在群里发了沈怀南的照片，还问有没有碰到？

这不是明知故问嘛。

心知糊弄不过去，喻茉只好老实交代："碰到了。"

秦甜甜立即追问："那你有没有问他要手机号？"

喻茉摇头："我找不到借口。"嗯，就是这样的，没有好的借口，所以她没有向他要手机号，绝对不是因为她怂。

秦甜甜感觉自己的面前站了一个美少女版刘阿斗，怎么扶都扶不起。

静默三秒，她一本正经地说："嗯，矜持也挺好。说不定沈怀南已经被你的美貌所征服，明天就主动把电话号码送来了。"

喻茉："……"

这是反讽，她听出来了。

在心里长叹三声，喻茉翻开高数往头上一盖，自我唾弃一万遍。

几分钟后，喻茉忽然想起来好几天没玩游戏了，于是打开《王者荣耀》，一眼看到好友列表里南风的头像亮着。

她的心情也跟着亮了几度，连忙发过去消息。

一朵茉莉：开学季忙傻。好久没有玩游戏了。

她也不知道自己为什么要向南风解释不上线的原因。

大概是……怕他误会？

可是误会什么呢？

喻茉甩甩头，不去想这些有的没的，查阅他的回复。

南风将至：一样。

一朵茉莉：你也开学啊？

南风将至：嗯。

原来大神跟她一样是大学生啊！

喻茉想起秦甜甜之前说的——正经人谁一天到晚玩游戏啊，心里不禁得意起来。

看到没，大神可不是不正经的人，人家是正儿八经的大学生。

嗯，跟她一样，正儿八经。

喻茉连忙化身"小巴结"，积极主动地帮大神澄清："大神最近也刚开学噢。他跟我们一样是大学生。"

秦甜甜彼时正在研读某通俗易懂的近现代浪漫文学巨著——简称网络言情小说。她正被小说里的男主角撩得合不拢嘴，听到喻茉的话，随口回道："那可不一定。小学生最近也开学。"

"……"

会不会聊天啊！

大神才不是小学生呢。

半秒之后——

大神应该不是小学生……吧？

毕竟他也是有外甥的人。

又过了半秒——

大神好像是因为辈分高才当表舅的……

再过半秒——

喻茉要被大神是不是小学生这个问题逼疯了。

真的好好奇啊！

要不要打探一下呢？

喻茉纠结不已，心中的天平左右摇摆。

还是不要打探了吧——

毕竟大家只是网友而已，聊得来就多说两句，聊不来就一拍两散，没有非要透露私生活的道理。这样突然去打探，实在是太冒犯了。

可是——

一直以来她都十分崇拜大神，一想到自己的崇拜对象很有可能是一个小学生，她就没办法继续和他好好聊天了。

犹豫再三，喻茉屈服于自己的好奇心，决定含蓄委婉地打探一下。

她打开聊天界面，花了整整十分钟组织语言编辑信息，末了又检查了十分钟，然后在句末加了一个表情，才犹犹豫豫地点击发送。

计算机系，某男生宿舍。

沈怀南正坐在电脑前写小程序，手机亮起时，他瞥到"一朵茉莉"四个字，嘴角勾了一下。

一朵茉莉：还以为上了大学就能高枕无忧了呢，结果还是要考试考试考试，唉！

目光触及"大学"两个字，沈怀南嘴边的笑意深了几分。

沉吟数秒，他回过去简短的三个字：我也是。

喻茉盯着手机上的字，从坐到右，从右到左，来来回回看了好几遍，才发现她刚才发出去的那条信息，除了暴露自己是大学生之外，没有任何技术含量，完全没有起到套话的作用。

我也是——以为上了大学就能高枕无忧。

没有人规定只有大学生才能这么"以为"。哪怕是工地上搬砖的劳动人民，都能这么以为。

——所以根本无法通过这个回复推测出大神的身份。

哎哎哎，果然要多看几本言情小说才能与时俱进啊！

瞧瞧人家大神，回复得多有技术含量。

喻茉又盯着那三个字看了半天，忽然灵光一闪，觉得大神很可能已经察觉到了她的小伎俩了。

而"我也是"的意思其实是——我也是大学生。

太好了!

大神也是大学生!

等等,她在兴高采烈个什么劲?

难道因为得知大神跟自己是同龄人,所以高兴?

喻茉被自己心里的这个想法吓到了,她忙不迭摇头否定这个想法。

不不不,绝对不是这个原因。

喻茉同学,你跟大神是纯粹的网友关系,不能让那些乌七八糟的想法,玷污了你们的革命友谊。

自从和大神彼此交换大学生身份后,喻茉接连好几天都没敢上线。

一方面是因为刚开学杂七杂八的事情比较多,加之课业繁忙,没太多时间玩游戏。

另一方面是因为……她心虚。

至于为什么心虚,她花了三天时间都没有想通,索性就不想了。

转眼到了周六。

身为还没从暑假睡到地老天荒的生物钟中缓过神来的大学生,到了周末总是要补补眠的。毕竟他们从周一到周五每天都要早起上课,晚上还要肆意挥霍想熬夜就熬夜的资本,即便是没什么正事,也要玩手机到十二点,睡眠必然是严重不足的。

喻茉也是补眠大军中的一员,是以这个周六,她睡到早上十点才自然醒。

睁眼看到时间的那一秒,她的内心是充满负罪感的。然而当她坐起来左右瞟了瞟,发现舍友们还在昏昏大睡时,负罪感瞬间烟消云散,然后心安理得地倒头再眯五分钟,这才取消手机的飞行模式,查阅信息。

手机信号刚恢复,便听"叮咚"一声,进来一条短信。陌生号码,送达时间是早上八点。

这么早谁给她发信息呀?

喻茉满面狐疑地划开短信。

158XXXXXXXX:下周三下午的课改到晚上七点,教室不变。

什么课?

也不说清楚。该不会是诈骗短信吧?

喻茉奇怪地眨眨眼,决定等舍友们醒来后再讨论这事儿,于是关掉短信,开始刷微博,一条微博还没看完,她忽然脑中一个激灵——

周、三、下、午!

周三下午她只有一节选修课——《信息技术之美》。

难道这条信息是计算机系的同学发来的？

她连忙切回短信界面，回复：谢谢。不过你是谁呀？计算机系的同学吗？

对面隔了大概两分钟才回复：沈怀南。

"啊啊啊啊啊啊啊！"

喻茉捧着手机，尖叫着从床上跳起来，于是成功吵醒了宿舍里其余的人。

秦甜甜懒洋洋地翻个身，第一个发言："谁啊，一大早叫春，扰人清梦。"

叫春……

喻茉顿时满头黑线，她抱歉地讪笑两声："对不起啊，我太激动了，没控制好音量。"

"噢。是呆尿少女喻茉同学啊。什么事让你这么激动？男神约你了？"赵文敏一脸生无可恋地从床上坐起来，睡眼惺忪地说。

呆尿少女……

她也就是尿了点，什么时候呆了啊？

"是天才少女。据说我智商一百八噢。"喻茉特得意地说。

赵文敏："你这个一百八的智商是在哪里测出来的？"

"微信朋友圈……测智商……小游戏……"喻茉越说越小声。

赵文敏："……"

赵文敏："那种测试连秦甜甜都能做到八百一。"

秦甜甜："喂，什么叫'连'秦甜甜啊？我的智商可是经'普通高等学校招生全国统一考试'检测过的！"

"啥考试？"喻茉的思路没跟上秦甜甜的语速。

秦甜甜："高考。"

喻茉："……"不愧是智商八百一的人，说话可真有文学水准。

这时还没睁开眼的林路遥，捂着嘴打一个大大的哈欠，提醒大家注意重点："先听茉茉说说，一大早什么事这么激动吧。"末了，转身问喻茉，"茉茉，该不会真的是沈怀南约你了吧？"

"他没有约我。不过……"喻茉又看了一遍短信，确认没有看错之后，才深吸一口气，冷静三秒，然后悠悠地说，"沈怀南主动把手机号给我了。"

"啊啊啊啊啊——"这回轮到秦甜甜惊叫了，满脸星星眼。

赵文敏和林路遥也被这个爆炸性的消息彻底惊醒了。

赵文敏："意思是说，你在沈怀南面前尿成那样，结果还能一觉醒来就被他勾搭？我算是看透了这个看脸的世界。"

林路遥："绝望二次方。"

"嘿……嘿嘿……"喻茉傻乎乎地笑了几声，然后说，"不算勾搭啦。他只是发短信告诉我，下周三下午的课改到晚上了。"

"这就是勾搭。"赵文敏语气笃定，"这种事情一般都是由班长在群里通知的。你不是计算机系的，没有加他们的群，会被单独通知很正常，但由他来通知就不正常了。他又不是班长。"

"是这样吗？"

喻茉感觉自己的小心肝在狂颤。

那可是沈怀南，她暗恋了整个高中的人……

喻茉极力使自己冷静下来，然后对着手机自言自语："我要怎么回复呢？啊，完了完了，他的消息八点就发过来了，我十点才看到。一定不能让他知道我睡到这么晚才醒。"

"别紧张，要稳住。"秦甜甜三人立马围过来，个个精神抖擞，智慧超群，瞬间凑成一个诸葛亮。

经过高考检验的军师天团的实力果然不是盖的，只花了五分钟就敲定好计策。

喻茉按照军师团的建议编辑完信息，最后检查一遍，确定没有语病之后，点击发送。

然后开始一分一秒地数着时间等回复。

沈怀南收到喻茉的信息时，正在写高数作业，他看一眼信息，短信内容比他预想的要长。

136XXXXXXXX：不好意思呀，之前在跑步，没注意看手机。谢谢你通知我。下周三见 n(* ≧ ▽ ≦ *)n！

跑两个小时？

体力不错。

沈怀南莞尔，想了想，回复：你应该感谢周洋。

早上他晨跑完回来，一进宿舍就被周洋拦住："班长在微信群里说，下周三下午的《信息技术之美》改到了晚上七点。你通知喻茉吧。她的电话是：136XXXXXXXX。"

他仰头灌一口矿泉水，反问："你为什么不自己通知？"

"我的手机坏了。"

"……"

坏了还能看微信群消息？

他懒得理周洋，随手拿一条毛巾，去冲凉。进浴室前，听到周洋说："那我拿你的手机发了啊！"

他没有搭理，直到十点左右她发来信息问他是谁时，他才看到周洋拿他的手机发过去的短信。

所以她应该感谢周洋。

沈怀南收回思绪，正要继续写作业，周洋忽然晃过来拍他的肩，说："明天晚上一中校友聚餐。杨大美女要我通知大一的。我通知你了啊。你去不去？"

沈怀南："有空就去。"

周洋："去吧，刚开学哪有什么事。喻茉那边，你去通知？"

沈怀南："你的手机又坏了？"

周洋："我自己去通知。"

经济学院某女生宿舍。

四个穿着睡衣的女生，围着同一部手机，皆一脸蒙。

宿舍内静得出奇。

忽然，手机呜呜地振动起来，伴着默认的来电铃声。

喻茉连忙接电话："喂？"

电话那边很快传来一个熟悉的声音："喂，你好呀喻茉，我是周洋，你还记得我吧？就是专门给沈怀南当背景墙的那一个。"

喻茉："记得……你好。"

"嗯，是这样的，明天晚上有一中校友聚餐，大二的请我们大一的吃饭。你有没有空参加？"

"聚餐？"喻茉微微拧眉，她不太喜欢参加这种全是陌生人的社交活动，"我不知道有没有……"

"我和沈怀南也会去哟。你应该有空吧？"

"嗯……"初来乍到，人生地不熟，多社交一下也挺好。喻茉默默地在心里打自己的脸。

"那太好了。我一会儿把时间地点发到你的手机上。记得穿得漂亮点，挂了。"

"噢。好。"

喻茉正要挂电话，忽然见舍友对她使眼色，连忙说："你等等。"

周洋："还有事吗？"

秦甜甜："问问他短信的事。"

"这样不好吧……"喻茉想拒绝，但见舍友们一副想拿刀往她脖子上抹的架势，只好妥协，"呃……嗯……就是想谢谢你，通知我课程时间变更的事。"

"不用客气。咦？你怎么知道是我？我拿老沈的手机发的啊！"

"我听沈怀南说的……呵呵……"

挂断电话，喻茉彻彻底底地蔫了。

她就说嘛，沈怀南怎么可能主动勾搭她？

异想天开。

"茉茉，你别泄气。至少你现在有沈怀南的手机号了呀。"林路遥安慰道。

秦甜甜："对。而且明晚你们还要一起去聚餐，又能在他面前刷存在感了。"

"嗯……"喻茉有气无力地应一声，软趴趴地伏在桌上，想起周洋的话。

——记得穿得漂亮点。

吃顿饭而已，为什么要穿得漂亮点呢？

第二天晚上，喻茉如约参加聚餐。虽然不明白周洋为什么特意交代那一句话，但她还是稍稍打扮了一下，毕竟沈怀南也会去。

聚餐时间定在晚上七点，地点在西门外的一家东北菜馆的包间。

喻茉算好时间，提前十分钟到场。

一进门，就看见周洋跟她打招呼。

周洋："喻茉，这边。"

一副跟她很熟的样子……

喻茉微微弯起唇，抿着嘴朝他客气地笑了笑，然后走过去。

周洋指着与他相隔一个空位的位置说："你坐在这里。"

喻茉感激地点点头："谢谢。"

在场的人虽然都是一中校友，但她并不认识，所以十分拘谨。

坐定之后，她便在学长们的起哄下，自我介绍："大家好，我叫喻茉，经院统计系的。"

在座的人也纷纷向她介绍自己，一圈下来，她只记住了一个名字——杨舒婧。因为桌上只有她和杨舒婧两个女生。

自我介绍完毕后，学长们就打开了话匣子，相互调侃起来——

"想不到咱们一中还有这么漂亮的妹子！真给母校长脸。"

"老王你瞎说什么大实话啊！你当咱们杨大美女不存在是不是？"

"你俩说实话时注意委婉点，小心杨美女生气，一会儿不喝死你们。"

……

喻茉不知该怎么接话，只好赔着笑。

趁学长们聊天的空当，她悄悄观察了一下现场，注意到桌上还有两个空位，一个在杨舒婧的左手边，正对着包间大门，另一个在她和周洋的中间，背对着包间大门。

这两个空位，其中一个应该是留给沈怀南的，而另一个……

正想着，杨舒婧忽然说："张大帅哥，你可算是来了。喏，给你在美女学妹旁边留了个空位。"

杨舒婧的语气里带着调笑，显然与这位"张大帅哥"非常熟。

让喻茉奇怪的是，他们既然相熟，为什么不坐在一起呢？像这种陌生人一大堆的尴尬聚餐，不是应该熟人跟熟人坐在一起吗？

连她都跟半生不熟的周洋坐在一起……

咦？

桌上只剩两个空位，"张大帅哥"坐她旁边的空位的话，那沈怀南……

不等喻茉转过弯来，"张大帅哥"便走过来，拉开她旁边的椅子，朝对面的杨舒婧哈哈一笑："那我就谢谢你的美意了！"

喻茉默默地低下头。

现在只剩下一个空位，只差一个人……

好可惜。

她还以为能够跟男神坐在一起呢。

出门前特意喷了点儿秦甜甜的——据说很显瘦的栀子花香水。

看来好香水要给猪闻了。不对，说学长是猪好像不太好……

喻茉心思百转千回之际，忽然听到一道清朗平稳的声音在身后响起——

"不好意思，这个位置有人了。学长。"

沈怀南大步走进包间，目光在喻茉身上停了几秒，然后对"张大帅哥"——张天邺说："学长还是去对面坐吧。"

他称张天邺为学长，气势却明显胜出一截，平缓的语气里带着不容置喙。

张天邺惊诧地回头，视线在他和邻座学妹的身上来回寻了几遍，见小姑娘低头咬唇，面带绯红，顿时做恍然大悟状，以为他们之间有"奸情"。

"行。我去对面坐。"张天邺笑得甚是暧昧，爽快地退到一旁，以成人之美。

"多谢。"沈怀南客气地点点头，没有多做解释，极其自然地在喻茉身旁坐下。

刚一坐定，忽闻一阵清香扑鼻而来。

他眉宇微扬，随即舒展开来，嘴边不自觉地含起淡淡的笑，侧头看向身旁的人。

她今天穿了一条白色连衣裙，露出锁骨和修长脖颈，白皙的鹅蛋脸上泛着淡淡红晕，低眉垂眼，面若桃花，看起来像个粉雕玉琢的瓷娃娃。

沈怀南忽然发现，这姑娘安静乖巧不说话的样子，倒是挺美。

正想着，忽听对面的杨舒婧没好气地说："沈怀南，你什么时候变得这么俗不可耐了？"

他转回头，将视线移向对面，淡淡地看杨舒婧一眼，客客气气地说："学姐好。"

一声"学姐"立刻拉开了两人的距离。

杨舒婧的脸色顿时一白，撇开眼不说话了。

饭桌上的气氛因此变得紧张起来。

喻茉直觉这紧张的气氛跟自己有关，她的十根手指在桌下拧巴成一团，各种情绪在心里轮番激战。

紧张，欣喜，羞涩，忐忑，和一点点不敢置信……

她没有听错吧？

沈怀南居然跟学长争她旁边的位置。

是想……和她坐在一起吗？

"你不吃东西？"耳畔忽然响起他的轻语，低沉磁性。

喻茉的心微微颤了一下，抬起头，这才发现大家已经开始动筷子了。

她连忙拿起筷子，冲他矜持地笑了笑，然后开始吃东西。

今天的聚餐男生居多，虽说气氛一度陷入紧张，但几杯啤酒下肚之后，饭桌上的气氛很快又活跃起来。

"大家有没有加入什么社团呀？"学长开始关怀学弟学妹。

有人立刻积极地答道："我加入了电竞社。"

"电竞社？那不是张天邺的地盘嘛。还不赶快敬你们社长一杯，以后好让他多多关照。"

"原来张学长是电竞社的社长啊！那我得赶紧巴结一下。哈哈！"

"你需要巴结的可不止张学长一个人噢。你杨学姐可是电竞社的副社长。"

"想不到学姐不仅人长得美，能力也强。不愧是女中豪杰！"

加入电竞社的那个新生立刻向张天邺和杨舒婧敬酒。

喻茉将这一幕看在眼中，兀自笑了笑，心想果然啊，哪里有团体，哪里就有官僚主义。

幸好她没有加入社团，不需要别人"关照"。

不知道沈怀南有没有加入什么社团呢？

喻茉正想得入神，忽听杨舒婧语气熟络地说："阿南，我记得你初中时挺爱玩《英雄联盟》，怎么不加入我们电竞社？"

这声"阿南"让喻茉扒饭的手顿了一下。

他们竟然这么熟？

她偷偷用余光瞟沈怀南，想看他的反应，却不料被他撞了个正着。

她心一慌，忙转回眼眸，心虚之际听到他淡声说：

"课业忙。"

三个字言简意赅，丝毫不拖泥带水。

闻言，喻茉的嘴角不自觉地往上翘了翘，忽然觉得碗里的饭特别香。

看来也不是很熟嘛。

跟她差不多——沈怀南跟她说话，也是那个语气。

喻茉正在心里偷着乐，又听杨舒婧说："喻茉学妹呢，平时玩不玩游戏？"

怎么扯到她身上来了？

喻茉停下筷子，吞下嘴里的饭，然后抬起头，冲杨舒婧微微一笑，说："偶尔玩一玩手机游戏。"

"什么游戏？"

"《王者荣耀》……"喻茉答得有些犹犹豫豫，因为她有点怕被玩《英雄联盟》的沈怀南鄙视。

哎，世界上最遥远的距离，大概就是男神玩《英雄联盟》，而她玩《王者荣耀》吧。

永远都不可能在同一张地图上相遇。

喻茉有点忧伤。

这时杨舒婧又说："《王者荣耀》啊！那你可一定要加入我们电竞社了。你张学长的段位可是新耀，排名全服前一百的。有他带你玩，保证你升段飞快。"末了，又对张天邺说，"这个学妹就交给你了。你可要用心带啊！"

喻茉：？？？

她怎么就被交给张天邺了？

喻茉连忙拒绝："不用不用。我有人带的。"说完后看到张天邺神色略尴尬，意识到自己这样一口拒绝似乎有些不识抬举，于是又补充一句，"我玩游戏就是无聊打发时间，不需要升段。"

"扑哧——"有人忍不住笑出了声。

杨舒婧脸色变得有些难看，语气冷了几分："带你的人是什么段位？"

"他是——"

喻茉刚一开口，所有人便一齐看向她，包括沈怀南。

大家似乎都对带她的人很感兴趣，张天邺更是一副想要一决高下的模样。

这让喻茉把到嘴边的"王者"吞了回去。

她不想把大神拿出来跟人比来比去。在她眼里，大神是最无敌的，不需要跟人比较。

"就是普通段位，我们打着玩。"她改口道。

众人收回眼，难免显得意兴阑珊——还以为是多大的神呢，连电竞社社长都被比下去了。

只有沈怀南眼眸微动，又深深地盯着喻茉看了会儿，才转回头。

而另一边，许是终于在段位上赢了一局，杨舒婧的脸色稍微缓和了些，嘴边泛起友好的微笑："喻茉学妹真有趣。我还是头一回见到像你这样不思进取的玩家。"

"呃……呵呵……"喻茉尴尬地笑。

不思进取就不思进取吧。

反正她玩游戏，为的是娱乐，本来也不需要太激进。

事实上若不是在游戏里认识了大神，她可能早就把游戏丢到一边了。

……

游戏的话题过去之后，又有大一新生给学长敬酒，大家便又天南地北地聊了起来。

喻茉平时不太喝酒，今天出于礼节，也跟着喝了几杯，没一会儿就感觉肚子有点胀，起身去洗手间。

她实在是疲于应付这种饭局，从洗手间出来后，便溜到饭馆外透气，过了一会儿才往回走。

刚一转身，忽然听到有人喊沈怀南的名字，她下意识地停下脚步。

抬眼看去，果然看到沈怀南站在门口，侧身对着她。

他的对面站着杨舒婧。

"沈怀南，你故意给我难堪是不是？为了不跟我坐在一起，你居然当众跟张天邺抢座位。

"开学那时候也是，那包榕城特产明明是我妈让你带给我的，你为什么让周洋送过来？你就这么不想见到我吗？你不肯加入电竞社，也是为了躲避我吧？"

杨舒婧气急败坏地一口气说完，语气里有指责也有怨愤。

沈怀南的表情还是如往常一样云淡风轻，立在原地不置一词。

杨舒婧见他不接话，便又逼问："为什么不回答？你现在连话都不肯跟我讲了吗？"

沈怀南依然一言不发。

这在杨舒婧看来就是默认了。

两人僵持数秒，杨舒婧恨恨地斜眼瞪他一下，然后一转身，气呼呼地冲出门。经过喻茉身边时，她脚步停了几秒，然后大步走开。

喻茉没料到杨舒婧会忽然冲出来，她张了张嘴，想解释自己不是故意偷听他们说话的，但杨舒婧根本没有给她解释的机会。

她又转头看向沈怀南。

"我只是路过……"她弱弱地说。

沈怀南居高临下地睇着眼前的人，她比他矮一个头，此时仰面望着他，一双清眸里满是无辜和惊慌。

让人忍不住想安抚。

说不出来缘由。

他敛了敛心头那股子陌生的情愫，淡声说："进去吧。"然后转身走开。

喻茉望着他的背影抿了抿嘴，缓步跟上去，想起杨舒婧刚才说的话，深深地提一口气，在心中喟叹一声。

原来他是为了躲避杨舒婧，才坐到她身边的。

他们以前应该很熟吧。

再回到包间时，喻茉已经没什么食欲了。

好在男生们也喝得差不多了，等已经平复情绪的杨舒婧从外面回来后，大家便一起举杯饮完杯中剩余的酒，东倒西歪地散场了。

喻茉最后一个出门，走到半路发现手机忘拿了，又折回去找手机，再出来时，人都已经走光了，只剩沈怀南站在门口。

晚风吹得他发丝凌乱，与平日一丝不苟的俊朗比起来，多了几分洒脱。

昏黄的灯光打在他身上，在地上拉出长长的影子。

连影子里都好看得一塌糊涂。

喻茉一步也挪不动了，就这么静静地望着他，险些看痴了眼。

世界仿佛静止了几秒。

直到他微微地侧过眼来，时间才重新开始流动。

她慌乱地垂下头，纠结着要不要上前跟他打声招呼再走，毕竟现在已经算熟人了……

犹豫不决之际，却听他说："不走？"

语气还是一贯的干净利落。

"什么？"

喻茉怔了片刻，而后领悟出他话里的潜台词——他在等她。

他竟然在等她！

"走……走的。"

喻茉极力掩饰内心的雀跃，乖巧地走过去。

她抬头望一眼天，今晚的月色，可真美呀！

晚上的校门口学生很多，三五成群，来来往往，有说有笑。

这使得沉默不语的两人显得有些另类。

并行几步之后，喻茉感觉气氛有点沉闷，便没话找话道："周洋已经走了吗？"

"你想让他送？"沈怀南挑眉，侧头看她一眼，不待她回答，便又转头看向前方，"他负责送杨舒婧。"

言下之意，我负责送你。

虽然听起来像在执行任务，但……很高兴他的任务是送她。

喻茉低头弯起嘴，双手背在身后，步伐轻快，心情飞扬。

从西校门到经院女生宿舍区，不过十来分钟的路程。两人很快抵达喻茉的宿舍楼下。

"呃……那个……"喻茉扭捏地左右晃了几下，才把舌头捋直，"谢谢你送我回来。"

沈怀南点点头："不客气。"

"那……我先上去了？"喻茉不想让他看出自己的依依不舍，说这句话时眼微微下垂，没敢与他对视。

听他又轻轻地"嗯"了一声，她才无限遗憾地转过身，在心中自我唾弃一万遍。

——喻茉啊喻茉，男神难得给你当一回护花使者，你怎么就只会说一句"谢谢"呢？

喻茉实在是很懊恼自己找不到更多的话题，不禁用手拍了拍脑袋，正要跨上台阶时，忽听他在身后说——

"今天很漂亮。"

咦？

她心头一震，心漏跳了半拍，惊得忘记了呼吸。

"什么？"她转过身，仰起头与他对视，不敢相信自己的耳朵。

沈怀南发现这姑娘在自己面前，似乎无时无刻不绷着一根弦。

她在紧张什么？

怕他找她算旧账？

——他还不至于那么小气。

思及此，沈怀南哼笑了一声，又轻飘飘地说了一句："香水也很好闻。"然后转身离开。

喻茉呆呆地目送沈怀南走远，直到他的背影消失在夜色中，才意识到刚才发生了什么，脸唰地红到耳根。

笑容渐渐爬上眼角眉梢，灿烂得有些傻。

她咬住嘴边越来越傻的笑，在原地站了好一会儿，才低头走进宿舍楼。

原来女为悦己者容，是这样一种心境，对方一句夸奖，心里就跟抹了蜜似的甜。

Chapter 03

男神，你一天不逗我心里不舒服是吧？

喻茉回到宿舍后，又被舍友们八卦了一番才得以脱身。

梳洗完毕后，她躺在床上傻笑个不停，决定找个人分享一下喜悦。

打开游戏，果然看到大神在线。

喻茉连忙点进聊天界面，编辑信息：今天被男神夸奖啦，好开心好开心，下周三还要跟他一起……

写到一半，她想到大神那么忙，不一定有时间听她讲这些琐事，于是又逐字逐句地删掉了。

还是等以后吧，等到……

什么时候呢？

喻茉稍稍幻想了一下以后的事，脑海中才刚刚浮现出沈怀南俊朗出尘的样子，她便情不自禁地羞红了脸，忙不迭收回思绪，像是怕自己的小女儿情态被旁人偷窥了去。

想多了想多了——男神只是夸奖了你一句而已，要淡定，要矜持。

喻茉拍拍胸口，感觉心跳得太快了。

冷静了一会儿，她咬了咬唇，将嘴边的笑意压下去，然后私信大神：有空吗？

计算机系，某男生宿舍。

周洋正吆喝着大侠和款爷一起打游戏，忽然看到沈怀南回来，他立刻取下耳麦，惊道："你晚上不是还有事，所以不能送杨舒婧回去吗？怎么回来了？"

沈怀南神色泰然，不疾不徐地走到书桌前坐下后，才答道："办完了。"

"这么快？"周洋面露探究，视线在好友的脸上晃了几圈，见他面色如常，无风无波，让人探不出半点端倪，便作罢了，接着，话锋一转，"我今天又替你挡刀了。你是不知道，杨舒婧今天的火气可真大。"

说到杨舒婧，周洋不禁激动地站起来，走到沈怀南跟前，双手抱胸，说："我好心送她回去，她居然连一句'谢谢'都没有说，全程冷着脸，活脱脱一个冰美人。哎，几年不见，她的脾气真是越来越大了。实在是让人吃不消。"

感慨完，他又想到今晚饭桌上的另外一位美女，忍不住比较起来："要我说，还是像喻茉那样的软妹子才讨喜。"

这时一直对他爱搭不理的沈怀南，竟然破天荒地回了句："你也这么觉得？"

也？

周洋双眼一眯，这个字很微妙啊！

他贼兮兮地笑了笑，然后重重点头道："温柔的姑娘谁不喜欢？更何况，你不觉得喻茉的身上有一种让人安心的气质吗？她看起来软绵绵的，却并不好欺负，连杨舒婧那样好强的人，都在她面前碰了软钉子，有气发不出来，就好像——"

周洋歪着头思考了下，说："就好像只要是她不在意的事，连与人争辩都不屑，但她又不会将这种不屑表现出来，只微笑沉默，不带半点攻击性，仿佛在说——随你怎么讽刺挖苦，我洗耳恭听。

"就比如今晚说到游戏的事，她的态度随性坦然，倒显得杨舒婧太较真了。

"我觉得，这姑娘应该是那种，活得很洒脱的人，知道什么重要，什么不重要。"

周洋一口气说完，毫不吝啬对喻茉的赞美。

沈怀南闻言扬了扬眉，没有接话，嘴角却不由自主地勾出一个浅浅的弧度，连他自己都没有察觉。

过了一会儿，他想起今晚送喻茉回去的另一个目的，于是打开游戏。

系统立刻推送来"一朵茉莉"的消息。

一朵茉莉：有空吗？

南风将至：什么事？

一朵茉莉：我想快点升段，有空带我打排位吗？

南风将至：为什么突然想升段？

为什么呢？

女生宿舍内，喻茉展眉想了想，然后回复：我就想知道，上王者有多难。

等她上了王者段位之后，应该就不会有那么多"好心"人来关怀她了吧？

……

沈怀南盯着手机屏幕沉吟片刻，然后将心中那团云雾挥散，回头问舍友们："排位赛打不打？"

"打！当然打！"

三人异口同声。

跟南神组队打排位，那还不是躺着升段嘛。

不过……周洋有一个疑问："你今天怎么突然有兴致玩游戏了？"以往他邀请这位大神十次，能被拒绝十一次，今天居然主动邀请他玩游戏，绝对有鬼。

沈怀南瞥一眼神经兮兮的周洋，淡声说："我拉个人一起。"说完便向"一朵茉莉"发出游戏邀请。

喻茉收到大神的邀请时，相当之惊喜。

她等了好半天都没有等到大神回复，还以为大神不想带她呢。

喻茉连忙点击接受，一进队，便在组内频道主动跟大家打招呼：大家好，我是一朵茉莉。

队友们对她的"欢迎"比想象中要热烈——

大侠：这不是上次那个坑队友吗？

庄周周：原来是要带外甥女升段。呵呵。[冷漠脸].jpg。

款爷：现在退赛还来得及吗？我突然失去了玩游戏的技能。

喻茉：……

居然又是他们几个。

她还没嫌弃他们呢。

喻茉不服气地回复：庄周周，你的段位还没我的高。

周洋看一眼数据，居然是真的。虽然他和一朵茉莉都是铂金段位，但她的级别比他高一级。

耻辱，这绝对是天大的耻辱。

他居然比一个小学生的段位还低！

这种事情他是绝对不会承认的。

庄周周：这是我的小号。我的大号早就上王者了。

一朵茉莉：……

我姑且给你留点面子。

喻茉这样想，然后转头抱大神的大腿。

一朵茉莉：南神，我想打不容易死的位置，可以不？

男生宿舍内，哀号一片。

"老沈，你这是要害我掉分啊！"周洋仰天长叹。

大侠和款爷也默默地计算着，这一次掉分后，需要多久才能打回来。

沈怀南的嘴角勾了勾，随后又望着手机里的信息极淡地哼笑了一声，朗声说："陪她玩一局。今天掉多少分，我下次帮你们打回来。"

众人："……"自己陪玩也就算了，还拉上他们？

下次帮忙上分？这种提议，当然是——

欣然接受啊！

只要南神肯带，别说上分，升段那都是分分钟的事。

不过周洋还是忍不住抗议："喂，真的太宠了啊！"

沈怀南眼眸微动，不置可否地笑了笑，在频道里回复一朵茉莉。

南风将至：今天不行。

一朵茉莉：为什么？

南风将至：今天我们需要一个帮大家挡刀的角色。

一朵茉莉：？？？

南风将至：论挡刀，大家都没有你的经验丰富。

喻茉把大神的话来来回回看了好几遍，才确认自己没有理解错——大神这是在"夸"她送死的经验丰富。

呵……呵呵……

石化半分钟后，喻茉非常屈辱地接受了大神的"赞美"，选择了坦克战士亚瑟，基本上就是肉盾了。

于是今天的排位赛，喻茉表现得相当之英勇，一直冲在最前线，死了一次又一次，惨不忍睹。

到比赛快结束时，庄周周发来好友申请。喻茉点击同意。那边立刻发来消息。

庄周周：打得不错啊小学生！下次还要一起玩噢。

一朵茉莉：你才是小学生。

庄周周：不是小学生？

一朵茉莉：不是。

庄周周：初中？

一朵茉莉：……

一朵茉莉：[手动再见].jpg。

跟庄周周"再见"之后，游戏也结束了。

喻茉切出去跟大神说：谢谢呀，今晚很开心。

对面秒回——

南风将至：因为游戏？

不然呢？

喻茉感觉大神似乎话里有话，她奇怪地眨眨眼，回复：嗯。我的"特长"发挥得不错吧？(*^__^*)

南风将至：很赞。

喻茉嘿嘿地笑了两声，说：我先下线啦，明天还要早起上课。

南风将至：嗯。

关闭游戏，喻茉望着天花板，想起明天周一，接着又想到后天周二，大后天就是周三。

周三啊！

她最喜欢周三了。

当天晚上，喻茉做了一个很长很长的梦。

梦里她回到了高一那年，路过隔壁班教室时的惊鸿一瞥。

那时候沈怀南穿着一件蓝白色校服，站在教室后面写黑板报，发现她在偷看他后，竟冲她笑了一下。

那笑容比阳光还耀眼。

从此她的眼里再也看不见别人。

周三晚上的《信息技术之美》，依然在主教学楼的阶梯教室上课。

喻茉早早吃过晚饭之后，便直接到阶梯教室找了一个位置，一边自习一边等上课。

她的专业是统计学，隶属于经济学院，除了需要学习统计相关的专业课之外，还要学经济学。

所以她此时此刻正抱着一本厚厚的《微观经济学》，一字一句地慢慢啃。

到六点四十分左右时，陆续开始有学生来上课，三五成群地嬉笑聊天，打破了教室里原有的宁静。

喻茉的心也跟着骚动起来，课本上的字一个个在脑子里过，却怎么也无法集中注意力将它们连成一串。

挣扎了一会儿后，她索性不看了，用笔抵着下巴，望着各种晦涩难懂的经济学原理出神。

沈怀南应该也快到了吧？

不知道他会从哪个门进来？

想到这里，她忍不住用眼角的余光偷瞄门口，心里紧张又期待。

每每看到个子高挑的男生，总以为是他来了，心虚得像怕被监考老师抓包的作弊考生，飞快地收回视线，假装一本正经地看书。

不知过了多久，忽然听到一个熟悉的声音在后排响起——

"就坐在这里吧。"

接着便是椅子转动的声音。

很明显来人在她的后排坐下了，而且还不止一个。

这时后排的人又开始说话——

"周洋，你可不许向沈怀南通风报信，不然他又要躲我了。"

"我哪有那么大的胆啊？"

"你的胆子还小吗？不知道坏了我多少次好事。"

……

喻茉不用回头也知道，说话的两人是周洋和杨舒婧。

她不想偷听他们说话，可前后排之间隔得实在太近，想不听都难。

这时周洋为自己辩解道："我那都是好心。他拜托我帮忙，我能不帮吗？说起来，我真的很好奇，你高中那会儿不是对他爱搭不理吗？现在怎么突然这么热情了？"

"我什么时候对他爱搭不理了？明明是他——"

杨舒婧的声音戛然而止。

喻茉心一惊，暗忖：难道沈怀南来了？

正想着，却听杨舒婧说："那不是喻茉学妹吗？"

原来是认出她了。

喻茉有点尴尬，像偷听人说话被当场抓包一般，尽管她并非有意。

"学姐好。"她转过头，微笑着打招呼。

杨舒婧看到她，额上的两撇柳叶眉微微挑了两下，眼中闪过片刻的不悦，随后又恢复如常，面带前辈对晚辈的关切式微笑，问："你也来旁听吗？"

喻茉正要回答，却被周洋抢先一步："她来上选修课。她选了我们系的课。不小心的。"

喻茉："……"听起来倒像是精挑细选专门选了这门课。

她终于知道沈怀南那日听说她"不小心"选了这门课时，为什么会露出"善意的微笑"了。

这话听起来实在是没有多少可信度。

连她自己都不信。

果不其然，杨舒婧脸上的笑容僵了一下，不咸不淡地说："倒是挺巧。其他人怎么就没有这么'不小心'呢？"

喻茉微微拧眉，心中也有了些许不快。

学校既然开放了这门选修课，她就有选择权，还需要经过旁人的同意不成？

就算她真的是故意想接近沈怀南，才选择这门课的，那也是她自己的事，轮不到旁人来评头论足。

这位学姐管得未免也太宽了。

喻茉正思索着该怎么回答，才显得理直气壮而又不失风度，却忽听一道清冷的声音在身前响起——

"这么想知道，你可以去问其他人。"

话音未落，"沈怀南"三个字便在喻茉的脑中一闪而过，带着万分惊喜。

她下意识地回头，视线转回去之前，瞄到杨舒婧的表情凝固了。

不过她并没有心思管杨舒婧的心情，因为沈怀南说完那句话之后，就在她旁边的空位上坐下了。

动作相当之自然，仿佛那个位置原本就是为他预留的一般。

面对男神突如其来的"宠幸"，喻茉起初有些紧张，不过很快就冷静下来了，接着便有些飘飘飘然，完全沉浸在被翻牌子的喜悦之中。

她美滋滋地将之前摊在课桌上的《微观经济学》收进书包，然后取出《信息技术之美》，准备上课。

正襟危坐，目不斜视。

——只是扬起的嘴角呀，快要压不下去了。

沈怀南将邻座姑娘的小动作尽收眼底，素来风平浪静的眼底闪过一丝笑意，转瞬即逝，不留半点痕迹。

他微微扬着眉，慢条斯理地翻开书，将余光从身侧收回，落到米黄色书页上，心情没来由地好了些。

这时手机忽然振动几一下。

他单手划开，看到周洋发来的微信——

周洋：她在宿舍楼下堵我，非要我带她来上课，还不许我通知你。我实在是没有办法。她的脾气你是知道的，不达目的不罢休。

幽深眸光只在屏幕上停了一秒，他正要锁屏，这时又进来一条微信——

杨舒婧：我知道你是想故意气我。跟我去教室外面谈一谈好不好？我在外面等你。

沈怀南看着杨舒婧的信息，拧了拧眉，刚把手机放下，信息又进来了。

杨舒婧：我有要话要对你说。我等你三分钟，如果你三分钟内不出来，我就进去教室里面，当着所有人的面说。

字里行间都透着鱼死网破的蛮不讲理。

当着所有人的面……

沈怀南双眸微眯，将手机屏幕锁上，拿在手里转圈。

几圈之后，他侧头对喻茉说："我出去一下。"

喻茉那时候正极力消化着书上的各种计算机术语，听到他的话，怔了一下，然后点头："噢，好。老师来了我叫你。"说完弯起眉眼冲他笑，那眼睛好似在说——你放心去吧，我帮你放风。

沈怀南："……"

这姑娘心思倒挺跳跃。

沈怀南微微勾了勾唇，没有解释自己跟她打这声招呼，并不是为了让她帮忙放风，而是……

为什么呢？

他自己也说不清。

大概是出于对同桌的尊重吧。

他将手机放进裤子口袋，从后门大步走出教室。

一出去，就看见杨舒婧倚在门口的石柱上，撇着嘴得意地笑。

"你终于肯见我了。"她没好气地说。

沈怀南没有接话，动作利落地抬起手，视线在腕上的表盘上扫一眼，淡声说："离上课还有五分钟。"

"真小气，你就不能为我翘一节课啊？"她娇嗔一声，见他面不改色，便又悻悻地收起了撒娇的情态，"五分钟就五分钟吧。"

她接着说："我只是想告诉你，我不会再逼你。你不想谈恋爱没关系，我们可以做朋友。

"我以前交那些男朋友，都是为了气你。现在想起来真是太幼稚了。以后再也不会了。

"所以啊，你也不要避我如蛇蝎了好不好？更不要为了气我，故意对其他女生好，不然我会……"

说到这里，她垂下眼，放低姿态，语气柔柔地说："不然我会当真的。"

她长得十分漂亮，即便是在美女如云的东大里，也是数一数二的。她的美貌里天生带着艳，此时眉眼低垂，一副欲语还休的样子，看起来十分惹人怜爱。

只可惜沈怀南并没有怜香惜玉之心。

他耐着性子听她说完，看一眼手表，时间差不多了。

在上课铃响起之前，他将态度表明，语气跟往常一样平淡："我们一直都是朋友，以后也只会是朋友。"

"你——"

"你跟谁谈恋爱是你的自由。"

杨舒婧的脸上顿时一阵青一阵白，气急道："我都说了，以后不会再那么幼稚了。"

沈怀南像是没听到一般，继续说："至于第三个问题……"

他语气稍稍一顿，视线朝阶梯教室里面晃了一下，然后收回来，说："你可以当真。"语毕，转身走向教室。

杨舒婧呆呆地杵在原地，脑中循环着他临走前的最后一句话——你可以当真。

什么意思？

难道他真的看上喻苿了？

这怎么可能……

她认识他十多年，从来没有见到他对哪个女生动心过，所以她才会自信自己在他心中是特别的。

可现在……

杨舒婧忽然感到害怕起来。

与此同时，沈怀南前脚刚踏进教室，手机就振动起来。

136XXXXXXXX：老师来啦。

这个号码并没有存进他的手机里，但神奇的是，他竟然一眼认出了号码的主人。

看到字的瞬间，就似乎已经听到了主人软糯的声音。

他勾了勾唇，边走边将号码存进手机，打字的手在联系人姓名那一栏停了几秒，最终还是只写了两个字：

喻茉。

阶梯教室内。

任课教授正在解释调课的原因："我这周在外地开学术会议，今天下午才赶回鹭市，不得已把上课时间推到了晚上，希望同学们能够理解。考虑到事发突然，可能有的同学还没有消化这一突变，今晚没能来上课，我就不点名了。"

教室内立即响起掌声。

喻茉也抿着嘴笑，心想这个教授可真深明大义，正想给沈怀南通风报信，却听教授话锋一转——

"给你们一分钟时间，相互检举。班长负责登记翘课同学的名单。"

喻茉：……

真是万万没想到。

喻茉连忙给沈怀南发短信：班长在登记翘课同学的名单，要不我帮你找个理由……

"不用。"

喻茉：噢。那你快点回来……

咦？

她的信息还没发出去啊？

喻茉侧头看去，果然看见沈怀南已经在她旁边坐定了。

而且还看到她写的短信了……

等等，短信！

她迅速扭头看回手机屏幕，短信编辑框的最上方，果然好死不死地显示着"宇宙第一帅"五个大字。

嗯，没有记错，她确实非常可耻地把沈怀南的号码备注成了"宇宙第一帅"。

然后又非常不小心地被他看到了。

"……"

要不要这么狗血啊！

这大概就是传说中的自作孽不可活吧。

喻茉感觉自己正在渐渐石化，无论是表情还是动作都僵硬得无以复加。

她默默地将手机翻个面盖在桌上，然后把头埋进书里，用脑电波对邻座的人进行精神催眠：

你什么也没有看到，什么也没有看到，什么也没有看到……

小半节课过去，喻茉好不容易平静下来，手机忽然开始在桌上嗡嗡振动个不停，声音巨大无比。

她连忙拿起来查看，屏幕上显示有十几条未读消息，全部来自宿舍微信群，有两条还专门@了她。

都是住在同一间宿舍的人，什么事非要在微信群里聊？

喻茉疑惑地划开信息，手机界面直接跳入宿舍微信群。

赵文敏：号外号外！最新消息，学期末评优时要计算平时分，比重比去年还大。大家平时一定要注意多参加学校组织的集体活动。

秦甜甜：具体什么活动？军训算不算啊？

赵文敏：……

赵文敏：具体的活动系里会通知。对了，加入学生会和社团，也会加平时分。

林路遥：学生会已经不招新了吧？基本上都是上一届的干部内部推荐下一届的新生入会。还是赶紧报社团比较现实。

秦甜甜：幸好@喻茉 上次拿了好多社团宣传单回来。哈哈。容我看看报什么社团好。

林路遥：@甜甜 看完了给我看一下。

赵文敏：你俩都在宿舍，有话不能当面讲吗？

秦甜甜：说得好像你不在宿舍一样。

赵文敏：我是发给@喻茉 看的。

"……"

一屋子的网瘾少女，全部中了手机的毒。

喻茉好笑地摇了摇头，正想将手机锁屏，林路遥又发来一条消息——

林路遥：茉茉，要不要我帮你也报一个社团？

喻茉连忙回复：好呀。不过我还没有想好要报什么社团。

林路遥：你不是爱玩游戏吗？要不报电竞社？

电竞社？

那不是自找麻烦吗？

喻茉连忙回复：不用不用，我想换个爱好发展。

电竞社是杨舒婧的地盘，这个学姐对自己并不太友好，去了等于是找虐。

她不想给自己添堵。

喻茉一时想不到报什么社团好，便又回了一句：等我先想想吧。

林路遥：OK，想到告诉我。

喻茉：O(∩ _ ∩)O 谢谢。

秦甜甜：@喻茉 麻烦帮忙算一下，登山和定向越野，参加哪一种遇见帅哥的概率比较高？

算……一……下……

喻茉被秦甜甜囧到了。

这种事情还能算得到？

当她是神婆吗？

她要真有那个本事，就不坐在这里念书了，直接去大街上摆个摊，搞不好没几天就成网红了。

网名她都已经取好了，就叫天上掉下个喻大仙。

想到这里，喻茉笑嘿嘿地将自己的微信昵称改了，然后回复秦甜甜。

天上掉下个喻大仙：本大仙掐指一算，当然是……天机不可泄露。

然后她就收到了秦甜甜发来的表情——一只兔子被十几把机关枪团团包围，射成马蜂窝。

不用想，那只兔子代表她。

"……"

这年头，果然老实人最难当。

为了挽回同窗友谊，喻茉决定将"天机"透露给秦甜甜。

天上掉下个喻大仙：如果是我的话，我会选定向越野。

反对一切迷信势力秦甜甜：那我帮你选了啊。咱俩一起报定向越野社团。

天上掉下个喻大仙：……

反对一切迷信势力秦甜甜：怎么，不愿意？

天上掉下个喻大仙：愿意。不过你的昵称……

反对一切迷信势力秦甜甜：嗯，你让我开始相信科学了，封建迷信太不靠谱。

天上掉下个喻大仙：……

完全没有料到自己竟然对社会进步作出了如此巨大的贡献。

喻茉演不下去了，关掉微信，继续听课。

抬头望黑板的瞬间，她瞟到一旁的沈怀南心虚地移开了视线。

喻茉：？？？

她没看错吧？男神心虚什么？

沈怀南确实有点心虚，因为他很小心地看到了喻茉聊天的全过程，他也不知道自己为什么不避开，大概因为……视力太好吧。

秦甜甜的效率非常高，当天晚上就向定向越野社团提交了自己和喻茉的电子申请表格。

隔天早上，两人同时收到了社团发来的，申请审批通过和欢迎加入社团的邮件，以及第一次社团活动的邀请函。

"国庆去山关岛活动？可是我已经订了回家的动车票，而且已经通知我爸妈去接我了。我要是突然不回去的话，我妈会对我实施打击报复的。"秦甜甜对着邀请函发愁。

"什么样的打击报复？"喻茉一边查看邮件一边问。

秦甜甜："念紧箍咒呗。我要是敢说不回去，她肯定会指责我长大了翅膀硬了，连家都不要了……从而将主题升华到——等她老了，我肯定不会养她。"

"果然同一个世界同一个妈。"喻茉摊手。

她跟秦甜甜一样，早就通知家里国庆节会回去了，现在突然改变行程的话，肯定会被老妈念叨。

不过她本来就不太热衷于社团活动，完全是为了混平时分才报名，所以参不参加都无所谓。

"算了，下次再参加吧。"喻茉说。

秦甜甜："不行啊。第一次社团活动，大家都是新人，容易培养感情。如果等下次再去的话，其余人都已经相互认识了，就我们两个新人，容易被孤立。"

这话说得有点道理。

"邮件上说，活动定在十月六号。如果提前一天返校的话，就可以参加了。茉茉，你陪我去好不好？"秦甜甜立刻化身"小巴结"，捜着喻茉的衣袖摇啊摇。

喻茉拗不过她，只好点头："陪你去也可以，不过我有一个条件。"

"什么条件？"

"把你的微信昵称改一下。"

"改成什么？"

喻茉清眸一转，坏笑道："喻大仙的铁杆粉丝秦甜甜。"

"……"

秦甜甜明显被喻茉雷到了，语塞好久，才严肃认真地说："这个真不行。"

喻茉："为什么？"

秦甜甜："我是党员。"

"……"

"我发过誓的，只能拥护中国共产党。"

喻茉："……"

说得那么一本正经，她差点就信了。

喻茉将返校的动车票改签到了十月五号晚上后，又在宿舍写了会儿作业，快到十点时才合上电脑，背上书包去上课。

自从确定沈怀南没有认出自己之后，喻茉在校园里走起路来都坦然多了，昂首挺胸，走路带风。

几分钟之后，她觉得还是把头压低点儿好。

——太晒了。

鹭市是东南部的海滨城市，四季如夏，春秋不分明，冬季基本可以忽略不计。

临近十月，天气依然炎热无比，日头正毒，水泥铺成的主校道上，烫得能够煎荷包蛋。

喻茉今天出门忘了带太阳伞，为了避免脸被晒黑，她用手挡在额前遮阳。

快到教学楼区域时，她忽然瞧到两个高高的人迎面走来，只一眼就认出了来人。

来不及思考，她下意识地窜到一旁的绿化带里，躲在一棵粗壮的棕榈树后。

嘿嘿，幸好她跑得快！

几秒之后……

她干吗要躲？

她现在跟沈怀南已经是，在学校碰到，能够相互打招呼的那种交情了，完全没有躲起来的必要性了嘛。

思及此，喻茉深吸一口气平复心情，嘴角一弯，扬起一个灿烂无比的笑容，转身走出去。

然后——就傻眼了。

他……他刚才不是还在老远处吗？

怎么一转眼就到绿化带里来了？

还站在她的棕榈树……旁。

沈怀南居高临下地静静俯视着眼前一脸呆萌的姑娘，忍不住挑了挑眉。

刚才远远看到她，他还挺期待她的反应，想不到一转眼人就没影了。

这姑娘大概是属兔子的，跑得飞快。

他不记得自己什么时候凶过她。

她怎么次次见到他，都跟老鼠见了猫似的？

沈怀南垂眼睨了喻茉半晌，而后率先开口打破沉默："你在这里纳凉吗？"

纳……凉……

听起来蛮有道理的。

不愧是男神，智商超群，想象力逆天。

喻茉立刻从善如流，点头如捣蒜："嗯。天气太热，我在这儿凉快一会儿再走。"说完，她抓住时机转移话题，"你怎么也在这里？"

"来纳凉。"

"……"

男神，你是故意逗我吧？

这话题看来是转移不开了。

喻茉尴笑两声："我……我去上课了。"

"嗯，教室里有空调，更凉快。"

"……"

绝对是故意的。

"呵呵。"

喻茉继续尴笑，然后从他身侧绕过去，快步走开。

擦肩而过的瞬间，她果然看到他笑了。

沈怀南目送喻茉走远后，才折回主校道上。

与他一起下课回来的周洋，立刻搭上他的肩，挤眉弄眼："是不是超萌？"

这句话没有主语，但沈怀南听懂了周洋的话。他胳膊一抬甩开肩上的手："热。"

周洋讪讪地摸了摸后脑，言归正传，继续刚才的话题："你不是对社团活动没兴趣嘛，干吗又报名定向越野社？"

"赚平时分。"

"……"真这么简单？

周洋完全不信，想了想，说："那我也报一个。"

如果他没看错的话，刚才上课时，某人用手机查看了一封邮件，主题是——金秋十月，定向越野社邀您共度佳节。

转眼到了国庆节。

喻茉和秦甜甜的家都在省内，而且在同一条铁路线路上，于是两人理所当然地订了同一班动车的票，只不过秦甜甜要比喻茉早一个站下车。

十月一号一大早，两人拉着行李箱准备去赶火车。

临出门时，喻茉看见林路遥也在收拾行李，随口问了句："路遥，你也回家吗？"

"不回啊？我去找我男朋友，他在粤城念大学。动车过去只需要四个多小时。嘻嘻。"林路遥说起男朋友时，一脸甜蜜。

听到这话，大家都惊呆了。

秦甜甜："你什么时候有了男朋友？我怎么从来没听你提起过？"

赵文敏："该不会是网恋吧？路遥小妹妹，你可千万别学人家千里见网友啊。现在网上的骗子多，专挑你这种单纯善良的小妹妹下手。"

只有喻茉最厚道："你们别吓路遥，网上也有好人的。"比如大神。咦？她最近怎么好经常想起大神？

林路遥被舍友们逗笑了，将手上的睡衣往行李箱里一塞，笑道："不是网友啦。我们是高中同学。他刚开学太忙，和我联系比较少，所以一直没找到机会告诉你们。"

众人："……"

这联系也太少了吧？

开学近一个月，她们一次也没见到林路遥在宿舍接过疑似男友的电话。

"路遥，你说实话，到底是联系比较少，还是压根没联系过？"赵文敏一听这话，立马就闻到了"渣渣"的味道，当即便端出大姐大的架势，帮柔弱小妹妹打抱不平。

林路遥垂头苦笑："没联系……"声音十分落寞，片刻之后又乐观地笑了起来，"所以我这次国庆节要过去找他，给他一个惊喜。"

众人默然。

——正常来说，不是应该男生来找你，给你惊喜吗？

此时此刻，连屯货界的大佬喻茉同学，都觉得林路遥在这段关系里太弱势了。

她虽然没有谈过恋爱，但至少知道，一个男生如果一个月都不联系自己的女朋友的话，那多半不是因为忙，而是有其他想法了。

但这话喻茉只能想想，不能说。

"路遥，你一个女孩子去粤城，人生地不熟的，会不会太危险了？要不你跟你男朋友说，让他来找你？"喻茉拐着弯提醒道。

林路遥："没关系啦。有我男朋友在，不会有事的。你们快去赶火车吧，再晚小心误点。"

"好吧……"

出门后，喻茉还是不放心："你见到你男朋友后，记得在群里说一声，免得我们担心。"

林路遥爽快地比一个"OK"的手势："到时候给你们带特产。嘻嘻。"

事实证明，大家的担忧不是多余的。

当天晚上，喻茉吃饱喝足后，整个人倒在沙发里"葛优躺"，一脸"我差不多是个废人了"的颓废样，浑身上下只有两只手还能动。

她的手里捧着手机，准备玩几局游戏来谋杀青春。

游戏还没加载完，来自微信群的视频请求就先来了。

喻茉连忙切入微信，接通视频，屏幕上立刻出现林路遥一张哭得梨花带雨的脸。

接着，赵文敏和秦甜甜也都接进来了。

"是不是那个渣男欺负你了？"赵文敏袖子一撸，气得东北腔都出来了。

林路遥边哭边说："呜呜呜……他……呜呜……他居然劈腿……他和那个女生高三暑假时就认识了……在游戏里认识的……开学后发现都在同一所大学念书，就在一起了……呜呜……他怎么可以这样……"

"渣男！"秦甜甜义愤填膺。

喻茉只能默默地叹气："路遥，你现在在哪里？赶紧先回学校，外面太危险了。"

林路遥："我在火车站，还有半个小时才检票。"

赵文敏："火车班次发给我，我去接你。"

林路遥："谢谢……呜呜……还是你们最好……"

赵文敏："好了别哭了。等你找到比他好几百倍的新欢之后，会感谢他今日的劈腿之恩的。"

林路遥："可是……我想……茉茉，你教我玩游戏好不好？"

喻茉被舍友突转的画风惊到了，呆了几秒之后，她忽然想起刚才林路遥话里的另一个信息——渣男劈腿的人是在游戏里认识的。

莫名地，她想到了自己和大神。

大神在现实生活中会不会也有女朋友呢？

不对不对，她跟大神之间是纯洁的革命友谊，怎么能跟劈腿渣男一概论之？

更何况她又不可能勾搭大神。

就算大神有女朋友，也不碍事……吧？

喻茉忽然有点心虚，同时胸口还有点堵，但具体又说不出来为什么堵。

她甩了甩头，回复林路遥："我只会玩《王者荣耀》。"

林路遥吸一下鼻子，红着眼说："他玩的就是这个游戏。我想看看，这个游戏到底有多高端，以至于让他觉得，只有会玩游戏的女生才配得上他。"说完，她又气鼓鼓地补充，"他居然说那个女生是黄金段位，就算我从现在开始玩，也比不过那个女生！"

"……"

敢情您是想通过升段来挽回渣男的心？

喻茉有点想拒绝。

赵文敏更直接："智障。这种人就该塞回母胎回炉重练。"

秦甜甜顺势接过话茬："然后胎死腹中。这样我大天朝的平均智商水平又能上升一个点了。"

喻茉："……"不愧是党员，无时无刻不在忧国忧民。

林路遥被大家的吐槽给逗笑了，她擦了擦眼泪，问："茉茉，你现在是什么段位？"

喻茉："铂金……"

"比黄金厉害吗？"

"嗯……厉害一点……"

"我还以为黄金有多厉害呢！居然比你还菜。"

"……"喂，会不会聊天啊？

念在你失恋，我不跟你计较。

喻茉这样想。

坚决不能在外行面前承认自己是菜鸟。坚决不。

这是尊严问题。

……

这厢，林路遥已经进入了失恋的第二阶段——愤怒。

"我的《王者荣耀》下载好了。我们换成文字聊天吧。我要从现在开始练级。等我练到最高级别，我就截图砸到他脸上，让他有多远滚多远。"

说完这番话，林路遥连微信昵称都改成了"愤怒的路遥"。

喻茉："……"

失恋中的女人简直比恋爱中的还善变。

关闭视频后，喻茉很快收到了林路遥在微信群里发来的截图——《王者荣耀》里的 5V5 对战界面。

愤怒的路遥：@喻茉 怎么玩？

"……"还真神速，这就开始实战了。

喻茉想了想，耐心地给她解说。

天上掉下个喻大仙：你看到界面下方左右两边的操控盘了吗？左边的那个是操作人物行走的，右边的那些主要用来攻击和回血。你左右开弓，边跑边打就行。快死的时候点"恢复"或者"回城"。大招好了就放大招。

愤怒的路遥：那我的目的是什么？

天上掉下个喻大仙：摧毁敌方的防御塔和水晶。不过你千万不要冲过去攻击防御塔，靠太近很容易死的。

愤怒的路遥：……

愤怒的路遥：茉茉，你这个话听着有点矛盾啊！我不去攻击，怎么摧毁对方的防御塔呢？

呃……

这个问题……

问得好。

她一时半会儿还真想不到两全之策，以往推塔的事都是由大神代劳的。

林路遥没有大神带……队友总该有吧？

思及此，喻茉快速回过去——

天上掉下个喻大仙：这些事就交给你的队友吧。你只需要确保自己不死就行了。

群里安静数秒，然后——

愤怒的路遥：茉茉，你实话告诉我，铂金段位在这个游戏里，是不是其实也挺低的？

"……"

呜呜……广大铂金选手被她给拖累了。

喻茉很自责。

深深地自我反省五分钟后，她决定向大神寻求安慰。

一朵茉莉：南神南神，我的操作是不是很烂啊？

大神晚上不在线，到第二天早上，她才收到他的回复。

南风将至：实话？

信息送达时间是凌晨一点左右。

大神国庆节都这么忙吗？

喻茉下意识地在编辑框内打字：熬夜伤身……

写到一半时，忽然又想起林路遥被劈腿的事，连忙啪啪啪删了。

删完之后还是心虚不已，她不停地对自己说：革命友谊要纯洁，纯洁，纯洁……

关心大神的身体这种事，应该由他的女朋友来做。

女朋友……哎……

喻茉抱着手机叹一口气——

堵啊！

过了一会儿，她脑中忽然灵光一闪——

要不干脆试探一下？

如果大神没有女朋友的话，嘿嘿……

等等，嘿嘿是什么鬼？

喻茉被自己不经意间的暗暗窃喜吓到了，头立马摇得跟拨浪鼓似的。

算了算了，还是不要试探了。

要是大神误以为她对他心怀不轨，以后不带她玩了怎么办？

想想都可怕。

完全不能接受失去大神这个战友。

喻茉当下便做了决定，将好奇心压下去，继续游戏的话题。

聊天界面上，还显示着大神的上一条消息：实话？

头像是亮的，这表示他在线。

平复了一下心情，喻茉快速回复——

一朵茉莉：你实话实说吧。我心理素质很好。能够承受。

南风将至：嗯。

一朵茉莉：？？？

南风将至：确实很烂。

一朵茉莉：~~~~(>_<)~~~~

一朵茉莉：用一到十来衡量的话，我的烂属于几级？

南风将至：十一。

一朵茉莉：……

大神你故意逗我是不是？

喻茉很想给大神发一个吐血而亡的表情，可《王者荣耀》的聊天界面里面不能发表情包，她只能自己模拟吐血慢动作。

那画面，根据她的设想，应该是相当之惨绝人寰的。

自嗨完之后，她看到大神又发过来一条消息。

南风将至：你也有你的优点。

就说嘛，她既然能够跟大神做朋友，一定也是有一技之长的。

——虽说她自己暂时还没有发现。

可能隐藏得太深了吧。

幸好大神慧眼识英雄，看穿了她。

喻茉不禁洋洋得意起来，问大神：什么优点？

末了又补一条——

一朵茉莉：你尽管实话实说。我心理素质很好。能够承受。

大神可能是被她囧到了，这次没有秒回。

喻茉守着聊天对话框好半天，迟迟不见大神发送"赞美"过来，不禁暗自揣测：难不成她的优点太多，大神还没有写完？

嘿……应该不太可能……

喻茉将在空中飘飘然的那个自己拉回地面，对话框里适时跳出大神的消息来。

南风将至：听话。

咦？

半秒的呆怔之后，喻茉的脸唰地红到耳根，火烧似的烫，心跳得格外快。

她被扑通扑通的心跳声追得乱了阵脚，飞快下线，落荒而逃。

大……大神刚才……

"喻茉，你一个人躲在屋里玩什么东西？脸红得跟猴子屁股似的。"喻妈忽然推门而入。

吓得喻茉惊叫一声："啊？"随即心有余悸地摇头，"没……没什么。"

喻妈眉一挑，端详她须臾，问："你是不是在看什么不健康的东西？"

"没有……"

"真没有？"喻妈不信，又瞅了她一会儿，然后语重心长地说，"我和你爸爸是很开明的人。你要真看了什么，实话告诉我就好。我们保证不跟你断绝关系。"

"……"这还叫开明？赤裸裸的威胁啊！

喻茉额上黑线万丈。

"妈，我真的没有看不健康的东西。"她认真地说。

喻妈将信将疑地转了转眼珠，不再追究："换衣服出来吃早餐吧。一会儿我要去打麻将。中饭你跟你爸自己解决。"

"好。"

喻茉乖巧地送走老妈，然后将房门反锁，大神的话又浮现在脑海中。

听话……是什么意思呢？

忽然，七窍一起开——

大神该不会是指，她的优点是——擅长服从命令吧？

仔细一想，好像还真是这样。大神说什么，她就做什么，一切行动听指挥，从来没有质疑过他。

原来是这个意思。

难怪大神隔了那么久才回复，估计想了好久才想到这个优点吧。

真是难为他了……

喻茉想到自己刚才竟然紧张得落荒而逃，忍不住敲了敲后脑门：乱想什么啊！

上线，大神还在。

她解释：刚才我妈来喊我吃早餐。

南风将至：嗯。我也该吃早餐了。

"……"这么巧？

怎么看都像是故意配合她……

吃过早饭后，喻茉很快就将这个小插曲忘记了，结果到吃晚饭时，又被老妈提起来。

喻妈："经常跟我打麻将的那个陈阿姨你还记得不？"

喻茉点头。

喻妈："她嫂子的外甥，跟你同龄，也是你们学校的，人特别优秀，长得帅还孝顺。听你陈阿姨说啊，以他的成绩本来能去复旦的，可是他妈妈身体不好，他才留在省内，去了东大。"

喻茉："哦。"

喻妈："我把你的照片给你陈阿姨了。我们等她的好消息。"

？？？

喻茉这才意识到这事儿好像跟自己有点关系，她连忙咽下嘴里的饭，问："您……您把我的照片给别人了？"

"对啊。我趁早帮你物色一个好对象，省得你饥不择食、遇人不淑。"

"……"

饥不择食……

老妈果然还是坚持认为，她早上躲在房里看不健康读物。

喻茉有点头大，也懒得解释了，直接说："我不想相亲。"

"你先别急着拒绝。人家看不看得上你还不一定呢。"

"……"

喻茉很不服气，心想：到时候还不知道谁看不上谁呢。

第二天，喻茉看着陈阿姨送来的男方姓名和电话号码，感觉脸有点疼。

沈怀南，158XXXXXXXX。

世界可真小……

喻茉呆愣许久，忽然想起一件很重要的事。

"妈，您给陈阿姨的照片是哪一张？"她一个箭步冲到老妈面前，紧张地问。

喻妈彼时正在玩 iPad，顺手一点，将照片发到她的微信上："你自己看。"

喻茉立马奔回房查看微信。

看到照片的那一瞬间，她的内心是崩溃的。

照片上的她，站在瀑布前，比着剪刀手，有满口白牙，古铜色肌肤，笑得像个二百五。

"……"

这是她高二暑假去贵州玩时的照片。拍摄者是灵魂摄影师 —— 她爸 —— 一个永远能够捕捉到她最傻缺一面的人。

喻茉吞一口老血，问老妈："为什么偏偏是这一张？"

喻妈发来的是语音："我这是在帮你试探他的人品。如果他看到这张照片之后，还愿意跟你相亲的话，这就说明他不是一个肤浅的人。"

"……"

她竟然完全无法反驳。

静默数秒，喻茉问老妈要沈怀南的照片。

得到的答案却是 ——

"要什么照片？咱们家又不是那种肤浅的人。"

"……"

这一刻，喻茉怀疑自己是老妈打麻将赢回来的。

相亲事件让喻茉度过了有史以来最忐忑的一个国庆节。回到学校后，她连宿舍门都不敢出，生怕偶遇沈怀南。

奈何人生不如意十之八九。

十月六号参加定向越野社团活动的当天，她又和沈怀南狭路相逢了。

"……"

呜呜……她一定是上帝的弃儿，怕啥来啥。

按理说，能够和男神报同一个社团，喻茉的内心应该是欣喜若狂的，可此时此刻，她笑得比哭还难看。

"好巧啊……"喻茉抬手跟沈怀南打招呼，"爪子"小幅度前后匀速来回晃，像只招财猫。

"嗯。"他淡淡颔首，然后走向签到处。

这么平淡？

莫非他也觉得难为情，所以对相亲的事闭口不提？

如果是这样的话——

她当然愿意配合啊！

喻茉紧绷的心弦稍稍松了些，然后跟后一步走过来的周洋打招呼："你也报了定向越野社啊？"

"嗯，我陪老沈来玩。"周洋笑眯眯说，然后看向前面沉着冷静签到的好友，心想：难怪学校那么多社团你不报，偏偏报这个社团，原来是醉翁之意不在酒。藏得够深啊你。

"我过去签到。"他朝喻茉招呼一句，大步朝签到处走去。

人一走远，秦甜甜立刻凑上来，贼兮兮地说："茉茉，你是不是早就知道沈怀南报了咱们社团？"

"怎么可能？我看起来像那种人吗？"

"像。"

"……"

交友不慎。

人陆陆续续到齐之后，队长拿出一个写有"20XX定向越野山关行"标语的横幅，吆喝着大家拍合照。

"矮个子的女生蹲在第一排，高个子的男生站在最后一排，其余人随便站。"队长边说边指挥大家排队。

喻茉虽然只有一米六出头，在南方算不上高，但也不算矮，刚刚好属于"随便站"的那一部分。

秦甜甜比她矮两厘米，被划到第一排蹲着。

没了舍友做伴，喻茉有些无所适从，默默地站在第二排最左端的角落，远远望着队伍另一端的男神，很遗憾不能跟他站得近一点，却偏偏又没胆走过去。

这时，站在沈怀南左侧的周洋忽然朝她招手："喻茉，过来这边。"

喻茉心中立时大喜，面上却只矜持地笑着点了点头，小步走到队伍的最右端，站在沈怀南的身前。

他的个子很高，比她高出足足一个头。她若稍稍往后一仰，耳朵就能够正好贴近他的心脏。

近得几乎能够听到他的心跳声。

喻茉的心也跟着怦怦狂跳。

第一张正儿八经的合照，她一定要好好拍，一雪前耻！

喻茉默默地给自己打气，看到摄影师开始取景时，她深吸一口气，正欲露出绝世笑颜，惊艳四方，却听身后的人在耳畔低吟——

"别紧张。你的镜头感不错。"

咦？

咦！

镜、头、感、不、错！

这分明是在说她的二百五"靓照"啊！

喻茉欲哭无泪，整个人蔫成一团。

男神，你一天不逗我心里不舒服是吧？

喻茉面部僵硬，神色蔫得像一朵可怜巴巴的小茉莉，无精打采垂头丧气，跟绝世笑颜彻底拜拜了。

随着摄影师大喊一声"三，二，一——茄子"，与男神第一次正儿八经的合照，就这么猝不及防地拍摄完毕了。

至于效果——

不用想，一定惨不忍睹。

此时此刻，此情此景，喻茉心中的悲伤已经不能用"逆流成河"来形容了。

简直就要逆流成汪洋大海了。

都说爱笑的女孩儿运气不会太差，她笑得脸都快抽筋了，运气怎么还是这么差呢？

身为上帝的弃儿，喻茉百思不得其解。

拍完大合照之后，定向越野团队正式出发去山关岛。

山关岛是东海上的一个小岛，与鹭市隔海相望，近几年刚被政府开发成生态岛，空气清新，环境幽美，是当下比较热门的旅游胜地。

从鹭市的游轮码头出发，乘坐普通游船半小时左右可以抵达山关岛。乘坐快艇的话就会快很多，只需要约莫十分钟。不过由于快艇的船票相对于普通游船贵了将近十倍，所以一般大学生集体出游时，更倾向于选择游船。定向越野社也不例外。

此次参加"定向越野山关行"活动的学生一共有二十三人，为了方便出行，社团直接包了一条小船。

船离开码头后没多久，才刚在海上行驶平稳，便有人觉得太无聊，提议组队玩游戏打发时间。

呼声最高的是《王者荣耀》和"狼人杀"。

"茉茉，我要去玩'狼人杀'。你去不去？"秦甜甜歪着头问喻茉，眼角余光却不停地朝船头的方向看。

喻茉瞟一眼秦甜甜的目光顿足处——召集大家玩"狼人杀"的穿淡蓝色衬衫的男生，当下便猜到了秦甜甜的用意。

那男生长得眉清目秀，阳光帅气，在队里十分活跃，一看就属于异性缘很好的那种。

喻茉收回视线，对秦甜甜说："你去吧。我在这里吹吹海风。"

秦甜甜："海风有什么好吹的？咱们学校门口就是海，天天吹你还没吹腻啊？"

"……"

在岸上吹风跟在海上吹风的感觉能一样吗？

喻茉迎着风把下颚一抬，说："我喜欢吹风。凉快。"

秦甜甜翻个白眼，又说道："可是如果我丢下你自己一个人去玩的话，良心上会过不去。我怕你无聊。要不你去玩《王者荣耀》吧？这不是你的强项吗？"

不是……

自从被林路遥鄙视之后，她再也不敢说自己会玩游戏了。

喻茉的内心十分羞愧，正想拒绝，却听前座的男生说——

"你也玩《王者荣耀》？"

男生的声音不算大，但足以让方圆两三排内的人听到。

大家纷纷回头，将视线锁定在喻茉身上。

"一起玩吧美女。正好我们这里有九个人，再加一个就能两队一起开房间玩了。"有人帮腔。

喻茉尴尬又无奈，抱歉地笑了笑，一边用手撩鬓角的碎发以缓解尴尬，一边说："我玩得不好，怕拖大家的后腿，你们玩吧。"

男生们却不以为然，你一句我一句地劝说喻茉：

"打发时间而已，又不是比赛，怕什么？"

"是啊。再说了，你长得这么漂亮，就算真的被你拖了后腿，我们也一定会原谅你的。哈哈。"

"老王，企图别这么明显好吗？"

"什么企图？我可是纯情老男孩，心思单纯得很。"

……

几个男生相互开起玩笑来。

喻茉不喜欢这种玩笑，当下便黛眉高蹙拧到眉心。

现在的男生都这么轻浮吗？

果然还是男神最好。

她不禁看向左前方的沈怀南。他神色淡然地坐在中间靠窗的位置，头微垂，注视着桌上的平板电脑，修长手指在上面飞快地跳动。

看起来像是在写什么东西，目光深邃而专注。

他的侧脸轮廓十分分明，阳刚之气十足，完美得像艺术家精雕细琢的杰作。

这是喻茉第一次看到沈怀南认真工作的样子，忍不住在心里犯起了花痴。

真好看啊！

她眯着眼，弯起眉，看得十分入神。

忽然一阵海浪打在窗上，他下颚微动，视线从平板电脑上移开。

喻茉慌忙移开眼，视线在船舱里晃了一圈之后，才若无其事地对秦甜甜说："我去看你玩'狼人杀'。"

秦甜甜："好。"

两人起身走向船头，路过刚才起哄的那几个男生时，有人无限遗憾地说："5V5还缺一个。美女你真的不给我们凑个数？"

"不……"喻茉口中拒绝的话才开了个头，就被另一道声音打断了——

"我来给你们凑数。"

声音平平淡淡，语气十分随性，是沈怀南一贯的风格。

喻茉心中微惊，想起之前聚餐时，杨舒婧说他初中时爱玩《英雄联盟》，还以为……他看不上《王者荣耀》呢。

不知道他是什么段位？

他那么厉害，一定是王者了吧？

哎哎哎，早知道刚刚答应玩游戏了，顺便偷窥他的ID……不对，应该是——幸好没有答应玩游戏。

一个只有青铜水准的渣渣却玩着铂金号，肯定会被男神鄙视得体无完肤吧。

毕竟连初入江湖的林路遥，都只花了一分钟时间就看穿了她的菜鸟本质，还连累了广大铂金用户一起躺枪。

幸好幸好。

喻茉无比庆幸地兀自笑了笑，在"狼人杀"组旁边坐下，表面上看秦甜甜大杀四方，一颗心却全放在隔壁《王者荣耀》组那边。

只见沈怀南从容不迫地操作着手机，一派气定神闲老神在在。

她是菜鸟，看不出来他这个操作是什么水平，不过从敌方的反应来看，应该是相当之牛的。

因为刚才拿她开玩笑的那几个男生，从游戏开始起就一直不停地哀号——

"哎哟我去，没看错吧我，一开始就五连杀？"

"什么鬼？又死了？"

"谁杀的我？我刚刚还是满血啊！"

"一秒钟全军覆没？"

"手下留情啊兄弟！"

"这是我玩游戏以来被杀得最惨的一次。"

……

喻茉听得津津有味，喜笑颜开。

男神果然十项全能，什么都厉害啊！

连"杀人"都这么优雅。

喻茉无限崇拜地看过去，想起国庆在家时，从老妈那里听来的八卦——

"……游泳、篮球、钢琴、围棋等等，样样精通。听你陈阿姨说，他还会那个什么……计算机……就是现在你们年轻人特别爱玩的那个，才刚上大学就已经在筹备自己的公司了。

"他既然托你陈阿姨送来了电话号码，就表示他对你还是有那么点意向的。你要好好表现。"

有那么点意向？

老妈您真是太乐观了！

喻茉的脑中又浮现出拍合照时，男神在她耳边嘀咕的那句话，深深地认为——他想逗她的成分更多一点。

对此，她只能说一句——你开心就好。

喻茉弯起唇笑了笑，收回思绪的瞬间才发现自己刚才想得太出神，眼睛一直直勾勾地盯着沈怀南，她飞快地垂下眼，接着手机忽然响起，收到一条来自"宇宙第一帅"的短信。

喻茉：……

她居然忘记改备注了。

左右瞟了瞟，确定没有人注意自己后，她才解锁手机。

不知道男神会对她说什么呢？

她无比期待地打开短信——

宇宙第一帅：开心了？

咦？

什么意思？

这时对面又传来那几个男生的哀号声。

喻茉恍然大悟。

原来他是在帮她出气。

她咬了咬嘴角的笑意，回复：嗯……谢谢：-D！

回完信息后，喻茉迟迟不敢抬头，手指不由自主地绕起肩头的发，在发梢绕出一朵花。

Chapter 04
她现在已经成为菜鸟界的翘楚了吗?

　　喻茉垂头傻笑了一会儿,然后切入编辑手机联系人的界面,将联系人姓名栏的"宇宙第一帅"逐字删掉,换成"沈怀南"三个字。

　　沈怀南。

　　不知道为什么,光是看到他的名字,心里就有着说不出的小小欢喜。

　　关上手机,喻茉又偷偷瞟了沈怀南一眼,见他垂首专注游戏,好看的唇边勾着淡淡轻笑,她也情不自禁地跟着弯起了嘴角。

　　这时"狼人杀"组刚结束一局,秦甜甜回头对她说:"茉茉,帮我玩几局。我要去洗手间。"

　　喻茉一脸呆:"我没玩过'狼人杀'。"

　　"不要紧。正所谓无知者无畏,拿出你第一次玩《王者荣耀》的勇气来,我相信你能活到最后。"秦甜甜说着便起身,将她推上场。

　　喻茉:"……"

　　她第一次玩《王者荣耀》时,死得可惨了,完全凭着系统无限度的复活规则,才活到了最后。不,确切地说,应该是死到了最后。

　　"狼人杀"游戏可没那么多条命供她挥霍。

　　喻茉虽然从来没有玩过"狼人杀",但基本的游戏规则还是知道的。因为这款桌游跟《王者荣耀》差不多,也是时下非常热门的游戏,风靡全国,想不知道都难。

　　在"狼人杀"游戏中,每个人需要抽一张牌,每张牌分别对应狼人、平民和能力者三种身份。

　　拿到狼人牌的人需要伪装成平民或者能力者,保护同类,暗中刺杀敌人。平民和能力者则需要通过推理,找出隐藏在他们之中的狼人,并将其杀死。

　　简而言之,这是一个考验智商的推理游戏。

　　这样的游戏对于智商一百八的喻茉来说,自然是不在话下的。

然而——

第一局，她拿到了平民牌。游戏还没进行到推理阶段，她就被狼人在第一轮杀死了，并且具有复活能力的巫师选择不救她。

第二局，她拿到了能力者预言家的牌。游戏还没进行到推理阶段，她就被同为能力者的巫师在第一轮误杀，用毒药毒死了。

第三局，她好不容易拿到了狼人牌，以为这次终于能够摆脱一开场就被杀的命运了，结果——

大家大概已经习惯了她第一个被杀死，在"你认为谁最可能是狼人"的投票阶段，她以全票通过的逆天战绩，光荣出局。

"……"

全票通过，这意味着知道她身份的另外两个狼人，也投了她。

连友军都杀她。

喻茉觉得这游戏没法玩了。

这时候正好秦甜甜回来，她连忙让出位置，揣着一百八的智商跑到甲板上吹风。

什么鬼游戏嘛！

简直不给人留活路。

还是《王者荣耀》比较好玩。

想到这里，她连忙打开游戏，一眼看到大神的头像亮着。

太好了！带上大神去"杀人"！

嘿嘿。

喻茉高兴地弯起唇，正想给大神发信息，却发现他正在组队对战中。

那……还是不要打扰大神了吧。

她默默地关闭对话框，决定自己去玩匹配赛。正要开始游戏，忽然听到一个陌生的声音在身后说：

"大家跟你闹着玩。别生气。"

回头一看，认出来人是秦甜甜看中的那个阳光帅哥。

喻茉没想到他会来安慰自己，怔了一下才说："我没有生气。"

"那就好。"他双臂大开扶着护栏，身子稍稍向后倾斜靠在栏杆上，笑得十分潇洒，"我叫谢远，金融系的。你呢？"

"喻茉。"

"什么系？"

"统计学。"

"你也是经院的啊，难怪看着那么眼熟。"

谢远的眉目生得端正，微卷的齐刘海耷拉在额前，他一笑眼便弯成一条线，让人如沐春风。

"你一个人吗？"他又问，态度随性，语气友好但又不会让人觉得过于殷勤，尺度拿捏得刚刚好。

喻茉摇头，指着还在玩游戏的秦甜甜说："和我舍友一起。"

谢远循着她指的方向看过去，点点头，说："好好玩。"说完便回船舱继续玩游戏。

喻茉淡淡地"嗯"了一声，没把这个小插曲当回事，转头继续玩游戏。

几局之后，她被禁赛了，四十八小时内不能再参赛。

原因是有人举报她故意送人头。

喻茉："……"

技术渣也有错？

这个世界就不能对菜鸟稍微友好一点吗？

长长地叹一口气，喻茉实在忍不住，给大神留言吐槽：我今天好惨，接二连三地被杀也就算了，居然还被禁赛了！ ~~~~(>_<)~~~~

她并没有指望大神会立刻回复，毕竟他正在对战中。

留完信息之后，喻茉对着手机屏幕做了一个"哭"的表情，正想下线，忽然收到系统提示，有信息进来。

莫非大神已经结束战斗了？

她心中一喜，兴高采烈地切回去查看信息——

南风将至：看到一个人和你很像。

咦？

喻茉傻眼了。

喻茉盯着手机屏幕看了又看，非常震惊。

大神连她是谁都不知道，怎么会觉得别人和她像？

莫非他指的是，在游戏里遇到了和她遭遇一样的惨兮兮的菜鸟？

这倒是有可能。

喻茉将聊天记录来来回回看了几遍，结合上下文，猜想大神应该就是这个意思，于是低头在手机上打字：知道有人跟我一样惨，心理平衡多了……

写到一半，忽然听见秦甜甜叫自己："茉茉。"

她转头看去，等到秦甜甜从船舱里走出来后，才问："怎么了？"

秦甜甜嘿嘿一笑，低声问："刚才谢远跟你说什么？"

喻茉："他让我别为刚才玩游戏的事生气。"

"噢！"秦甜甜一脸了然地点点头，随后眼一眯，特花痴地说，"是不是超级绅士？我跟你说啊，他就是那种很懂得照顾别人感受的男生，俗称暖男，性格特别好。"

"……"

喻茉被秦甜甜惊人的识人能力折服了。

"才玩了几局游戏，你就摸清他的性格了？"

"你不懂，这叫见微知著。人品好不好，玩游戏时最能暴露出来了。"秦甜甜说完这话，悄悄瞟一眼船舱内的谢远，然后在喻茉耳边嘀咕，"一会儿上岛后分组，我想跟他一组，你可要帮我。"

"要我怎么帮你？"

"这个嘛……"秦甜甜歪着头想了想，"见机行事。"

"……"

这不是等于没说吗？

喻茉虽然很无语，但她还是很佩服秦甜甜的勇气的。

哎，她也想跟沈怀南一组呢……

只可惜有贼心没贼胆。

喻茉挫败地叹一口气，用余光瞟向舱内，见沈怀南已经没有玩游戏了，而是垂头慢慢翻转着手机，面带疑惑，眉宇微微蹙起，似乎遇到了什么难解之题。

他竟然也会有疑惑的时候？

喻茉不太敢相信，毕竟在她的心里，沈怀南是无所不能的存在。

等秦甜甜又重新蹦跶回船舱后，喻茉想起来还没有写完回复给大神的信息，正要继续，结果一看手机——

刚才写到一半的信息已经不小心发送出去了。

"……"

触屏手机的弊端。

喻茉刷新了一下页面，没有看到大神的回复。而且他的头像已经暗了。

掉线了？

还是有什么事走开了？

喻茉开着游戏界面等了好一会儿，一直等到船抵达关山岛，都没有看到大神再次上线。

上岸后，队长开始给大家讲解此次定向越野活动的游戏规则："我们今天一共二十三个人，除去三个工作人员，剩余的二十个人将分成四组，每组五人。等我讲解完游戏规则之后，大家可以自由组队，并选出组长。由组长来我这里领指北针和地图。"

说到这里，队长扬了扬手里的道具袋，说："每人一个指北针，每组两张地图。指北针大家应该都知道是干什么的吧？就是用来找北。有了这个东西，大家再也不用担心找不到北了。"

队长："地图上一共标有四十九个'打卡点'，大家今天的任务就是找到这些打卡点，并在旁边拍照。特别说明一点，拍照时需要露脸。不过大家放心，得分数跟脸的大小没有关系。"

队长："得分数是根据找到的'打卡点'的数量和难度来计算的。每一个打卡点旁边都会写明相应的分数，同时地图上也用红、黄、绿三种颜色标记出了'打卡点'的难易度。红色代表最难找到，绿色代表最容易找到。当然，越难找的打卡点，找到之后获得的分数就越高。"

队长："好了，现在开始自由组队。十分钟后集合。"

众人立刻三三两两开始组队。

秦甜甜一把挽起喻茉的胳膊，说："走，去问问谢远，要不要跟我们组一队。"

"……"

这就是所谓的见机行事？

喻茉瞟一眼谢远所在的方向，发现他身边围了不少人："说不定他已经组好……"话说到一半，忽然看见谢远从人群里冒出来，冲她笑了一下。

"咱们三个经院的组一队怎么样？"他走过来说。

秦甜甜当即大喜，暗暗捏了一下喻茉的胳膊。

喻茉有点犹豫，毕竟她也有自己的男神，虽然她不敢主动去和他组队，但心里还抱有一丝丝期待，期待他会来邀请她。

如果此时她答应了谢远的邀请的话，那就肯定没戏了。

"甜甜你和他一起吧，我……我……"喻茉支支吾吾半天，不敢暴露内心的真实想法，又不想接受谢远的邀请。

"你已经和其他人组好队了？"谢远笑问，并没有因为被婉拒而不愉。

喻茉："差……差不多吧。"

撒完这个谎，她的脸就红了。

而谢远似乎也看出她在说谎了，明显不信，但并没有拆穿她。

"你们队里现在有几个人？能让我加入吗？"他礼貌地问。

"呃……"

喻茉骑虎难下，语塞词穷之际，忽然听到沈怀南的声音在身后悠悠地响起——

"还不过来？"

语气相当之理所当然。

喻茉下意识地转过身，一眼看到立在她面前的沈怀南。

他眉宇微垂，俊朗雅致，深邃的黑眸里噙着似笑非笑。

他刚才是……在对她说话吗？

喻茉不太确定，毕竟那句话里没有主语。

"你不是已经和我组好队了吗？"他又说，好听的声音里明显带着笑意。

这一次，喻茉能够肯定他是在对自己说话了。

不过——

她什么时候和他组好队了？

她怎么不知道？

呆愣半秒之后，喻茉忽然理清了思路，然后，原本就红得微微发热的脸，一路烧到了耳根。

——她的小心思……被他看穿了。

完完全全，彻彻底底。

喻茉用手背贴了贴火辣辣的脸颊，心虚地轻轻"嗯"了一声，没有抬头。

就……当他只是单纯想帮她解围吧。

管他有没有看穿她的心思，反正——她是不会承认的。

嗯，就这么干。

喻茉默默地走到沈怀南的阵营，表现得相当之坦然，然后回答谢远的问题："目前有三个人。"

她、沈怀南和周洋。

"按照游戏规则，五人组一队。"谢远笑说。

言下之意，两组正好可以合二为一。

秦甜甜立刻高兴地说："对哎，你们三个，我们两个，那不正好就是五个人吗？茉茉，你跟我们一起吧，我不想和你分开。"

"这……"

喻茉仰头看向沈怀南，用眼神询问他的意思。

沈怀南淡淡地看着面前的姑娘，想起在船靠岸前收到的那条信息，神色略显迷惑。

他的视线在她脸上停留了片刻，然后慢悠悠地移向对面，落到谢远身上。

沉吟数秒，他微微颔首："也好。"

见沈怀南点头同意，喻茉在心里暗暗松一口气。

其余的三组很快也自由组队完毕。

十分钟时限到了之后，队长立刻召唤每组的小组长去他那里领道具。

喻茉等五人组成的队，还没有选小组长，也没有人提选组长的事。

一组五人，零零散散地立在人群中，均沉默不语。

气氛十分微妙。

秦甜甜不停地朝喻茉使眼色：组里就你认识的人最多，赶紧活跃一下气氛。

喻茉：现在这气氛已经跌到冰点了，没法活跃。

五人的沉默与周围的喧嚣形成鲜明的对比。

几分钟后，队长高声叫道："这里还多一份道具。还有哪个组没有来领？"

喻茉弱弱地扫视组内众人一眼，纠结着要不要回应一下。

这时，沈怀南忽然开口："喻茉。"

喻茉迅速抬头："嗯？"

"你来当组长。"

"？？？"

喻茉没料到男神会"认命"她，正想推辞，却听谢远说："我也选喻茉。"

喻茉："……"咱俩不熟，萍水相逢，点头之交，你真的不用这么信任我的。

秦甜甜："我也投茉茉一票。"

喻茉："……"

周洋："我附议。"

喻茉："……"

于是，向来低调做人的喻茉，被迫成了小组长。

领回道具分发给组员之后，五人组便出发了。

整个游戏区域设在山关岛北部的森林公园内，地形复杂，山路崎岖，十分考验体力。

游戏一共持续两个小时。两个小时之后，不管有没有找齐四十九个"打卡点"，所有人都必须在终点集合。

每个组有两张地图，大部分组都选择兵分两路，分别寻找"打卡点"。

喻茉所在的组也不例外。

她和秦甜甜以及周洋组成一个小分队，沈怀南和谢远组成另一个小分队。

"哎，这年头，帅哥都被帅哥抢走了，我们还去哪里找对象？"没能跟谢远分到一组，秦甜甜十分失落，已经失去了游戏的动力。

小分队里唯一的男生周洋，不忍见队友如此低落，他特潇洒地一甩头，笑道："也有帅哥没有被抢走。"

秦甜甜抖了抖身上的鸡皮疙瘩，一脸嫌弃地说："剩下的都是些无人问津的滞销品。"

周洋听出了秦甜甜的画外音，但他完全不生气，笑眯眯地说："幸好我有人追，不是滞销品。"

"……"

这么自恋也有人追？

秦甜甜不想继续这个话题了，挽住喻茉的胳膊，嘀咕道："为什么谢远想跟沈怀南一组呢？"

为什么？

喻茉也很想知道为什么。

事情发生得太突然，她到现在还没缓过神来。

大概在五分钟前——

喻茉："我们现在有两张地图，正好可以兵分两路寻找'打卡点'。以公园的主干道为分界线，一个小分队走左边，另一个小分队走右边。这样不仅可以提高效率，而且能够避免重复打卡。大家觉得怎么样？"

"好主意！"周洋赞道。

秦甜甜也举手表示赞同。

五人三票，基本等于通过了。

尽管沈怀南和谢远还没有发言，但考虑到此时的气氛有些尴尬，而且两人自从入组后，基本就秉承着惜字如金的原则，很少开口。

于是喻茉直接将两人的沉默当成默认，继续说："大家觉得怎么分组好？"

然后，气氛就凝固了。

秦甜甜偷瞄谢远，意图十分明显。

周洋双手抱胸，一副"我跟谁一组都无所谓"的随意样，表情看起来明显在坐等好戏。

而沈怀南和谢远则继续发扬着沉默是金的优良传统。

"……"

喻茉神尴尬。

等了一会儿，依然没人发言，她只好行使身为小组长的权利，建议道："要不甜甜和谢——"

"沈同学和我一组，怎么样？"谢远直接打断喻茉，看向沈怀南，含着笑意的眼里带着挑衅。

喻茉："……"这人居然跟她抢男神。

让喻茉更吃惊的是，沈怀南居然同意了！

他黑眸微转，嘴角勾出一抹意味不明的弧度，极淡地哼笑一声："可以。"

……

喻茉越想越想不明白。

这两个八竿子打不着的人，怎么会凑到一起去？

难不成是因为"帅帅相惜"？

喻茉被自己的想法雷到了。

甩了甩头，她对着地图开始找"打卡点"，心里却惦记着沈怀南。

不知道他现在怎么样？

喻茉等人走的是公园主干道左边的路线，沈怀南和谢远则走右边的线路。

待走左边的小分队离开后，谢远拿手机对着地图拍了张照，然后将地图递给沈怀南，说："我从终点开始往回找，我们到中间会合。"

沈怀南没有接地图，淡声说："地图留给你。"

"我的手机里有地图。"谢远晃了晃手里的手机，表示自己刚才已经将地图拍下来了。

沈怀南依然没有接，声音依然云淡风轻："我也有地图。"

谢远一愣，正想问他怎么会有地图，话才刚到嘴边，忽然明白过来——沈怀南把地图记下来了。

这怎么可能？

刚才分队时，喻茉把地图递给他后，他只看了一眼就给自己了，怎么可能这么快就记住了？

难道真的有人能够过目不忘？

谢远忽然有一种被秒杀的感觉。

他不喜欢这种感觉。

调整了一下心绪，谢远爽快地说："既然这样，那我就先出发了。"说完，转身便要走。

不料才刚一抬腿，却听沈怀南在身后问——

"你觉得喻茉怎么样？"

谢远立刻顿足，当下便转回头，不甘示弱地说："很漂亮，是我喜欢的类型。"

同样是男人，他看得出来沈怀南对喻茉不同一般，原本并不想把话挑明，但既然沈怀南先开战了，他自然不会退缩。

"也是你喜欢的类型吧？"他又问。

把话说开之后，就好公平竞争了。

谢远是这样想的。

沈怀南却并没有打算跟任何人竞争。

他眉目清俊，眼窝深陷，幽深的眸光定格在远处那抹小小的身影之上。

他的心里仍然有一些未解之谜。

不过有一件事情他很确定——

"我没有喜欢的类型。"

将视线收回来，他转而看向面前挑衅十足的人，继续说："她只是她。不属于任何类型。"

两个小时候之后，喻茉、秦甜甜和周洋组成的消极怠工小分队，有说有笑地到达终点，与沈怀南和谢远组成的打卡狂魔小分队会合。

根据地图指示，喻茉等人所走的路线上一共有二十三个"打卡点"。

他们找到了三个。

说出这个战绩时，喻茉注意到，沈怀南和谢远的嘴角同时狠狠地抽了一下。

这还是两人入组后头一回如此默契。

喻茉感到很欣慰。

"这个游戏的难度太大了，我们已经尽力了。"周洋自我安慰。

秦甜甜重重点头附和："这个地图好多地方都画错了。地图上画的一些路，路上根本没有。'打卡点'也画得很奇怪。有一个'打卡点'居然设在湖中央，这让我们怎么打卡嘛。"

喻茉面带微笑，静静地听着两位队友一本正经地胡说八道，非常善解人意地没有拆穿他们。

——毕竟谁也没有料到，一组三个人全都是路痴。

是的，一进林子后，他们的方向感就被自己抛到了九霄云外，连指北针都救不回来。

在林子里瞎转悠了几圈之后，他们索性放弃了寻找"打卡点"，换手机地图直接导航到终点。

结果导航竟然把他们带到了湖边。

听着导航里播报的"请直行两百米后右转"，三人的内心是崩溃的。

直行三百米……这是要他们游到对岸去吗？

好在三人虽然迷路迷得心力交瘁，但心态十分乐观积极，只集体稍稍崩溃了几秒，便释怀了。

然后在湖边的凉亭排排坐下，一人一个手机，开始玩"欢乐斗地主"，边打牌边等其他组来打卡的同学将他们捡走。

"不过游戏其实挺好玩的。对吧，喻茉？"周洋朝喻茉使眼色。

喻茉："……"

如果你指的是斗地主的话……那是挺好玩的。

喻茉花了几秒钟措辞，然后点头："重在参与。"至于参与的是哪个游戏，她就不说了。

沈怀南非常配合地看着三人演，等他们演完，他也不深究，只淡声说："我找到了十三个。"

喻茉以为他少说了一个"们"字，心想他们的路线上一共有二十六个打卡点，这样算下来，也只找到了一半。

连沈怀南都没有找到全部的打卡点，看来这个游戏确实挺难的。

只找到三个"打卡点"的喻茉稍微心安了一点。

不料她还没好好体会心安的感觉，就听谢远说："我也找到了十三个。"

咦？

他们没有一起找？

喻茉眨眨眼，道出心中的疑惑："你们只有一张地图呀？"

谢远苦笑了一下，没有接话。

沈怀南也没说什么，将话锋一转，说："把你们找到的'打卡点'交给裁判算分。"

"噢噢，好。"

喻茉这才记起算分的事，连忙揣着手机奔向裁判处。

十五分钟后，四个小组的分数全部统计完毕。

虽然"消极怠工"小分队的成绩十分消极，基本可以忽略不计，但喻茉组依然凭借"打卡狂魔"组百分百打卡率的逆天战绩，取得了第一名。

身为组长，喻茉代表全队上台发表获奖感言，同时分享成功经验。

获奖感言好说，无非就是感谢党感谢国家之类的话，但分享成功经验这个环节……就有点尴尬了。

毕竟她带领的小分队只找到了三个最简单的"打卡点"，每个"打卡点"对应的分数都只有两分，加起来一共才六分。

而他们队这次所获得的总分是一百六十九——连零头都不够。

完完全全的躺赢。

这让她去哪里找成功经验？

其实说起来，喻茉的躺赢经验是十分丰富的。毕竟自从在《王者荣耀》里认识了大神之后，她一路开挂躺赢到铂金段位，经验可谓丰富至极。

但躺赢这种事，放在心里偷着乐还行，若是拿出来跟人分享，就未免显得太厚颜无耻了。

喻茉说完获奖感言后，开始临场发挥，编造成功经验——

"……最重要的是合理分组和团队合作。要了解每个组员的优势和短板，让他们相互协作，扬长避短。比如我们队伍这一次的分组方式就非常合理，将实力最强劲的两个人分成一组，让他们攻克难关拿高分。剩下的三个人分成一组，以免他们给得分选手添乱。"

喻茉将"躺赢"这两个字换了一种方式表现出来，说得冠冕堂皇、理直气壮。

看得出来，台下的组内成员们快憋出内伤了，连向来不苟言笑的沈怀南竟然也给她投来了一个带着点戏谑的赞赏眼神。

喻茉细细揣摩了一下这个眼神，猜想沈怀南想表达的意思大概是——你胡说八道的能力让我叹为观止。

哎，男神会不会觉得她这个人很不靠谱？

其实她其他方面还是很优秀的——吧？

定向越野活动结束之后，喻茉自我挖掘了很久，越挖掘越心虚，越觉得自己平庸无比，凡人一个，实在是没什么异于常人之处。

这让她十分挫败。

越挫败就越消极，心事重重食欲不振，几天下来，脸都小了一圈。

因此还引起了群愤——

赵文敏："喻茉同学，你已经很美了，就不要减肥了好吗？"

秦甜甜："我真羡慕你这种——少吃一口饭，脸能瘦一圈，胸却不降杯——的人。不像我，减肥先减胸，长肉先长腰。实在是太悲摧了。"

林路遥："茉茉，你在我一个失恋的人面前悲春伤秋，真的合适吗？"

……

喻茉无言以对。

她想啊想，某个时刻忽然灵光一闪——

莫非是她谦虚惯了，所以看不到自己的闪光点？

怀着这样的疑虑，在某个夜黑风高的周五晚上，喻茉再宿舍发起了一次夜谈会——

"你们觉得，我除了美貌之外，还有什么可取之处吗？"

对此，舍友们的反应是这样的——

"喂，太无耻了啊！"

三个人异口同声。

喻茉："……"

喻茉："我真的是虚心求教。正所谓当局者迷，旁观者清。你们帮我想想，我还有哪些优点？"

已经关灯的宿舍内漆黑一片，死寂一片。

几分钟后，赵文敏第一个发言："你是不是受了什么打击？"

喻茉："没有……我就是突然之间对自己产生了点儿怀疑。"

秦甜甜："你这纯粹是日子过得太舒坦，闲得慌。我建议你赶紧下床做几道微积分，分分钟就不怀疑自己了，开始怀疑人生。"

林路遥："做微积分没用。你们忘了，上次有一道题，我们三个绞尽脑汁算不出来，茉茉只看了一眼就得出了答案。想要让她怀疑人生，我觉得玩《王者荣耀》比较现实。茉茉，你去玩人机大战吧。以你的操作水平，一定会被机器虐得怀疑人生的。"

"……"

这都哪儿跟哪儿啊？

喻茉长长地叹一口气："你们也觉得我没什么优点对不对？"

"……"

"……"

"……"

身为宿舍一姐，赵文敏听不下去了，语重心长地说道：

"喻茉，身为一名学生，长得漂亮和学习成绩好这两点，已经足够让你碾压全校百分之九十九的女生了。你要是心里实在不踏实，想学个一技之长傍身，不妨跟路遥去拉二胡。等以后老了，还能去公园里卖个艺什么的。"

喻茉被赵文敏逗笑了。

才拉了几节课二胡的林路遥躺枪。

夜谈会结束之后没多久，喻茉的生理期就到了。大家一致认为喻茉的反常是大姨妈作祟，因此嘲笑了她整个生理期。

"……"

能不能对病号多一点关怀？

不过自那之后，喻茉确实自信了许多——不知真的是大姨妈作祟，还是赵文敏的话起到了作用。

国庆假期结束后，喻茉又去计算机系上了几节《信息技术之美》，但都没有碰到沈怀南。

听周洋说，他好像在忙什么项目，没日没夜地写代码、谈投资，分身乏术，索性翘了课。

转眼又到了周三，沈怀南依然没有来。

"马上就要半期考了，他不来听课没关系吗？"喻茉担忧地问，心里琢磨着要不要给沈怀南抄笔记。

周洋自信满满地摆摆手，说："以老沈的非人智商，自学就能拿满分，听不听课没什么差别。"

"这样啊……"

喻茉垂下头，无力地翻书，心里有点失落。

对他来说是什么差别，但她……已经两三周没有见到他了。

其实以前见不到他时，她是不会失落的。即便是偶尔遇见，也只会在心里偷着乐。

而现在，越靠近，想要得似乎越多。

上完选修课之后，喻茉随便在食堂吃了点儿东西，背着书包回宿舍，开始为半期考做准备。

几门主修课里，她最没有把握的是《马克思主义基本原理概论》。因为这门课程里要背的东西最多，几乎整本书都是重点。

身为一名理科生，她最深恶痛绝的事就是死记硬背。

喻茉强迫自己看了一会儿书，实在头疼，正想改做几道高数题洗洗脑，忽然听林路遥喊她。

"茉茉，我到白银好多天了，怎么打都上不了黄金，你能帮我一把吗？"

这个鄙视铂金段位的人，居然向她求助来了。

喻茉忽然有一种翻身农奴把歌唱的痛快感，嘿嘿地哼了两声，装模作样地说："我现在很忙啊！要背'马原'（《马克思主义基本原理概论》的简称），没空带你。"

"我没说让你带呀！"

"……"难道是她出现了幻听？

"交出你的大神。我保你'马原'不挂科。"

"……"

什么呀，说得好像大神是她的一样……

喻茉感觉脸微微发烫，她努了努嘴，打开《王者荣耀》。

大神不在线。

聊天对话框里，最后一条记录还是她去山关岛定向越野那日，靠岸前发给他的。

他后来一直没有回复她，也没有再上线。

没有他在，游戏也变得无趣了。

渐渐地，喻茉上线的时间也少了。

若不是今天林路遥提起，她都快忘了自己上一次上线还是一周前。

"大神不在线。"喻茉闷闷地说。

"哎，为什么这么不巧。"林路遥仰天长叹，"神啊，请赐我一个大神吧！"

这时一直抱着手机狂点的秦甜甜忽然说："我这里有一个。我问问他有没有空带我们。"

林路遥顿时一个一百八十度转身，问秦甜甜："甜甜，你也失恋了吗？"

秦甜甜一边发信息一边翻白眼："谁规定只有失恋的人才能沉迷于游戏？我跟你讲——"信息编辑完毕，她潇洒地一点发送，然后说，"单恋的人也有理由沉迷游戏。比如说喻茉。"

喻茉躺着中了一枪。

一分钟后，秦甜甜收到对方的答复，高兴地说："茉茉，你也加入我们吧？谢远说他那边只有一个人，算上我和路遥，一共也只有四个人，不能组队，他让我最好再多喊一个人加入。"

"谢远？"喻茉有点惊讶，"你的效率也太高了吧！"

她认识沈怀南三年多，连他的游戏 ID 都还不知道，秦甜甜居然这么快就跟谢远变成了一起开黑的好伙伴。

这种不羞不臊快速勾搭的技能——

她也好想要……

计算机系，男生宿舍。

沈怀南端坐在电脑前，眉宇微垂，目不斜视，手指在键盘上飞快地跳动，时不时地接一个电话，放下电话后，又一秒钟进入状态。

他需要在半个月内完善手上的游戏策划案，必须争分夺秒。

写完一段关键代码后，他停下来喝水，这才注意到周洋和大侠已经回来了。款爷跟他一样，也没有去上课。

"饭给你带回来了。"周洋深知沈怀南一忙起来就会忘记吃饭，特意从食堂打包了一份带给他。

沈怀南放下水杯，感激道："多谢。"

"咱们兄弟之间，说什么谢。"周洋无所谓地摆摆手，一屁股坐回自己的书桌前，而后忽然想起一件事，又重新站起来，走到沈怀南跟前。

他双臂环抱，两腿交叉，身子斜倚在沈怀南的书架上，懒洋洋地问："你打算什么时候去上课？"

沈怀南剑眉微挑，不答反问："有事？"

"我倒没什么事，不过有人就说不好了。"

"有话直说。"

"我这话还说得不够直接啊？"周洋下巴一扬，挤眉弄眼道，"有人担心你不去上课，考试会挂科。"

沈怀南闻言嗤笑一声，没当回事，继续写代码。

他的字典里从来没有"挂科"两个字，修长手指在键盘上啪啪啪地敲了一会儿，思绪忽然飘了一下。

——有人？

他手指猛地一顿，侧眼看向周洋："哪节课？"

"咱们的高中同学。"周洋答非所问。因为他知道沈怀南问的也并非是字面意义上的"哪节课"，而是"哪个人"。

"你要是再不追，我可要下手了啊。"周洋又补道。

沈怀南没有接话，兀自哼笑了两声，拿起一旁的手机，慢悠悠地在手里转圈。

周洋知道转手机是沈怀南的习惯，每当他心中有疑虑或者为某件事情犹豫不决的时候，就会这样。

"……"

居然还在犹豫。

人一旦长得帅了，反射弧都会跟着变长。

周洋在心里吐槽一句，腿一收，正要走人，却忽然听沈怀南说："你觉得我没追？"

"什么？"

周洋听得不真切，又问了一遍。

沈怀南没有回答，此时在手里转动的手机已经停了下来。

他打开《王者荣耀》，看到"一朵茉莉"在线。

组队对战中。

小姑娘学会自己玩了？

他勾了勾唇，起身走到阳台外，拨通一个号码，一手握着手机放在耳边，另一只手抄在口袋里。

他抬眼望向远处，幽深的眸子被傍晚的天映成湛蓝色。

经院女生宿舍。

三个女生蹲在宿舍中间，围城一个圈，一人一个手机，左右手狂点。

林路遥："完了完了，我快没血了，可是敌方有个花木兰一直追着我砍。甜甜，快让你带来的高手救救我啊！"

秦甜甜："你自己在频道里喊话啊！哎呀，算了，你马上就要挂了，赶紧回城。我帮你先挡住那个花木兰。"

林路遥："呼呼。终于安全了。敌方实在是太凶猛了，我根本没时间在频道里呼救。咦，茉茉，为什么没有人杀你？"

喻茉今天操作的是一个妲己，貌美如花，身材性感。此时她操作着人物正在场上四处蹦跶，时不时地收一波兵线，非常悠闲。

经林路遥一提醒，她才注意到，开战到现在，她确实一次都没死。

"可能因为妲己太美，敌方下不了手吧。"她想不到更合理的理由。

秦甜甜："……"

林路遥："……"

过了一会儿，林路遥发现了喻茉没有受到攻击的真实原因："茉茉，咱们队里有个人一直在保护你。"

"是谢远。"秦甜甜也发现了。

"呃……"喻茉仔细一看，还真是谢远。

他明明应该是林路遥的辅助，结果却一直在她的附近晃悠。每当有地方英雄来攻击她时，他就会快速出手，一套技能直接秒了对方。

这……

喻茉有点囧："会不会是他弄错了辅助的对象呀？"

这话其实没有多少信服力，毕竟游戏开始时大家已经商量好，谢远给林路遥打辅助。而林路遥的 ID 叫"日久见人心"，跟她的"一朵茉莉"差很多。

可是……

喻茉也搞不懂谢远为什么会保护自己。

她跟他真的不熟。

这时，手机里忽然有电话进来。

看着来电显示上的名字，喻茉整个人沸腾了，双手捧着手机。不敢立刻接听，又怕等太久对面会挂断。

她慢慢站起来，犹豫了几下然后接通电话："喂？"

电话里立刻传来沈怀南低沉的嗓音："是我。"

"嗯。"喻茉垂下头，心里有点慌，又有点雀跃。

"找我有什么事吗？"她轻声问。

"打扰你了？"

"没有，我正在……"喻茉正纠结着要不要说实话，林路遥就先帮她说了。

林路遥："茉茉，快帮我晕住对方花木兰！"

喻茉："……"

电话里传来了一声低低的轻笑。

喻茉不好意思地跟着笑了两声，拿着手机走到宿舍外的阳台上。

"听周洋说你最近很忙？"她主动找话题，说完之后就后悔了。

这样一说，岂不是暴露她打探他消息的事了……

喻茉懊恼地皱了皱眉，正想转移话题，却听他说：

"是很忙。"

"噢……那你找我……有事吗？"她犹犹豫豫地问。

"有一个概率相关的问题想请教你。"

概率？

概率论吗？

喻茉的专业是统计学，有一门专业课是《概率论与数理统计》。

想不到计算机系也会涉及这门课的知识。

幸好她的专业课一向学得很好！

一想到关键时刻能帮男神排忧解难，喻茉的心情就好得快飞起来了，语气也自信了不少："什么问题？"

他没有立刻回答。

一阵风起，吹走喻茉额上的点点汗珠，凉爽无比。

她将头发撩到耳后，磁性深沉的嗓音适时在耳畔响起——

"你觉得我缺席半期考的概率有多大？"

咦？

正准备用专业知识帮男神排忧解难的喻茉，在风中蒙了久久。

过了一会儿，他忽然隔着电话低唤她的全名：

"喻茉。"

"嗯？"

喻茉下意识地应道，神经也跟着绷紧了几分。

电话里沉默须臾，随后传来让她的心为之一颤的声音——

"考场见。"

挂断电话之后，喻茉的心情好到快上天了，从阳台回到宿舍时，已无心再玩游戏，奈何对战还在进行中。

她重新切回游戏，发现自己的妲己竟然还顽强地活着。

想不到妲己这个角色的生命力还挺顽强的。

喻茉正琢磨着以后要多用妲己，毕竟对于技术渣来说，生命力很重要。

然而很快她就发现，她的妲己能够活到现在，完全是因为有谢远在前面挡刀。

"……"

怎么还没有人提醒他去给林路遥打辅助？

喻茉想在频道里提醒谢远，让他给"日久见人心"——也就是林路遥打辅助，不要再保护她了。

信息还没编辑完，敌方就摧毁了他们的水晶，屏幕上闪现出巨大无比的"失败"两个字。

游戏结束。

"……"

喻茉看了一下林路遥的战绩——

死亡次数三十一，助攻次数三，击杀次数零。

——这个战绩很好地诠释了什么叫"惨不忍睹"。

太惨了。

喻茉忍不住叹一口气。

林路遥抱着手机欲哭无泪。

"别难过，我们可以再来一局。下一局我换个坦克，专门给你挡刀。"为了安慰舍友，喻茉果断舍生取义。

秦甜甜也安慰林路遥："可能谢远真的弄错人了。我跟他说一下，下一局一定带你。"

半分钟之后——

秦甜甜手机一摊，给大家看谢远的回复。

远目青山：我以为你说的那个想让我带的舍友是喻茉。

众人："……"

能不能走点心？

不过，这也怪不得谢远。秦甜甜只拜托他给自己的舍友打辅助，没说是哪一个舍友。而谢远只认识喻茉，会先入为主也情有可原。

这时，秦甜甜又收到一条谢远发来的消息。

远目青山：抱歉。再来一局？

"还来吗？"秦甜甜问林路遥。

林路遥已经被刚才的三十一死弄出了心理阴影，绝望地摇头："我想学习。学习使我快乐。"

　　秦甜甜："……"

　　喻茉："……"

　　"茉茉，为了安抚我受伤的心灵，你能不能帮我画个重点？这个《微观经济学》看得我实在是很蒙。"林路遥可怜兮兮地问。

　　喻茉："……"

　　喻茉没办法拒绝一个刚"死"了三十一次的人，于是默默地回到书桌前，打开《微观经济学》，边翻页边用铅笔做标记。

　　一章的课程内容都还没有画完，手机忽然响起提示音。

　　谢远在游戏里向她发来了加好友的请求。

　　远目青山：我是谢远。

　　？？？

　　她知道他是谢远。

　　可他为什么加她？

　　喻茉想都没想就拒绝了。

　　谢远立马又发来第二次请求。

　　远目青山：手滑？

　　喻茉：……

　　这个人还挺乐观。

　　他是从来没有被人拒绝过吗？

　　那正好。她免费帮他丰富人生经验。

　　喻茉大手一挥，再次拒绝。

　　下一秒，谢远发来第三条加好友请求。

　　远目青山：看来不是手滑。

　　很好，此人终于肯直面被拒绝的现实了。

　　正当喻茉以为他已经知难而退了时，他的第四条加好友请求到了。

　　远目青山：丑拒？

　　"……"

　　倒不是因为丑。

　　其实他长得还不错，只是她不太习惯加不熟的人为好友。

　　喻茉这一次没有再拒绝，而是直接无视了他的请求。准备退出游戏时，忽然眼角一晃，发现大神的头像亮了。

　　"大神上线了！"她惊喜地叫了一声。

　　林路遥立马满血复活："快问他，能不能带我升段！"

　　喻茉："……"刚才不是说学习使你快乐吗？

　　秦甜甜："路遥，你刚刚才拒绝了让谢远带，现在又找上茉茉的大神。

看不起谢远是不是？"

林路遥："不是啦。我知道谢远也很厉害，只是我觉得，论带人升段，茉茉的大神应该更胜一筹。毕竟连茉茉这种菜鸟，都能被他带到了铂金段位。"

喻茉："……"

前半部分听着还挺讨喜，后半部分——什么叫连她这种菜鸟？

她现在已经成为菜鸟界的翘楚了吗？

"……"

虽然喻茉很不满林路遥的调侃，但她还是乐悠悠地点开和大神聊天的界面。

好久不见了呢。

计算机系，男生宿舍。

沈怀南挂完电话后，打开《王者荣耀》，看到"一朵茉莉"的状态变成了"离线"，半分钟之后，又从"离线"变成"在线"。

深邃的眸子里闪过一抹精光，稍纵即逝。

他勾了勾唇，将游戏界面开着，把手机放到一旁，然后打开盒饭。

三荤一素，味道比往常好——很多。

周洋看着吃得津津有味、眉眼带笑的某人，惊得下巴都快掉下来了。

难不成他刚才打饭时穿越了一下，带了满汉全席回来？

这货到底在乐什么？

"这么爱吃盒饭？"周洋调侃道。

沈怀南哼笑了声，没接话茬。

这时手机提示音响起，收到一条私信推送。

一朵茉莉：今晚有空吗？我一个朋友白银升黄金遇到了点儿困难，想让你带一下。

沈怀南垂头看一眼时间，沉思数秒，然后回复：现在不行。有一件很重要的事要先处理，今晚十点以后可以。

一朵茉莉：太好了！那我等到十点再上线。

一朵茉莉：谢谢南神！(*^__^*)

沈怀南神色淡然，目光落在句尾的颜文字上，在脑中搜寻了一遍，没有找到与之相匹配的画面。

她似乎很少在他面前笑得这么灿烂。

是他太严肃了？

沈怀南不禁挑了挑眉。

南风将至：不用。

一朵茉莉：要的，要的。你是不知道，今天我们遇到了一件超级尴尬的事。

这个语气他很熟悉。

这表示小姑娘要开启话痨模式了。

沈怀南好心情地勾了勾唇，索性将手机摆在桌上，等她说到尽兴。

一朵茉莉：今天我另一个朋友喊来了一个高手，帮我这个想升段的好朋友打辅助，结果那个男生全程没管我朋友，一直围在我身边打转。

一朵茉莉：那一局我朋友被杀得可惨了。

一朵茉莉：游戏结束之后才发现，那个男生弄错人了，他以为要升段的人是我，后来还想加我好友。

一朵茉莉：我朋友现在好失落，就指望着你带她飞了。

一朵茉莉：其实一开始她就让我找你帮忙，可是你那会儿不在线……

沈怀南等了一会儿，待手机不再有动静，才拿起来，视线在"那个男生""在我身边打转""加我好友"等一些列关键字上来回切换。

片刻之后，他回复——

南风将至：下次再遇到这种事，你就不要参战了。

一朵茉莉：？？？

南风将至：毕竟你也帮不上什么忙。

一朵茉莉：……

一朵茉莉：南神你能别这么耿直吗？

一朵茉莉：暴风哭泣！ ~~~~(>_<)~~~~

沈怀南莞尔一笑，回复：怕你惹上不必要的麻烦。

女生宿舍内。

喻茉看着大神的最后一句回复，心里舒坦多了。

就说嘛，她再不济，至少还能当肉盾呀！

怎么能说她帮不上忙呢？

不过大神说得有道理，以后这种事还是少参与为好。

幸好今天谢远只是弄错了辅助的对象，并非有意为了保护她而忽略路遥，不然她要尴尬死了。

嘿，大神连她会惹来麻烦都料到了，果然老谋深算……不对……应该是高瞻远瞩、料事如神。

老谋深算什么的……不符合大神的气质。

不过，什么样的气质才与大神相符呢？

风光月霁？

温润如玉？

这样想来……倒是和她男神的气质挺像。

想起沈怀南，喻茉不禁又傻笑了起来。

考场见啊——

好希望明天就开考。

喻茉在嘴边弯起一个大大的笑容，随后又将它悄悄藏起来，对林路遥说："大神要晚上十点以后才有空。"

林路遥："OK，那我先玩几局人机大战。"

"你不是有心理阴影了吗？"

"一想到待会儿有顶级大神带我飞，我就什么阴影都没了。"

"……"

那……她也玩两局吧，反正现在心情好得没办法学习。

人机大战五个回合之后——

喻茉和林路遥渐渐开始觉得，学习比游戏更能使她们快乐了。

"一直被虐，心好累。好想体会大杀四方的感觉啊啊啊！"林路遥在宿舍号叫。

喻茉点头，她也很想。

只可惜大神要到晚上十点才有空。

"等到晚上……"话说到一半，忽然收到大神的私信。

南风将至：你那边几个人？

一朵茉莉：两个。怎么了？

南风将至：我再喊两个。

咦？

大神要现在带她飞？

难道他注意到她惨绝人寰的战绩了？

一朵茉莉：你不是有很重要的事要先处理吗？

大神不知是不是去喊人了，隔了好久才回复。

南风将至：你的事也很重要。

沈怀南吃完盒饭后，发现"一朵茉莉"又在进行对战，他顺手查看了一下她的战绩，发现一如既往的惨不忍睹。

果然学不乖。

沈怀南兀自笑了一声，在游戏里私信她，然后在宿舍里喊："我这里开黑还差两个人，谁有空？"

周洋和款爷立即双双举手，异口同声："我！"

失去机会的大侠也举手了，但他那时候正在喝水，"我"字音一出，嘴巴大张，水就从里面哗啦啦地流了出来，沿着下巴一路流到脖颈，场面十分辣眼睛。

"哈哈哈哈……智障……哈哈哈……"周洋笑得腰都直不起来了。

大侠袖子一提抹掉嘴边的水，试图挽回尊严："马上就要半期考了。你们就继续玩物丧志吧，到时候挂科了别怪我没提醒你们。"

"打完今天的局，我给你们画重点。"沈怀南云淡风轻地说。

"……"

大侠摸了摸自己的脸，感觉有点疼。

周洋笑得更夸张了，捂着肚子"哈哈哈"了好半天，才停下来，拖一把椅子在沈怀南旁边坐下，问："你忙得昏天黑地废寝忘食，连课都翘了，怎么有时间打游戏？"

沈怀南一边换区切到小号，一边泰然吐出四个字："劳逸结合。"

"……"

太扯了。

这话若是从别人口中说出来，周洋可能还会信。但沈怀南——他是那种忙起来连睡觉都会直接省略掉的人，压根不知道什么叫劳逸结合。

沈怀南无视周洋探究的眼神，淡声问："你们有黄金号吗？"

"有。"周洋和款爷异口同声。

沈怀南："换黄金号。"

"为什么？"周洋话虽问出口了，但并没有指望沈怀南会回答他。他快速切换到黄金号，然后上线进组，一眼看到组里还有另外两个ID。

其中一个他眼熟，就是被某人宠上天的"一朵茉莉"，另一个叫"日久见人心"，没见过。

一进组，他就看到"一朵茉莉"在组内频道跟大家打招呼。

一朵茉莉：大家好！

一朵茉莉：今天主要是想帮我朋友"日久见人心"升段，请大家多多关照噢。

日久见人心：拜托大家啦。

周洋：……

"又是陪外甥女打着玩啊？"周洋有点想退赛了。

款爷也一脸悔之晚矣的表情——他没耐心陪小姑娘过家家啊！

说起来，为什么南神会那么好脾气？

简直跟平时在宿舍里，对他们威逼利诱的那个高冷南神不是同一个人。

精分也该有个度啊！

这区别对待也太明显了。

尽管款爷的内心是崩溃的，但他还是不得不硬着头皮上阵，陪小姑娘们玩耍。谁让自己嘴快呢？

一旁的大侠在听到"外甥女"三个字时，又漏了一嘴的水，这次是笑的。笑够之后，他幸灾乐祸道："是不是突然觉得学习更能使你们快乐？哈哈哈哈……"

周洋："……"智障吗？

在《王者荣耀》里面，排位赛只能上下两个段位间匹配。为了帮林路遥升段，大家都换成了黄金号，喻茉也不例外。

游戏很快开始。

在王者峡谷里一共五个位置，上单、中单、下单、打野和辅助。

周洋和款爷分别打上单和下单，喻茉打野，林路遥中单，沈怀南给林路遥打辅助。

游戏开始后，喻茉便操作着李白去野区蹦跶了，林路遥则在大神的保护下一路狂杀所向披靡，直接化身人头收割机。

"哈哈哈哈……太爽了！"林路遥一边红着眼大杀四方一边在宿舍内狂笑。

笑了一会儿——

林路遥："茉茉，能不能借你的大神多用几天啊？"

喻茉："……"

什么叫"你的大神"……

喻茉忽略舍友的语病，声音柔柔地说："大神很忙的，我们还是不要麻烦他了吧。"

想起开始游戏前大神发来的信息，她到现在还有点内疚。

大神本来有很重要的事情要处理，结果现在却在陪她们玩游戏。

哎。

其实她当时想告诉他，他自己的事最重要，不用为了她打乱节奏。可大神并没有给她说话的机会，直接就发来了游戏邀请。

有大神和两个实力强劲的上、中单在，团战完全没有受到拖油瓶喻和拖油瓶林的影响，一路连胜。

林路遥高兴得快飞起来了，欢呼声不断。

打到不知道第几局时，林路遥忽然发现自己变成了黄金段位。她兴奋地叫了起来："哇，我升段了！大神真的太厉害了！"

今天团战的主要目的是助林路遥升段。

目的达到之后，便收队了。

"茉茉，我能加大神好友吗？"林路遥一脸乞求。

加大神好友，为什么要问她？喻茉奇怪地眨眨眼，点头道："可以呀。"

"太好了！"林路遥立刻向大神发出加好友请求。

三秒钟之后——

林路遥："茉茉，大神是不是很高冷？"

"没有呀。大神人超好，温柔又有耐心，从来不会仗着自己段位高嫌弃菜鸟。特别好相处。"

"是吗？"

林路遥的嘴角抽了两下，觉得自己遇到的大神和喻茉口中的大神不是同一个人。

她又发送了两次好友请求，然后顶着满脸黑线问："那他为什么拒绝我？"

"呃……"喻茉有点囧，"可能……手滑？"

"他能手滑三次？"

"……"

喻茉想不到安慰的话了，干笑了两声，然后私信大神。

一朵茉莉：今天太感谢你了，好像一直在麻烦你，也不知道该怎么报答。

南风将至：以后再让你报恩。

一朵茉莉：好！我一定赴汤蹈火在所不辞。

南风将至：没那么严重。

一朵茉莉：嘿嘿 n(* ≥ ▽ ≤ *)n！

一朵茉莉：我马上就要半期考了。最近要备考，可能没什么时间上线。

发完最后一条信息之后，喻茉等了一会儿，大神果然像往常一样只回了一个"嗯"字。

这个字的意思约等于——朕知道了，退下。

于是她非常乖巧地准备告退，这时对面忽然又跳出来一条消息。

南风将至：我也是。

也是什么？

喻茉疑惑地转了转晶亮的眼珠。

也没有时间上线？

还是也要半期考？

不会这么巧吧？

自从帮林路遥升为黄金段位后，喻茉就暂时把游戏放到一边了，全身心投入备考中。

沉迷于学习不可自拔的日子过得飞快，转眼到考试周前的最后一个周末。

统计系的主修课考试都安排在上半周，从周一到周三排满了考试，是以这个周末大家异常勤奋，全部留在宿舍临时抱佛脚。

喻茉也不例外。不过她抱的不是本系的大佛，而是计算机系的。

《信息技术之美》的考试安排在周五下午，其实她完全可以等到主修课考完之后，再复习这门课。

但……

"我对这门课没有把握。"她这样回复发出疑问的舍友们。

大家的反应是——

秦甜甜："想不到学霸也有没有把握的时候？"

林路遥："茉茉，当你说'没有把握'的时候，你指的是什么？担心挂科吗？"

赵文敏："我劝你们两个不要找虐。她肯定指的是没有把握考满分。是吧，喻茉？"

"呃……"

喻茉讪笑一声，老实点头："嗯。"

"……"

"……"

秦甜甜与林路遥绝倒。

意思是说，除了这门选修课之外，其余的主修课，她全都有把握考满分？

赵文敏说得没错，他们果然是在找虐。

秦甜甜抱着一本厚厚的、崭新的专业书，无限羡慕地晃到喻茉跟前，感慨道："茉茉，要不是跟你同一个宿舍，我肯定不会发现你是学霸。"

喻茉："为什么？"

"因为你长得太像花瓶了。看起来完全就是那种有胸无脑、单蠢呆萌的废材。"

"……"

难道有人的智商是长在脸上的？

喻茉无视秦甜甜的"人身攻击"，继续啃书。

但秦甜甜并没有放弃。

"你看吧，说你呆萌你还不服气。"

"啥意思？"

"你现在看的是什么书？"

"《信息技术之美》"

"计算机系的是吧？"

"嗯。"

"你男神是哪个系的？"

"计算机系啊。"

"那你为什么不去找他帮你考前突击呢？"

"？？？"

喻茉没听懂这个逻辑。

秦甜甜翻个白眼，扬了扬手里的书，露出书名《经济学原理》五个大字，说："你自己慢慢悟，我要去找谢远帮我画重点了。他是金融系的，肯定也会考这门课。"

喻茉一脸蒙："我可以帮你啊，为什么要舍近求远？"

然后她就又收到了一个大白眼。

喻茉："……"

过了一会儿，她恍然大悟。

原来秦甜甜是想以画重点为由，接近谢远。

厉害啊！

她怎么没有想到呢？

嘿嘿。

她也要效仿一下。

不过——

"这书上写的我都会哎。"

喻茉自言自语道，语气十分苦恼。

然后她就引起了群愤——

"喻茉同学，差不多就行了啊，别再碾压我们了。"

"……"

她是真苦恼啊！

到傍晚时，拥有追帅哥大智慧的秦甜甜，春风满面地回来了。

"谢远还帮我整理了一份重要知识点，纯手写的噢！他复印了三份，让我分享给你们。"说着，秦甜甜将三张写满字的 A4 纸分发给大家。

发到喻茉这儿时，她歪着头问："是不是超贴心？"

"嗯……"

确实挺有心的。

不过……这些知识点她早已烂熟于心，用不着这份东西。

喻茉正想拒绝，而后转念一想，还是收下吧，不然可能会被群殴。

林路遥和赵文敏则欣喜不已，把谢远大夸特夸了一番。

"太给力了，这个谢远真是活雷锋啊！"

"人帅智商高，体贴入微脾气好，字写得也好看。甜甜，你的眼光真不错！"

对于她们夸张的表演，喻茉只认可一点——字确实写得不错。

龙飞凤舞，笔锋凌厉，整个版面跟谢远本人差不多，给人一种很干净的感觉。

不过跟她男神比起来，还是稍微差了那么一点。

喻茉默默地在心里犯花痴，随后又暗暗叹气。

为什么连选修课她都听得那么认真呢？

要是以前没有认真听课的话，现在还能找男神帮忙画个重点什么的……

喻茉再叹一口气，认命地继续复习。

她看啊看，找啊找，终于在天黑前得偿所愿——找到了一个理解得不太透彻的知识点！

太好了！

打电话问男神！

喻茉当机立断，兴奋地拿出手机拨号。

电话没有立即接通。

时间以秒为单位慢慢流逝，她却像过了一个世纪般漫长。

越等越紧张。

忽然，听筒里传来一声"嘟"响。

通了！

喻茉的神经顿时一颤，心怦怦怦地狂跳起来。

等不到第二声嘟响，她猛地挂断电话。

好……好紧张。

喻茉抱着手机，大脑仿佛缺氧，有一瞬的空白。

他……他应该没有注意到吧？

下一秒——

手机呜呜呜地响起来。

屏幕上亮起她心心念念的名字：

沈怀南。

来电！

Chapter 05
你最好哄哄他

响铃的那一瞬，喻茉整个人差点跟着手机跳起来。

手机还在呜呜地响个不停，边响边振动。

她心里绷起一根弦。

深吸一口气，她紧张又心虚地接听电话："喂……"

听筒里立刻传来一如既往的磁性嗓音：

"你找我？"

言简意赅，但语气很温柔。

喻茉感觉心底有什么东西在悄悄绽放，紧张感去了一半，取而代之的是一种难以名状的悸动。

"嗯……有……有一个问题想请教你……"

"什么问题？"

"呃……嗯……那个……就是……"

喻茉紧张得开始语无伦次。

什么问题来着？

脑子空荡荡的，什么也想不起来。

她懊恼地拿手拍头。

两边都沉默了几秒。

好听的男低音再次从电话里传来：

"嗯？"

轻轻低吟，仿佛他人就在耳畔。

喻茉唰地红了脸，心底好似有一根羽毛轻轻划过，荡起阵阵涟漪。

明明他并不在面前，但她还是怕被他看到，低下头，视线在书桌上毫无章法地游移，飘到摊在面前的书上时，才想起正事。

"《信息技术之美》！"

终于想起来了！

喻茉暗暗松一口气，继续说："我有一个知识点不太明白，想请教你。"然后对着刚才在书上划出来的记号，说出自己的疑问。

"这个概念对于非计算机专业的人来说，确实不太容易理解，我用通俗一点的方式跟你讲……"

沈怀南的语气十分平稳，不疾不徐，像小桥流水般舒缓悠然，能够使人静下心来。

喻茉边听边记笔记，记完之后又重新理了一遍思路，果然清晰多了。

这时沈怀南在电话里问：

"听懂了吗？"

喻茉赶紧点头："现在懂了。"

"还有其他问题吗？"

"暂时没有……"语气十分遗憾。

电话里传来低低的哼笑声："等你想到了再打给我。"

什么叫等她"想"到了再打给他？

说得好像她在绞尽脑汁找借口跟他搭讪似的……呃……好像还真是这样。

哎，果然又被看穿了。

喻茉默默地叹一口气，然后乖巧回话："好。谢谢你。"

"怎么谢？"

"啊？我……"这个问题喻茉完全没有准备，她飞快地转了转有点卡壳的脑子，"要不等半期考结束之后，我请你吃饭？"

"好。"

挂断电话后，喻茉忽然反应过来自己刚才干了啥——

她这是跟男神约上了？

约、上、了！

啊啊啊——

喻茉感觉自己的小心脏要炸裂了。

虽然沈怀南说了可以再给他打电话，但身为屃货界的大佬，自从上次强行勾搭被看穿之后，喻茉的勇气就由零变为负无穷了，没有再给他打过电话。

当然，主要还是因为她没有"想"到可以给他打电话的借口。

周末两天不眠不休的备考之后，半期考如期而至。

考《信息技术之美》那天，喻茉早早来到考场，她在平时常坐的位置坐下，拿出笔和草稿纸，乖巧端坐，等待开考。

陆陆续续有考生入场，教室里的人越来越多。

过了一会儿，感觉有人在她的左手边坐下，中间只隔一个空位。

喻茉心中一动，欣喜地转头看去，却发现坐在她旁边的人——

并不是她心中所想的那一个。

喻茉失望地轻吁一口气，回头之际忽然视线一晃，看见沈怀南从教室前门走进来。

她心中顿时一喜，然后快速垂下头，勾着唇偷偷地乐。

虽然刚才只匆匆瞥了一眼，但她已经把他的样子深深地刻在了脑海中。

终于见到了。

快一个月了吧？

他看起来似乎清瘦了些，轮廓棱角更加分明，眉宇间依然是疏疏淡淡的、剑眉星眸，俊朗雅致，帅得一塌糊涂。

喻茉紧紧拽着笔，期待多过紧张，欣喜与雀跃占领了整颗心。

她弯着唇，心里琢磨着等他走近一点，就主动跟他打招呼。

一秒，两秒，三秒……

应该差不多了吧？

喻茉悄悄抬起眼皮，正想用余光偷瞟，头顶忽然传来一声低沉的寒暄——

"好久不见。"

熟悉的声音让喻茉的小心肝微微颤了一下。

她连忙抬头，弯起眉眼，矜持地冲他笑："好久不见，你也来考试啊……"

说完这句话，喻茉就觉得自己差不多可以咬舌自尽了。

她到底在说什么废话。

这里是考场。他当然是来考试的。

哎，男神估计会觉得她是个智障吧。

——对视。

——继续对视。

捕捉到沈怀南眼底的那一丝浅浅笑意时，喻茉脸上的绝世笑容快挂不住了，有点想哭。

因为他的眼里满是慈爱——关怀智障儿童的那种。

沈怀南淡淡俯视着眼前的人，她今天看起来跟往常不太一样，头发扎了一半，左右两鬓各编一根细细的辫子，扎在脑后，看起来端庄又不失俏皮。

不说话的时候，看起来挺聪明的。

说起话来……却总让人忍俊不禁。

沈怀南莞尔："好好考。"

男神在鼓励她呢！

喻茉忙点头："你也是。加油！"

考试很快开始。

喻茉拿到试卷后，大致扫了一眼，基本上每道题考的知识点都有复习到。

太好了。

她暗暗松一口气，然后开始不紧不慢地答题，过了一会儿，忽然听到手机振动的声音。

她下意识地把头从试卷里抬起来，意外看到坐在她前排的沈怀南起身离开了座位，笔直走向讲台，将试卷交给监考老师。

喻茉惊呆了。

他……他提前交卷了？

这也太夸张了吧？

她今天发挥得还算正常，做起题来行云流水，自认写字的速度也不慢，可截止到现在才写了四分之一。

而他居然已经全部答完，提前交卷了！

太太太……太不可思议了！

男神果然好厉害！

喻茉钦佩不已，眼见沈怀南消失在教室门外，她才收回视线，继续埋头奋笔疾书。

……

考试结束的铃声响起时，喻茉刚好检查完所有的题。

她交完试卷后，忽然想起一件事——

沈怀南提前走了，那她还怎么约他吃饭呢？

喻茉失望地叹一口气，收拾好书包准备离开时，看见前排的桌子上有一张纸。

她好奇地伸手拿过来看，是沈怀南的草稿纸，上面写了稀疏几排字。

连草稿都打得这么好看！

她弯起唇，正感到自豪，忽然在纸上看到了两个熟悉的字——

喻茉。

这不是她的名字吗？

喻茉呆了半秒才回过神来，接着便被铺天盖地的狂喜侵袭全身每一处神经，笑容由内至外溢出来，怎么也藏不住。

原来她在他心里的存在感并不是零呢。

独自傻乐了一会儿，趁没人注意，喻茉将那张纸叠好收进书包里，双手拉着书包背带乐悠悠地离开考场。

刚一出考场，沈怀南的电话就打进来了。

喻茉心里正荡漾，连害羞都忘了，第一时间接通电话，甜甜地喊他的名字："沈怀南！"

电话的另一端，沈怀南正戴着耳机打电话，双手快速地在键盘上敲着代码，听到喻茉满是欢喜的声音，他敲键盘的动作一顿，嘴角扬了起来："这么高兴，看来考得不错。"

喻茉这才意识到自己没隐藏好情绪，稍稍有些害羞，红着脸回道："还可以。你打电话来，有什么事吗？"

沈怀南听出了喻茉声音里的羞涩，嘴角笑意更深，他细细品了会儿她甜甜的嗓音，才说："提醒你记得请我吃饭。"

"啊？"喻茉一时没反应过来。

沈怀南挑眉，故作不满："怎么，忘了？"

喻茉回神，连忙解释："没有没有！我怎么会忘，呃，我的意思是，我不是那种言而无信的人，答应了请你吃饭，就一定会请。"

喻茉欲盖弥彰地表示她心心念念这顿饭约，完全是因为她是个讲信用的人，绝对没有其他企图。

沈怀南非常善解人意地没有拆穿她，只问："那你打算什么时候请？"

今天。

当然，这话喻茉没有说出口，她决定装模作样地矜持一下："下……下周吧。"

"下下周？"

"不是，下周，下下周太久了。"话一出口喻茉就后悔了，说好的矜持呢？

喻茉脸红得跟煮熟的小龙虾似的，心中又羞又囧，不待沈怀南接话，连忙又说："就这么决定了，我找好了餐厅再联系你！"

挂断电话，喻茉终于感觉心跳没那么快了。

而另一边，沈怀南听到电话里的挂断音，仿佛看见了一只受惊的小白兔落荒而逃，心情莫名又好了几分。

喻茉回宿舍后翻遍了各大点评网站，终于找到了一家环境幽美、情调浪漫的餐厅，她开心地将餐厅收藏起来，决定过两天再发给沈怀南，免得显得太心急。

到晚上时，宿舍的其他三人也都考完了最后一门课，半期考算是彻底结束了。

秦甜甜提议去吃火锅庆祝，赵文敏和林路遥附议，喻茉没有意见。

于是四人从考场出来之后，直接就去了西校门外的一家网红火锅店。

这家火锅店与传统的火锅店不同，它是吧台式小火锅，每人一个单独的小锅，口味自选。最近在网上炒得非常热。

喻茉和舍友们到达网红火锅店时，里面已经满座。门口的服务员给了她们一张排号单。

单上显示前面还有三十五桌，预计等候时间大于九十分钟。

四人："……"

一个半小时都够她们吃两顿了。

"要不我们换一家店吧？"林路遥提议。

"不行，不能换，今晚必须在这里吃。"秦甜甜一边拒绝，一边东张西望。

喻茉循着她的视线在商场里望了一圈，问："甜甜，你在找黄牛吗？"

"看不出来你还挺幽默。"

"……"

她是认真的好吗？

现在连奶茶店门口都有黄牛呢。

喻茉看着排号单上的"大于九十分钟"几个字，有点绝望，正琢磨着劝秦甜甜放弃，忽然视线一晃，看到一个眼熟的人。

与此同时，秦甜甜也惊喜地扯住了她的衣袖。

"谢远来了！"

"嗯……"

原来这就是秦甜甜坚持要在这里排队的原因。

喻茉被秦甜甜惊人的"制造偶遇"能力折服了。

"你早就知道他今晚会来这里吃火锅了？"喻茉问。

秦甜甜："这家店是他推荐给我的，所以我就大胆揣测了一下。"

有够大胆的。

喻茉在心里给秦甜甜点了 666 个赞。

这时，谢远已经走过来。

他个子很高，穿着淡灰色宽松大 T 恤，下半身是及膝卡其色休闲短裤和白色板鞋，干净利落，阳光帅气。

"你们也来吃火锅？"说这句话时，他是看着喻茉的，随后才把视线移开，在余下的三人身上转了一圈。

喻茉自认跟他不熟，没有接话。

秦甜甜笑道："是啊。你们也是吗？"

谢远回头看了看身后的舍友们，点头："嗯。"

秦甜甜："这里人好多，我们也刚到，服务员说预计要等一个半小时。"

"一个半小时你们也愿意等？"谢远轻笑一声，视线从秦甜甜的头顶越过，落在喻茉身上，"这么想吃吗？"

喻茉奇怪地扬起眉，他在跟甜甜说话，看她干吗？

"幸好我早就来取了号。我这里多一个号，正好也是四人桌，给你们吧。"谢远从裤子口袋里掏出两张排号单,将其中一张递给秦甜甜。

秦甜甜大喜:"太感谢你啦!不过你怎么会有两个号啊?"

"跟我舍友取重了。"他淡淡地解释一句,便将话题转开,"到我们的号了。先进去了。"

"好。"

秦甜甜目送谢远走进火锅店,然后笑眯眯地晃了晃手上的排号单,说:"看出来了吗,他是特意帮我多取一个号的。"

喻茉:"……"

完全没有看出来。

每当秦甜甜发挥撩男大智慧时,喻茉就感觉自己宛若智障。

"从哪里看出来的?"她忍不住问。

秦甜甜无语地摇摇头,耐心解释:"他先是把这家店推荐给我,还强调这里适合考试之后聚餐,然后又在考试后的今天,来这里吃饭,顺手多取了一个号送给我。这还不明显?"

"他不是说跟舍友取重了吗?"

"他说你就信啊!怎么这么耿直呢?"

"……"

另一边,谢远与舍友们已经在火锅店内坐定。

其中一个舍友调侃他:"我还以为是天仙呢,迷得你神魂颠倒。可爱是蛮可爱的,但那种程度的,咱们系不是一大把嘛。光追你的女生里面,比她好看的就不下十个,你犯得着这么煞费苦心吗?"

"一大把?"谢远挑了一下眉,侧头望向店外的等候区,笑道,"我倒觉得没有人能跟她比。"

"啧,情人眼里出西施。要我说,那个穿白色裙子的长头发女生才是真天仙。"

另外两个舍友也调侃道:

"真天仙+1。要不老张你去追追看?"

"你开什么玩笑。她连谢远都不多看一眼,还会看上我?"

"哈哈哈。原来你还有自知之明啊!"

……

谢远听到"白色裙子"时就转回了头,等舍友们笑完,他问:"你们以为我看上的人是谁?"

三人一愣:"不是穿红衣服那个娃娃脸吗?"

"不是。"

这时谢远看到喻茉、秦甜甜等人已经等到位置,鱼贯走进火锅店。秦甜甜隔空跟他打招呼。

他勉强地笑了笑，收回视线，眉头锁住了。

"所以你看上的是那个真天仙？"舍友问。

谢远点头："她可能误会了。"这个"她"指秦甜甜。

话音刚落，手机忽然响了一声。

是微信消息。

反对一切迷信势力秦甜甜：今天真的太感谢你了。改天单独请你吃饭，算作报答吧？

谢远看着信息沉吟半晌，回复，然后锁上手机，低头吃火锅。

八号桌。

喻茉刚选好锅底，正准备点菜，忽听邻座的秦甜甜惊叫一声："茉茉？"

"啊？"她侧头看去，"怎么了？"

却见秦甜甜惨白着一张脸，握着手机跳下吧椅："我去一下洗手间。"然后小跑出火锅店。

喻茉与赵文敏、林路遥面面相觑。

"甜甜的脸色好像不太好。"喻茉有些担忧，朝店外望去，正好看到秦甜甜和一个男生撞了个满怀。

"咦？那不是周洋吗？"喻茉自言自语。

周洋刚跟款爷、大侠吃完饭，顺便给宿舍里那尊神打包了一份盒饭，吊儿郎当地迈着大阔步。

路过隔壁火锅店时，突然撞过来一个姑娘，他肋骨都快被生生撞断了。

"同学，你……"他刚要跟来人讲道理，定睛一看，竟是个熟人，"小甜甜？"他惊呼。

秦甜甜没有理他，拔腿拐向旁边的商场洗手间。

"哭了？"周洋注意到她红红的眼圈，想了想，把盒饭扔给大侠，"你们先回去，我还有点事。"

秦甜甜对着洗手间的镜子，回想起谢远刚才发的那条微信。

谢远：你舍友喻茉喜欢什么样的男生？帮我打探一下，就当是报答了。

感觉自己又蠢又傻，丢脸至极。

她怎么会自作多情地以为谢远对她有意思呢？

仔细回想起来，谢远从一开始就没有给过她任何暗示，微信上的聊天，她说十句他回复一句。

答应带她舍友打《王者荣耀》上分，是因为误以为那个"舍友"是喻茉。

而火锅店的事，是她先问他，什么地方适合聚餐，她想考试之后和舍友们一起去，他才给她推荐了这家店。

至于他为什么会出现在这里，并且多取一张号，显然是因为喻茉是她的舍友之一。

一切的一切都是她想太多了。

秦甜甜对着洗手间里的镜子抹了抹微湿的眼角，待心情平复了些，才转身走出去。

一出门就看见周洋等在外面，双手抱胸靠在走廊的墙上，表情懒洋洋的。

"该不会失恋了吧？"他调侃道。

一语戳中秦甜甜的伤口。

"要你管！"她不爽地怼回去，看也没看他一眼，大步朝前走。

周洋挠了挠后脑，心道：脾气这么大，真失恋了？

"喂，要不要我帮你出气？"他冲秦甜甜喊道，语气有点生硬。

秦甜甜没想到他会提出帮自己，心软了几分，停下来回头看向他，隔了几秒才闷闷地说："不用，是我自己不好。"

"行，你有我的号码。哪天需要了，随时打给我。"

"随时都可以吗？二十四小时不关机？"

周洋一愣，随后爽快地点头："当然。"

"那你等着。"

秦甜甜别扭地嘀咕一句，接着快步走向火锅店。

她回到位置上时，大家已经开吃了。

"茉茉，你喜欢什么样的男生？"秦甜甜一边涮羊肉，一边若无其事地问。

"哈？"

喻茉惊得嘴巴一张，吃到一半的午餐肉差点掉出来。

她喜欢沈怀南，这不是全宿舍都知道的事吗？

"问你喜欢什么样的男生。"秦甜甜又说了一遍。

"沈……那样的呀……"喻茉不敢在公众场合说沈怀南的名字，只用了"沈"来代替。

"噢。"秦甜甜点点头，然后打开微信聊天界面，里面还躺着谢远几分钟前发来的信息。

静默三秒，秦甜甜如实回复——

沈怀南那样的。

谢远看着秦甜甜发来的微信，嗤笑了一声，收起手机，继续低头吃火锅。

"对了，这周末咱们院里有联谊活动，谢远你去不去？"老张忽然问。

经院联谊？

谢远抬起眼，朝不远处的吧台望过去，正好看到喻茉与旁边扎马尾的女生说笑。她眉眼弯弯，粉唇如钩，笑得像一朵花。

他忽然想起她在《王者荣耀》里的 ID：一朵茉莉。

倒是很贴切。

收回视线，谢远转头问老张："全院所有的系一起联谊吗？"

"当然！听说国贸系的美女超多，我打算去碰碰运气。你去不去？"

"我去干吗？劫你的桃花运？"

"嘁——"老张一脸不以为然，随后贼兮兮地哼，"你真不去？听说到时候经济、统计、财政、金融和国贸五大系花会现场 PK，争夺院花桂冠。你不去给你的天仙投票？"

"无聊。"

谢远兴趣缺缺地仰头灌一口啤酒，想起刚才喻茉笑靥如花的样子，垂下头，兀自勾了勾嘴角。

与此同时，八号桌的四个女生，也在讨论院里联谊的事。

"茉茉，周末的联谊你真的不去吗？你可是咱们的统计一枝花呀！听说到时候还要选院花，你不去的话，谁给你拉票呀？"

"拉什么票？"

"评院花啊。"

"哦。"喻茉吃一口鱼丸，了然地点点头，"还是不去。我有男神了。"

"……"

经院联谊会如期而至。

尽管喻茉千百个不愿意，但她最终还是参加了。因为这一周以来，团支书每天给她做一遍思想工作，从最初的"身为朝气蓬勃的大学生要积极参加团体活动"上升到了"你不参加就是对不起党对不起国家"。

喻茉觉得她要是再不点头的话，团支书可能会直接杀到宿舍来将她绑走。

"什么联谊嘛，这不就是大型团体相亲活动吗？"喻茉忍不住吐槽。

舍友们一点都不同情她，纷纷取笑："嗯，就是相亲活动。专门为你这类单身汪量身定制的那种。"

"……"

呵呵。

说得好像这款单身汪套餐不适合她们一样。

联谊会在学生活动中心二楼举行。

场地十分简陋，除了墙上挂了一些粉红丝带和"经济学院 20XX 届第一次联谊大会"的标语之外，什么装扮也没有。

喻茉和舍友们进场时，里面已经站满了人。

没错，站着。

——因为没有地方可以坐。

偌大的场地内完全找不到半张椅子。

整个场地被分成六部分——一个主席台和五个方阵。主席台上站着本次联谊活动的主持人和院学生会干部。五个方阵分别是——经济学系、统计系、财政系、金融系和国际经济与贸易系。

方阵队伍排列十分整齐。

"……"

团委其实是召集大家来排练站军姿的吧。

喻茉在心里吐槽一句，然后跟随舍友们的脚步走向统计系的方阵。

"喻茉你终于来了！"团支书热情地迎出来，然后把写有"统计"两个大字的牌子塞给她。

喻茉立马将手背到身后，一脸敬谢不敏："为什么让我拿？"

"你是咱们系的'头牌'，你不拿谁拿？"

头牌……

用词这么浮夸，真的有接受过党的熏陶吗？

喻茉额上黑线万丈，坚定不移地拒绝道："你才是咱们系的头牌，你拿着。"

团支书抹一把汗，苦口婆心地说："喻茉啊，你看别的系都是系花举着牌子，就咱们系让我一个大男人举着，你觉得合适吗？"

"我觉得挺合适。"喻茉乖巧回答，露出她的绝世微笑。

团支书被自家"头牌"电了一下，败了。

"行吧。我来拿。"

"嘿嘿！"

喻茉高兴地躲到方阵后方，开始专业打酱油，身旁的秦甜甜开始扫雷。

秦氏小雷达一一扫过另外四个系的方阵，得出结论："金融和国贸的男生质量都不错。"

喻茉感到好笑："你不是已经有谢远了吗，怎么还看别人？"

秦甜甜脸色有一瞬间的不自在，但很快又恢复正常，故作轻松："谢远已变成我前男神了。"

喻茉不可思议："怎么就变成前男神了？"

赵文敏和林路遥也一脸好奇。

秦甜甜："他不喜欢我，就算了呗。"

喻茉没想到秦甜甜竟然被谢远拒绝了，一时语塞，不知道该怎么安慰舍友，难过地看向赵文敏和林路遥。

三人安静了一会儿。

林路遥"哎呀"一声挽起秦甜甜的胳膊，说："甜甜，欢迎加入失恋阵营，来和我一起玩《王者荣耀》吧，很快你就会发现，游戏比男人好玩。"

秦甜甜把手抽出来，说："我可没失恋。我对谢远，那只是一时的鬼迷心窍，就跟追星一样，追了几天发现没意思了，就不追了，谈不上什么失恋。更何况——"

秦甜甜语气一顿，又说："这里帅哥这么多，我可没时间失恋，得赶紧寻找下一个目标。"

喻茉见秦甜甜能看开，暗暗松了口气，笑说："你刚才不是说金融和国贸的男生不错？说不定你的下一个男神就在其中。"

"财政的质量也很高啊！"赵文敏伸着脖子。

"我发现主席台那里有吃的。"相比之下，刚经历失恋的林路遥更关心食物。

喻茉跟林路遥一样，对帅哥没有兴趣，她的心中只有男神。

听到林路遥的话，喻茉朝主席台望过去，果然看到那边并排摆了几张长桌，桌上放着各色水果和甜点。

不过——

同时摆了一张写有"请勿碰触"的牌子。

"……"

所以，这些茶点是用来看的？

"我发现了，咱们院是真穷。"喻茉感慨。

赵文敏："据小道消息，那些食物是给牵手成功的人准备的，单身汪没有资格吃茶点。"

"……"

联谊会很快开始。

主持人花了五分钟时间介绍联谊规则，然后宣布开始本次联谊活动的第一个环节——"谈天说地"。

喻茉仔仔细细地揣摩了一遍主持人的话，总结下来"谈天说地"的意思大概就是——

所有人相互尬聊，一直聊，不停地聊，直到相中合意的人为止。

"……"

从未见过如此简单粗暴的联谊方式。

喻茉被主办方的创造力折服了。

在场的同学们也都跟喻茉一样，听完主持人的讲解后，皆一脸蒙。

现场静默了一会儿，接着就渐渐骚动起来了。各系的男生们开始四处搭讪，女生们则大多都留在本系方阵内，矜持得等着男生主动来跟自己说话。

当然，也有例外的。

比如金融系的方阵内，就涌入了不少外系女生。

"金融系怎么这么火爆啊？"林路遥好奇地问。

赵文敏立马用胳膊肘戳了戳她，使眼色让她闭嘴。

林路遥眨眨眼：干吗？

赵文敏：……

缺心眼的。

"因为谢远呗。"秦甜甜语气轻松地说。

林路遥这才想起来谢远是金融系的，连忙噤声。

喻茉听到舍友们的讨论，往金融系那边看了一眼，果然看到谢远被一群女生围着。

他脸上挂着招牌式的和善笑容，礼貌地回应每一位女生的搭讪，绅士风度十足。

这让喻茉想起了上次的偶遇。那时候他也是这样的表情，即便是被拒绝，脸上的笑容也没有消失过。

可能有的人天生就爱笑？

喻茉奇怪地展了展眉，收回视线，发现前一刻还在她身旁的舍友们，已经跟前来搭讪的外系男生们聊了起来。

而她的身边也围满了男生。

这……就有点麻烦了。

身为一个有男神的人，她只是被迫来打个酱油而已，并没有真想寻找灵魂伴侣。

然而按照联谊规则，她不可以拒绝任何一个前来搭讪的男生，就算实在话不投机非要拒绝，也得至少尬聊五分钟。

于是，就有了以下种种让她后悔出门前没带避雷针的对话——

男生一号："哈喽同学，我是国贸系的XXX。我觉得你长得很漂亮，能做我的女朋友吗？"

喻茉："……"

不能。

静默五分钟。

下一位。

男生二号："你好，我是财政系的XXX。我特别喜欢你这种清纯不做作的女生。除了身高不达标之外，你的外形完全符合我的审美。不瞒你说，我其实想找身高一米七以上的女生。当然了，如果我们相处下来合得来的话，你这个身高我勉强也能接受。"

喻茉看着眼前跟自己差不多高的男生，露出绝世尬笑："我这个身高是硬伤，你不必这么勉强的。"

男生二号："你放心。我不是那么肤浅的人，不会介意你矮。"

喻茉："……"可是我介意。

……

男生三号："我掐指一算，你与狮子座的匹配指数是百分之百。"

喻茉："能冒昧请问一下，你是什么星座吗？"

男生三号："狮子座。"

喻茉："……"

……

男生 N 号："我很欣赏你，能赏脸交个朋友吗？事成之后，我可以帮你补习功课。"

事成之后……

就这用词，喻茉觉得这个补习老师不能要。

男生 N 号："你怎么不说话？太惊讶了吗？你不必这么惊讶，同学之间本来就应该互帮互助，更何况你长得这么漂亮，成绩再差也会有人愿意辅导你的。"

喻茉："……"

绝世尬笑都无法撑起现在的尴尬场面了。

喻茉垂下头，决定将余下的几分钟用来默哀。

不料她才默哀了三秒不到，一道懒洋洋的声音就在身前响起了——

"你这么欣赏她，不知道她这次半期考是统计系第一名吗？"

这个声音？

喻茉抬眼，果然看见谢远站在男生 N 号的身旁，一脸似笑非笑。

男生 N 号自觉丢脸，当即灰溜溜地走了。

喻茉顿时大松一口气。

终于能清净一会儿了。

今天这个联谊规则到底是哪位天才想出来的？

脑子里有坑吧。

"谢谢你。"她向谢远道谢。

谢远笑了笑，坦然接受她的致谢，然后一本正经地说："喻茉同学你好，我叫谢远，金融系大一的学生。很高兴认识你。"

"……"

不是吧。

他也要跟她尬聊？

喻茉呆住了。

"跟你开玩笑。"谢远温文一笑，将手里的矿泉水递给她，"陪聊这么久，渴了吧？"

喻茉没有接："还好。"

"放心喝吧。这是其他女生送给我的，不会让你还。"

"……"

喻茉"囧囧有神"地接过矿泉水，问："经常有女生给你送水吗？"

"嗯。"

居然这么坦然。

"不过我一般不接。"

"为什么？"

"跟你不加我微信的理由一样。"

呃……

喻茉默默地喝一口水，沉默。

谢远微微垂眼，兀自笑了笑，又道："我们互帮互助怎么样？"

喻茉立马拒绝："我不偏科！也没有意向给人补课！"

然后……她就看见谢远好笑地弯起了唇。

——很明显，她会错意了。

呃……

这不能怪她。

毕竟她刚被"互帮互助"雷到过。

"你说。"她自动忽略自己刚才的过度反应。

谢远非常配合地选择性失忆，继续刚才的话题："你有没有发现，自从我站到这里之后，就没有其他男生过来跟你搭讪了？"

好像是。

谢远："也没有女生再来跟我搭讪，我俩都清净。"

机智！

喻茉大喜："那你就站在这儿吧。"

谢远："活动规定必须一直聊，不能停。"

"所以？"

"我们来玩成语接龙。这样既能避免无话可聊的尴尬，又不会违反游戏规则。"

成语接龙……

不得不说，这是一个相当有才的提议。

……

于是，很快大家就发现，金融系的系草跟统计系的系花完全沉浸在"二人世界"中，聊得十分投缘。

连主持人都来请"配对成功"的璧人去吃茶点了。

喻茉："你来说……"她把问题丢给谢远。

谢远淡然一笑，对主持人说："我俩这是革命友谊，被你们的活动规则逼出来的。"

主持人当时就被这个回答弄得哭笑不得，话筒都快拿不住了。

……

一系列增进友谊的"相亲"环节结束之后，联谊活动进行到了尾声，也是最重要的一个环节——选院花。

这个环节还没开始，喻茉就先溜了。

太尴尬了。

她才不想娱乐大众呢。

院花什么的，谁爱当谁当去。

喻茉悄悄溜回宿舍，还没坐定，团支书的夺命连环 call 就来了——

"喻茉，你怎么能一走了之？PK 马上就要开始了，你赶紧给我回来！"

喻茉："抱歉啊。我把自己反锁在宿舍了，出不去。"

团支书："请不要侮辱我的智商。"

喻茉："我真的不想当什么院花。"

团支书："喻茉啊，你要有集体荣誉感。在院草之争上，咱们系已经输给金融系了，这次一定要扳回一局。"

"……"

喻茉很想说，院草之争之所以输，那还不是因为你派了你自己去 PK 吗？

既然团支书这么爱 PK……

喻茉想到了一个两全其美的好主意："这样吧。我授权给你，你代表我去跟其他系的系花 PK，怎么样？"

团支书在电话里沉默数秒，接着一声暴吼："我是堂堂七尺男儿！七尺！"

"……"

这句话的重点不应该是男儿吗？

喻茉正思索着该怎么继续推托，结果下一秒——

团支书的画风变了："既然你授权了，那我就勉为其难代表你一次吧。"

"……"

听着怎么一点都不勉强呢？

挂断电话后，喻茉在微信群里向舍友们报备了一声提前离场的事，然后切到和沈怀南的聊天界面。

不知道他的工作忙得怎么样了……

要不要把餐厅信息发给他，问问他什么时候有空？

可是今天才周六，现在问会不会显得太着急了？

喻茉抱着手机，纠结不已，最后决定玩儿几局游戏再来思考这个问题。

计算机系，某男生宿舍。

沈怀南做完最后一段测试，将视线从电脑上移开，看了看时间，恍然发现今天是周六。

他又查看了一下手机，依然没有信息。

望着手机沉吟须臾，他打开通讯录，找到"喻茉"，手指悬在拨号键上方一毫米处，犹豫了一下，最终还是退出去，先点开了《王者荣耀》，意料之中地看到了一堆留言，嘴角不自觉扬了起来。

一朵茉莉：大神大神！好久不见呀！你也考完试了吗？

一朵茉莉：我有个好消息要跟你分享噢！嘿嘿，我很快就要和男神去约会了。

一朵茉莉：对了，我们院今天举办了一场超级智障的联谊会，我碰到了N多奇葩，最后还差点被人误会跟邻系的一个男生配对成功。

看到最后一条留言，沈怀南剑眉挑了起来，回复：联谊会？

......

喻茉上线后原本只是日常给大神留言，没想到他竟然上线了，还回复了她，一激动就开启了话痨模式，完全忘了自己上线是为了玩游戏的。

一朵茉莉：是啊，系里举办的"沙雕"联谊会。

一朵茉莉：这种联谊真的好无聊，简直就是强行被相亲。

一朵茉莉：其实我不想去的，毕竟我是有男神的人。万一被我男神误会了怎么办？

发完消息之后，对面迟迟没有回复。

喻茉心想：完蛋了，大神一定认为她有男神还参加联谊，是个朝三暮四、朝秦暮楚的人，不想搭理她了。

正想解释，手机忽然"叮咚"一声，收到一条私信——

南风将至：他可能已经误会了。

咦？

又是"叮咚"一声，第二条——

南风将至：你最好哄哄他。

？？？

哄……哄他？

喻茉望着大神一连发来的两条消息，一脸呆蒙。

第二天，喻茉和谢远在联谊会上相谈甚欢的事果然传遍了东大，有人甚至传了两人的合照到论坛上。

照片上的喻茉仰头望着谢远，眉飞色舞，明显正在说什么话。从她的表情看，应该是说到了什么开心的事。

立在她身侧的谢远则轻轻勾着唇，一双好看的眼睛深情款款地凝视着她，神情十分专注，仿佛除了她之外，眼里再也容不下其他人。

这张照片给人留下了非常大的想象空间。

照片被传到论坛上之后，很快就引起了热议，渐渐地，有人开始在图上配文字，做成虐狗表情包。

最火爆的是下面这一款——

喻茉：看见天上的月亮了吗？想要。

谢远：好。你说什么都好。

围观群众：这碗狗粮我先干为敬。

……

喻茉看到照片时，在宿舍里发出了一声极其惨烈的哀号——

"谁这么不尊重别人的隐私啊！没经过别人的同意就乱拍，拍了还往网上放。放到网上也就算了，居然还恶搞！太过分了啊啊啊！"

大家感受到喻茉的小宇宙快要爆发了，纷纷前来安慰。

秦甜甜："照片上的你依然很美，别绝望，要心存希望。"

喻茉："……"这碗鸡汤恕她喝不下。

林路遥："你先冷静，千万别激动。来，喝点热水冷静一下。"

喻茉："……"

她又不是感冒，喝什么热水？

就算真的要喝水，那也该来一瓶透心凉的冰水。

轮到赵文敏发言时，喻茉终于听到了点儿有用的。

赵文敏："当务之急是赶紧去向论坛管理员投诉，申请删除帖子。"

对！

删帖！

喻茉顿如醍醐灌顶，手啪啪啪在键盘上一顿狂敲，正打算提交投诉时，忽然想起来今天是周日："论坛管理员周末是不是不上班？"

赵文敏："好像是。"

喻茉当时就泄了气："完了，那这个帖子至少要在论坛上飘一整天了。"

一整天……

还是套红热帖。

这足够让她红遍全校了。

红遍全校……

全校……

喻茉顿时心如死灰。

居然真的被大神说中了。

如果让那个帖子一直在论坛首页飘着的话，这件事早晚会传到沈怀南的耳中。

哎——

去参加联谊会她就已经感到很心虚了，若是再让他看到照片的话……

那就真的误会大了。

怎么办？

难道真的要按照大神的指示——

哄、哄、他？

喻茉："……"

且不说她不会哄人，就算会——

沈怀南应该也不吃这一套吧？

毕竟他是那么高冷的人……

喻茉再叹一口气。

哎——

要怎样，才能在不暴露自己暗恋他的前提下，让他知道她对他忠贞不二呢？

这实在是有点难。

喻茉左思右想，前思后想，怎么也想不到一个万全之策，最后只好打开游戏向料事如神的大神求助。

结果，大神却不在线。

不知道为什么，喻茉忽然有一种"天要亡我"的感觉……

她啪地合上电脑，整个人蔫成一团，有气无力地伏在桌上，一脸的生无可恋。

这时，手机忽然响起。

陌生号码来电。

"喂？"她趴在桌上怏怏地接听。

电话里传来谢远的声音："看来你已经看到论坛上的帖子了。"

喻茉顿时精神一振，直起身子，说："你也看到那个帖子了？不对，你怎么会有我的电话号码？"

不等谢远回答，旁边的秦甜甜先一步给她解了惑。

秦甜甜："是我告诉他的。"

喻茉："？？？"

秦甜甜："他说想跟你商量应对之策。"

喻茉"噢"一声，然后问电话里的人："你有什么阻止谣言传播的好办法吗？"

"办法倒是有一个，不过我担心你不肯配合。"谢远的声音里含着笑，听起来不太严肃。

喻茉："什么办法？"

"坐实谣言。谣言就变成事实了。"

"……"

这算什么馊主意。

喻茉直接翻了个白眼，觉得跟谢远的革命友谊差不多可以走到尽头了。

她直接用沉默表明了态度。

谢远遗憾道："看来你确实不肯配合。"

"……"这还用看吗？肯定不能配合啊！

"其实我也没有什么好办法。打电话来只是想确认一下你的情况，知道你还活着，我就放心了。"

还活着……

他是担心她被那个帖子气死吗？

这人会不会说话啊！

她的气量怎么可能那么小嘛……

——要不是担心被沈怀南看到，她压根就不会理那些无中生有的流言蜚语。

喻茉无语地摇了摇头，说："我很好。还活着。谢谢你的关心。"

"不用客气，单单是为了我们的革命友谊，我也应该关心你一下。"

"为什么我感觉你的心情好像一点也没有受到影响？"

"怎么会没有影响？"谢远在电话里笑着反问，随后语气一转，一本正经地说，"你没有听出来吗？我现在心情很好。"

"……"

友尽。

金融系，某男生宿舍。

谢远挂断电话，愉悦地勾唇笑了笑，然后翻出电竞社的同仁昨晚在微信群里调侃他时发来的照片。

——正好和今天被人挂在论坛上的那张一模一样。

"老张。"他朝对床喊了一声，"你不是有哥们儿是 IT 高手吗？帮我查个事。"

老张正在玩游戏，一边操作键盘一边说："你想查在论坛上发帖的人是谁？"

"嗯。"

"你查这个干吗？有人在网上传你们的绯闻，不正好给你助攻了吗？"

谢远哼笑了声，道："这种助攻不要也罢。"

他确实想追喻茉，可他并不想用这种会给她带来困扰的方式追。

他方才并没有开玩笑，打那个电话过去，确实是想看看她的情绪如何，而听她的语气，这件事显然让她受到了挺大的困扰。

"记得帮我查。"谢远跟老张又强调了一遍，然后将群里的照片保存到手机本地。

其实，他挺喜欢这张照片。

这是他们的第一张双人合照。

老张接到谢远的托付之后，立马就去找兄弟查了，结果始作俑者还没有查出来，论坛就先被人黑了。

"这才几分钟啊，绝对有高手在背后搞事情。"老张感慨。

高手？

谢远一挑眉，想到了一个人，心顿时微微沉了几分。

这个助攻恐怕要变成别人的了。

与此同时，喻茉也无比惊喜地发现论坛被黑了。

那时候她正在默默地祈祷沈怀南不要看到那个帖子，试图用意念蒙蔽他的双眼。

秦甜甜忽然一声惊叫："黑了？"

"什么黑了？"她问。

秦甜甜："论坛被人黑了。我前一秒还刷着你和谢远的最新表情包，下一秒突然之间就黑屏了。"

喻茉："不是……我说你……你怎么也当起吃瓜群众了？那可是谢远哎！"

秦甜甜无所谓地耸耸肩："前男友的瓜我都能吃，更何况是前男神？"

喻茉："……"

说得好像你有前男友似的。

虽然得知舍友在欢快地刷自己的表情包的事实，让喻茉略感忧伤，但这跟——论坛被黑给她带来的喜悦比起来，实在是不值得一提。

于是她自动忽略掉那小小的淡淡忧伤，怀着满心期待打开电脑，登录论坛。

果然看见原本飘着无数八卦帖的论坛，此时只剩下一片黑。

整个屏幕黑得发亮，屏幕的正中间显示着这样一句话——

好好学习，天天向上。

超大号宋体，标准中国红，高亮加粗。

十万分醒目。

喻茉乐悠悠地看着这几个字，当即心花怒放喜不胜收。

太好了！

论坛这么快就被黑了。

沈怀南肯定还没有看到那个帖子吧？

哈哈哈哈……天助我也！

喻茉高兴极了，天下太平一身轻地快速合上电脑，托腮微笑，心里忍不住想：

不知道是哪位宅心仁厚的大神在行侠仗义呢？

真想给他送一面锦旗，提字——好人一生平安。

喻茉想啊想，将认识的各路牛人一一从记忆中拉出来过了一遍，忽然，脑中的放映机卡住了，画面定格在一张俊朗雅致的脸上。

她整个人瞬间原地石化，笑容在脸上凝固了。

不……不会这么巧吧？

男神这么忙，怎么可能有闲工夫逛论坛？

沈怀南确实没有闲工夫逛论坛，他周一有一个投资洽谈会，今天正在做最后的策划案。

他会看到那张照片，完全是因为系群里的人太八卦。

几分钟前，有人在系微信群里发了一张照片，群里顿时炸开了锅——

"这不是来咱们系上选修课的那个妹子嘛！照片上的男生是她的男朋友吗？"

"八成是。哎，美女果然都已经名花有主了。我脱单的概率又降低了。"

"你脱单的概率本来就为负。就算美女没有男朋友，也没你什么事儿好吗？"

"扎心了老铁。"

……

沈怀南看到照片后，问了一句："哪里来的？"

"学校论坛。"有人回答。

也有人起哄——

"南神你问这个干吗？"

"该不会是吃醋了吧？"

"想什么呢。南神的世界只有代码，没有姑娘。"

几秒钟之后——

"论坛被黑了！"

"秒黑啊这是！"

"这手笔，绝对是南神干的。"

"这莫非就是业内传说中的冲冠一怒黑网站？"

"南神，小心校长请你喝茶啊！"

沈怀南不甚在意地哼笑了一声，关掉微信，切回到手机主页面，依然没有新信息。

她倒是很沉得住气。

沈怀南扬着眉把手机拿在手里转了几圈，然后放回到桌上，继续工作。

几分钟后——

点亮屏幕。

没有新消息。

锁屏。

继续工作。

又过了几分钟——

点亮屏幕。

没有新消息。

锁屏。

继续工作。

如此反复好几次之后，成功引起了围观群众——周洋的注意。

"在等电话啊？"周洋单手托着电脑问。

他早上运行程序时遇到了一个 bug，折腾了一上午也没有修复好，于是抱着电脑过来，打算向沈怀南请教，然后就目睹了沈怀南不停查看手机的反常一幕。

一点都不沉着冷静，完全不像他认识的那个沈怀南。

"是明天的会议有变吗？"周洋问。

沈怀南专注地敲着键盘，不答反问："有事？"

"遇到了一个难以修复的 bug。"

周洋将电脑放到沈怀南的桌上，正要向他展示 bug，桌上的手机屏幕忽然亮起来，同时发出嗡嗡嗡的振动声。

尽管沈怀南在响铃的第一时间，就拿起手机出了宿舍，但周洋还是瞥到了屏幕上大大的"喻茉"两个字。

原来是在等姑娘的电话啊！

周洋当即恍然大悟，对着某人的背影暧昧地笑了起来。

他说这货今天怎么这么反常呢。

真想不到啊！沈怀南也有等姑娘的电话，等得心神不宁的一天。

周洋收回视线，又想起某人刚才黑论坛时的手法，绝对已经突破了他的个人纪录，史无前例的快准狠。

啧，这醋劲儿，大概能淹没金山寺了。

醋漫金山寺。

喻茉犹犹豫豫好半天，终究是拨通了沈怀南的电话。

她实在是太心虚了，不确认一下的话，心里的那块大石头会一直悬在半空中，让她坐立不安。

电话嘟了好几声才接通——

"喂？"他的声音一如既往的低沉平稳。

喻茉的心跳当即便快了几分，事先准备好的台词在脑子里乱飞，不知道该先说哪一句好。

"喂……是我……喻茉……"

"我知道。"

果然一开口就说了一句废话。

不过这句废话般的开场白让喻茉稍稍冷静了些。

"你……现在有空听电话吗？"她问。

对面回以沉默。

喻茉等了几秒，正纠结着要不要把他的沉默当成默认，直接进入主题时，他忽然回答了——

"有空听你的电话。"

只……对她有空的意思吗？

喻茉垂下头，抿着嘴傻笑起来。

"有事吗？"他问。

她连忙停止傻笑说正事："嗯，就是上次约好一起吃饭的事。我想问问你，什么时候比较方便？我选了一家餐厅，在环岛路上，离学校大概二十分钟车程。"

"我配合你的时间。"

意思是什么时候都行？

喻茉想了想，周一到周五上课比较仓促，于是说："下周末怎么样？周六或者周日。"

"两天都……"他的话说到一半时，忽然停顿了一下，接着继续，"那就周六。"

"好。"喻茉高兴地在台历上画了个圈，画圈的时候随口问了一句，"你周日有安排啊？"

"没有。"

咦？

那怎么突然选了周六？他刚才明明想说两天都可以嘛。

不过这不重要。

喻茉眨眨眼，正想结束这个话题，进入下一个环节，听筒里又传来他好听的声音——

"周六快一点。"

什么快一点？

喻茉呆愣半秒，随后恍然大悟。

那一刻，心底仿佛瞬间开出了一朵花，然后肆无忌惮地荡漾在脸上。

她弯着眉眼无声地笑了起来。

周六确实比周日来得快一点。

——能快一点见到他。

喻茉咬了咬唇边的笑容，然后进入套话环节——这是她今天给他打这个电话的最主要目的。

"那个……你平时，有没有逛论坛的习惯呀？"喻茉用"今天天气真好"的语气，装出跟他闲聊的样子。

电话的彼端，沈怀南愉快地勾起了唇。

终于说到正事上了。

"没有。"他语气利落地说。

"噢……"

电话那边的人长长地吁了一口气，似乎终于安心了。

沈怀南无声地笑了笑，又说："不过今天逛了一会儿。"

"啊？"

语气惊诧至极，还带着小小心慌。

沈怀南似乎已经看到了她兵荒马乱的样子，心情莫名地好了。

他单手抄在裤兜中，身子轻轻倚在阳台的侧墙上，眉眼微垂，忍不住又笑了一下。

与此同时，另一边——

喻茉岂止是兵荒马乱，她已经快要阵亡了。

从来不逛论坛的人，今天突然逛了一会儿。

这还不明显吗？

肯定是有人告诉了他照片的事，他才去论坛上看的。

哎——

喻茉蜷缩在椅子里，单手抱着椅背，欲哭无泪。

尽管绝望至此，然而她还是抱着万分之一的侥幸心理，继续套话——

"能问问你，'一会儿'——指的是多久吗？"

"几秒吧。"

几秒？

嘿嘿。

喻茉瞬间满血复活。

就校园网这破网速，几秒钟还不够加载图片的呢。

他肯定没有看到。

喻茉高兴极了，立马开始表演："这样啊。我也不常逛论坛，论坛上没有什么好看的，有那个时间，还不如花在学习上。"

"嗯。好好学习，天天向上。"

好……好学习……

这……这不是被黑掉的论坛上的那句话吗？

喻茉快哭了。

忽然有一种被男神翻来覆去逗的感觉。

是错觉吧。

男神那么正直的人，怎么可能做出这种丧心病狂的事呢？

不可能的。

要相信男神的人品。

在此绝望无比的一刻，喻茉想起了秦甜甜给她灌的鸡汤——

要心存希望。

于是，她怀着最后一丝幻想，问电话里的人："你是听说论坛被黑了，才上去看了几秒吗？"

电话另一端的人大概是被她无与伦比的乐观心态惊到了，沉默久久。

喻茉快演不下去了，脑中响起了五月天的一首歌——

最怕空气突然安静……

安静……

他久久不答话，喻茉已经忐忑不安得能够数清自己的心跳声了。

一声，两声，三声……

忽然——

"喻茉。"

第四声漏了半拍。

"嗯？"她的心提到嗓子眼，连他话里的标点符号都不愿错过。

然后，她听到了这样一句，让她心里的那块大石头落地的话——

"你想的都是对的。"

嗯，大石头落了地，在地上砸出一个坑。

她现在就在那个坑里。

呆如一只行走的木乃伊。

心理活动非常丰富，如下——

所以他一开始就知道她想问什么了？

知道她想问什么，还不给她一个痛快？

逗、她、玩？

——丧心病狂啊！

……

"木乃伊喻"在丧心病狂的男神给她挖的坑里，蹲了足足半个小时才接受事实。

从坑里爬出来之后，她生无可恋地问舍友们："你们知道该怎么哄男生吗？"

为今之计，只能接受大神的建议了。

毕竟事实摆在眼前——

不哄不行。

男神已经被气得丧心病狂了。

宿舍三人，只有林路遥秒答："我啊！我哄男生的经验特别丰富。"说完之后，她气愤地哼一声，"感谢那个渣男，丰富了我的人生经验。"

"呃……"这样说来渣男似乎并非一无是处？

不过这样的人生经验还是不要太丰富为好。

喻茉心疼林路遥一秒，然后问："那你一般都是怎么哄？"

"给他冲 Q 币。"

"……"

小学时代的经验？

"有时候会帮他写作业。"

不够积极向上。

"或者给他买早餐。"

这个可以当作备选。

"最多的时候就是不断地认错认错认错，把尊严给他随意践踏。"

这……

喻茉想起林路遥和渣男分手的事，于是问："你《王者荣耀》现在是什么段位了？"

"黄金 I 。"

"那很快就能升铂金了。"

"是啊。一直升不上去，你问这个干什么？"

"希望你能尽快上王者，把尊严踩回去。"

说完，喻茉打开《王者荣耀》，给大神发消息。

一朵茉莉：大神，我又要寻求你的帮助了……

大神这次在线，回复得也很快——

南风将至：不知道该怎么哄男神？

"……"

大神你到底有什么通天眼、读心术，竟然隔着手机也能猜中我的心思？

喻茉叹一口气，回复大神。

一朵茉莉：这件事我正在想办法。

一朵茉莉：今天想跟你说的是另一件事，还是上次那个白银升黄金时找你帮忙的朋友，她现在黄金升铂金遇到了点儿困难。

一朵茉莉：她有一些个人原因，想尽快上王者。

喻茉一连发出好几条消息，最后一条"你能不能带她"还没编辑完，大神就拒绝了——

南风将至：我最近有点忙。

这还是大神第一次拒绝她。

虽说大神原本就没有对她有求必应的义务，但不知道为什么，她感到有点失落。

这种心态是不对的。

她甩了甩头，正想作罢，忽然又收到大神的消息。

南风将至：方便把她的号给我吗？我抽空帮她练号，这样比较快。

心情噌地阴转晴。

喻茉兴高采烈地把聊天记录拿给林路遥看，得到她的首肯后，回复大神：可以。谢谢男神！

——手速太快，把"南神"打成了"男神"。

她连忙解释——

一朵茉莉：南神。

一朵茉莉：输入法的错……

对面隔了一会儿才回复。

南风将至：都一样。

"……"

什么嘛。

这怎么能一样？

她坚持只有一个男神——这信念无比坚定！

喻茉顶着冒犯大神的风险，力争：我男神宇宙第一帅。

南风将至：我长得也不错。

一朵茉莉：他智商高。

南风将至：据说我的智商也不低。

"……"

大神这是跟她杠上了？

喻茉想了想，使出撒手锏：我知道你也很厉害啦，但他是我独一无二的男神，在我的心中没有人能够跟他相提并论。

正所谓情人眼里出西施。这句话里带着她的主观意识，大神肯定无法反驳。

当然，如果他一定要说她瞎的话，她就只能搁置争议了。

空气又突然安静了一会会儿。

然后，大神回复过来一个意味深长的字——

南风将至：哦？

？？？

"哦"什么？

喻茉看着屏幕上的"哦"字，不知道为什么，总觉得这个"哦"里带着春风得意。

把林路遥的账号和密码发给大神之后，喻茉就下线了。

因为她还有另一件重要的事要做。

说来也不是什么难事，就是打开电脑，百度经验搜索——怎么哄男生。

出来的都是"男生怎么哄女朋友"相关的话题，寥寥几个哄男生的，看着也不太靠谱。

——善解人衣，埋胸抱，还有让他自己静静之类的……

喻茉静默数秒，然后顶着内心巨大的羞耻感，将搜索栏里的"生"字删掉，改成"友"字。

网页一刷新，出现了 N 多锦囊妙计。

——教你哄男友。

目光触及"男友"两个字时，喻茉有一种做贼心虚又欣喜的感觉。

欣喜比心虚更多一点。

……

另一边，刚帮周洋修复完 bug 的沈怀南，完全没有掩饰此刻的好心情。

他停下敲键盘的手，拳头虚握撑着下巴，嘴角轻勾，视线落在电脑屏幕上，却又似乎并没有看屏幕，深邃黑眸里闪着某种难以名状的光芒，仿佛心里有什么东西被点亮了。

Chapter 06
你不能一直这样看着我，我会分神

大神没有食言，很快就把林路遥的号练到了王者段位——最强王者。

喻茉收到他的消息时，又忍不住小小崇拜了一下，接着便是一番巴结谄媚，吹捧得大神快听不下去了，才退出游戏。

她是怎么知道大神快听不下去了的呢？

因为在她发出第 N 条赞美之后，大神是这样回复她的——

南风将至：差不多就行了。

差不多……就行了……

听起来像是在说——我只能忍你到这里了。

好尴尬。

居然连她的赞美都嫌弃。

难道大神还在对上次，她据理力争男神才是宇宙第一帅的事而耿耿于怀？

但她并没有冒犯他呀！

——可能真的是她今天的演技过于浮夸，用力过猛了吧。

一朵茉莉：嘿嘿。

绝世尬笑已经成为喻茉挽尊的撒手锏了。

下线之后，喻茉便把账号还给了林路遥，也开启了林路遥的打脸渣男之路。

秦甜甜和赵文敏立刻上前献计献策。

秦甜甜："你还保留着他的微信吗？直接截图甩到他脸上，让他知道自己有多智障。"

赵文敏："这还不够解气，得想办法让渣男回来跪舔才行。"

"微信还有，当初就是为了能出这一口恶气，才没有把他拉黑。"林路遥垂着头，语气怅然若失，"以前一心想要上王者，以为上了王者，打了他的脸，心里就会好受一些，可是现在真的上了王者，突然又觉得这一切都没有意义了。"

宿舍内安静了，大家都低头不语，不知道该怎么安慰她。

林路遥继续说："我需要的可能只是一个道歉。"说完，她沉默了片刻，然后笑了笑，"我是不是太屄了啊？"

那笑容勉强至极，任谁都看得出来她是在强颜欢笑。

秦甜甜难过地嘟嘟嘴，说："你一点都不屄，喻茉那样的才算屄。"

躺枪的喻茉挥了挥额上的黑线，非常义气地用自黑来安慰舍友："对，我这种才算屄，你不算。"

林路遥被喻茉牺牲自我娱乐他人的精神感动了："茉茉，谢谢你啊。你好不容易找大神帮我把号练到了王者段位，我却打退堂鼓了。真对不起你。"

"没事啦，这本来就是你的自由，不用觉得对不起我。"喻茉笑着摆摆手。

之后，喻茉明显感觉到林路遥的情绪比以前低落了许多，她似乎到现在才真正开始面对失恋这个事实，仿佛对什么事都提不起劲来。

一屋四人，除了林路遥之外，大家都没有恋爱经验，更没有经历过失恋，不知道该怎么安慰她，也都只好闭口不提此事。

这种状况一直持续到了周六。

事情出现转机。

——渣男来求复合了。

那时候全宿舍都在为喻茉"穿什么衣服去和沈怀南约会"的问题，而操碎心。

其实对于这个问题，喻茉原本是有自己的主见的。然而当她选好衣服，打算接受舍友们的赞美时，等到的却是三张石化风干的呆脸。

至于表情，可以参照暴走漫画表情包——你在逗我？

"有什么问题吗？"喻茉看着自己精心挑选的衣服，不明所以。

三人大概是受到的震惊太大了，久久不能言语。

宿舍内安静了一会儿，秦甜甜作为代表发言："说实话，也没有什么大问题。只是你这身打扮让我觉得——你在去赴约之前，是不是还有个面试要参加啊？"

"……"

"或者是还有一份保险要卖？"

"……"

喻茉泪奔。

"太正式了吗？"她苦着脸问。

秦甜甜："嗯。宛如房产中介般的正式。"

"……"

"以色卖房的那种。"

"……"

喻茉受到了深深的打击，宛如雷神之锤暴击胸口般的重创。

秦甜甜见她一张脸快丧成"阿飘"了，连忙追加解释："主要是你的身材太好了。前凸后翘，腿长腰细，穿上这种正式成熟的衣服，配上你那清纯貌美的脸蛋，太容易让人想入非非了。"

"……"

完全没有被安慰到。

喻茉默默地换下衣服，打开衣柜，重新挑选衣服。此时她已经没有了最初的自信，举棋不定地询问大家的意见。

喻茉："长裙好还是短裙好？"

秦甜甜："不长不短最好。"

喻茉："低领好还是高领好？"

赵文敏："不高不低最好。"

喻茉："浅色好还是深色好？"

林路遥："不深不浅好。"

"……"

这回换喻茉佩戴暴走漫画表情包了。

"你们逗我？"

三人微笑，报以沉默。

"……"果然是在逗她。

喻茉再次泪奔。

眼看离约定的时间越来越近，她却还没有挑选好衣服，心急如焚。

就在这个时候，林路遥的电话突然响了。

接完电话的林路遥，表情相当之复杂："我前男友在我们宿舍楼下。"

"什么？"喻、赵、秦三人异口同声。

林路遥："他说后悔了，希望我再给他一次机会。"

"这……"大家都不好给意见。

喻茉问："你想跟他复合吗？"

林路遥犹犹豫豫半天，说："我不知道。算了，先不管他，让他在下面等着吧。我上次去他的学校，等了他好几个小时。也该换他等等了。"说完，她挑着眉笑了笑，将话题重新转到喻茉身上，"给你挑衣服吧。"

喻茉点点头："嗯。"

四个女生里面，林路遥对穿衣打扮最有研究，毕竟是谈过恋爱的人。没一会儿，她就帮喻茉挑了一条裸色连衣裙，又搭配了一件长至裙摆的米白色镂空钩花开衫。

十二月的鹭市已经渐渐开始转凉，昼夜温差大，加之东大临海，入夜之后的海风凉飕飕的，吹得人凉爽又有点刺骨。在裙子外面搭一件薄开衫，防寒又不影响美观。

换好衣服的喻茉，瞬间从房产中介变成了小仙女，收获了三个赞。

"厉害了，路遥。我明天也有约，你也帮我搭一个？"秦甜甜笑眯眯地说，心想明天一定要美出天际，把周洋那对狗眼闪瞎。

赵文敏八卦道："跟谁啊？"

"朋友。"

"朋友有什么好精心打扮的？我看不是朋友这么简单吧？"

秦甜甜被赵文敏说得不好意思了，转过身边走边说："哎呀，那算了。"然后拿出自己珍藏已久的香水，在喻茉的后颈发根处喷了两下。

"又是那款很显瘦的香水吗？"喻茉特淡定地问。

"不是，这款显高。"

"……"

显高……

从未见过如此厚颜无耻之香水。

谁信谁傻。

出门时，喻茉用手拨了拨头发，让香味散出来，仔细一闻，好像是茉莉花香。

不知道他会不会喜欢呢？

喻茉眉眼弯弯，心情飞扬，到楼下时，沈怀南还没有来。

他说六点半来接她。

现在离六点半还有十分钟左右。

宿舍楼外人来人往，喻茉站在楼旁的凤凰木下，双手拎着包置于身后，满面春风，一双眼睛弯成月牙形，引得不少男生驻足侧目。

她起初还四处张望，寻找沈怀南的身影，后来被路人看得不好意思了，便低头数脚边的落叶。

过了几分钟，一道声音忽然在身前响起——

"你是路遥的舍友，我见过你的照片。"

喻茉抬眼，看见一个高高帅帅的男生站在自己跟前，带着点儿书生气。

他刚才说"路遥"？

莫非他是林路遥的前男友？

喻茉疑惑地看向他："有事吗？"

"是这样的，我和路遥之间有点误会，她现在不肯见我，也不接我的电话。你能帮我给她带个话吗？"

"这……"

"我今天过来只是想跟她说一声'对不起'。我以前太混账，把感情当儿戏。现在我已经改过自新了，希望她能原谅我。"

道歉？这好像正是林路遥想要的……

喻茉有点动摇了，这时又听那男生说："都是造化弄人。我要是早知道她玩游戏这么厉害的话，就不会跟她分手了。她是我朋友圈里第一个上王者的女生。"

"……"

林路遥听到这话估计会气死吧。这人来道歉求复合的原因，居然是她上了王者。

喻茉被雷得说不出话来了。

男生也安静了一会儿，接着话锋一转："你长得这么漂亮，应该有很多人追吧？"

？？？

喻茉不懂他为什么突然这样问，正思索着该怎么接话，却被另一道冷清的声音抢先了——

"她不需要很多人追。"

那声音喻茉一听就知道是谁。

她惊喜地抬头，果然看见沈怀南来了。

他今天穿着她最爱的白衬衫，看起来干净利落，眉宇间疏疏淡淡的，神情泰然，让人瞧不出喜怒。

只在她与他四目相对的一瞬间，他的眼尾才朝上微微扬了一下，心情似乎还不错。

"你来啦。"喻茉满心欢喜地迎过去，停在沈怀南跟前。

他微微颔首："让你久等了。"

"没有久等，我也刚下来。"说完，她又冲他抿着嘴矜持地笑了笑。

沈怀南看着眼前眉眼弯弯的姑娘，嘴角边不由自主地勾出一个弧度，心情一瞬间被照亮了。

"走吧。"沈怀南淡声说，视线始终落在喻茉身上，没有看旁人一眼。

喻茉点点头，走之前对林路遥的前男友说："你有什么话自己跟路遥讲吧。我有事先走了。"

那男生"哦"了一声，待她走出几步之后，又问："你男朋友啊？"

"男朋友"三个字让喻茉的心一颤。

她倒是想……

只可惜不是。

喻茉偷偷地用眼角余光瞟沈怀南一眼，怕他误以为她对别人乱讲了他们的关系，正想解释，却听他道："我们从北门出去，车停在那边。"

"好。"

"冷吗？"

"不冷。"

"要是觉得冷了就告诉我。"

"好。"

"今晚月色很美。"

"……"

此时天还亮着，太阳才刚刚落下去，月亮还没来得及升上来，哪里来的月色？

喻茉感觉沈怀南今天的话有点多。

这太反常了。他平时很少主动跟她没话找话，刚才居然连"今晚月色很美"这种话都说出来了。

他该不会是紧张了吧？有的人一紧张话就特别多。

思及此，喻茉的心中忽然有一丝丝得意，每次见面都是她紧张，现在终于轮到他紧张了。

她歪着头边走边偷看沈怀南，却见他神色如常，脸上一点紧张之色都没有。

倒是有几分笑意。

"……"空欢喜一场。他在高兴什么？

喻茉一边偷看，一边深度解读男神的表情，早已忘了身后还有个人在等着她回话。

这时，被她解读的人忽然问：

"好看吗？"

沈怀南说这句话时，一直目视前方，嘴角的笑意越来越深。

喻茉大囧。

居然被当场抓包了……

她慌忙收回视线，垂下头，感觉脸颊开始微微发烫。

他刚才问她什么来着？

——好看吗？

当然好看。

全宇宙最好看。

可是……这种话当着他的面，她说不出口。

喻茉盯着自己的脚尖，没有接话，打算将装死进行到底，用沉默蒙混过关。

结果并肩走了几步之后，他又追问：

"嗯？"

磁性的低吟随清风徐徐飘到耳畔。

这一刻，喻茉感觉自己的心软得快没力气跳动了。

她轻轻咬着唇，又静静地走了半分钟，才低如蚊蚋地"嗯"了一下。

只这一个字，便让她的脸上烧起了红霞，一路映到耳根。

沈怀南微微俯首，将小姑娘的娇羞脸红尽收眼底，想起挑衣服时他问舍友们这身搭配怎么样，结果却被调侃了一番。

"哎哟，这是要去见初恋情人啊？放心去吧少年，帅炸了。"大侠不正经地说。

这么明显吗？

可能确实藏不住了吧，毕竟他平时很少会这么在意自己的外形。

转眼到了北门附近的停车场。

沈怀南停下来面向喻茉，说："你在这里等我，我去取车……"话说到一半，他像是想起了什么事，剑眉微扬，改变主意了，"算了，一起去。"

喻茉在听到他说第一句话时，"好"字就已经到了嘴边，此时见他改口，便疑惑地看向他："怎么了？"

沈怀南站在原地沉吟数秒，只说了三个字："不安全。"

什么不安全？

喻茉更加疑惑了。

虽然天色渐晚，但眼下天还亮着，并没有完全黑，现在又是在学校里面，来来往往的全是本校的学生，有什么不安全的？

喻茉心中不解，但见沈怀南似乎并不想多做解释，她也便不再追问了。

一起去就一起去吧。

正好还能多相处一会儿呢。

喻茉乐悠悠地跟着沈怀南去停车场，上车之后，不知道是被哪位神仙忽然点化了，她思路一转，隐隐约约猜到了他刚才说的那句"不安全"的意思。

——留你一个人在这里，容易招蜂引蝶，不安全。

"……"

男神居然这么不信任她。

她对他的忠贞，那可是天地可表、日月可鉴的，怎么可能招引蜂蜂蝶蝶？

更何况，像她这么正直的人，就算是有蜂蜂蝶蝶主动送上门来，她也会果断拒绝的。

咦？

他该不会是因为刚才在宿舍门口的事，对她产生了信任危机吧？

"……"

喻茉觉得有必要向"缺乏安全感"的男神解释一下事情的缘由。

在副驾上纠结了半秒，她主动开口："刚才那个男生，是我舍友的前男友。他想跟我舍友复合，我舍友不愿意，他想让我当和事佬，帮他去说情。"

说这番话时，她是看着他的，所以没有错过他脸上的表情变化——

毫无变化。

他双手搭在方向盘上，专注地开着车，只波澜不兴地"嗯"了一声，再无其他反应。

显然并未把这件事放在心上。

是了。他刚才看都没有看那个男生一眼，接到她便走了，哪里有点半在意？

可既然如此，那他为什么会觉得她"不安全"呢？

难道是因为……她和谢远的合照？

"那个……"喻茉弱弱地开口，试图解释合照事件，"上次论坛的事……谢谢你。"

"嗯？"

他挑了一下眉。

这个明知故问的表情装得很到位。

喻茉："……"

果然是这件事让他对她产生了信任危机。

喻茉默默地在心里汗了一下，然后继续解释："就是……黑论坛的事。那张照片……给我带来的困扰蛮大的，被你黑掉之后，我一下子就轻松了，所以要感谢你。

"我那天被团支书强行拉去参加联谊，才在联谊会上遇到了谢远。

"我们其实是在玩成语接龙，根本不是论坛上说的那样。"

她一口气说完，看到他把挑起的眉毛放平了，估摸着对这个解释还算满意，但是他没有接话，连一个"嗯"字都没有赏赐给她。

"呵呵。"

喻茉尴笑两声，心想果然又被大神猜中了。

还真是得哄一哄。

幸好她今天是有备而来，心中揣了不少锦囊妙计。

妙计第一条——赞美他。

通俗地来说，就是溜须拍马谄媚巴结。

这对喻茉来说原本并不是难事，毕竟她在游戏里没少抱大神的大腿，也算得上是经验丰富的老手了，但——

当着男神的面说出来，多少会有点难为情。

毕竟她对他的每一句赞美，都是真心的……

而越是真心话，越难说说出口。

黑色汽车在环岛路上驶得飞快，海风迎面吹来，发出呜呜的响声，打在脸上有些刺骨。

喻茉摇上车窗，默默地在心中打腹稿，完了之后又给自己做了会儿心理建设，才转头看向沈怀南，结果话才刚到嘴边就打退堂鼓了。

她内心挣扎不已，粉嫩的樱桃唇开了合，合了开，几度欲言又止。

"喻茉。"

开车的人忽然先开口了，把她惊了一跳。

"嗯？"她直勾勾地望着他，浓密狭长的睫毛微微颤了几下。

"我开车不能分神。"

"噢，那你专心一点。"她嘱咐道，脸上挂着乖巧微笑。

车内安静半晌。

沈怀南再次开口："你不能一直这样看着我。"

？？？

喻茉的脑中立时冒一串问号。

她还没有意识到自己看他看得太露骨了，只一心思考着"为什么不能看他"的问题，一双雾蒙蒙的美眸依然锁在他的脸上，末了还无辜地眨了两下。

车内又是一阵沉默。

然后，她听到他好似投降一般，低叹道：

"会分神。"

"会分神"三个字在脑中过了好几遍，喻茉才意识到自己刚才看得太入迷了，连忙收回视线，抬手撩头发以掩饰羞涩，却发现耳畔根本没有碎发可以撩。

她感到尴尬至极，手一时间不知道该往哪里放。

车很快抵达目的地——一家临海而立的泰国菜餐厅，环境幽美，店内装修风格独特，是传统的泰式风格，带着浓厚的异国风味。

"听说一会儿还会有表演。"坐定之后，喻茉说道。

沈怀南点了点头，打开餐单，询问她的意见："想吃什么？"

"泰国菜餐厅的话，一定要吃咖喱……"喻茉在菜单上寻了一圈，视线定格在"今日推荐"上，"就这个吧，咖喱皇炒蟹。"

"好。"

沈怀南叫来服务员，除了咖喱蟹之外，又点了一份烤猪颈肉、炭烤海鲜拼盘和菠萝饭。

等菜的空隙，喻茉注意到邻座的四个男生在玩手机，时不时说一句"别浪，快来推塔"，一听就是《王者荣耀》。

"这个游戏真的好火。"喻茉没话找话。

闻言，沈怀南抬头看向她，眼里含着极淡的笑，问："要玩吗？"

"好啊——"话刚一说出口，喻茉想起自己的渣水平，便又丧气地摇了摇头，改口道，"算了。我的操作很烂，会拖累你的。"

对面沉默数秒——

"习惯就好。"

听这语气，莫非经常遇到坑队友？

喻茉默默地心疼男神三秒，同时更加坚定了她要练好技术，绝不能坑男神的心。

上菜后没多久，表演就开始了。传统的泰式舞蹈。

一段音乐结束之后，演员们开始下台拉客人一起表演。说是表演，其实就是几个拉弹唱跳的人围着客人转，客人则站在圈里尴尬地傻笑。

喻茉就是被选中的客人之一。

不等她回绝，其中一个化着泰式浓妆的男人又把沈怀南拉进圈里，说："男朋友也一起来。"

音乐响起，四五个浓妆艳抹的男人开始围着这对璧人自嗨。

浓妆男一边扭腰摆臀，一边热情地拉起喻茉和沈怀南的手，对沈怀南说："你，拉着她的手，转圈。"

喻茉尴尬至极，正想推托，手却被沈怀南握住了。

心跳猛地加速。

她看向他，眼神有点呆。

沈怀南却一派淡然，嘴角带笑，将她的手缓缓举高，示意她开始。

周围的音乐急促而欢快。

他的眼神里带着期待。

于是，无法拒绝男神的喻茉，红着脸，揣着一颗怦怦狂跳的心，肢体僵硬地以沈怀南的手为支点，三百六十度转圈。

转到最后几度时，她一个重心不稳，身子忽然开始摇摇晃晃地朝后倒。

眼看就要摔下去，腰上忽然多了一只手，将她在半空中截住。

音乐在这一刻停止。

被沈怀南拦腰搂在怀里的喻茉，惊魂未定，脑中一片空白，痴痴地望着他。

"跳得不错。"他低笑。

喻茉瞬间回神，心慌不已："那个……我……拉我一把……"

她平时很少做下腰动作，此时若非腰上有他的手撑着，这十八年的老腰估计已经折了。

……

一顿饭吃得脸红心跳。

回去的路上，喻茉乖了很多，没再打扰驾驶座上的人。

然而沈怀南还是分神了，他的注意力总是不由自主地飘到副驾上，不太习惯向来小动作很多的她，突然安分了。

车在路上四平八稳地行驶着。

快到东大北门时，沈怀南接到了周洋的电话。

"老沈，你现在在哪里？还没回学校吧？你千万别带喻茉回去啊，学校这边有状况。"

周洋的声音听起来十分焦急，语速又快又急。

沈怀南淡眉微蹙，问："什么状况？"

"具体的情况我也还不是很清楚。我现在刚找到秦甜甜，就是喻茉的舍友，她在芙蓉湖边哭得稀里哗啦的，说她们宿舍一个女生的前男友，扬言要杀光她们全宿舍的人。

"她刚刚下楼买东西时被那个男生看到，追了她好几里。我已经报警了，警察还没来。她们宿舍里面现在还有两个女生，我怕出事，让大侠和款爷先在那里盯着。

"你千万别带喻茉回来啊！我担心一会儿那男生发起疯来，场面控制不住，误伤了她。先不跟你说了，我这儿还有个姑娘要安慰。记住我的话，别回来。"

周洋一口气说完全部重点，之后就挂了电话。

沈怀南立刻减速，将车停在路边。

"出什么事了吗？"喻茉问。

沈怀南刚才接电话时用的蓝牙耳机，她一个字也没有听到，不过从他越来越沉重的面色来看，应该是发生了什么不好的事。

车内安静片刻。

然后，喻茉听到了一句让她瞠目结舌的话——

"喻茉，今晚别回宿舍了。"

什……什么？

喻茉惊呆了。

虽然他是她仰慕已久的男神，但这才第一次约会……就……会不会太快了点？

完全不知道前情提要的喻茉，内心很挣扎。

——她是一个正直的人啊！

车内的空气又安静了。

不知道该怎么接话的喻茉，听到沈怀南继续说："你们宿舍出了点儿事情，现在回去不安全。"

"出什么事了？"

喻茉想起沈怀南刚才讲电话时的表情，顿时整个人紧张起来，又问："是路遥出事了吗？"

林路遥的那个前男友，外表看起来挺正常的，白白净净、高高帅帅，可她总觉得那人怪怪的，眼里藏着某种疯狂的东西。

沈怀南点头，把周洋在电话里说的话跟她复述了一遍，然后说："我在学校外面租了一套公寓，你愿意的话，今晚可以住在那里。"

"我……我先问问宿舍的情况。"

喻茉担心舍友们的安危，立刻给林路遥打电话。

电话很快接通，传过来的是赵文敏的声音。

"茉茉，太好了，我正想给你打电话！你现在在哪里？还跟沈怀南在一起吗？"

"嗯。我们在回去的路上，快到学校了。宿舍的事我听说了。你和路遥都还好吗？"

"我还好。路遥她……"赵文敏在电话里叹一口气，"她现在六神无主，哭得稀里哗啦的。渣男现在还在咱们宿舍楼下，他让甜甜传话，要路遥下楼去见他，跟他复合，否则杀光我们宿舍的人。他还特别强调，他知道你人在外面，他今晚就在楼下等你回来。你千万别回来！"

喻茉听到这里，已经吓出了一身冷汗。恍然记起出来前，那男生问她，沈怀南是不是她的男朋友——原来他是想打探她今晚回去时会不会落单。

太恐怖了！幸好周洋及时来电通知了沈怀南。

喻茉只觉得背脊上冒出冷汗，再回想起那男生疯狂的眼神，真是毛骨悚然。

"我知道了。我今晚不回去，你们小心一点。"说完，喻茉还是不放心，又嘱咐道，"你们两个无论如何也不要出宿舍门，不要给任何人开门。警察应该很快就到了。"

"我知道。你自己也要小心。等警察到了之后，我再给你打电话。"

"好。"

挂断电话，喻茉心有余悸地吁一口气，看来今晚只能住外面了。

她坐在副驾上呆了半秒，然后对沈怀南说："麻烦你了。"

"不必见外。"沈怀南淡声说，随后启动发动机，驶向公寓的方向。

沈怀南租住的是一套商住两用的复式公寓，楼上是卧室，楼下是办公室。公寓坐落于鹭市中心区，离东大不远，二楼卧室直出阳台，阳台之外是无边海景，无论是地理位置还是景观都极佳。

"这里看起来好新。你平时都在这里办公吗？这么多位置，是给周洋他们准备的吗？"喻茉望着一楼的办公区，她听周洋说过他在筹备公司的事。

"这里刚装修好没多久。我以后主要在这里办公。目前公司的员工只有周洋和另外两个舍友，以后会考虑招新人。"沈怀南答道。

"好厉害。"喻茉由衷地赞叹。

她还在各种公式原理中消磨青春，他就已经开了自己的公司。

真的好厉害。

"二楼是卧室？"喻茉指着楼上问。

沈怀南点了点头，带她上楼，并给她拿了浴巾和一次性的洗漱用品。

"谢谢。"喻茉抱着一堆东西，环视四周一圈，忽然意识到一个问题——这里只有一张床。

"我住这里，那你住哪里？"她问。

沈怀南勾了勾唇，淡声道："楼下。"

"噢。"

原来楼下还有床。

洗完澡后，喻茉站在梳妆镜前吹头发，回想起在餐厅时的画面，手心仿佛还能感受到他的余温，忍不住对着镜子里的自己傻笑。

而后又回想起在车里，沈怀南提出让她今晚别回宿舍时的场景，忍不住敲了敲自己的脑袋。

喻茉啊喻茉，你是个正直的人啊，思想怎么能这么不纯洁呢？

男神看起来像是那种饥不择食的人吗？不对，这里用"饥不择食"好像不太好……毕竟她就是那个"食"。

又过了几秒，喻茉脑子里的画风变了——

他是不是故意的？

明明可以先说事情再下结论，他却偏偏要倒过来，说出那种引人误会的话。

他该不会是……存心想逗她吧？

喻茉越想越觉得有这种可能。

以前的种种血泪经验告诉她，男神其实满腹黑的。

幸好她当时的脑子跟空气一起凝固了，没来得及应对。

不然……万一……她色迷心窍……答应下来……

那就糟大了。

吹完头发并穿好衣服之后，喻茉接到了赵文敏保平安的电话。

赵文敏："警察已经把渣男带走了。我们现在正在去警局的路上，去做笔录。"

喻茉："那就好。路遥的情绪稳定些了吗？"

赵文敏："没哭了，但是……哎……她今天受到的惊吓不小。"

喻茉也叹了口气，恐怕任谁摊上这种事，都会吓得怀疑人生。

挂断电话之后，喻茉便下楼去找沈怀南。

——难得有机会独处，当然要借机好好培养一下感情。

一下楼，喻茉就看到沈怀南在一间独立的小办公室里工作，她面带微笑走过去，问："你这么晚还要工作？"

闻言，沈怀南好心情地勾起唇，停下敲键盘的手，抬眼望过去，目光碰触到立在门口的人时，瞬间定格了，眼底闪过一丝惊艳，稍纵即逝。

"你……"他望着她，说不出话来，喉咙有点干涩。

喻茉眨眨眼。

怎么了？他干吗一直盯着她看？她的身上有什么东西吗？

喻茉垂下头，这才想起来自己穿着他的衣服。

"哦……这个……我看见床上放着这件衬衫，以为是你给我准备的，就穿上了。"难道不是？她当时还小小感动了一下……

沈怀南的喉结滚了两下，他收回视线，起身取下挂在办公室的备用西装外套，大步走到她面前，用西装从前往后将她整个人裹住，然后连人带衣服一百八十度翻转，推着她慢慢上楼，哑声说："是给你准备的，但不是这么穿的。"

喻茉没有注意到沈怀南声音中的异样，一脸呆。

不是这么穿的？

这不就是一件普通的衬衫吗？难不成还得打个领带？

喻茉被沈怀南一路推进卧室，停下来之后，她刚想取下身前的西装，却被他制止了。

温热宽大的手掌覆盖在她的手背上，按住她想脱衣服的手。

喻茉感觉心往上猛地窜了一下，体内一阵酥麻。

"怎……怎么了？"她仰着脸侧头望向他。

沈怀南静静地望着面前一脸无辜的姑娘，隐约能闻到她头上男士洗发水的香味，心底的波涛骇浪被掀得更高。

对视良久，他垂下眼，低低地连叹两声：

"喻茉。我不是圣人。"

低哑的嗓音里带着无可奈何又近乎于宠溺的叹息，仿佛连标点符号都是暧昧的。

喻茉一瞬间明白过来，脸唰地烧红。

"我……我看这件衬衫是深色的，所以……"就无所顾忌地把它当裙子穿了。

天！

她到底干了什么蠢事？

虽然这件衬衫的颜色够深，材质够厚，穿在身上既不露也不透，但——

他那么聪明，一定能想到她此刻没有换洗的衣物，衬衫之下，必定不着片缕。

喻茉羞愧得抬不起头了，她紧紧环抱住身上的西装，将胸前护住。

恍然明白了他刚才那个动作的用意——

他给她披西装时，是从前往后裹的……

喻茉被自己的羞耻心鞭笞得死去活来，翻来覆去辗转反侧直到凌晨两三点才睡着。

第二天一大早，她睡得正香，迷迷糊糊半睡半醒之间，依稀听到沈怀南的声音，好像在和什么人说话。

莫非在讲电话？

她睁开眼解锁手机，看了一下时间，才七点半。

通常来说两个小时之后才是她在周末的起床时间，可眼下情况特殊，在别人家睡懒觉总是不好的。

于是她挥泪告别周公，披上沈怀南的西装，揉着眼睛走到楼梯口，想隔空跟他打声招呼。

不料楼下除了沈怀南之外，还有三个人。其中一个是周洋，另外两个男生看着有些面生。

喻茉往楼下望的时候，那两个面生的男生正好也在朝楼上看。

几双眼睛不期然地对上了。

喻茉有点囧，她没料到屋里还会有其他人。

她正纠结着是打声招呼再走，还是直接闪人，忽然看到沈怀南转身了。

"你们等我几分钟。"沈怀南跟周洋交代一声，拎起一个手提袋，大步上楼。

喻茉用西装把自己裹得严严实实的，乖巧地等他过来。

沈怀南见小姑娘一副睡眼惺忪的样子，看起来还不太清醒，迷迷糊糊的，着实可爱，不禁低低地轻笑了一声。

"吵醒你了？"他问。

"嗯……没有……"她抓了抓蓬松的长发，点头又摇头。

果然还不太清醒。

沈怀南嘴边的笑意又深了几分，他把手提袋递给她："这是你的衣服，周洋带过来的。"

"谢谢。"

喻茉猜想这衣服应该是周洋从秦甜甜那里拿到的。

接过手提袋，她又想起昨晚的事，心中仍然有些尴尬，不敢与他对视，眼睛左右乱瞟了几下，然后说："我……我先去换衣服。"说完便小跑回卧室。

沈怀南心知她难为情，没有阻止她，立在原地目送她跑进卧室，将房门关上，才转身下楼。

一下楼，大家就炸开了。

"金屋藏娇啊！"大侠惊叫。

款爷也惊得下巴都快掉下来了，嘴巴张了合，合了张，好半天才说出话来："是昨天的那个'初恋情人'？"

"聪明。"周洋给出肯定答复，然后手往沈怀南肩上一搭，挤眉弄眼道，"厉害啊，居然带回来了。我还以为你会给她在酒店单独开一间房呢。你们这是……嗯？"

沈怀南胳膊一抬挥掉他的手，淡声说："我昨晚睡的沙发。"

喻茉换好衣服下楼时，正好听到沈怀南的这句话，心中又愧疚又感动。

原来楼下没有床。

他把唯一的床让给了她，自己却睡在沙发上。

哎，早知道的话——

也没什么用，毕竟这里只有一张床。

喻茉正出神，忽听周洋喊了一声——

"哟，嫂子下来了。"

喻茉："……"上一次见面他还喊她"喻茉同学"来着。

喻茉不知道该怎么接这一声名不正言不顺的"嫂子"，只好默不作声，心里有点期待沈怀南的反应。

昨天他两次被别人误认为是她的"男朋友"，都没有反驳。

不知道是默认，还是觉得没有解释的必要……

总觉得后一种的可能性比较大。

这样一想，喻茉就一点也不期待了。

他多半会无视周洋的调侃吧。

果不其然——

"茶水间里有早餐。"沈怀南对她说。

"哦。"

喻茉闷闷地答了一句，径自走向茶水间。

"嫂子好像不太高兴啊？"周洋小声嘀咕。

沈怀南看向喻茉，没有接话。他也看出来她不太高兴了，只是没看明白她为什么不高兴。

收回视线，他把话题重新转到工作上："接着之前的说。"

喻茉的早餐是一份小碗车仔面和一杯酸奶，再加一个苹果。

吃完面和酸奶，她站在水池边，一边啃苹果，一边思考人生——

沈怀南到底喜不喜欢她呢？

不知道过了多久，周洋忽然在旁边冷不丁冒出一声——

"嫂子。"

吓得她苹果都掉了。

喻茉连忙将掉进水池的小半个苹果捡起来，扔进垃圾桶，然后对周洋说："你还是叫我喻茉吧。"

"嗯？"周洋一愣，敢情某人还没表白啊？

难怪小姑娘不高兴了。

周洋了然地眯起眼，爽快点头："行。"然后给她介绍身后的两位舍友。

"他们俩你还没见过吧？"他拍拍大侠的肩，"这个是叶开，我们都叫他'大侠'。"接着用下巴指了指款爷，"这个是款爷——对了，你全名叫什么来着？"

款爷满脸黑线："余少嘉。"

"噢，想起来了，余少嘉，我们都叫他'款爷'。"周洋笑眯眯地对喻茉说。

听完周洋的介绍，喻茉的心情已经不能用震惊来形容了。

大侠！款爷！

这不是她在《王者荣耀》里面组过队的两个 ID 吗？

还有一个叫庄周周，他们都是大神的朋友。

如果庄周周是周洋的话，那沈怀南……

喻茉急忙问周洋："那你叫什么？"

"周洋啊！咱俩又不是第一天认识。"

"没有外号吗？"

"没有。"周洋一脸莫名其妙，"有什么问题吗？"

喻茉失望地摇头："没什么。"

可能只是巧合吧。毕竟"大侠"和"款爷"只是他们的外号，不一定是游戏 ID。就算是，也有可能是重名。

喻茉敛了敛心绪，又问周洋："你早上见过甜甜了吗？她还好吧？"

"还行。早上我去帮你取衣服时，顺便给她送了早餐，结果被她气呼呼地怼了一顿，怪我去得太早，扰了她的清梦。听她那声音中气十足的，至少已经恢复了八成。"

周洋提起秦甜甜时，一脸的嫌弃，语气却又相当愉悦。显然两个人的关系已经相当要好了。

喻茉闻言笑问："你每天都给她送早餐吗？"

"每天都送，那还不累死我啊？"周洋一脸怕怕，随后又笑道，"只送一周。给她压压惊。"

"一周也很好，她应该很开心。"

周洋挠挠后脑，忽然觉得有点不好意思了，半信半疑地说："是嘛。"说完，他头一晃，看见沈怀南站在门外不远处，当即色变，"我……我先去工作了，我爱工作，工作使我快乐。"说完，朝大侠和款爷使个眼色。溜之大吉。

大侠和款爷当下便心领神会，附和道："我们也爱工作，爱得特深沉。"

喻茉："……"

一听这口号就知道是老板来了。

喻茉朝门外看去，果然看到了沈怀南。他躬身伏在电脑前，时不时地敲一下键盘，像是在测试什么东西。

不知道为什么，总觉得他越看越像大神。

现在想来，两个人说话的语气简直一模一样。

同样的惜字如金，同样的云淡风轻。

如果他真的是大神的话，那——

她岂不是早就已经掉马了？

这个认知让喻茉整个人都不好了。

她跟大神透露了那么多现实生活中的信息，一天到晚念叨着男神男神，上次还说他是她心中"独一无二的男神"……

那次她把"南神"误打成"男神"时，大神的反应就很奇怪，还说什么"都一样"……

还有昨天，提到玩游戏，她说怕拖他的后腿时，他又说……"习惯就好"。

喻茉仔仔细细地回忆了一遍过往与大神相交的各种细节，越想越觉得大神就是沈怀南的可能性很大。

可是……要怎么证实呢？

不能直接去问周洋。

她还没有做好让大神知道她已经知道自己已经掉马了的心里准备。

啊——好绕！

喻茉有点头大，一番左思右想之后，她给秦甜甜发了一条微信。

天上掉下个喻大仙：你有周洋的《王者荣耀》ID 吗？

对面秒回——

反对一切迷信势力秦甜甜：没有。我已经弃了"农药（荣耀）"。你要他的 ID 吗？我帮你问问。

天上掉下个喻大仙：不用，不用。你就当我没问过你这事，别跟他提起啊。

反对一切迷信势力秦甜甜：神神秘秘的，搞什么鬼？

天上掉下个喻大仙：这事说来话长，等我回宿舍后再跟你们细说。

关掉微信之后，喻茉又陷入了沉思。

到底要怎样才能不动声色地扒掉大神的马甲呢？

她在茶水间里来回踱步，摇头晃脑，想得正出神，一转身，陡然看见沈怀南站在门口。

他双臂环抱斜倚在门框上，两腿悠闲地交叉在一起，一脸的高深莫测，嘴角挂着似笑非笑。

"需要我帮你解答吗？"他问。

喻茉微惊，难道他察觉到她怀疑他是大神了？

不可能呀！她明明藏得很深……

喻茉若无其事地展了展眉，试探性地问："解答什么？"

"你看起来有很多疑问。"他淡声道。

这话说得暧昧不清，让人完全无法分辨出话里有没有言外之意。

喻茉在心里挣扎了几秒，终是没有不打自招，而是借口说："没有啦。我突然想到一道高数题，解不出来。"

他不知是信了还是没信，微微垂眉，低低地笑了一声，而后才看向她，目光幽深："要我帮你吗？我的高数不错。"

"不用……"

"那等你需要的时候告诉我。"

"好……"

恐怕是不会有这个时候。

待沈怀南离开后，喻茉也出了茶水间，晃到办公区域，打算套一套周洋他们三人的话。

她先在周洋的身后晃了晃，又在款爷的电脑旁瞅了几眼，最后立在大侠的身后，笑眯眯地问："你们在做什么？"

大侠秒答——"秘密。"

"……"

"这是商业机密，真不能说。"他又补充说。

"……"

果然有大侠风范，口风很紧。

喻茉完全没有因这个软钉子而受挫，她了然地点了点头，然后装出一副无限崇拜的样子，说："你们计算机这么厉害，肯定也是游戏高手吧？"

大侠一听这话，立马骄傲地大笑起来，办公椅一转面向喻茉，道："那当然！嫂子你也玩游戏？"

都说不要叫嫂子了。

名不正言不顺的。

不过现在的重点不是称呼问题。

喻茉直接忽略大侠的口误，答道："偶尔玩一玩，不过玩得不太好。"

大侠："玩什么？《王者荣耀》？"

"嗯。最近玩这个。"

"太好了！我们每次开黑都缺一个人。现在有了你，再也不用找其他人了。嫂子我加一下你好友吧。"说完这番热情洋溢的话，大侠迅速拿起手机，点开《王者荣耀》应用软件。

喻茉大喜——没想到这么顺利！

她伸长脖子，看向大侠的手机屏幕。

游戏正在加载中。

10%……20%……50%……70%……

随着进度条的飞快变化，喻茉心里绷的那根弦越来越紧。

等到游戏加载完，她就能看到大侠的 ID 了，也就能弄清楚大神到底是不是沈怀南了。

90%……95%……99%……

眼看真相就在眼前。

喻茉目不转睛地盯着进度条，紧张期待到了极点。

忽然，一道云淡风轻的声音在身后响起——

"我陪你玩怎么样？"

话音未落，大侠啪地将手机翻个面盖在桌上，转身面向电脑，抬头挺胸目视前方，装出一副专心工作的样子。

在他翻转手机之际，喻茉看到屏幕上的进度条跳到了 100%。

怎一个绝望了得。

喻茉深深地吸一口气，微笑，转头，看向来人——

"不用了吧，你那么忙……"

沈怀南一派悠闲："不忙，事情都有员工做。"

唯三的员工："……"老板你也知道事情都是我们在做？那还不赶快给我们加薪！

喻茉尴笑两声，弱弱地说："我去喝水，不打扰你们工作了……"说完，唉声叹气地退回茶水间。

哎哎哎哎……

一秒。

就差一秒。

再多给她一秒钟，她就能看到大侠的游戏 ID 了。

怎么就这么巧呢？

该不会沈怀南早就看到她在套大侠的话了，故意等到最后关头才给她致命一击吧？

"……"

喻茉被自己的这个想法虐到了。她默默地喝一口水压惊，思索着下一步计划。

周洋这时也过来喝水了。

"还在跟老沈生气啊？"他端着水杯笑问。

喻茉一脸莫名："我什么时候跟他生气了？"

"你刚才不是因为生气，才拒绝他陪你玩游戏的提议？"

当然不是。

喻茉摇头："我不想浪费他的时间。"

"啧，可真善解人意。"周洋吊儿郎当地笑了笑，继续说，"你放心，但凡是花在你身上的时间，他都不会觉得是浪费。我跟他从小就认识，从来没有见过他肯带哪个女生玩游戏。你是第一个。"

第一个？

喻茉有点迷惑了。

如果沈怀南以前从来没有带女生玩过游戏的话，那他就不是大神了……

毕竟大神早就带"一朵茉莉"玩得飞起来了。

喻茉忽然感到很失望。

可能在她的内心深处，还是很期待她崇拜的大神和仰慕的男神是同一个人的吧。

原来是她弄错了。

喻茉垂下头，心里怅然若失。

这时周洋忽然又说："不对，你应该是第二个。"

"第一个是谁？"喻茉连忙追问，心里那一撮希望的小火苗又蹿了起来。

"瞧把你紧张的。"周洋以为喻茉吃醋了，笑哈哈道，"是个小屁孩，他的外甥女。"

"……"小火苗瞬间化作死灰，再也燃不起来。

"可能是个初中生吧。我们一起带她玩过，操作水平烂得很。"

"……"她的操作水平也很烂，但她是大学生。

"不过很会卖萌。老沈对她宠得很。"

"……"虽然她偶尔也会对大神卖萌，大神对她也十分关照，但——

她不是大神的外甥女啊！

喻茉失望至极。

在她差不多快要接受大神和男神不是同一个人了的时候，忽然又听到周洋说——

"我先去工作了啊。你加一下我。我叫庄周周。有空一起玩。"

庄周周！

"希望你比初中生的水平稍微高一点。"

周洋就是庄周周！

喻茉感觉自己浑身的细胞都在颤抖、燃烧，像是被什么东西瞬间点燃了。

周洋真的是庄周周！

庄周周就是周洋！

那大神就是沈怀南无疑了！

喻茉的小心肝快被这个事实震碎了，欣喜之余，她忽然想起自己过去在大神面前，溜须拍马花痴话痨的种种……

欣喜灰飞烟灭，忧伤从天而降，心里的悲伤有银河系那么大。

她想啊想，越想心里越苦。

思绪飘回开学第一天。

大神说——"我今天也有奇遇。"

她："遇见奇葩了？"

大神："差不多。"

——原来她就是那一朵奇葩。

啊啊啊啊啊啊啊！

她当时竟然还在内心耻笑了一下那朵奇葩。

喻茉快被自己蠢哭了。

呜呜呜呜，怎么会那么巧嘛！

喻茉在茶水间里暴风哭泣了一会儿，然后就找借口回到了学校。临走时沈怀南要送她，被她忍血婉拒了。

这要是换了平时，男神肯为她当护花使者，她早就心花怒放春心荡漾了。

可现在……她只想一个人静静。

为什么现实生活中那么屃的她，会在网络上变成话痨啊？

变成话痨也就算了，为什么要跟一个素不相识的陌生人直播自己的暗恋历程啊？

直播暗恋历程也就算了，为什么还没有捂好马甲啊啊啊啊啊啊啊啊——

喻茉此时的心情跟活见了鬼没有太大区别。只不过这只鬼是那种没有毁容、玉树临风的帅鬼，让她在呆蒙惊悚之中，还有那么一点点小荡漾。

这让喻茉十分无语。

——现在这种时候到底有什么好荡漾的啊！

喻茉揣着一颗五味杂陈的心回到宿舍，原想跟舍友们分享这惊悚一刻，不料一进门就看到大家都围在林路遥的铺位前。

"你们在做什么？"她伸长脖子凑过去问。

"帮路遥试衣服。"秦甜甜回头笑道，然后退到旁边，让原本被她挡着的林路遥，完全暴露在喻茉的视野之中。

此时的林路遥正穿着《王者荣耀》里面的人物——妲己的服装。

"漂亮吧？今天刚送到的。"秦甜甜又说。

"漂亮。"喻茉点头，然后问林路遥，"你要扮演妲己？是有什么活动吗？"

"下周六电竞社有活动，她要去现场支持。"秦甜甜替林路遥答道。

电竞社？

喻茉怔了一下才想起来，林路遥国庆从渣男的学校回来后，就加入了电竞社，说是想傍个大神带她练级。

社团里有活动，作为成员去现场帮忙是应该的。

喻茉了然地点了点头，转回自己的书桌前，刚要坐下，又听秦甜甜说："茉茉，你下周六有没有空？"

"暂时没什么事。怎么，要组团去围观妲己吗？"她笑问。

秦甜甜没接话，看向林路遥："还是你自己说吧。"

这语气一听就有内容。喻茉也看向林路遥，问："怎么了？"

林路遥的一双眼睛还是浮肿的，此时穿上了妲己的服装，脸上也无半点愉悦之色。她犹豫了几秒，然后期期艾艾地说："茉茉，你能代替我去现场支持吗？"

"代替你？"喻茉很意外。

林路遥："我向辅导员请了假回家，明天早上就走，下周日才会回来，没办法参加这次的活动了。社长那边也准了我的假，但是有一个前提条件……"

说到这里，林路遥停了下来，表情很愧疚。

秦甜甜替她把话说完："前提条件就是——必须找其他人代替她参加。我和文敏都穿不了这套衣服，现在只能靠你了。"

"意思是让我扮演妲己？"喻茉很惊讶，同时也有点为难。

昨晚出了那么大的事，林路遥想回家休养，身为舍友，她于情于理都应该帮忙，可电竞社……

纠结半秒，喻茉终是同意了："没问题。我周六代替你去。"

听到喻茉的回答，林路遥大松一口气："太感谢你了茉茉。"

"不用这么客气。你回家好好休息。"

"嗯。"林路遥点点头，心里还是有些过意不去，又抱歉地说，"给你添麻烦了，我知道你不喜欢这种抛头露面的事。"

抛头露面……喻茉被囧到了。

她只是不太愿意和电竞社有太多瓜葛，说不出来缘由，可能单纯是与之"水土不服"吧。

不过，跟林路遥昨晚受到的惊吓比起来，她对电竞社那一点点的水土不服又算得了什么呢？

想到此，喻茉故作轻松地笑笑，道："没有很麻烦啦，我其实也很想试试角色扮演。"说完，她又自言自语，"不知道我穿上妲己的衣服之后，会不会也能拥有她的同款美貌呢？"

赵文敏："同款美貌说不准，同款祸国妖气那肯定是会有的。"

祸国妖气……

妖气……

喻茉被打击到了，她不禁抬手摸了摸自己的小脸蛋。

怎么会有妖气呢？

挺正直的啊！

沉思数秒，喻茉问："还有其他服装可以选择吗？"

林路遥："没有。每一套衣服都是按照扮演人的尺寸量身定制的，我当时选的是妲己，就只定制了妲己的服装。"

"……"

"你不喜欢这套衣服吗？"

"也不是不喜欢，我就是担心我的一身正气，被这套衣服给掩盖了。"喻茉说得云淡风轻、理直气壮。

然后，她就被秦甜甜嘲笑了——

"这个担心太多余了，你本来就没什么正气。"

"……"

现在绝交还来不来得及？

喻茉默默地叹一口气，习惯性地想上游戏找大神吐槽，才刚点开《王者荣耀》，立马就忧伤了。

大神现在已经不是原来的那个大神了。

她再也不能跟他吐槽了。

呜呜呜……

一想到手机另一端的人现在是沈怀南，喻茉就尴尬得无以复加。

哎哎哎，他明显已经知道她就是"一朵茉莉"了，居然什么也不说，一如既往地听她向他倾诉自己对他的爱慕之情。

"……"

安的什么心啊？

喻茉一脸的生无可恋，忍不住拿头磕桌子。

她磕啊磕，几下之后，忽然计上心头。

他现在还不知道她已经知道自己已经掉马了。只要她一直假装不知道自己已经掉马了，然后把"一朵茉莉"这个号弃了，毁尸灭迹，死不认账，那就没事了？

喻茉觉得自己简直是个天才，当下便想将这个天才计策付诸行动，不料——

大神在这个时候给她发来了一条私信。

南风将至：到宿舍了吗？

？？？

宿舍？

他怎么在游戏里跟她对话现实生活中的事？

莫非他已经知道她已经知道自己掉马了？

喻茉当下便被这个大胆猜测吓得六神无主了。

然后她手一抖——

把大神从好友列表里删除了。

删完大神之后，喻茉的第一个想法是：幸好我删得快。

一分钟之后，她发现自己又干了一件蠢事。

大神才刚发来消息，她就删好友，这不是不打自招吗？

这种时候应该装傻才对。

于是，喻茉又弱弱地向大神发出了加好友请求。

一朵茉莉：不好意思呀。手滑点错了。呵呵……

发完之后，她就抱着手机开始焦心等待。

然而对面始终没有反应。

这让喻茉有点慌了。

大神该不会一怒之下再也不带她玩了吧？

呜呜呜……早知道就说被盗号了……

喻茉原地暴风哭泣三百声，想起大神刚才在游戏里问她的话——

到宿舍了吗？

这句话明显是对现实生活中的她说的。要不要给他发一条信息报平安呢？

正犹豫不决，手机忽然振动起来，把正在天人交战的喻茉吓了一大跳。

她连忙接听："喂？"

"是我。"

沈怀南的声音从听筒传来，这让喻荣惊魂未定的小心肝又颤了两下。

他居然直接打电话来了……

该不会是来问罪的吧？

喻荣默默地低下头，想起刚才的来电显示是一串座机号，猜想他估计是用办公室电话打来的。

"你还在公司吗？"她问。

"嗯。"

那边低吟一声，然后就没了声音。不知是在措辞，还是在等她主动认错。

喻荣心里有鬼，自然而然地默认为是后一种。

面对这种无声的拷问——她当然要选择装傻。

于是喻荣自动忽略删好友地事，无比坦然地说："我已经到宿舍了。刚到。"

"到了就好。"他的声音很淡，沉默几秒之后，又道，"我今晚要留在公司加班，可能不会回学校。"

咦？

他在向她报备行程？

喻荣有点蒙，不过还是乖巧地"哦"了一声，然后有些扭捏地关切道："熬夜伤身……你……别工作得太晚。"

"好。"他满口答应。

挂断电话之后，喻荣回想起刚才的对话，忍不住抿着嘴傻笑。

他在向她报备行程呢！

这是不是表示，她对他来说，已经有一点特殊了呢？

喻荣正揣着怦怦直跳的心暗暗窃喜，秦甜甜忽然晃过来，挤眉弄眼笑道："有人恋爱了噢！"

不等喻荣反驳，赵文敏和林路遥也都围了过来。

"刚才的电话是沈怀南打来的吧？你和沈怀南昨晚……有没有进展？"赵文敏坏笑道。

林路遥则略显担忧："荣荣，你们已经确定关系了吗？会不会太快了啊？"

"没有啦！"喻荣连忙澄清，"刚才的电话确实是沈怀南打来的。但不是你们想的那样，他只是问我有没有到宿舍而已。"

"真的只是这么简单？没有说别的？"秦甜甜一脸狐疑。

喻荣："真的。"

秦甜甜："你看起来很心虚。我建议你坦白从宽。"

喻荣："……"她明明装得很坦然。

沈怀南向她报备行程什么的，她才不会说。

喻荣决定变被动为主动，挖秦甜甜的八卦："你才有事要向大家坦白吧？我可是听说，今天有人给你送早餐噢？"

秦甜甜闻言立即转过脸，支支吾吾道："我……我没什么好坦白的。倒是你，今天早上为什么问我周洋的游戏ID？"

"纯好奇。"喻茉用三个字对付过去，然后把话题扯回去，"我们还是说说早餐的事吧。我觉得周洋很贴心，人也长得挺帅，是个不错的选择。"

"他长得怎么样关我什么事，我跟他是纯革命友谊。"秦甜甜说这话时，脸上闪过了一丝可疑的红晕。

"喊——"赵文敏一脸不信，"都送早餐了还革命友谊？你们在哪儿闹革命，也加我一个。"

秦甜甜无言以对。

赵文敏："你啊，就是太单纯。给你送早餐的男生，十有八九是想追你。"

秦甜甜："还有一二呢？"

赵文敏："买多了吃不完。这类男生是稀有智障，一般人遇不到。"

秦甜甜："你这是哪里听来的谬论？"

"这是常识，连喻茉都知道。是吧，茉茉？"赵文敏寻求喻茉的支援。

喻茉重重点头："对。这是常识。"

其实这个"常识"她也是刚刚才被赵文敏科普的，不过为了怼到秦甜甜，她非常违心地做了伪证。

隔天，喻茉为自己做伪证的行为付出了代价——

沈怀南给她送早餐来了。

正常来说男神给自己送早餐，应该是一件值得高兴的好事，然而——

那时候大概是早上七点左右，她穿着一身六十年代流行款花睡衣，外面套一件长至膝盖的风衣，踩着一双人字拖，顶着一头蓬松的乱发，睡眼惺忪地奔到宿舍楼下，应付学校每周一次的例行点名。

刚点完名，沈怀南的电话就打进来了。

"回头。"

她闻言下意识地回头，然后就呆住了。

别人是回眸一笑百媚生，她是回眸一呆若木鸡。

十八年的美貌在这一刻全毁了。

"你……你怎么来了？"她远远望着他，听到自己的声音在颤抖。

他没有立刻回答，而是对她淡然微笑，收起手机，穿过川流不息的点名大军，缓步走到她面前。

"给你送早餐。"他将手中的纸袋递给她。

早餐？

喻茉的脑中立即闪过赵文敏昨天说的话——

给你送早餐的男生，十有八九是想追你。

真……真的吗？

喻茉心中那头失去美貌的小鹿又开始乱撞起来，心跳得她不敢贸然开口说话，生怕一开口就暴露了此刻的心境。

接过早餐，她用手梳了梳头发，以抚平心中的荡漾，然后说："谢谢……怎么突然想到给我送早餐了？"

不等他接话，她又自以为幽默地笑说："该不会是买多了吃不完吧？"

说完这话，喻茉就恨不得拍死自己了。

她居然把男神当成稀有智障对待……

他估计会认为她智商为负吧。

喻茉懊恼地拧了拧眉，抬头看他，果然看见他的眼里闪现了一丝无奈。

这丝无奈之中还带着一点难以名状的东西，让喻茉心中一阵悸动。

她慌乱地收回视线，刚想说点儿什么以缓解尴尬，却听他低笑一声——

"看来还没有睡醒。"

心中的悸动更深。

喻茉没敢抬头。

过了几秒，头上忽然传来一阵触感，闪电般传至心底。

她愕然抬眼，看见他抬手轻轻地抚着她的乱发，眼底带着她从未见过的温柔。

许久，听到他低声说："别人有的，你都会有。"

"嗯？"

喻茉此刻心神已乱，没听明白这句话的意思。

他也没多解释，收回手，嘱咐道："吃完早餐再睡。"

她讪讪地点头，随后又飞快摇头："不睡了……我平时差不多也是这个点起床。"说完，想到自己此刻衣冠不整的形象，觉得这个谎撒得实在是没有什么水平，于是又补充一句，"我怕点名迟到，才匆忙……下楼……"

他依然静静地垂眼俯视着她，不知道是信了还是没信，意味不明地勾了一下唇。

风从四面来，吹动地上的落叶。

时间有一瞬间的停滞。

她听到他说——

"一样很美。"

一阵暖流从心底淌过，所到之处遍地生花。

喻茉红着脸跟他飞快道别，一口气奔回宿舍。

想起他之前说的话——

别人有的，你都会有。

他来给她送早餐，是因为听到了她羡慕周洋给秦甜甜送早餐的事吗？

沈怀南后来又给喻茉送了几次早餐，每天都是早上七点准时送到宿舍楼下。

他人长得帅，身材高挑又有型，不管走到哪里都是焦点。一连几天出现在女生宿舍楼下，很快就引起了吃瓜群众的注意。

喻茉每次下楼时，都会跟着他一起被人围观。这让脸皮薄如纸的她很不好意思，只好让他以后不要再送了。

对此他的反应是——

"太早了？"

"……"

在他的眼里她是有多爱睡懒觉啊！

喻茉囧："怕耽搁你的正事……"

"这也是正事。"

他说得云淡风轻，但又一本正经。

喻茉有些感动，抿着嘴朝他笑了笑，坚持道："我自己去食堂吃就好。"

他沉吟了一会儿才微微颔首，算是同意了。

转眼到了周六。

喻茉早早来到电竞社的活动现场，换好妲己的服装，代替林路遥支持现场的工作。

电竞社这次举办的是《王者荣耀》校园争霸赛，参赛者都需要在活动现场面对面进行比赛。

喻茉的任务就是扮演妲己，在现场当模特活跃气氛。活跃气氛小分队里除了她扮演的妲己之外，还有电竞社成员扮演的甄姬、阿珂、李白、孙悟空、赵云等等，阵容十分庞大，引来不少同学围观合影。

喻茉扮演的妲己最受欢迎，她为了配合同学们合影，几十张照片拍下来，笑得脸都快抽筋了。

好不容易等到同学们的热情褪下，她正想休息一会儿，忽听秦甜甜大喊——

"茉茉，来，给你单独拍一张。"

不等她做好表情，只听"咔"的一声，拍摄完毕。

秦甜甜："哇，这个角度，真的美呆了。我微信发给你啊。"

"好。"

喻茉正要开微信接收照片，却听秦甜甜哀号一声："啊呀，发错人了！"

"你发给谁了？"喻茉走过去问，一眼看到秦甜甜的手机对话框上方，显示着"网瘾少年周同学"七个字。

喻茉："……"

不用想也知道这个周同学是谁。

"还能撤回来吗？"她问。

秦甜甜点头："我已经撤回来了，不过……"她缩着脖子干笑两声，将屏幕立起来送到喻茉眼前，弱弱地说，"他的手太快了……"

聊天界面上，赫然显示着周洋一秒前发来的信息——

网瘾少年周同学：已转需。

——已经转发给需要的人了。

喻茉："……"

要不要这么积极啊！

"能问一下，他转发给谁了吗？"喻茉抱着最后一线希望问。

秦甜甜："这还用问吗？"

"……"

不用。

周洋显然是转发给沈怀南了。

喻茉很忧伤。

默哀三秒，她问秦甜甜："照片真的好看吗？"

"真的。"秦甜甜重重点头，立马把照片调出来给她看，"瞧你这小眼神媚的，隔着屏幕都能勾人魂。"

"……"

哪有那么夸张……

喻茉看到照片里的自己表情动作都还算正常，这才稍稍安心了一点。

不知道他会不会喜欢这张照片……

沈怀南看到周洋发来的照片时，已是傍晚时分。收到照片那会儿他正在修复游戏测试系统的bug，看到手机屏幕上显示的信息发送人不是喻茉，他就直接无视了。

此时处理完工作，他才查看微信消息。点开照片的一瞬，他愣了一下，随即勾起唇来，一双深邃黑眸锁在照片里的人脸上，笑意从嘴角一路溢到眉梢。

几分钟之后，他拨通周洋的电话："今晚的饭局是几点？"

周洋："七点。不过我们最好早点过去，不能让长辈等。你那边完事了吗？"

沈怀南抬手看一眼腕上的表，道："十五分钟后，我去学校载你们。"

挂断之后，他又给喻茉拨了个电话。

听筒里很快传来嘟——嘟——的声响，但对面一直没有接通。

在忙？

他微微扬了扬眉，一直等到语音提示电话无人接听才挂断。

沉吟半晌，他打开《王者荣耀》，看到她一周前发来的加好友请求——

一朵茉莉：不好意思呀。手滑点错了。呵呵……

"……"

手滑得有点巧。

沈怀南兀自哼笑一声，点击"通过"，然后给她留了一条信息。

　

另一边，喻茉刚收工，已经换下繁重的服装，穿上了自己的衣服。正琢磨着跟组长大声招呼再走，却见杨舒婧吆喝着大家集合。

要不要去呢？

喻茉很犹豫。她不太想跟杨舒婧有太多交集，今天在现场也一直回避着。

可若不去的话，又说不太过去。杨舒婧毕竟是电竞社的副社长，她虽然只是来代替林路遥的，但也得服从组织的安排。

正当喻茉纠结不已之际，谢远忽然出现了。

"今天辛苦了。"他笑说。

喻茉微讶："你也在？"说完忽然想起来他是电竞社的成员，于是道，"活动都结束了你才来，这酱油打得可以呀！"

谢远大概是被她这句话雷到了，垂头闷笑了好一会儿，才道："我在打比赛，你没有看到我吗？"

"没有。"

"我倒是有看到你，很引人注目。"

"别嘲笑我。"她也不想穿那一身服装。

"不是嘲笑。"谢远好看的眉宇一弯，"是欣赏。妲己的服装很适合你。"

因为都有祸国妖气吗？

喻茉囧了一下，随后又有些得意，兀自嘀咕道："不知道他会不会也这么觉得？"

谢远："谁？"

"没……没有谁。"喻茉忙不迭摇头。

谢远见状，眼神黯了几分，嘴角的笑容添上一丝苦涩。

"走吧，集合了。"他用下巴指指侧前方，杨舒婧所在的方位。

喻茉点点头，跟着他走过去。

杨舒婧此时正在跟大家说聚餐的事："……大家今天辛苦了。晚上社长请客吃饭，都必须去，一个也不能少。大家吃好喝好，不醉不归。"

"有饭吃当然要去！我们还要多敬美女社长几杯。哈哈！"

"听说杨社长千杯不醉。大家一定要注意战术，不要硬抗，要车轮战。"

……

男生们纷纷恭维杨舒婧。

喻茉觉得无趣，拿手机看时间，却意外发现有一个未接来电。

是沈怀南打来的。

从手机上显示的来电时间来看，这个电话应该是在她换衣服的时候打来的。

喻茉心中微喜，默默退出人群，想寻个安静的地方给沈怀南回电话，却听杨舒婧又说——

"我就免了，你们多敬张社长几杯吧。我今晚有约……喏，说曹操曹操就到了，大家好好玩，我先走一步。"

下意识地，喻茉朝杨舒婧离去的方向看过去，正好看到她上了一辆黑色的私家车。

拨号码的手僵在了半空中。

那辆车她认识，是沈怀南的。

"在闪光灯下活了一整天，晚上不去喝两杯解压吗？"谢远走过来问。

喻茉收起手机，闷闷地摇头："我不会喝酒。"

"那就喝茶。"

喻茉刚要拒绝，谢远又劝道："不管心情如何，饭总是要吃的。"

"我……"喻茉落寞地垂下头。

她原以为自己掩饰得很好，没想到还是被谢远看出来了。

"这个点食堂估计已经没什么吃的了。你若是不喜欢热闹，我单独请你。"谢远又说。

"不了。"喻茉摇摇头，"还是跟大家一起吧。"

与此同时，沈怀南载着周洋和杨舒婧来到市中心的一家川菜馆。三人在包厢里等了没一会儿，杨舒婧的爸妈就到了。

"爸，妈。"杨舒婧高兴地迎出去，挽着妈妈的手往里走。

沈怀南和周洋则一齐起身，跟两个长辈问好："叔叔阿姨好。"

"好，都快坐下。"杨爸一脸慈爱，坐定之后，开始跟两个年轻人闲聊，"怀南，听你爸爸说你的公司已经开始正式运营了？"

"才刚起步。"沈怀南答道。

"有出息，好好干。"杨爸鼓励完沈怀南，转而问周洋，"你呢？还没找到女朋友？"

周洋："……"他看起来很缺女朋友的样子吗？

好吧，确实很缺。

尴笑两声，周洋点头："还没找到，您要给我介绍吗？"

杨爸："哈哈。我没有资源，让小婧给你介绍一个。"

"……"杨舒婧介绍的姑娘他可不敢要。

周洋笑哈哈地翻开菜单，递过去，说："您看看想吃什么。"

"你们年轻人点。"杨爸把菜单推回去，"我和你阿姨今天是路过鹭市，顺便看看你们在学校过得好不好。怀南，你们三个之中，你最稳重，希望你以后在学校能多照应小婧。"

杨舒婧垂着头偷瞄沈怀南。

沈怀南面不改色，淡声答道："我和周洋都会尽力而为。"

周洋听到这话，立马心领神会，接过话茬："我们一定会像照顾亲姐姐一样照顾她。"

这句话成功招来了杨舒婧的一记杀眼。

这时，一群人浩浩荡荡地从包房外路过，周洋眼尖地认出其中几个是电竞社的人，于是借机转移话题："杨姐姐，你们电竞社今天也在这里聚餐啊？"

杨舒婧没好气地瞪他一眼："不知道。"

倒不是她不想回答周洋，而是她真的不知道电竞社的聚餐也选在这里。

想到今天意外出现在活动现场的那个人，杨舒婧不禁看向沈怀南，果然看见他向来风平浪静的脸上，出现了些许波澜。

是为了那个人吗？

杨舒婧不悦地皱起眉头，心道：早知道换一家餐馆了。

同一家川菜馆的另一间包厢。

喻茉坐在谢远旁边，默默地吃着东西，时不时地喝两口雪碧，仿佛席间的喧嚣热闹与她毫无关系。

吃到七八分饱时，忽然听到有人说："你们知道吗，咱们的美女社长，今晚也在这里吃饭，就在隔壁包厢。刚才从隔壁门口路过时，我看到她了。要不咱们过去敬酒吧？"

"你别乱来，咱们社长正带男朋友见家长呢。"

"真的假的？这也太快了吧？"

……

隔壁，男朋友，见家长……每一个词都刺激着喻茉的神经，在她原本低落的心情之上又笼罩了一层愁云，一时间胃口全无。

她失神地端起桌上的雪碧喝了一口，入口之后发现味道不对，是白酒……

这杯白酒是开席时服务员倒的，每人一杯。她不喝酒，开席之后让服务员重新给她倒了雪碧，这杯白酒也一直放在这里。

一失手居然拿错了。

"……"

要不要这么巧。

不知道的还以为她借酒消愁呢。

几分钟之后，喻茉感觉头开始晕了。

一口就倒……这酒量也是浅得没对手了。

"我去一下洗手间。"她跟旁边的谢远低语一声，便晕乎乎地出了包厢。

洗手间在走廊的尽头，路过隔壁包厢时，喻茉忍不住侧头看了一眼，什么也没看到。

——因为门关着。

心情低落到了极点，胸口仿佛堵着一块大石头。

……

谢远见喻茉起身时身形不太稳，担心她有事，便也跟着出去了。

在洗手间外等了几分钟，看到她走出来，目光涣散，明显有了醉意。

"没事吧？"他问。

"没事。"

喻茉摇头。原本晕乎乎的头，被她这么一摇，当下就感觉脚下的地似乎在动，有些站不稳了。

谢远扶了她一下："我送你回去。"

"不……"话刚一出口，喻茉忽然看见前方多了一个人。

沈怀南？

她愣了半秒，然后推开谢远，摇摇晃晃地走向沈怀南。

在他面前站了半响，不知是不是酒壮胆，她直接问出心中的疑惑："你……来这里吃饭吗？"

沈怀南点头："杨舒婧的爸妈从榕城过来，请我和周洋吃饭。"

"不是见家长？"

"……"

看来是误会了。

难怪一直没有回他的电话。

沈怀南正想解释，她却仿佛已经从他的沉默中得到了答案，醉眼轻弯，仰着脸对他微微一笑，低喃一声"太好了"，然后，一头扑进他怀里。

她娇声细语：

"我好像喝醉了。"

Chapter 07
我也想见你

　　第二天早上，喻茉是在沈怀南的公寓里醒来的。醒来后脑子里最近的一个记忆是她扑进沈怀南怀里，跟他说自己好像喝醉了。

　　之后的记忆一片空白，完全不知道发生了什么，更不知道自己是怎么来到他的公寓，睡了他……的床。

　　记忆的缺失让喻茉有点慌。

　　她猛地坐起来，然后发现自己身上穿着沈怀南的衬衫，衬衫之下……连块遮羞布都没有。

　　这让她更慌了，连忙把被子往上拉，一直裹到脖子处。

　　心慌慌。

　　脑中不由自主地浮现出一些不可描述的画面。

　　不……不会吧？

　　沈怀南那么正直的人，怎么可能趁她不省人事，扒她的衣服……

　　还是不要自己吓自己了。

　　喻茉拍了拍胸口以安抚受惊的小心脏，在床上又呆坐了几秒，然后噌地掀开被子跳下床，在沈怀南的衣柜里翻出一件长风衣，二话不说便往身上套，将整个人裹得严严实实。

　　沈怀南比她高一个头，他的风衣穿在她身上，尺寸明显大了不止一个号，但看起来并不滑稽，俨然是时下流行的男朋友风，略显慵懒。

　　穿好衣服之后，喻茉给秦甜甜发了一条微信消息。

　　天上掉下个喻大仙：能帮我送一套衣服过来吗？在线等，急……

　　对面秒回——

　　反对一切迷信势力秦甜甜：已经在路上啦。你家男神一早就吩咐网瘾少年过来取了，真是体贴入微，中国好男神啊！

　　喻茉心中一暖，回复：谢谢。

　　反对一切迷信势力秦甜甜：客气什么。我建议你干脆放几套衣服在男神家里得了，省得麻烦。

天上掉下个喻大仙：我又不来这么常住，昨晚只是个意外。

更何况她和他现在的关系，还没有到可以往他家里放衣服的那种程度……

此情此景，喻茉情不自禁地幻想了一下未来，可耻地红了脸。

这时秦甜甜又发来消息——

反对一切迷信势力秦甜甜：哦？有意外发生？给你三十秒，说出昨晚的故事。

天上掉下个喻大仙：……

给她三个小时她也说不出来。

喝断片的人哪里还记得什么故事？

坦白地讲，她也很想知道昨晚有没有故事发生。

关掉微信，喻茉忐忑不安地下楼。

那时候沈怀南正在办公室里工作，看到她出现在门口，他温和地笑了笑，放下手中的工作，问："醒了？"

"嗯。"喻茉乖巧点头，垂眼站在门口，不敢与他对视。

沈怀南看着小姑娘裹着自己的风衣，一脸做错事悔之晚矣的可爱模样，忍不住又轻笑了两声，明知故问："怎么了？"

没怎么，就是想问问你，昨晚有没有发生什么。

喻茉在心里嘀咕，杵在门口好一会儿，才鼓起勇气，旁敲侧击："我身上的衣服……是……谁帮我换的？"

"你觉得呢？"他不答反问，笑得有些暧昧。

"……"

又是这种模棱两可的回答。

该不会真的是……他吧？

喻茉羞耻得快抬不起头了，脸颊火辣辣地热。

正当她无所适从的时候，他又开口了："你自己换的。"

"……"

所以他刚刚是在故意诱导她想歪？

喻茉感觉男神真是越来越喜欢逗她了。

圈地自囿半分钟，她又吞吞吐吐地问："昨晚……我有没有……"

他淡笑："有没有什么？"

"就是……那个……我……"

喻茉不知道该怎么委婉地表述"发酒疯"三个字。她苦恼地拧了拧眉，然后望向他："就是……我有没有……"

她眼波流转，一双雾蒙蒙的眸子可怜巴巴地锁在他身上，希望他能明白自己的意思。

沈怀南原本想逗一逗她，此时却被她直勾勾的眼神看得闪了一下神。这让他不禁想起昨晚带她回来时的场景。

从她扑进他怀里的那一刻起，她的手就一直没有松开过，整个人黏在他身上，仰着脸，一双眨一下就能放出电来的眼睛无辜地望着他，口中念念有词——

"你不知道吧？我从高一开始就喜欢你。因为你长得帅。我是不是很肤浅？嘿嘿。"

"……"

"我知道你就是大神了。你这个人怎么这么坏啊？明明知道我的男神就是你，还不制止我向你表白。"

"……"

"说实话，你给我送早餐，是不是想追我？我其实很好追，不信的话你追一下试试？"

"……"

"你不追就算了，追我的男生可多了。"

……

想到这里，沈怀南收回思绪，悠悠地说道："有。"

喻茉一呆。

她居然真的发酒疯了。

心如死灰。

她懊恼地蹙起双眉，抱着门框问："我都干了些什么？"

"你说——"沈怀南故意顿了一下，然后幽深的黑眸微眯，"你有很多追求者。"

呃……

不会吧？

难得喝醉一次，她居然在男神面前炫耀自己有多受欢迎？

这不科学……

喻茉尬笑："没有，我从小到大从来没有被人追过。"

"哦？"

显然不信。

"好吧，有一两个。但是我不喜欢他们。"

"那你喜欢谁？"他好整以暇地问。

喻茉心一颤，慌乱地移开眼。正思索着如何转移话题，却见他徐徐走过来立在她身前，俯下身与她四目相对。

"我吗？"他又问，嘴角带着似有似无的弧度。

"……"

昨晚一定还发生了什么……

喻茉不敢说"是"也不敢说"不是"，紧张地往后倒退两步，支支吾吾道："还……还有其他什么吗？昨晚……"

沈怀南没有立即回答，他神色悠然，又静静地凝视了她一会儿，才直起身来，道："没有了。"

"真的没有？"

"你的语气听起来似乎很遗憾。"他垂眼俯视着她，而后意味深长地说，"后悔没有做点什么？"

"……"

才没有。

她是一个正直的人。

怎么可能想那些不可描述之事。

喻茉红着脸撇开眼，弱弱地说："没有就好……"

面前的人沉默了一会儿，忽而又开口："倒也不是完全没有。"

"咦？"

"你昨晚非要拉着我一起睡。"

！！！

这不可能！

她没有那个胆！

"幸好我力气大，才得以逃脱你的魔爪。"

"……"

魔爪……

喻茉快哭了，陷入深深的自我反省之中，暗暗发誓以后再也不沾酒了，同时严重怀疑男神是在逗她。

——她是那么正直的一个人啊！

就算她真的一不小心为他的美色所迷惑，起了歹念，也绝无可能如此胆大包天将歹念付之行动的。

毕竟，全世界都知道她怂得没救了。

喻茉回到学校之后，又开始了忙碌的啃书生活。沈怀南依然很少回学校，见不到他的日子，时间变得无限漫长。

转眼到了最难熬的星期三，原本已经决定弃号的喻茉，忍不住上了一下《王者荣耀》。

虽然她明显感觉到自己跟沈怀南的关系比之前更进一步了，但她始终不敢主动找他。一方面是出于身为女生的矜持，另一方面……她实在是找不到一个完美的借口。

总不能因为想他，就打电话过去骚扰吧？

游戏里就不一样了。她以前经常骚扰大神，完全不需要理由。

一上线，喻茉就看到他通过了她的好友请求，还有一句留言。

南风将至：妲己很美。

妲己？

喻茉怔了一下才注意到，这条留言的送达时间是上周六。那天正好秦甜甜手滑把她扮演妲己的照片发给了周洋，而周洋又顺手转发给了沈怀南。

妲己指的是……那张照片里的她吗？

喻茉当下就有些荡漾了，傻笑了半晌之后，也给他留了一条信息。

一朵茉莉：周末就是元旦啦。提前祝大神元旦快乐！

他此时处于离线状态，估计一时半会儿也不会上线，是以留下这条信息之后，喻茉就下线了。

到晚上时，她又上线了一次，依然没有收到他的回复。

没看到吗？

喻茉捧着手机发了会儿呆，忽然瞟到衣柜，看到她上次从他的公寓穿回来的风衣，顿时开心地从椅子上跳起来，拿着手机小跑出宿舍。

她站在阳台上酝酿了一下情绪，然后拨通他的电话。

对面秒接——

"喻茉。"电话里传来他磁性的声音，伴着哗啦啦的流水声。

"嗯，是我。"喻茉下意识地抬手绕了一下鬓角的碎发，然后问，"你在忙吗？"

"算是。你时机挑得不错。"他的声音听起来似乎心情很好。

喻茉眨眨眼："什么时机？"

他没有回答，反问："有事吗？"

"你的风衣还在我这里。想问问你什么时候有空，我拿去还给你。"

对面的水声忽然停了。

电话里很安静。

喻茉说这话时原本脸不红心不跳，坦然得很，可他一沉默，她就开始慌了，心跳得略快。

"你要是没空……"

"我现在过去。"他打断她。

喻茉心下大喜，嘴上却说："不一定要今天……"

不等她说完，他再一次打断她——

"喻茉。"

"嗯？"

听筒里沉寂须臾，然后传来他低低的嗓音：

"我也想见你。"

二十分钟后，喻茉接到沈怀南的电话，说他已经到她的宿舍楼下了。她那时候刚换好衣服，挂断电话之后，立马抓起他的风衣，踩了一双平底鞋就飞奔下楼了。

　　一出宿舍楼，就看见他站在门口，穿着休闲衬衫，头发微湿。

　　走近之后，还能闻到洗发水的清香。

　　喻茉忽然想起之前打电话时听到的水声，以及他那句"你时机挑得不错"，顿时恍然大悟。

　　——原来他那会儿在洗澡。

　　脑子里情不自禁地邪恶了一瞬，喻茉连忙敲醒自己。

　　色即是空，空即是色。

　　洗澡带什么手机……

　　沈怀南其实并没有洗澡带手机的习惯，他只是怕错过她的电话，才时刻把手机带在身边，连洗澡也不例外。

　　"抱歉，应该我先联系你的。"

　　公司才刚起步，要处理的事情很多。他原想等手里的工作理顺之后再联系她，却不想只顾着自己的节奏，忽略了她的感受。

　　"我原本打算明天过来找你。"他解释道。

　　"我知道你很忙。"

　　这么忙还能一接到她的电话就过来，她已经很开心了。

　　"你的衣服。"喻茉将风衣递给他。

　　还风衣只是借口而已，想见他才是真的。可现在见了面，倒又不知道该说什么了。

　　沈怀南接过衣服，也沉吟了一会儿，然后问她："一起走走？"

　　"嗯。"

　　经院女生宿舍的对面就是芙蓉湖，中间只隔着一条不宽不窄的校道。湖边有大片的绿草坪和棕榈树，是情侣幽会的好地方。

　　喻茉和沈怀南并肩在湖边散步，看到不少学生会的人正在绕湖一圈布置场地，还有人在发传单。

　　"同学，周六晚上八点，新年游园会。"

　　"新年游园会，过来看看。"

　　"有歌舞有灯谜还有鬼屋……"

　　喻茉也被硬塞了一张传单。

　　"新年游园会，最适合跟男朋友一起来玩。"

　　"……"

　　喻茉推不掉，只好接下来，待发传单的同学走开后，才晃了晃手里的传单，对沈怀南说："好像很好玩的样子。"

"要来吗？"沈怀南问。

"应该会跟舍友一起来吧，反正也没什么事……"

"刚才那位同学说跟男朋友一起来最合适。"

喻茉："……"

没有男朋友连游园会也不能参加了吗？

喻茉有些幽怨，同时期盼着沈怀南会约自己。结果她盼啊盼，一直到周六晚上七点五十九分，都没有盼到他约她。

说不失望是假的。

他当时刻意强调"男朋友"，她还以为他会……

可能他还有工作要忙？

喻茉这样自我安慰。

舍友们还在为参加游园会做准备。

林路遥在挑衣服——她已经挑了快一个小时了，举棋不定犹豫不决。

赵文敏在挑鞋子——她试图挑一双最平的平底鞋出门，以免到时候傲视群男。

至于秦甜甜……她跟喻茉一样哀怨，口中念念有词——

"这个周洋，明明说好一起去游园会玩，居然放我的鸽子，说有比参加游园会更重要的事情要做。什么鬼嘛，这个网瘾少年多半是在宿舍打游戏。我再也不想理他了！除非他当面向我道歉！"

喻茉："……"听起来明明很想理他的样子。

"茉茉，你家男神呢？也没有约你吗？"

"没有……"

"不会吧？难道计算机系的男生都这么不解风情？"

"可能他也有比参加游园会更重要的事要做吧。"

喻茉继续自我安慰。

一直到八点半左右，宿舍四人才全员出发。

游园会的场地就在芙蓉湖畔，绕湖一圈挂满了大红灯笼，远远望去节日气息十足。

"先玩什么呢？"林路遥问，望着湖边大大小小的摊位，已经看花了眼。

赵文敏扫视一眼现场，说："从第一个开始，挨个玩过去。反正咱们四个都没有约会，有的是时间。"

喻茉泪目。

她多想有约会呀！

不对，确切地说是，多想跟男神约会。谢远有约过她，被她拒绝了。

这样特殊的日子，如果不能跟喜欢的人一起过的话，那还是一个人过吧。

宁缺毋滥。

游园会的第一个摊位是算卦。一张方形桌子前，站着两个男生。两人都戴着独眼眼罩，一个戴左边，一个戴右边。

还挺对称的。

独眼双雄看见她们走过去，立马挥手揽客。

"同学，算卦吗？我们这卦是在普陀寺开过光的，一算一个准。"

"……"

一听就是在胡说八道。

喻茉不感兴趣，舍友们却兴致勃勃。

秦甜甜："那你给我们算算，今晚会不会交桃花运？"

林路遥："我要算一下这学期能不能拿到奖学金。"

赵文敏："我只求能够抢到春运回家的火车票。"

喻茉被舍友们的认真雷到了。

独眼双雄却一本正经，一番"天灵灵地灵灵"的装神弄鬼之后，其中一雄说："奖学金会有，火车票会有，桃花运也会有，不过——"

另一雄接着讲："你们之中，只有一个人今晚会有桃花运。让我看看，到底是谁。"

说完，这位仁兄睁开他那快小成一条线的火眼金睛，在喻茉四人之间来回看了几圈，然后从摊位下拿出一枝红玫瑰，递给喻茉，说："恭喜你同学，你今晚会有桃花运。"

"喊——"秦、赵、林三人异口同声，"还不是因为她长得美。"

喻茉："……"

独眼双雄："嘿嘿，长得漂亮的姑娘，运气总是会比较好。"

众人："下一个摊位……"

第二个摊位是猜灯谜。

智商一百八的喻茉，因为长得漂亮，又被摊主硬塞了一枝红玫瑰，至于灯谜——摊主说长得漂亮的姑娘，不需要猜谜。

众人："……"

"喻茉，说实话，这些人是不是你请来的演员？"秦甜甜一脸心碎地说。

喻茉："……"

她哪有那么大的面子？

第三个摊位是射气球。

喻茉一个气球都没有射中，临走时摊主也送了她一枝红玫瑰，安慰她重在参与。

"……"

今天是怎么回事？

难不成真的交桃花运了？

第四个摊位，第五个摊位，第六个摊位……半圈芙蓉湖绕下来，喻茉手上的红玫瑰已经由单枝变成了一束。

全是摊主送的。

喻茉忍不住环顾四周，想看看周围的人有没有收到红玫瑰的，结果是——没有。

全场只有她一个人手里拿着玫瑰，而且越往后走，摊主们的演技越浮夸，明显不是因为她长得漂亮才送她玫瑰那么简单。

喻茉还注意到，舍友们一开始看到她收到玫瑰时，还有些小怨念，越往后走，她们变得越兴奋，简直比自己收到了玫瑰花还兴奋。

"你们在兴奋什么？"她忍不住问。

秦甜甜："替你高兴啊！说不定这些演员是你的追求者请来的。"

"……"

不可能吧。

喻茉想了想，自言自语道："好像没有人追求我啊？"

难道是谢远？

谢远今晚约她时，语气确实有点不同寻常。

但她已经拒绝了他的邀请，他应该知道她的态度了吧？

不是谢远的话，会是谁呢？

"你再仔细想想，确定没有人追你？"秦甜甜歪着头问，不停地朝她挤眉毛。

赵文敏道："说不定人家只是追得比较含蓄。"

追得比较含蓄？

喻茉在脑中仔仔细细地搜寻，在学校里跟她有过交集的男生，除了系里的同学之外，就是谢远和周洋，大侠和款爷勉强算一个，最后就是……

沈怀南！

天！

喻茉差点没叫出来。

"真……真的是他吗？"喻茉问秦甜甜，直觉告诉她，秦甜甜应该知道些什么。

秦甜甜却一脸莫名其妙："谁啊？"末了，忽然明白过来，立马兴奋道，"你家男神？天啦！如果真的是他的话，那这也太浪漫了！"

喻茉慌忙摆手："不一定是他啦，我瞎猜的。"她还以为秦甜甜知道呢。

赵文敏和林路遥听到秦甜甜的话，也都兴奋得不得了，推着喻茉往前走。

"快点！收完所有的玫瑰花，就能知道到底是谁了。"赵文敏道。

喻茉的心里也很激动，一面期待不已，一面又害怕期待落空。

剩下的半圈走得特别快，每到一个摊位，摊主都会直接送给喻茉一枝红玫瑰。收完玫瑰，他们就奔向下一个摊位。

没一会儿就到了最后一个摊位——定点投篮，只限女生。

这一次摊主没有直接送给喻茉玫瑰，而是让她投篮。

"你可以选择站在三分线上、罚球线上和罚球线内投篮。站在不同的位置上进球，得到的分数不一样。在三分线上进球得三分，在罚球线上进球得两分，在罚球线内投篮得一分。累计得三分，我就会送给你一份小礼品。当然了，如果你不会投篮的话，让男朋友帮忙投也行。"

这份小礼物应该就是最后一枝红玫瑰吧。

喻茉很想知道筹备这一切的那个人是不是沈怀南，可她既不会投篮，也没有男朋友。

"女朋友可以吗？"喻茉想起赵文敏高中时是女子篮球队的。

"不行，必须是男朋友。"

性别歧视啊！

"这么漂亮的姑娘，没有男朋友实在是太不科学了。"摊主一副很伤脑筋的样子，想了几秒，然后说，"要不这样吧。我投篮的技术还行，做我的女朋友怎么样？做我的女朋友，我把最后一枝红玫瑰送给你。"

喻茉：不会吧？

看着摊主圆滚滚的大脸上那一双圆滚滚的眼珠子，喻茉本能地往后退了两步。

倒不是她歧视圆滚滚，实在是……

心理落差有点大。

她怎么也想不到，送给她最后一枝红玫瑰的人，会是这位素未谋面的圆滚滚摊主。

"我……"她正想说玫瑰我不要了，篮球也不投了，礼物你自己留着。

摊主却笑眯眯地打断她："别急着拒绝，我这话是替你身后的人说的。"

身后？

喻茉闻言惴惴不安地往后转身，心中期待与忐忑并行。

周围的人都安静下来。

舍友们脸上的表情激动到了极点。

她转过身，抬起头，一眼看见心心念念的那个人。

真的是他！

喻茉又惊又喜，激动地捂住嘴，热泪涌上。

沈怀南穿着笔挺西装，嘴角带着矜持淡然的笑，将最后一枝红玫瑰交到她手上，等待她的答复。

答案自然是——愿意。

周围响起剧烈的欢呼声。

喻茉有点不好意思了，拉着他就想往树林里跑。

"等一下。"沈怀南牵着她走到篮筐外的三分线上，"现在你有男朋友了。你男朋友投篮的技术还不错。不试一试？"

喻茉还没有从男神变男友的荡漾中回过神来，同时也有一点点不适应身边多了个男朋友。她眉眼低垂，说："那你试一下。"

沈怀南弯唇淡笑，一手牵着她，另一只手接住圆滚滚摊主扔过来的篮球，在手上转了个圈，然后随意地往空中一抛。

三分到手。

"厉害厉害，恭喜这位美女觅得良人。这份小礼物送给你。"圆滚滚摊主演得很投入。

喻茉略囧："谢谢……"然后拉着沈怀南离开了游园会现场。

围观群众也渐渐散了。

秦甜甜左右寻了一圈，终于看到周洋在不远处朝她招手。

"我的演技不错吧？"她跑过去问，笑得一脸得意。

周洋重重点头："精湛。今晚的演员里数你的演技最棒，奥斯卡欠你一个奖杯。"

"那你发给我呗。"

"那有什么问题？"周洋爽快地走到三分线上，对圆滚滚摊主说，"我帮她投篮。你给她颁个奖杯。"

秦甜甜当下就急了："喂。只有男朋友才可以帮忙投篮好吧！"

周洋一脸坦然："咱们是朋友吗？"

"是。"

"我是男生吗？"

"是……"

"那不就行了？"

说完，周洋接住圆滚滚摊主递过来的篮球，大手一挥——没进。

这就有点尴尬了。

另一边，喻茉打开圆滚滚摊主送的礼盒，发现里面是一把钥匙。

"这是……"她疑惑地看向沈怀南，用眼神询问：该不会是你家的钥匙吧？

沈怀南微微颔首："你可以随时来查岗。"

"我才不是那种……喜欢查男朋友岗的人呢。"喻茉一边小声嘟囔，一边开心地收起钥匙。

沈怀南莞尔，牵着她的手走过草丛和树林，远离喧嚣热闹的游园会场，沿着青石板铺成的蜿蜒校道，悠闲地散步。

当新年钟声敲响的时候，他侧过头，在她的头顶吻了一下。

"喻茉，新年快乐。"

喻茉红着脸，垂下头，紧紧拽着他的手，与高中时代每一次和他不期然的偶遇一样，兵荒马乱。

"你也是。新年快乐。"

她低声说，忽然想起来："我还没有给你准备新年礼物。"她仰头看向他，一双雾蒙蒙的眼睛里满是内疚。

沈怀南揉揉她的头：

"我已经收到了。"

最好的礼物。

随着新年钟声的敲响，天上燃起五花十色的绚丽烟火，照亮整个夜空。校园里的欢呼声响彻天际，许久许久才平静。

喻茉拉着沈怀南的手，站在宿舍楼下依依不舍。身边人来人往，她的眼里却只有他。

"我要回宿舍了……"她小声说，却一点要上楼的意思也没有。

这句话后面的未尽之意是——我要回宿舍了，可我一点也不想走。

小小的心思全部写在脸上。

沈怀南自然是明白的，他将她的不舍尽收眼底，弯唇问："要去我那里吗？"

喻茉当然是想去的。

现在她心里的幸福感已经爆棚了，单单只是一想到他是自己的男朋友，就高兴得能飞起来，哪里舍得跟他分开半分钟？

恨不能时时刻刻与他在一起。

可是……

万一她以后每天都不舍，那岂不是真的要同居了？

这不太合适……而且她也不忍心让他睡沙发。

喻茉想了一下，抿着嘴摇头："还是住宿舍吧，舍友们应该还在等我回去。"

沈怀南："好。我明天早上再来接你。"

喻茉闻言稍愣，仰起头，一双漂亮的眼睛眨巴眨巴："接我干什么？"

沈怀南被她呆萌的样子暖到了，弯唇看了她几秒才说："约会。"

约会？

喻茉又愣了一下。

对耶！她现在跟他是男女朋友了。

当然要去约会。

她怎么这么后知后觉……

喻茉不好意思地笑了笑，说："我没有经验……"

等等，这话听起来怎么像是在说——男神你经验真丰富，还知道交了女朋友要约会。

"……"

这可算不上褒奖。

喻茉连忙改口："我的意思是，我没有你经验丰富……"

完了，越描越黑了。

再说下去他会不会现在就跟她分手……

她可不想一恋爱就失恋。

喻茉索性开溜："那个……我先回宿舍了。明天见。"说完就跑，没有一丝一毫的留恋。

沈怀南："……"

刚才那个依依不舍的人去哪里了？

沈怀南目送自己的新晋小女朋友进了宿舍楼之后，才兀自哼笑了一声，回到车里给她发了一条信息。

另一边，喻茉捧着一大束红玫瑰慢悠悠地爬上楼，心里哼着小曲儿，那个开心呀！

一进门，就被舍友们团团围住。

秦甜甜："茉茉，快让我抱一抱你的玫瑰花，沾点桃花运。"

这又不是婚礼捧花，还能传递桃花运？

喻茉好笑地将花递给秦甜甜，然后问："今晚的事，你们是不是早就知道了？"

秦甜甜还在使劲儿地蹭桃花运，没空搭理喻茉，回话的是林路遥——

"是啊。我们演得不错吧？为了拖延时间，好让你家男神做准备，我挑衣服挑到快吐血了。"

"其实我们一开始并不知道你家男神的全部计划。我们只负责把你拖到八点半再出门，同时确保你从第一个摊位开始一一逛过去，一个都不能漏。"

"想不到你家男神那么浪漫，一出手就是一个大招。我也好想要一个这样的男朋友啊啊啊——"

喻茉："……"

不好意思啊。

仅此一家，绝无分号。

嘿嘿。

喻茉逃出舍友们的包围圈之后，飞快地去浴室冲了个澡，美滋滋地爬上床，打开手机，看到沈怀南半个小时前发来的信息。

沈怀南：我也没有经验。

沈怀南：一起慢慢探索。

咦？

意思是……她也是他的初恋？

啊啊啊——

喻茉的内心在狂欢。

大半夜的她不敢笑出声，只好咧着嘴无声地暗笑，巴掌大的脸笑成了一朵花，笑了好一会儿才回复沈怀南的信息：到家了吗？

发完之后，她抱着手机等了几秒，然后切到编辑联系人界面，将沈怀南的备注改了。

与此同时，沈怀南的信息也发进来了。

于是，当她重新点开聊天对话框时，上面是这样显示的——

我的男朋友：到了。正在洗澡。

喻茉：……

男神你真的不用这么坦诚的。

身为一个正直的人，在凌晨一点半得知男朋友边洗澡边跟自己聊天，她当然应该——

心如止水啊！

色即是空，空即是色。

美色什么的，都是白骨。

白骨。

正直的喻茉不为美色所动：那你继续……

我的男朋友：还不睡？

喻茉：刚躺下。睡不着。

我的男朋友：明天就能见面了。

他就这么肯定她是因为想他，才睡不着的吗？

好吧。

是的。

喻茉很没出息地又被男神猜中了心思。

又对着手机傻笑了一会儿，她回复：明天见。晚安。

发完信息之后她没有马上关手机，直到收到对面回复的"晚安"，才心满意足地闭上眼。

一夜好梦。

第二天，喻茉睡到上午九点才睁开眼。

起床后的第一个意识时——

她有男朋友了，嘿嘿。

第二个意识——

男神说早上来接她！

啊啊啊——恋爱后的第一次约会，她居然睡过头了！

跳下床之后，喻茉又发现这个说法不太准确。

男神好像没有说几点来接她。

说不定他也还没起床呢？毕竟昨晚睡得那么晚。

这样一想，喻茉就心安理得多了，一边刷牙一边关闭手机的飞行模式。

一颗牙还没刷完，手机就叮咚叮咚地响了好几声，大部分是应用程序推送来的消息。其中一条是"我的男朋友"发来的短信。

喻茉开心地弯起唇，查看信息。

我的男朋友：我到你宿舍楼下了。

已经到了？

喻茉一怔，再看一眼信息送达的时间——七点三十二分。

"……"

她居然让他等了将近一个半小时。

罪过罪过。

喻茉连忙拨通男神的电话。

"喻茉。"

他的声音还是一如既往充满磁性，听得喻茉心里一阵酥软，声音也跟着变得软糯：

"对不起，我刚开机……"

电话的另一端，沈怀南正坐在车里敲代码，笔记本电脑放在腿上，他嘴角含着淡淡的温柔的笑容："不用感到抱歉，是我来早了。"

他没有说几点来接她，就是想让她睡到自然醒。

喻茉："等我十五分钟。我很快下去。"

沈怀南仿佛隔着电话线都能看到她手忙脚乱的样子，他莞尔："不着急的，我这边也还有一点工作要处理。"

挂断电话之后，沈怀南忽然没有心思工作了。

知道她会来，他就忍不住往她来的方向看，想第一时间看到她。

想不到他也有迫不及待等一个姑娘的时候。

沈怀南自嘲地笑了起来，那自嘲之中又带着某种能称为甘之如饴的东西，他合上笔记本电脑，下了车。

一月的鹭市已入冬，海风里藏着刺骨的冷，落叶萧萧索索地随风飘摇着。阳光穿过厚厚的云层，将所剩无几的暖意洒向大地。

沈怀南穿着衬衫和薄毛衣，外面套一件墨绿色羊绒大衣，下半身是牛仔裤和休闲鞋，量身定制般合身挺拔。他双手抄在大衣口袋里，半倚在车旁，眉眼微垂，嘴角含着似有似无的笑。

喻茉下楼时，看到的就是这番景象。原本火急火燎的心，在这一刻静了下来。

她一直都知道他长得很帅，可是这一刻还是情不自禁地犯起了花痴。

出入宿舍楼的女生们也都跟她一样，有明晃晃欣赏的，也有半遮半掩偷看的，还有拿手机偷拍的。

"……"

这位帅哥已经有主了噢！

喻茉在心里得意，这时他似乎感受到了她的目光，抬起眼来，与她四目相对。

心猛地颤了一下。

她压下心中的雀跃，冲他弯唇一笑，小跑过去，有些不好意思地说："让你久等啦。"

沈怀南不以为意："上车吧。"

"嗯。"

上车时，喻茉看到沈怀南放在后座的笔记本电脑，想起他之前在电话里说有点工作要处理，于是问："你的工作处理好了吗？"

沈怀南一面帮她系安全带一面回答她的问题："不是紧急的工作。"

"这样啊……"

喻茉垂下头，心中宛若擂鼓。他刚刚突然靠过来拉安全带时，她还以为他要亲她……

他靠得那么近，说话的温热气息直接扑在她耳畔。

好慌。

"怎么了？"沈怀南回身启动车时，注意到她在发愣。

"没什么。有点饿了……"喻茉慌忙回神，随口找了一个借口，然后脸就红了。

她这一脸红让沈怀南反应了过来，看穿她在心慌什么了。

倒是让女朋友失望了。

沈怀南兀自笑了笑，愉快地说："带你去吃早茶。"

南方很多城市都有吃早茶的习惯，鹭市也不例外。周日的茶楼人满为患。

喻茉和沈怀南去得晚，没有单独的双人桌，和一群老太太拼了一桌。

与人拼桌，聊天就不太方便了。于是喻茉全程低头吃吃吃，聚精会神、全神贯注，几乎没有看沈怀南一眼。

沈怀南："……"

看来是真饿了。

"还要加点东西吗？"他问。

"不用，不用。已经够多了。"

喻茉此时正吃着自己的香菇青菜瘦肉粥，抬头时看到他碗里的大虾，忽然想起以前在网上看到的一个搞笑视频。

视频拍摄的是几对情侣一起吃饭，女生夹给男生一片青菜叶，然后把男生碗里的肉夹回来，等男生的反应。大部分男生是目瞪口呆，然后觉得自己交了一个假女朋友。

好想看男神目瞪口呆的样子。

喻茉暗戳戳地想。

酝酿几秒情绪之后，她无比坦然地夹起自己碗里的青菜，放进他的碗里，同时将他碗里的大虾夹回来，然后笑眯眯地等待他的反应。

结果是——

他极其自然地把自己碗里的另一只虾也夹给了她。

"这么喜欢吃？"他抬眼笑问。

男神你一定也看过那个视频吧？

"嗯……呵呵……"喻茉尬笑两声，埋头吃东西，心里有点感动。

现在她可以去知乎回答——有一个不会跟自己抢东西吃的男朋友，是一种怎样的体验了。

吃完早茶之后，两人就去了电影院。

对于两个恋爱经验为零的新手来说，吃饭、逛街、看电影是最容易实践的约会方式。

中午的电影院人不多，喻茉选了一部国外爱情片。

排队检票进场时，她听到男神说："晚上和周洋他们一起吃饭。"

"今晚吗？"

"嗯。"

"好。"

喻茉没有多想，几步之后，她问："是有什么特别的事要庆祝吗？"

如果是的话，那她得提前准备一下了。毕竟这是她第一次以男神女朋友的身份，出席他们宿舍的聚会。

喻茉正在心中猜测会是什么重要的事，却听他云淡风轻地说：

"庆祝我脱单。"

"……"

男神你考虑过舍友们的感受吗？

据她所知他跟她一样，是宿舍里唯一脱单的幸运儿。也就是说，余下三只都还是"单身汪"。

喻茉仿佛已经听到周洋痛心疾首的吐槽声了。

沈怀南好似看出了她的心思，甚是坦然地将嘴角一勾，又道："好不容易交到一个漂亮女朋友，不显摆一下怎么行？"

"……"

他说要显摆她……

这让她……如何拒绝？

放映厅里的人不多，坐着零星几对情侣。喻茉和沈怀南坐在最佳观影区，正前方坐着一对穿着情侣装的情侣，看样子应该也是大学生。

喻茉看一眼男神的着装，再看自己的，一点都不"情侣"。

不知道男神会不会觉得穿情侣装的行为很幼稚……

喻茉在心中暗暗揣测。

电影很快开始。

国外的片子比国内的尺度大，尤其是爱情片，没放几分钟，男女主角就吻上了。

与此同时，坐在喻茉正前方的那对情侣，也吻上了。

"……"

谜之尴尬。

喻茉连忙移开眼，同时偷偷瞟了男神一眼。他倒是不动如山，完全没有受前方裸眼 3D 版热吻的影响。

他怎么这么坦然？

莫非是她心术不正才会觉得尴尬？

这部爱情片还有另一个特点——吻戏特别多。半小时内男女主已经吻了不下于五次了。

前排那对情侣也是。

"……"

就这么感同身受情难自禁吗？

这可是公众场合啊！

太辣眼睛了。

喻茉不得不再次移开眼，不料眼角一晃，发现男神正注视着她，以一种——

情难自禁的眼神。

喻茉慌忙转回眼看向大屏幕，一颗心扑通扑通直跳。

男神刚才是想亲她吗？

这个想法一旦出现在喻茉的脑海中之后，就挥之不去了。

余下的时间，她几乎把这部爱情电影看出了小黄片的体验。

男女主只要一情难自禁，前排的那对情侣就情难自禁，然后她的心里就开始七上八下，揣测男神会不会也情难自禁……

她也不知道自己是希望他情难自禁，还是不希望。

就这么忐忑不安地过了不知道多久，电影里的男女主上演床戏了。

喻茉尴尬得恨不能直接闭上眼。

和男神确认关系后的第一天，他们竟然一起看了一场热情似火的隐晦床戏。

好想静静。

就在喻茉不知道该把眼睛往那里放时，眼前忽然多了一双大手。

然后，耳边传来男神低哑磁性的声音：

"少儿不宜。"

温热的气息让她的心神如电击般微微颤动。

她几乎可以感觉到他的唇在她的耳边动。

"我……我成年了……"

她小声说，声音略显干涩。

"是吗？"他声音一顿，"那很好。"

眼前的大手移开，喻茉睁开眼，大屏幕上的床戏已经过了。

她暗暗松一口气，思绪刚要重新转回电影上，忽听他喊了她一声："喻茉。"

"嗯？"

她应声转头。

下一秒——

猝不及防地——

被他吻住了。

温热湿润的触感从唇畔传来。

喻茉呆住了。

时间也与她的大脑一样，为这一瞬间留了白。

沈怀南跟周洋、大侠和款爷约在西校门外的一家云南菜餐厅。餐厅内播放着优美的葫芦丝轻音乐，梁上挂着竹编灯笼，墙壁上是大大小小的牛头骨，十分具有异域风情。

一进门，喻茉就看见周洋坐在大厅里朝他们挥手。

"走吧。"沈怀南极其自然地牵起她的手，大步走过去。

喻茉默默地跟上，还没坐定，大家就热情地喊了起来：

"嫂子好。"

"嫂子，快过来坐。"

"你们可算是来了。我还以为你俩光顾着约会，把聚餐给忘了呢。"

最后一句话是周洋说的，他说到"光顾着约会"时，朝沈怀南暧昧地挤了一下眉毛，好似知道他们约会时干了些什么。

这让喻茉不禁又想起电影院的那个吻，忍不住脸红心跳起来。

她心虚地抬起手跟大家打招呼："大家好。"

"坐吧。"沈怀南帮她把椅子拉开。

喻茉轻轻地"嗯"了一声，然后坐下。她的位置在沈怀南的左手边，另一边是周洋，大侠和款爷坐在对面。

在他们来的路上，周洋已经提前点好了菜。

等待上菜的空隙。周洋提议玩一局《王者荣耀》："我们正好五个人。黑一局怎么样？"

大侠连声附和："好啊，好啊。正好可以见识一下嫂子的操作。"

喻茉："……"

吃个饭都不忘玩游戏，真是网瘾少年啊！

喻茉很纠结。

她还没有跟男神坦白马甲的事，一起开黑的话，就全暴露了。可是拒绝的话，又显得太心虚。

正在喻茉天人交战之际，忽然听到沈怀南语气悠悠地说："你们已经见识过了。"

众人："？？？"

喻茉："……"

男神居然当众扒了她的马甲……

也罢。反正早晚都要戳穿最后一层窗户纸的，事到如今她也没什么好遮遮掩掩的了。

"呵呵。"喻茉尴尬地笑了两声，然后主动说，"我们之前一起组团开黑过。"

众人依然一脸蒙——什么时候？

这时，沈怀南已经登录游戏，向大家发出了组队邀请。

然后，蒙了的三人同时发出了一声惊呼："你就是那个坑货外甥女！"

喻茉："……"

懂不懂礼貌啊！哪有当面说人家是坑队友的？

喻茉进组后发现，男神专门用来带她玩的小号已经升到了钻石段位。而她现在还是铂金段位。

按道理说，他们每次都一起玩，升段的速度应该一样才对。现在他却比她高了一个段位。

这只有一个原因——

"你是不是背着我跟别人玩了？"喻茉问沈怀南，一脸怨念。

结果不等沈怀南回话，桌上的单身汪天团就先幸灾乐祸起来了——

大侠：哎哟妈呀，跟别人一起玩游戏都不行。嫂子管得可真严。南神你完了。"

喻茉："……"她只是问一句而已，哪里管了？

款爷："这就是我不找女朋友的原因。太不自由了。对了，嫂子，有漂亮姑娘介绍给我吗？肤白貌美腿长腰细的那种。"

喻茉："……"你不是放荡不羁爱自由吗？

周洋："老沈啊，嫂子生气了，你还不快哄哄。"

喻茉囧："我没有生气……"

莫非她刚才情绪太激动，说话的语气太严厉了？

喻茉自我反省："我单纯只是询问。真的。"

男神你千万不要误会啊！

喻茉用无比诚挚的眼神向身旁的人，向他传递脑电波，希望他能明白她并不是喜欢管男朋友的女生，也不会限制他的自由。

孰料他却对她的脑电波熟视无睹，气定神闲地拎起茶壶往她的杯子里加茶，一边斟茶一边慢悠悠地说："管得严总比没人管好。"

这甘之如饴的语气让前一秒还幸灾乐祸的单身汪天团，瞬间受到了一万次暴击，整张餐桌上方都飘荡着他们的怨气。

没人管——说的不就是他们？

"嫂子，你得好好管管他，不带这样刺激人的。"大侠无比哀怨地说。

"管不了哎。我要给他自由。"她表现得通情达理，说完之后端起茶杯假装喝茶，嘴边荡着一朵小花。

沈怀南将喻茉脸上的小荡漾尽收眼底，他好心情地睨她一眼，回答她前面的问话："我带他们三个玩过几次。"

喻茉："这样啊……"

"以后不带了。"

"啊？不用不用，跟男生一起玩还是可以的……"话一说出口，喻茉就发现自己暴露本性了。

——刚才还说要给男神自由来着。

这脸打得可真快。

喻茉讪笑着解释："我的意思是——"

好吧，她就是这个意思。

"只可以跟男生一起玩。"她弱弱地说。

然后，她就被单身汪天团群嘲了：

"说好的给他自由呢？"

相对自由嘛。

喻茉继续讪笑。

沈怀南则一副很享受的样子，淡笑道："遵命。"

单身汪天团："……"喂，男人的尊严呢？就这么毫不反抗地沦为妻管严真的好吗？

游戏很快开始。

周洋用的英雄依旧是他最擅长的庄周。

"嫂子，我给你打辅助。"他特豪爽地说。

喻茉操作着她的甄姬，摇摇头："不用。我男朋友辅助我就行了。"

"……"知道你有男朋友，不用特意强调。

周洋操作庄周骑着一条鱼跟在喻茉的甄姬身边，说："你男朋友用的那个英雄不是用来打辅助的。"

喻茉："不要紧，他玩什么都厉害。"

"……"花式炫男友？

周洋决定今晚不跟这对一开口就虐狗的情侣说话了。

被喻茉和周洋讨论的这位男朋友则好心情地勾着唇，对自家小女朋友说："别冲在前面，到我身边来。庄周，去前面承受伤害。"

周洋："……"他今晚承受的伤害还不够多吗？

虽然周洋极不情愿，但他还是冲出去了。因为他操作的庄周是坦克，生命值极高，承受伤害是他的使命之一。

喻茉则快速操作甄姬躲到沈怀南身后，心里有点欢喜。虽然只是打游戏，但她还是被他那句"到我身边来"电了一下。

最喜欢在他身边了。

嘿。

……

五人配合打了没一会儿，敌方就投降认输了。

"这也太快了吧？"大侠意兴阑珊地说。他还一个人都没有杀，就这么躺着打了一把酱油，真不甘心。

款爷跟大侠一样，正在野区杀怪，莫名其妙就赢了。

周洋倒是刷了不少存在感——毕竟死了四五次。

喻茉则再一次非常无耻地躲在沈怀南身后拿了全场最佳。她特满足地放下手机，然后问沈怀南："你是什么时候发现我知道自己掉马了的？"

沈怀南："你第一次去我家的时候。"

第一次去他家……那不是她扒掉他马甲的时候吗？

"因为你看到我在套大侠的话吗？"她问。

"不是。"沈怀南悠悠地喝了一口茶，"因为你睡了我的床却没有跟我说。"

这话听着有点绕。

喻茉在脑子里细细理了一遍，他的意思大概是——

她在男神家过夜了，却没有在游戏里向大神报备。显然她已经知道男神就是大神了。

这也太明察秋毫了吧。

说不定她只是忘了说呢？尽管这种可能性不太大，毕竟她以前每一次跟"男神"稍有进展就会向"大神"报备……

喻茉在心里暗暗佩服他的观察力。

这时坐在对面的款爷突然兴奋地说："对方那个小乔加我好友了。看头像是个美女！哈哈。想不到我也有被美女主动加好友的一天。看来我的春天要到了。"

"……"喻茉再一次在心里吐槽：你不是爱自由吗？

周洋则提醒款爷："头像都是骗人的。小心见光死。"

款爷："别这么悲观。咱们嫂子不也是南神在网上找到的吗，网恋也有靠谱的。"

咦？

网恋？

喻茉看向沈怀南：我们什么时候网恋了？

下一秒——

大神该不会早就喜欢上游戏里的她了吧？

又过了一秒——

"如果我不是'一朵茉莉'的话，你这样算不算出轨啊？"

单身汪天团："……"嫂子你非要跟自己过不去吗？这个问题简直比千古难题——"我和你妈一起掉进水里，你先救谁"——还要难回答啊！

然而很快他们就明白自己为什么是单身汪了。

"因为是你，我才网恋。"沈怀南回答得甚是云淡风轻。

喻茉心中一暖，抿着嘴笑了起来，然后殷勤地给自家男朋友夹一块肉，甜甜地说："来。多吃点肉。"

"……"

单身汪天团再一次受到暴击。

他们今晚为什么要来吃这顿饭？宅在宿舍打游戏不好吗？

自从男神变成男友之后，喻茉的幸福指数就开始直线上升，那勾着笑容的嘴角时时刻刻都能翘到天上去。

这让同宿舍的三只单身汪很不满。

"茉茉，你一天到晚到底在傻乐什么？咱们系里谈恋爱的女生不少，被爱情冲昏头脑到你这种程度的还真是少见。"秦甜甜忍不住吐槽。

"我什么时候傻乐了？"喻茉指着自己的嘴巴，"我这叫微笑嘴，天生的。"

秦甜甜翻个白眼："在你跟你家男神好上之前，我可没听说你天生一张微笑嘴。喻茉啊，我发现你现在胡说八道起来越来越坦然了，没有半点心理包袱。你该不会是被男神带坏了吧？"

可能吧。

毕竟她最近跟男神在一起的时间很多。

自从恋爱后，她和男神除了上课和睡觉之外，其余时间基本都在一起。

虽说在一起时也不全是在约会，大部分时候都是在他的公司，他工作，她则在旁边写作业，但——

天天在一起会不会太歪腻了？

喻茉有点担心。

"你们觉得，热恋期一天见几次面比较合适？"她顶着被群嘲的压力弱弱地问。

结果还是被群嘲了——

"别人考虑的一般都是几天见一次面。喻茉同学，你中毒很深啊！"

"……"是这样吗？

好吧，可能她真的中了大神的毒。

喻茉自我反省三分钟，然后问秦甜甜："你们上次说想一起去逛街？"

秦甜甜点头："怎么，你现在有空见我们了？"

"……"她不是每天都在跟她们见面吗？同吃同住同睡觉……

喻茉汗一个，然后说："要不就今天吧？我们好久没有一起逛街了。"

"我没问题啊。文敏和路遥呢？"秦甜甜转头问宿舍的另外两只。

赵文敏："我没问题。"

林路遥："我还有点作业要写，给我半小时。"

"OK！"

等林路遥的空隙，喻茉给男神发了一条信息。

另一边，沈怀南正在办公室里跟周洋说事情，正说到要紧的地方，短信铃声忽然响了起来——

"你的女朋友来信息了噢～！"

提示音是喻茉的声音，甜甜糯糯的，最后一个"噢"字里洋溢着满满的甜蜜。

周洋当时就受到了一万点伤害——这两人有完没完啊！生怕别人不知道你有女朋友了是不是？

"有意思吗？"周洋顶着满脸黑线问。

不等沈怀南回答，喻茉的声音又响了一次——

"你的女朋友来信息了噢～！"

周洋："太腻歪了！"

"是吗？"沈怀南愉悦地勾了勾唇。

他怎么觉得甜度刚刚好？

这条录音是前几天喻茉拿他的手机玩时录的。

那时候她写完作业，觉得无聊，窝在沙发里打游戏。结果玩了没一会儿——

"大神，我被举报'恶意送人头'，被禁赛了。"

"……"并不意外。

"这些人真是太过分了。我是因为操作烂才会一直死啊，哪里恶意送人头了？"

他强忍着笑意："你可以拿我的手机玩。"

"大神你真的太好了！"

"……"敢情她就等着他这句话？

又过了一会儿，她把手机还给他。

"不玩了？"

"不玩了。心太累。戒了。"

"……"听着不太像她的作风。

他抱着探究的心态打开游戏一看，发现自己的账号也被禁赛了，原因是被多个玩家举报"恶意送人头"。

"……"

这招举报的体质也是空前绝后了。

他正想安慰一下她，手机却在这时收到了一条短信。

来信人是——我的女朋友。

他怔了半秒，随后勾起唇看向她。就这么会儿时间，帮他把联系人昵称都改了？

"你的女朋友来信息了噢~！"她指着他的手机，眉眼弯弯调皮地说。

他笑了笑，解锁屏幕，点进另一个程序，然后问："你刚才说什么？"

她十分配合地重复一遍："你的女朋友来信息了噢~！"

"很好。"他飞快地按下保存键，然后点击播放录音。

手机里立时想起她甜甜的声音——

"你的女朋友来信息了噢~！"

"你怎么录音了呀？"她惊道。

他实话实说："觉得好听，就录了。"

"你……哪有那么夸张……"她垂着头窃笑，隔了几秒，忽然眼眸一转，"手机给我一下。"

他当时直接就把手机给了她，没有问她想做什么。想不到她竟把那条录音，设置成了她发消息来时的专属提示音。

倒是很会撩人。

沈怀南兀自哼笑了一声，划开短信。

我的女朋友：我今天约了人。

我的女朋友：你自己玩吧。

"……"

这是打算抛下他了？

沈怀南扬了扬眉，回复：需要司机吗？

我的女朋友：不用。

很好，抛得很彻底。

喻茉和舍友们在火车站附近的明丰商场逛街。

明丰商场一共七层。七楼是家居用品和特卖会专场，六楼经营餐饮。一楼到五楼则是服装、鞋包、珠宝、化妆品等。

一至三楼是高端品牌，里面的商品对于穷学生来说基本上算是天价了。而四至五楼的品牌则相对便宜一些。四人一进商场，就直奔五楼，开始从上往下逛。

几圈下来，大家收获颇丰，大包小包拎了好几个，唯有喻茉两手空空，什么也没有买。

"茉茉，你没有什么想买的吗？"林路遥问。

喻茉瞟了瞟左右两边的商铺，叹一口气："有，但是我没看到。"

"你想买什么，我们帮你一起找。"

她想买……情侣装。

不过说出来的话，会被群殴吧。

喻茉摆摆手："不用啦，这里应该没有卖的。我回头去网上买。"

秦甜甜："你到底想买什么呀，这么神神秘秘的。"

"她想买什么——不是已经全写在脸上了吗？"赵文敏揶揄道。

喻茉尬笑："呃……呵呵……"这么明显吗？

"我知道哪里有卖情侣装的。走，我带你去。"赵文敏大手一招，在前面带路。

秦甜甜则恍然大悟："原来你想跟大神穿情侣装啊！"随后头一歪，问赵文敏，"你又没有男朋友，怎么知道哪里有卖情侣装的？"

赵文敏直接一个白眼砸过去："我路过不行？"

"行……"

四人买完各自想要的东西之后，又在六楼吃顿简餐，然后才打道回府。

从火车站到东大有直达的公交车，一到周末就人满为患，四人等了三趟车才挤上去。

"一会儿你们先回学校。我……还有点事。"喻茉对秦甜甜说。

"要去找你家男神啊？"秦甜甜明知故问。

"嗯……"

"那你今晚回来吗？"

"……"

当然……大概也许……应该要回吧？

沈怀南的公寓在西校门外，离东大约莫一站公交的距离。喻茉等舍友们在西校门下车之后，又多坐了一站才下去。

上楼之后，她拿出他给她的备用钥匙，轻手轻脚地开门进去，想给他一个惊喜。

不料一进门，就跟周洋撞了个正着。她连忙把食指放在嘴边示意他"别出声"。

周洋当即心领神会，回她一个"OK"的手势，然后笑悠悠地晃到大侠和款爷的办公桌中间，道："我们差不多可以下班了。"

"代码还没写完啊！"

大侠和款爷异口同声，皆一脸耿直。

周洋："带回宿舍写呗。"

在这里打扰老板谈情说爱，多没有职业道德。

周洋用下巴指指正蹑手蹑脚往里走的喻茉，让他们自行领会。

大侠 & 款爷："……"老板和老板娘又要开始虐狗了。

喻茉注意到单身汪天团正哀怨地看着她，有难为情地笑着跟他们隔空打招呼，然后继续猫着腰往前走，一路走到沈怀南的办公室外。

他此时正坐在电脑前专注地工作，目不斜视，聚精会神。

没有发现她。

太好了。

喻茉开心地拿起手机给他发短信：抬头。

点击发送之后，她便抬起眼看向他，脸上挂着绝世笑容，等待他的反应。

然而——

让她万万没有想到的是，在信息送达的那一刻，前方响起了熟悉的声音——

"你的女朋友来信息了噢~！"

啊啊啊——

这不是她的声音吗？

她怎么把这茬给忘了？

这里还有吃瓜群众在啊！

突然听到自己的声音的喻茉，僵在原地呆若木鸡，耳朵火烧似的热，额上黑线万丈，脸上的绝世笑容已经凝固。

——真真是太羞耻了。

其实沈怀南早就看到自家小女朋友蹑手蹑脚地进了公司，他好心情地勾了一下唇，继续看电脑显示屏，心思却早已飞到了她身上。时间开始以秒为单位流动。

一分钟之后——

"你的女朋友来信息了噢~！"

手机突然响起。

他愉悦地划开短信，然后配合地抬起头，看见她一脸惊悚地站在门口。

"怎么，被自己的声音吓到了？"

他起身走过去，明知故问。

喻茉："……"差不多吧。突然听到自己的声音从其他地方发出来，是挺吓人的。

喻茉难以想象身后的单身汪天团会有什么样的反应。

事实上，单身汪天团的反应很冷静。

大侠和款爷惊呆了——还有这种操作？单身限制了我的想象力。

周洋则一脸淡然，毕竟早就体验过一次了，他现在已经免疫了。

"惊不惊喜，意不意外？"他调侃道。

大侠 & 款爷："……"这恩爱秀得人猝不及防。

喻茉听到周洋的调侃，心想他们一定在笑话她，当即红了脸，手一伸问男神要手机。

她当时设置这个铃声只是想囧一下他，没想到最后被囧到的人却是自己，他倒一副淡定坦然的样子。

——男神的心理素质真好。

"还是换一个铃声吧。"喻茉说。

闻言，沈怀南面不改色，气定神闲地将手机往西装内袋里一插，婉拒之意不言而喻。

他嘴角弯起一个似笑非笑的弧度，眼尾微微上挑，悠悠地问："约会结束了？"

"……"居然就这么把她的提议无视了。

哎，看来只能以后少给大神发短信了。

用微信……对耶，她竟然还没有加他为微信好友！

不知道男神的朋友圈里都有些什么呢？

喻茉在心里小小期待了一下，然后回答他的问题："不是约会。只是和舍友们一起去逛街。"

"都一样。"

"不一样，只有和你在一起才算约会……"

啊！她又在瞎说什么大实话啊！

喻茉悔恨不已，见男神明显被取悦了，眼底噙着满满的笑意，她更加不好意思了。

难以想象身后的单身汪天团……

"老大，让我们下班吧。求你了。"款爷心都碎了。他好歹也是家里有一座煤矿等着他去继承的男人，怎么就交不到女朋友呢？上次玩游戏时认识的那个小乔，在线上对他挺热情的，可一提见面就顾左右而言他。

喻茉大囧，仰着脸望向男神，弱弱地说："我不是故意的。"

沈怀南给她一个少安毋躁的眼神，然后对款爷做一个"OK"的手势，说："难得周末，确实该给大家放个假。"

单身汪天团："……"呵呵，现在已经是周日晚上八点半了，你跟我说放假？

大侠和款爷满脸黑线。

周洋则潇洒地挥一挥手，走了。临出公司门时，他又想起一件事："下周的校园篮球赛总决赛，嫂子会去吧？"

篮球赛？

喻茉在脑子里搜索了一下这三个字，她不记得大神有跟她提起过。

"什么时候？"她问。

"下周四。我们信息学院对你们经济学院。到时候我和老沈都会上场。你要给哪边加油？"周洋说这话时，一副唯恐天下不乱的表情，很是得意。

喻茉眨眨眼，信息学院对经济学院啊——像她这种"集体荣誉感"强的人，当然是要给……

"还需要斟酌？"男神忽然开口，云淡风轻的语气里带着毫不掩饰的威胁。

喻茉当下就尿了："当然是要给我男朋友加油。"

她心里想的却是——又要被团支书上教育课了。

不过——

虽然被团支书上教育课很可怕，但跟惹怒男神比起来，那完全不值得一提。

两害相权取其轻，她当然选择毫不犹豫地臣服在男神的淫威之下。

单身汪天团离开之后，喻茉想起此行的主要目的，连忙打开书包，掏出一双黑色篮球鞋，托在手里笑眯眯地问："好看吗？"

她仰着头，淡眉弯成了细柳叶，大眼变成了小月牙，漂亮精致的脸蛋上荡着一朵花。

笑得像个孩子。

沈怀南微微颔首："好看。"

奇怪，明明忙了一天，身心俱疲，可不知为何，见到她之后，一瞬间什么疲惫都没了。

"给我买的？"他又问。

"嗯。"喻茉重重点头，献宝一样递给他，"今天和舍友逛街时，看到这双篮球鞋，觉得和你很搭，就买回了。"

沈怀南收下球鞋，问："你逛了一天，就给我买了一双鞋，没给你自己买东西？"

"我……"喻茉犹豫半秒，然后弱弱地说，"也买了一双鞋。"

她本来是要去买情侣装的，可选好之后，又怕被他笑话太幼稚，便改了主意，买了情侣鞋。

一双黑色，一双白色。正好黑白配。

"好看吗？"喻茉拿出自己的白色运动鞋，故作淡定地问。

眉宇间飞着的那一抹淡淡羞涩，却出卖了她。

沈怀南将一切看在眼里，他点了点头，道："好看。周四你就穿这双鞋去看我打球。"

喻茉一愣，刚想问"为什么"，却听他又说——

"我也会穿这一双。"他晃了晃手里的黑色篮球鞋，接着话锋一转，勾唇笑道，"情侣鞋——当然要一起穿。"

不、不用特意强调情侣鞋的啦。

喻茉害羞地垂下头，心情却已飞上天。

太好了。

没有被嫌弃。

Chapter 08
好不容易泡到手的男神，她怎么可能舍得抛弃？

校园篮球赛总决赛在东大体育馆举行。

喻茉早早和舍友们到看台的最佳观赛区占好了位置。

临开场前，她去了趟洗手间，回来时看到好多穿着球衣的男生从男更衣里出来，男生们边走边聊：

"听说咱们经院的五大系花今天都会来。可给咱们队赚足了面子。"

"五大系花里就有四个是名花有主的。你激动什么？"

"不是还有一个没主的嘛，而且我觉得没主的这个最漂亮。上次选院花，要不是她提前离场，院花肯定就是她了。"

"你指统计系的喻茉？擦擦你的口水吧，人家早就跟计算机系的大才子好上了！"

"不是吧？什么时候的事？她是我的女神哎！心碎了一地。"

"新年游园会那会儿。她男朋友那教科书式的表白啊，简直给咱们广大单身狗上了一课——想象力这么匮乏，追不到女朋友是正常的。"

……

喻茉走在这些男生后面，听到他们议论自己，心里有点囧。

她正思索着是停下来等他们走远了再离开呢，还是加快步伐走到他们前面去，忽然被人拍了一下肩。

她回头望去，一眼看到谢远立在自己身后，前后相隔不到半米的距离。

他显然也听到了前面那些男生的话，懒洋洋地调侃："女神来给男朋友加油？"

"别开我玩笑……"

"哪部分是玩笑？'女神'还是'男朋友'？"谢远眉目干净，笑得十分洒脱，眼底藏着只有他自己知道的认真。

真没想到，他和沈怀南不仅看女生的眼光一样，连告白的日子也选在同一天。

游园会那晚，他连台词都想好了，结果却没有机会说出口，因为他打电话约她见面时，被拒绝了。

她那么聪明，想是猜到了他的用意吧。

谢远垂下眼，嘴角勾起一抹苦涩，不等她接话，又道："看到我进球，记得鼓掌。"

鼓励就不奢望了。

不用问也知道，她的全部鼓励只会给沈怀南一个人。

他求个喝彩就够了。

喻茉闻言微微一笑："当然。不管谁进球，我都会鼓掌的。"

谢远："走了。回见。"

大步向前，谢远自嘲地摇了摇头。

最后一句话啊……可以不用说的，给他留个念想也好。

喻茉返回看台时，发现大神的专属啦啦队里多了两个人。

——大侠和款爷。

"你们俩不上场吗？"喻茉问。

大侠："我们原本是替补。你男朋友说他在用不着替补，我俩就索性来台上观战了。"

喻茉囧。

男神果然厉害。

篮球赛很快开始。

看台上的女生们都兴奋得相互议论起来，话题无非围绕着沈怀南和谢远两大校草级帅哥，语气花痴得快中风了。

喻茉远远望着穿球服的男神，也不禁犯起了花痴。

男神的身材也太好了吧？

肌肉匀称，线条分明。简直就是少女杀手。

看不出来他还挺有肉的。

难道这就是传说中的穿衣显瘦脱衣有肉？

脱衣……

嘻！想多了想多了……

喻茉连忙拍飞脑中的不良思想，专心观战。

她看不懂太专业的东西，只会看进球和比分。

开场没一会儿，男神就单手投了个三分球。那随意往篮筐一抛的云淡风轻，一秒钟碾压全场。

观众席上立时响起热烈的掌声。

……

球场上，比赛激烈地进行着。

上半场结束时，比分是 31 ： 32。经济学院得 31 分，信息学院得 32 分，领先 1 分。

随着裁判一声哨响，全体球员中场休息。校啦啦队上台暖场。

球场上出现了不少女生，全都是给球员送水的。

喻茉在广大送水大军中，看到了一个熟悉的身影。那个身影，拿着两瓶水，一瓶给了周洋，另一瓶拿在手里，走向了沈怀南。

秦甜甜也看到了那一幕，当即就炸毛了："那个女生是谁啊？干吗给周洋送水？他长得又不帅！"

"……"不知道周洋听了这话会作何感想。

喻茉看着球场上，向沈怀南递出水的杨舒婧，斟酌了一下用词，然后幽幽地吐出三个字："我情敌。"

"啊？"

不止秦甜甜，连赵文敏和林路遥也惊呆了。

林路遥："全校都知道沈怀南是你的男朋友，她怎么好意思当众去勾搭啊？现场这么多人都看着呢。"

赵文敏冷哼一声："世界之大无奇不有，有些人就是爱秀下限。茉茉，在这件事上你绝对不能尿，必须撕她！"

秦甜甜附和："对！绝对不能尿，大不了我们陪你撕！"

"谢谢啊……"喻茉还在思考该怎么撕。

她看到球场上的男神没有接杨舒婧的水，兀自走回了休息区，俯身在包里找什么东西。

半分钟之后，他直起身子，手里多了一部手机，放在耳边。

看起来像是在打电话。

喻茉奇怪地扬了扬眉，同时注意到他转过身看向了观众席。

虽然隔了十万八千里，但她还是感觉到他应该是在看她。

这种时候应该隔空打个招呼吧？

喻茉刚想要抬手做招财猫式哈喽状，手机铃声在这时陡然响起，把正出神的她吓了一大跳。

来电显示——我的男朋友。

原来他是在给她打电话啊。

喻茉连忙接听："喂。"

听筒里立时传来他磁性低沉的声音——

"还不快来给你男朋友送水？"

喻茉呆了半秒才反应过来，男神这是在帮她撕情敌，连忙特狗腿地说：

"嗷嗷，我马上去。"

挂断电话之后，她又犯难了。

她没有水可以给男神送去。

中场休息一共才十几分钟，现在去买的话肯定来不及了。

怎么办？

喻茉望着篮球场上男神帅到犯规的背影，纠结了几秒，然后从书包里掏出随身携带的……保温杯。

她体质阳虚，一到冬天就手脚冰冷，医生说要忌一切生冷的东西，包括冷水，因而她平时会随身带着热水。

水是有了，就是不知道他会不会嫌弃……

喻茉抱着自己的少女粉保温杯，默默地来到球场。远远看到杨舒婧冷着一张脸坐在球员休息区，男神则站在一旁跟几个队友说话，约莫是在商量战术。

看到她来，他拍了拍其中一个队友的肩，然后向场外迎过来，同时还带来了十几双暧昧的目光。

有人甚至调侃："别人家的女朋友来送温暖了，我们家的女朋友却还没有出生。"

"……"

喻茉不习惯被人围观，她有些害羞地抿着嘴冲男神笑了笑，极力无视旁人的起哄。

信息学院休息区的对面，是经济学院的球员休息区。喻茉的出现在对面也翻起了不小的波澜。

反应最大的是统计系的团支书。

"喻茉！喻——茉——"

团支书指着对面的自家系花，激动得手指颤抖，连叫了几声她的名字，才把心中的愤慨说出来——

"喻茉同学，身为经济学院的一员，你不来给我们加油，跑去对面投敌，你对得起谁？刚才其他四个系的系花，都来给我们院的球员打过气了，就差你一个！"

这句话他是对着电话说的，电话的另一端是喻茉。

喻茉："……"早知道就蒙个面再出来了。

"我是来给我男朋友送水的。"她弱弱地说。

"原本如此。我想起来了，你的男朋友是对方球队的。"说到这里，团支书话锋一转，"给他送水的女生那么多，你凑什么热闹啊？来给我们打气才是正经事。"

"……"

就是因为有女生给他送水，她才要来凑热闹啊！

喻茉忍不住在心里吐槽了一下支团书的逻辑，秉着雷死人不偿命的原则，一本正经地说："我来宣誓主权，免得我男朋友被其他女生挖墙脚。"

团支书闻言痛心疾首："喻茉啊！你可是咱们系的'头牌'，要矜持。"

"……"

太不矜持了吗？

她怎么不觉得？

莫非跟男神在一起之后，她的心理素质也变好了？

挂断电话之后，喻茉下意识地摸了摸自己的脸颊，心想：该不会真的是脸皮变厚了吧？

她正沉浸在自己的思绪之中，没有注意到男神已经在她不知不觉中，走了过来。

"原来你是来宣誓主权的？"他笑悠悠地说，语气是疑问语气，但很明显是在调侃她。

喻茉一秒钟回神，当下就想团支书教育得太对了，她要矜持——尤其是当她口中的这个男朋友，就站在自己面前的时候。

"你都听到啦？"她尴笑着问，脸颊微微发热。

沈怀南也不否认，点了点头，道："你现在可以开始了。"

"？？？"

"宣誓主权。"

"……"

"免得我被其他女生挖墙脚。"

"……"

男神你非要囧我囧得这么彻底吗？

喻茉继续尴笑。

她错了。

她不该为了故意雷团支书，就把心里话说出来。

反思三秒，喻茉把保温杯递给男神，殷勤地说："喝口水。下半场继续加油。"

男神没有立刻接她递过去的水杯，而是问："你的？"

"嗯……"

该不会真的嫌弃了吧？

喻茉内心的阴影面积很大。

"出宿舍前才装的水，我还一口都没有喝过。"她补道。

言下之意，水杯没有被我"污染"过，男神你且放心地喝吧。

孰料——

"没有喝过？"他再次确认。

"没有……"

喻茉内心的阴影面积在持续扩大，感觉自己仿佛交了一个假男朋友。

有必要这么嫌弃嘛。

就算她喝过，那也——

好像确实不太好。

幸好她还没有喝过，不然岂不是变成间接接吻了？

想到这里，喻茉的脸可耻地红了，同时感到小小的失落。

即使是这样——男神你能不能嫌弃得稍微含蓄一点？

我的心灵很脆弱呀！

就在喻茉准备拿回保温杯以挽回尊严的时候，他忽然主动把水杯递过来了——

"你先喝一口。"

"试毒吗？"喻茉揣着九百六十万平方公里的阴影面积反问。

男神明显被她奇葩的脑回路惊到了，怔了半秒才弯唇一笑，从善如流地说："试水温。"

"……"总之她现在的定位就是万岁爷御前的试吃小太监。

对此喻茉的内心是反抗的。她对自己的定位是皇后娘娘，宠霸后宫的那种，再不济祸国妖妃也行。妲己那样的。

——然而她尿。

于是她默默地打开保温杯，试喝了一小口，然后煞有介事地胡说八道："四十度，你放心喝吧！"

既然揽下了试温度的活，就要有身为行走的体温计的自觉。喻茉这样对自己说。

这一次男神没有再嫌弃，接过保温杯仰头喝了一口，然后意味深长地说："很甜。"

喻茉还没反应过来他的言外之意，立马自证清白："我没有放糖。"

沈怀南被她紧张的样子逗笑了。

这时正好裁判的哨声响起，下半场要开始了。

他将保温杯还给她，摸了摸她的头，说："我先过去了。"

"嗷嗷，好。你加油。"

喻茉默默地抱着保温杯退出球场，返回观众席，才一上楼，就见舍友们兴奋地朝她狂招手。

"怎么了？"她在自己的位置坐下，问秦甜甜。

秦甜甜："真是太痛快了！你是不知道，刚才你一出现在球场，你那个情敌的脸就黑了，一直用杀人般的眼神瞪着你跟你家大神。结果你俩看都没看她一眼。后来她估计觉得太丢人，就灰溜溜地走了。你跟你家男神歪腻起来可真是旁若无人啊，我猜那女生气得肺都快炸了。"

喻茉："……"她刚才好像确实把杨舒婧给无视了。

不过——

"我跟男神什么时候歪腻了？"明明是她被男神嫌弃了一番。

秦甜甜："啧，你俩在大庭广众之下，你一口，我一口的，这还不够歪腻啊？"

你一口，我一口？

什么时候？

喻茉呆了一下才反应过来。她试水温，他喝水……这在别人看来不就是"你一口我一口"？

"我那是……"

忽然，喻茉想起男神喝完水之后，说的那一句"好甜"。

——原来他指得不是水里有糖。

喻茉垂下眼，脸又可耻地红了。

秦甜甜还在继续说："你这波主权宣誓得不错啊！观众席上的一千多吃瓜群众，全都被你俩强行喂了一把狗粮。"

喻茉："……"

这种时候如果她说，她刚刚是被男神套路了，会不会有炫耀嫌疑……

下半场球赛比上半场更加激烈。两支球队的主力球员——沈怀南和谢远，原本打得不是同一个位置，沈怀南打的是得分后卫，谢远打的是小前锋，到下半场的第一个暂停时，谢远忽然跟队里的后卫换了位置，也改到打后卫，专防沈怀南。

"谢远好像有意跟你家男神竞争。"秦甜甜小声说，心情有点复杂。其实要是没有男神珠玉在前，谢远跟喻茉也挺般配的。

可惜啊可惜。

秦甜甜遗憾地叹了口气，又说："可惜他根本不是你家男神的对手。由于过于心急，还被裁判吹了好几次犯规哨。"

喻茉听到这番话自然是自豪的，笑道："想不到你还懂篮球。"

秦甜甜："我高中时有过一个男神，是校篮球队的。"

"后来呢？"

"就没有后来了。"

"节哀。"

……

篮球赛最终以 69 ： 57 的比分圆满结束。信息学院夺得校园篮球赛的总冠军，经济学院是亚军。

散场时，喻茉收到了男神的短信。

我的男朋友：今晚有庆功宴。晚点再联系你。

她连忙编辑信息：好的，你们……

写到一半时，忽然想起男神那"独领风骚"的短信提示音。若是让那声音在篮球队里一响起，她以后都不用见人了。

还是发微信吧。

喻茉默默地把文字删掉。通过电话号码搜索到男神的微信，用户名就叫"沈怀南"。申请加好友之后，他很快就通过了。

喻茉立刻在微信里回复他的短信——

天上掉下个喻大仙：知道了。你跟队友好好庆祝。

告知男神后，她就开始翻他的朋友圈，然而什么也没有翻到。

——他的朋友圈里一条状态都没有。

天上掉下个喻大仙：你是不是对我设置了"不让他看我的朋友圈"？

沈怀南：……

沈怀南此时正在换衣服，看到喻茉的微信昵称时已被雷得不行，现在又收到这么一条消息，更加确定自己的女朋友脑回路清奇。

他对着手机屏幕扯了一下嘴角，然后发布了微信账号开通以来的第一条朋友圈——

测试我没有对女朋友设置不让她看我的朋友圈。

很快就有人评论这条状态——

周洋：够了。朕已经知道你有女朋友了，爱卿不用一天上奏八百遍。

大侠：躲得过狗粮遍地的球场，躲不过套路满满的朋友圈。

款爷：已屏蔽。勿念。

沈怀南笑了笑，顺手截屏，发给喻茉。

喻茉看到截图时差点笑岔气。她连忙点进男神的朋友圈，果然看到了这条状态，于是评论——

天上掉下个喻大仙：相信你了 [爱心]。

沈怀南对这颗爱心很满意，于是他又顺手截了个屏，发进微信群。

周洋：……

大侠：……

款爷：……

可算是找到戒朋友圈的方法了。

篮球赛结束没多久，东大就迎来了史上最冷的一天。喻茉裹着薄薄的羊绒大衣，在男神的公司里蹭空调。

为了不刺激外面的单身汪天团，她很自觉地没有占用男神的办公室，而是在外面大厅里找了一个空着的格子间，趴在上面复习功课，为下周的半期考做准备。

她抱着厚厚的《微观经济学》，正在解一道案例分析题，"买方卖方""供需平衡"等字眼在脑子里绕来绕去，有点晕。

款爷叼着一根辣条懒洋洋地走过来，说："马上就要放寒假了，你很舍不得吧？"

喻茉闻言抬起头来，眨眨眼："舍不得什么？"

"你男朋友啊——"款爷下巴一抬，指向沈怀南的办公室，欢天喜地地说，"等到放寒假，你们就要分开了。"

"……"他在高兴什么？拆散一对是一对？

看来这位仁兄最近受到的刺激有点多。

喻茉无比同情地看款爷一眼，语气沉重地道出真相："说出来你可能不会信，我们是同一个地方的，放寒假了也不会分开。"

"……"

款爷千疮百孔的心再一次遭到暴击。

静默许久，他终于回了点儿血，学着她的语气说道："说出来你可能不会信，小乔同意跟我见面了。"

哇！美人终于被打动了？

喻茉真心替款爷感到高兴："恭喜恭喜！你终于用你的人格魅力打动了她。"

款爷却并没有因喻茉的道贺而感到高兴，脸上写着"一言难尽"四个大字。

这时端着水杯路过的大侠，轻飘飘地来了一句："小乔听说他家里有祖传煤矿，立马就发了照片过来，主动提出跟他见面。"

"这……"就有点尴尬了。

现在的姑娘呀——好歹等几天再献殷勤啊！

喻茉叹一口气，安慰款爷道："说不定小乔看中的是你身为煤老板二代的特有气质。"

"什么气质？暴发户吗？"款爷很忧伤，连叼在嘴里的那根辣条，都染上了忧郁的气质。

喻茉囧："戴大金链子的才有暴发户气质，你这种不算。"

"噗——"大侠一口水喷了出来，接着狂笑不止，边笑边咳，想是被水给呛到了，"哈哈哈哈……他……哈哈哈哈……他已经买好了……大金链子……哈哈哈……"

不、会、吧？

他还真买了大金链子？

这脸打得也忒快了点儿。

喻茉很无语。

怀疑这两人是故意来雷她的。

抹了抹额上的黑线，她极力挽尊："初次见面，隆重点也挺好。"

"哈哈哈哈……嫂子你真是天才……"大侠笑得腰都直不起来了。

款爷则丧着一张脸，满眼的生无可恋。

——显然这种时候他更需要静静。

于是喻茉抱起书，默默地溜进了男神的办公室。

然后她发现，男神竟然也在看书。

"你也需要复习吗？"她惊奇地问。

他抬起眼："准确地说，应该算预习。"

"……"也对，他这学期几乎没有去上过课，何谈复习？

她真崇拜这种平时不上课，考试还能拿第一的人。

"我能在这里复习吗？他们……"喻茉看向门外，实在是……一言难尽。

沈怀南虽然坐在办公室里，但对外面的状况了如指掌，他自然知道她指的是什么。

莞尔一笑，他道："不用担心，他们的心理素质很好。"

言下之意，你可以随便打击他们。

"……"不知道款爷听到这话会不会哭出来。

喻茉在心里同情了一下款爷，然后在男神的对面坐下。

坐在他的对面，注意力就有点难以集中了，总是忍不住抬头偷看。

男神专注的样子，真帅啊！

嘿。

半期考一结束，就算是放寒假了。校园里到处都是拖着行李箱、归家心切的学生。

喻茉也是其中之一。

从鹭市到榕城，约莫三四个小时的车程。她坐着沈怀南的车，一路到家门口。

下车之后，他帮她整了整脖子上的围巾，说："我家离这里不远，见面很方便。"

"嗯……"可总归比不上学校方便。毕竟家里有父母，出门就没那么自由了。

喻茉依依不舍地点头，用眼角的余光悄悄地巡视左右两边。

没有熟人，太好了。

喻茉弯唇一笑，正想扑进男神怀里来个临别熊抱，不料身子才刚往前一倾，就听到老妈的声音在身后响起——

"咦？那不是我们家喻茉吗？"

喻茉顿时吓得打了个寒噤，连忙将男神往车里推："外面冷。你快回车里吧。"

沈怀南任由她推着自己，余光瞟到不远处穿着深紫色大衣、跟自家女朋友有几分神似的中年妇女，当下便什么都明白了。

"我拿不出手吗？"他坐在车里，勾起唇揶揄。

当然不是。

喻茉回头瞟一眼越来越近的老妈，期期艾艾说："我……我还没有跟我爸妈讲我们的事。"

虽然爸妈肯定不会反对，但她还是不想太早跟他们坦白。她和男神现在才念大一，未来还有太多的不确定性，万一将来走不到最后……

突然之间有点害怕。

喻茉不想被悲观的情绪影响，她敛去心头的担忧，笑着对车内的男神说："你路上小心。"

说完，她拉着行李箱转身，甜甜地喊："妈——我回来啦。"

沈怀南见状莞尔一笑，没有立刻启动发动机，他想看看她怎么演。

很快，他听到了这样的对话——

喻妈："喻茉，刚才跟你站在一起的那个帅小伙是谁？你的同学吗？"

喻茉："滴滴司机。"

喻妈："司机？长得那么帅不去当明星，开什么滴滴？这不是耽误前途吗？"

沈怀南："……"

他现在知道自家女朋友的清奇脑回路遗传自哪里了。

车外，喻茉很高兴老妈认可了男朋友的外表。

她笑眯眯地挽起老妈的胳膊，边聊边上楼："妈，您觉得，我找一个跟刚刚那个滴滴司机一样帅的男朋友，怎么样？"

喻妈："你想得美。"

"……"

亲妈。

"我给你安排了个相亲，对方是个五好青年，你好好准备一下。男方对你很满意，想这几天跟你见个面。"

"不用这么着急吧？"

"你还真惦记上刚才那个滴滴司机了？"

喻茉："……"不能惦记吗？

回家放好行李之后，喻茉向男神老实交代了这件事。

天上掉下个喻大仙：我妈居然要给我安排相亲 [尴尬]。

沈怀南：嗯。

嗯？

就这样？

男神也太淡定了吧？

他就不怕她跟人跑了吗？

天上掉下个喻大仙：你对我这么放心啊？

沈怀南：嗯。

沈怀南：毕竟你迷恋了我这么多年。

喻茉：……

男神你用词能不能稍微正经点？

高冷人设要崩了啊！

被雷得外焦里嫩的喻茉，抱着手机冷静了一会儿，决定反攻一把，也雷一下男神。

天上掉下个喻大仙：那你呢？

天上掉下个喻大仙：迷恋了我多久？

男神没有回复。

喻茉忽然就紧张了。

她的原意只是想雷一下男神，可此刻对话框里的安静让她开始心慌。这句玩笑似的问话也变得严肃起来。

等了三四分钟，她收到了男神的回复。

沈怀南：三天。

喻茉：……

男神你这么耿直不怕你女朋友生气吗？

喻茉决定傲娇一回，冷落他几分钟。退到微信主界面，她看到右下角提示有好友更新了朋友圈状态，点进去一看——

男神在一分钟前转发了一篇鸡汤文。

标题是——

人的一生只有三天，昨天、今天和明天。

沈怀南之所以隔了一会儿才回复喻茉的信息，是因为他那时候刚到家，父母正在跟他说话。

"怀南，你怎么没和小婧一起回来？我听说她没有买到动车票。她爸妈开车去鹭市接她了。"沈母一边接儿子手上的行李，一边问。

"我们放假的时间不一样。"沈怀南轻描淡写地一笔带过，没让母亲接行李箱，而是自己拎进了卧室，边走边说，"妈您身体不好，不要干重活。"

"瞧你说的。妈的身体再不好，帮你拿行李箱的力气还是有的。"沈母佯怒道。

沈怀南笑而不语。

沈父则笑悠悠地说："儿子这是心疼你。"

"那你得向你儿子好好学习学习。"沈母道。

沈父："学习什么？我对你不是一向爱护有加吗？"

沈母："爱护有加？什么时候的事？我怎么不知道？"

……

沈怀南见父母斗嘴斗得正欢，不想当电灯泡，就留在卧室小息。

看到喻茉发来的信息时，他想起周洋今早转发的一篇鸡汤文，于是翻出来顺手转发了一下，然后回复了她。

隔了几分钟，又收到她的回复。

天上掉下个喻大仙：大神，想不到你的套路这么深。

除了这句话之外，她还给他转发的鸡汤文点了个赞，显然已经心领神会。

沈怀南扯着嘴角笑了一声，问：不喜欢？

天上掉下个喻大仙：……还挺喜欢的。[害羞]

沈怀南：喜欢就好。

沈怀南：我会努力保持。

努力保持什么？

套路她吗？

喻茉被男神的最后一句话囧到了。

喻茉寒假在家和男神"网恋"，蜜里调油好不快活，早就把相亲的事抛到九霄云外去了，没想到过了几天，她妈又来问她，什么时候有空和五好青年见面。

喻茉只好老实回答："我不想相亲。"

"那你自己找一个男朋友带回来也行。"

"……"

喻茉深吸一口气，问出了盘旋在内心深处许久的问题："妈，为什么您这么着急让我找男朋友？是咱们家里有什么传男不传女的祖传秘笈吗？"

喻妈显然被喻茉的话问蒙了，怔了好半天才拿起沙发上的抱枕扔了她一下，道："我们家要有祖传秘笈，我跟你爸早就发达了。"

喻茉点头：这倒也是。

喻妈："我是担心你错过了最好的恋爱时机，以后成为剩女。你看你的几个堂姐表姐，哪个不是大学的时候没抓紧找男朋友，毕业之后圈子变小，选择变少，越拖年纪越大，蹉跎到快三十了还没有对象。去相亲——看不上别人，看得上的人呢——又都有对象了。"

喻茉再次点头：说得好像挺有道理的。

喻妈："所以我这完全是为你好。你要是不喜欢五好青年，那就换一个，对了，我听你陈阿姨说，上次给你介绍的那个十项全能，现在还没有女朋友。你要不去见见？"

这……

要不要交代呢？

不交代的话，老妈肯定会一直给她安排相亲吧。

喻茉深思了半分钟，最终还是决定向老妈坦白："那个男生……其实已经有女朋友了。"

"啥？"

"就是我。"

"啥！"

喻妈惊呆了，过了好一会儿才缓过神来，接着又担忧起来："现在谈恋爱太早了点儿吧？你才念大一。"

"……"刚才是谁说担心她错过最好的恋爱时间，以后成为剩女的？

喻茉挽起老妈的胳膊，问："妈，您到底是怎么想的？"

"我……"喻妈也很纠结，"你没有对象的时候，我担心你找不到对象。你有对象了，我又担心你太年轻，找的对象不好。"

"所以您的意思是……"

喻妈想了想，道："这样吧。让他大年初二来拜年。"

这回轮到喻茉呆蒙了。

拜年？

大年初二？

大年初二不是姑爷给岳父母拜年的日子吗？

老妈您这进度条拉得也太快了点吧！

喻茉思前想后，还是觉得不太妥，于是期期艾艾地对老妈说："现在就让他来拜年，会不会太快了点？我们才刚在一起没多久……"

"你说得有道理。"喻妈又改变了主意，"我们不能太心急，不然别人还以为我们家姑娘嫁不出去呢。"

"……"

妈您不觉得自己变得太快了吗？

况且您之前那态度，不就是一副担心我很可能嫁不出去的架势？

喻茉被善变的老妈弄晕了。

喻妈还在给自己的最新观点打补丁："你已经这么大了，谈恋爱也是人之常情。我和你爸爸都不会反对。不过你要懂得保护自己，你们还年轻，一切都不必操之过急。"

喻茉乖巧点头："知道啦。"心里想的却是：操之过急的明明是老妈您吧？

我可一点都不着急。

到晚上时，喻茉盘腿坐在床上玩游戏，顺便开了语音和男神闲聊。

"我向我妈坦白了我们的事。"

"为了逃避相亲？"

"嗯……"

如果不是老妈给她物色对象的心太急切，她也不会主动交代。

"她说要安排我和你相亲，我就顺势坦白了。"喻茉又说。

"嗯。"男神淡淡地应了一声，在游戏里杀了两个人之后，才语气悠悠地问，"丈母娘对我可还满意？"

丈母娘……

这就喊上了？

男神的进度条拉得也挺快嘛。

喻茉操作着自己的庄周骑着大鱼在野区浪啊浪，无比惬意。她一边打野一边回男神："她没说满意不满意，不过她让我保护好自己。我猜她可能对你不放心。"

说完，喻茉突然奇想，嘀咕道："难道她怕你家暴我？"

沈怀南被自家女朋友的想象力雷到了。他默了一会儿，高深莫测地说："你妈担心的不是这个。"

"你知道她担心的是什么？"

"嗯。"

话题到此结束。

喻茉：？？？

嗯？就这样？

喻茉等了好半天都没等到男神继续为她解惑，忍不住问："你不打算告诉我，她到底担心的是什么吗？"

"不打算。"

"……"要不要这么直接。

难不成老妈的话里有玄机？

喻茉的好奇心被男神勾起来了。打完游戏互道晚安之后，她在宿舍微信群里向自己的智囊团请教。

天上掉下个喻大仙：请教你们一个问题，我妈得知我跟男神在谈恋爱之后，她让我保护好自己。

天上掉下个喻大仙：请问这是为什么啊？

天上掉下个喻大仙：难道我妈发现了男神不为人知的一面，因此特意给我敲警钟？

群里没有人答复她。

喻茉看了一下时间，二十三点五十……可能大家都已经睡了吧。

……

第二天,喻茉一开手机,就收到了N条微信消息,全部来自宿舍微信群。

反对一切迷信势力秦甜甜:@天上掉下个喻大仙 我要被你雷死了。真的。

反对一切迷信势力秦甜甜:我建议你去问你家男神,让他向你坦白他不为人知的一面。

反对一切迷信势力秦甜甜:可能会有惊喜噢!

林路遥:我知道阿姨是什么意思 [害羞]。

赵文敏:啥意思?我怎么看不懂?谁能给我解释一下吗?

林路遥:就是那个……意思 [害羞]。

赵文敏:……

赵文敏:说人话。

林路遥:我说不出口 [害羞]。

喻茉奇怪地挑了挑眉,加入群聊。

天上掉下个喻大仙:@林路遥 你为什么每一句话后面都加一个害羞的表情?

林路遥:因为害羞。

天上掉下个喻大仙:……

喻茉默默地把林路遥的好友备注改成了害羞妹妹,又仔仔细细地读了一遍群消息,还是没看懂林路遥在害羞什么。

于是她只好打开百度,搜索关键字"我妈让我保护好自己"。

然后——

用一秒钟明白了林路遥害羞的原因。

下一秒钟——

脸红心跳,耳根发热。

羞耻心在燃烧。

"安全X行为""怀孕"之类的词在脑中回闪。

这……这都什么跟什么嘛!

她和男神……她……她还从来没有想过……那些事……

老妈想得未免也太多了。

万一让男神知道……

等等!

大神昨天显然——

已、经、知、道、了!

"……"

他怎么那么邪恶啊!

喻茉丢掉手机,拉高被子捂住脸,感觉此生都没脸见人了。

自从弄明白老妈那一番嘱咐的用意之后，喻茉一连几天都没敢联系大神。

转眼到了除夕夜。她如往年一样和爸妈一起窝在沙发上看春晚。到晚上十一点半左右的时候，男神忽然发来微信。

沈怀南：我在你家楼下。

什么？

喻茉顿时从沙发上跳起来，思索着该找什么借口下楼。

喻妈奇怪地瞟她一眼，冷不丁问："你是冯巩的粉丝啊？"

"不是啊？"喻茉眨眨眼，啥意思？

"刚才主持人说下个一节目是冯巩的小品时，我看你激动得跳起来了，还以为你跟我一样，是他的粉丝。"

"……"这个真没办法一样。

喻茉握着手机尬笑了两声，然后心虚地说："妈，那个，外面好像很热闹，我去楼下看看。"

喻妈："去吧。"

太好了！

喻茉如蒙大赦，踩着小黄鸭大棉拖，啪嗒啪嗒地回卧室取来大衣套上，然后飞奔下楼。

临出门时，听到老妈特自然地说了一句："帮我跟小沈问个好。"

"……"

老妈居然知道她要去见男神。

喻茉囧囧有神地跑下楼，一出小区门禁就看到男神站在门口的路灯下。

他穿着灰色长大衣，围一条藏青色围巾，双手抄在大衣口袋里，眉毛上染了一层极薄的霜，似乎等了很久。

喻茉欢快地小跑过去，立在他身前，仰头问："你怎么来啦？"

沈怀南看着她冻得白里透红的脸，弯起唇笑了笑，一边取下自己的围巾给她系上，一边说："来和你一起过节。"

"什么节？"

春节吗？

喻茉的心跳得有点快，她眉眼微垂，任由他的手带着围巾在脖颈环绕。围巾上还残留着他的体温，让她的身心都暖暖的。

"再过半个小时就是情人节了。"他低声说。

咦？

男神的意思是，要和她一起过情人节？

喻茉惊喜极了。

今年的情人节刚好是农历大年初一。按照榕城的习俗，大年初一要祭祖。

她为此还跟舍友们吐槽过，难得头一回在情人节时有情人，居然这么不凑巧，没办法和男神一起过节。

想不到他竟然提前来了。

喻茉的心里有点感动，同时有点囧。

因为她以为今年不会跟男神一起过情人节，所以又没有提前给他准备礼物。

哎哎哎，为什么她总是这么后知后觉？

喻茉还在自我反省，男神已经拿出了情人节礼物——一条茉莉花吊坠项链。

他抓着项链的末端，让花型吊坠悬在空中。小小的茉莉花在夜空下闪闪发亮，像一颗星星。

"好漂亮。"喻茉惊叹道。

看出她眼里的欢喜，沈怀南朝满足地勾了一下唇，说："我帮你戴上。"

喻茉配合地转过身背对着他，指腹在吊坠上摩挲，心思转得飞快。

大神对她这么好，她却什么也没有给他准备。

眼下也没时间去买礼物。

看来为今之计——

只能——

以身相许了……

喻茉在心里暗暗给自己鼓起。

"好了。"男神的声音在耳畔响起。

她轻轻地"嗯"了一声，然后慢慢转身，抬眼望向他，雾蒙蒙的眸子里，闪烁着某个大胆的想法。

"怎么了？"

沈怀南低声问。

下一秒——

他感觉唇间一热。

自家那个尿破天际的小女朋友，主动献上了吻。

倒是破天荒头一回。

如此千金一刻，怎能浅尝辄止？

沈怀南嘴角微扬，一手按住她偷袭完毕想要后退的身子，另一只手扶在她的后颈，低下头，在她唇边低喃："还不够……"

他以前怕她害羞，不敢吻得太深。

今日，可能是因为月色太美，又可能是因为，出门前喝了点儿酒。

被她一点，便燃了。

若非今日，他也不会知道原来她的舌这样软，含住了就不想松开，连带她整个人，恨不能揉进自己的身体里……

过了许久，沈怀南从放开喻茉，以额轻轻抵着她的额，在她的脸上喘着时轻时重的气。

听到她气息微喘，低声说：

"刚刚那个……算你的礼物。"

他闻言轻笑，指腹在她的发间轻轻摩挲着，声音里还带着意犹未尽：

"我很喜欢，这样的礼物。"

当农历新年的钟声响起时，榕城的夜空被礼炮点亮了。五光十色的烟火在空中惊艳绽放，随后慢慢消逝，带动着除旧迎新的气氛。

喻茉羞答答地告别男神之后，便踩着小碎步慢腾腾地上楼了。

她还围着男神的围巾，走在路上，忍不住缩起脖子在围巾上蹭。手抓着他刚送给她的茉莉花吊坠，仿佛能够感受到他就在身边。

推门，家里的电视机里也放着礼炮，一鸣又一鸣，响个不停，伴着观众的欢呼声，热闹极了。

"哎哟，这么晚，外面还有围巾卖？"喻妈盯着喻茉的脖子惊奇道。

"我回房睡觉啦。"喻茉直接忽视老妈的问题。

喻妈不依不饶："小沈送给你的？"

"是他的。"喻茉答得模棱两可。

喻妈满意地点点头，道："小沈还挺有心的，这小伙子我喜欢。"

"……"

一条围巾就收买了？

老妈您也太容易被收买了吧？

喻茉略无语，心想，要是她告诉老妈男神还送了项链给她，不知道她老人家会不会现在就，欢天喜地地把她给打包嫁了？

喻妈不知道喻茉的内心吐槽，还在继续说："那你送了人家什么东西？咱们虽然是女孩子，在感情上可以被动一些，但不能白拿别人的东西。所谓来而不往非礼也。既然他给你送了礼物，那么你就要回礼。不管礼物轻重，都要意思一下。"

她当然知道来而不往非礼也，所以——

"我……回礼……了……"

喻茉越说越心虚。

若是让老妈知道她回礼的方式，估计会打死她吧。

"回礼了就好。"喻妈甚是满意地微微颔首，随后像是想到了什么事一样，一拍喻爸的膝盖骨，"以后给女儿涨点生活费吧，谈恋爱开销大。"

喻茉顿时眼前一亮，不等老爸回话，便抢先一步甜甜地说："谢谢妈！"

涨生活费啊……这是她今年听到的最好的话。

"只谢你妈？"喻爸戴一副厚厚的金属框架眼镜，跳着眉说，一副"朕很有意见"的模样。

喻茉心领神会，立马特狗腿地说道："也谢谢爸。嘿嘿。"

东大开学的时间是年初八。年还没过完，寒假就结束了，即将告别父母的莘莘学子，心里难免感到忧伤。

喻茉是个例外。

一方面是因为老妈已经开始有点嫌弃她了——这是意料之中的事，毕竟她在家里只做吃饭睡觉打游戏这三件事，差不多就是废人一个。

另一方面则是因为，男神在鹭市等她。

他们原本说好一起返校的，但男神公司里临时有事，是以两天前就回去了。

常言道一日不见如隔三秋。两日不见，她感觉已经过了六十个秋了。

在动车站告别爸妈后，喻茉便排着长长的队伍，乐悠悠地进了站。

检票之后，竟然在车厢里遇到了周洋——和杨舒婧。

"这么巧啊！"周洋惊诧不已，"你的座位号是多少？"

喻茉看了看车票，道："12A。"

"我是 11A。就在你的前面一排。太巧了。"周洋一边说，一边接过喻茉的行李箱，"我帮你放到行李架上。"

"谢谢。"

喻茉等周洋帮忙把箱子放到行李架上之后，便坐下了，没有和杨舒婧打招呼。杨舒婧也只当不认识她，冷冷地坐在周洋旁边的座位上，低头玩手机。

"对了，小甜甜乘坐的也是这趟车，你知道不？"周洋又说。

喻茉点头："我听她说了。我们约好一起回学校……"坐男神的车。

后面的半句喻茉没有说出来，因为眼下的情况，有点复杂。

不知道男神知不知道周洋和杨舒婧也是乘坐这一趟车。

喻茉正想着，手机忽然"叮咚"一声亮了。

沈怀南：上车了吗？

天上掉下个喻大仙：刚上车。

要不要跟他讲偶遇周洋和杨舒婧的事呢？

喻茉还在纠结。

男神的信息又发过来了——

沈怀南：你和周洋在车上偶遇了？

喻茉：……

周洋居然这么快就向大神汇报了。

不愧是天字一号八卦小能手。

也罢，省得她纠结。

天上掉下个喻大仙：嗯。

不知道男神是不是在组织语言，沉默了好一会儿，才发来消息——

沈怀南：我今天也要接他们返校。

看到信息，喻茉的眼神黯了一下。

男神说的是接"他们"，而不是接"他"。

显然他已经知道杨舒婧也在动车上了，并且早就商定好了要去接她。

喻茉的心里顿时仿佛被什么东西堵上了一样，说不出缘由的闷。她撇了撇嘴，只回了一个字。

天上掉下个喻大仙：哦。

火车此时已经出了榕城市区，穿梭在大片的山区之间，两旁是种满了果树的高山和作物贫瘠的农田，农田里立着不少稻草人，五颜六色的，在风中摇摆。

喻茉将胳膊肘搭在窗台上，托着腮帮子，望着窗外算不上美的风景发呆。

火车每隔一两分钟就会通过一个隧道，手机信号时有时无。

穿出第三个隧道时，她接到了男神的电话。

"不开心了？"电话一接通他便这样问，语气里带着小心翼翼的试探。

喻茉的心被莫名地刺了一下，心中更加委屈，她对着窗外的延绵高山点了点头，没有搭话。

她知道他与杨舒婧之间从小就认识，两人有交集是在所难免的。

可她毕竟还是小气的。

不愿意自己的男朋友和其他女生走太近，尤其是当那个女生还对她的男朋友一往情深的时候。

另一边，沈怀南站在办公室的落地窗前，望着远处的蓝得发绿的大海，眸光幽深。

相处这么久，他对她的性格也有了一定的了解，知道当她不说话的时候，就是默认了。

果然不开心了。

这是他最不想见到的事，也是唯一能让他心慌的事。

哪怕是得知公司的项目被人窃取时，他也没有如此心慌过。

沉默久久，他向她道歉："这件事是我处理得不好，让你受了委屈。"

尽管火车轰隆轰隆地响个不停，喻茉依然听清了他的话，连带他自责的语气。

这让她不禁鼻子一酸，说："不是你的错，我知道你也很为难。"

正因为知道他为难，她才什么也没有说，只是自己默默地消化着这点小情绪。

毕竟真要较真起来，接个发小返校而已，也算不得什么大事。

——可就是这种没必要较真却又给人添堵的小事，才最是磨人。

火车又驶进了隧道，信号断了。

等到信号重新接通时，喻茉收到了周洋发来的微信。

网瘾少年周同学：你就不要跟老沈置气了，他的压力也很大。

网瘾少年周同学：杨舒婧从小就有癫痫症，除夕那晚，我们三家人聚在一起守夜，杨舒婧得知老沈中途出去找你，受了刺激，癫痫发作进了医院，醒来后以死相逼，非要老沈跟你分手。

网瘾少年周同学：老沈说什么也不同意。杨舒婧后来就开始拒绝吃药，一连几天频繁发病，吓得几家人够呛，连老沈爸妈都开始劝他分手了。

网瘾少年周同学：沈妈妈的身体一直也不太好，经不起折腾，老沈他……哎，后来公司出了事，老沈提前走了，这事儿才暂时搁下了。

网瘾少年周同学：这件事，你千万别让老沈知道是我告诉你的啊，他不让我说。

喻茉看到周洋发来的消息，惊得目瞪口呆。

杨舒婧对男神的执着，简直快到病态的地步了。

难以想象他是怎么顶着家长的压力，坚持到现在的。

喻茉揪心不已，而后注意到周洋的最后一条信息——

天上掉下个喻大仙：公司出什么事了？

网瘾少年周同学：这件事老沈也不让我说。

网瘾少年周同学：算了。反正你早晚会知道的。

网瘾少年周同学：还记得跟款爷撩骚的那个小乔吗？她通过款爷窃取我们的项目，卖给了行业大佬。导致我们的项目流产，风投撤资，资金链断了。

怎……怎么会……

天啊！

竟然出了这么大的事。

喻茉的手在颤抖，恨不能立刻飞到男神身边去。

他现在还好吗？

动车到达鲤市后，秦甜甜上车了。

看着笑眯眯朝自己挥手的舍友，喻茉微惊："你不是在二号车厢吗？"

"我一个人在二号车厢太无聊，就过来了，反正从鲤市到鹭市只需要二十几分钟，站一会儿也不累。"秦甜甜笑说。

周洋闻言立马让出自己的位置："你来我这儿坐吧，我坐在里面腿脚都伸展不开，难受得很。"

"哟，这样说来，你的腿还挺长喽，没看出来嘛。"秦甜甜挑着眉取笑他。

周洋悻悻地垂头看了看自己的腿，嘀咕道："还是有点长的吧，好歹我也有一米八。"

"可是你的身材比例是五五分。"

"……"

学统计的姑娘都这么爱用数字说话吗？

作为一名净身高一米八的汉子，却总被人误认为只有一米七五不到，他也很绝望啊！

腿短脖子长怪他喽？

周洋受到的打击很重。

他起身走到过道上，立在秦甜甜的身旁，用手在她的头顶和自己的胸口之间来回比画了好几次，终于找回了点自信心。

"嗯。我还是很高的。"他边说边重重点头。

秦甜甜："……"

居然在一米六都没有的她面前找身高优越感，这个人真是太可悲了。

"有本事你跟茉茉她家男神去比呀？同样是一米八的身高，人家那大长腿哟！啧，简直就是传说中的脖子以下全是腿！"秦甜甜一副"不恋到你哭我不信秦"的得意样。

周洋受到了重挫，连声音都明显气短了不少："沈怀南有一米八三，比我高三厘米。"

"大神只比你高三厘米？可他的腿看起来比你长了快三十厘米啊！"秦甜甜摸着下巴，上下来回打量他几眼，"难道你是四六分？上六下四的那种？"

"……"

上六下四，那是什么鬼畜比例？长颈鹿吗？

周洋忍不住摸了摸自己的脖子——不长啊？

喻茉看到周洋被秦甜甜怼得无言以对，忍不住抿着嘴笑了起来。

不容易呀，庄周周同学也有说不出话来的时候。

"能帮我把箱子拿下来吗，我想先去门口排队。"喻茉起身，对周洋说。

周洋爽快点头，凭着他一米八的身高优势，轻松从行李架上取下箱子，然后递给秦甜甜一个得意的眼神。

——结果发现秦甜甜压根就没看他，已经拖着行李箱跟着喻茉去门口排队了。

周洋："……"

他今天是哪里得罪这丫头了吗，居然这么不待见他。

秦甜甜不待见周洋的原因，不是他得罪了她，而是他带了个不受她待见的人在身边。

"这个周洋是怎么回事呀？明知道你跟男神在谈恋爱，还跟你的情敌走得那么近。他到底跟谁是一伙儿的啊？"秦甜甜在喻茉耳边嘀咕。

喻茉此刻一心想着快点见到男神，隔了几秒才意识到秦甜甜在跟自己说话。

她走到动车的下车口，排在第一个位置，然后松开行李箱拉杆，转身回答秦甜甜："你没有看出来他也很不情愿吗？"

"有吗？"秦甜甜回头瞄一眼周洋，发现他正在朝她们这边瞭望。

喻茉也注意到周洋在看她们，冲他微微笑了笑，说："他这是在帮男神挡刀。"

若不是有周洋在，今天护送杨舒婧返校的人就该是男神了吧。

周洋看起来吊儿郎当的，实则讲义气得很。

喻茉挺感激他的。

收回视线，喻茉意有所指地对秦甜甜说道："我听说他很受欢迎噢。"

"谁啊？"

"周洋。"

"嘁——"秦甜甜转过脸望门外，语气别扭地说，"就他那样，还受欢迎？你别听他吹牛。"

"我听大侠说的。很多外系的女生给他递情书。"

"真的？"秦甜甜猛地转过脸，随后又意识到自己似乎反应太大了，扭过身嘀咕，"那些女生是想让他帮忙把情书转交给你家男神吧。"

"……"

这话的杀伤力——真不是一般的大。

周洋听了估计会内伤。

火车已经进入鹭市郊区，开始减速滑行。

喻茉站在门口，望着路旁一栋栋熟悉的建筑物，想见大神的心越来越迫不及待。

她等啊等，仿佛等了快一个世纪，火车终于到站了。

她第一个冲下车，第一个穿越长长的出站通道，第一个到达出站口。

在浩浩荡荡的接站队伍之中，一眼看到了她心心念念千万遍的人。

明明两天前他离开榕城前，与她见过一面，可不知为何，此刻却有着久别重逢的欣喜。

喻茉满心欢喜地小跑过去，立在他身前："你来啦！等了很久吗？"

沈怀南："刚到没多久。"

差不多一个小时。

大概是因为今天鹭市的路况出奇的好，所以他才到得这么早。

沈怀南静静地看着眼前笑成一朵花的人儿，差点没能克制住将她搂入怀里的冲动。

"怎么就你一个人？"他走过去接过她手上的行李箱，话才一问出口，立刻意识到自己问了句傻话。

她之所以一个人出来，当然是因为迫不及待想见他。

与他一听说她上了火车，就立刻出发来接她时的心情一样。

"累吗？"他忽略自己的前一个问题，与她十指紧扣，微微俯下身问，怕火车站太吵，她听不清自己的声音。

喻茉摇头："不累，才一个多小时就到了。"说完，她回头看向站内，发现秦甜甜在不远处冲她暧昧地笑。

那笑容明显是在说——你们慢慢歪腻，我就站在这里看看不说话，以免打扰你们互诉衷情。

"……"

不用刻意回避的啦。

她跟男神又没有怎样。

虽然……其实……她原本是打算熊抱男神一个的……

但刚才见面时，男神看起来似乎想主动抱她，她就忍住了。

没想到——

是她想多了。

也对。男神那么闷骚的人，怎么可能在众目睽睽之下跟她搂搂抱抱？

喻茉有点后悔刚才没有将熊抱的想法付诸行动，她指了指秦甜甜所在的方向，说："我舍友跟我一起出来的。"

"好，一起走。"

"可是还有周洋和……"杨舒婧。

最后三个字喻茉没有说出来，而是仰着头看向他，用眼神表达完余下的话。

沈怀南自然听懂了她的未尽之意。他无所谓地哼笑了声，语气淡淡地说："不重要。"

他今天本来就只是来接她的，周洋只是顺带，而杨舒婧，是周洋的顺带。

喻茉不知道他心里的逻辑，眨巴眨巴地看着自家男朋友：可是你明明在微信上说，今天还要接周洋和杨舒婧啊？

回答她的是沈怀南无限宠溺的眼神。

"……"

现在是在谈正经事哎。

男神用这种眼神看她干吗？

她现在看起来很需要爱吗？

就在喻茉不明所以之际，周洋的电话打来了。

他是打给沈怀南的，不过跟打给她的没多大区别，因为他的声音实在是太太太大了。她相信不仅她听到了，连不知道为什么非要跟她和男神保持两米宽距离的秦甜甜，必然也听到了。

周洋："你人在哪里？我身边有颗定时炸弹啊，你再不出现，可能就要失去我了。"

声音听起来快哭了。

对此，喻茉深表同情。

庄周周同学实在是太惨了，在车上刚被秦甜甜怼出内伤，下了车又要遭受杨舒婧的炮轰。

该怎么安慰他呢？

喻茉边走边想，忽然定眼一看，发现正前方迎面走过来一个中年大叔。

那中年大叔顶着一头地中海时髦泰迪卷，手里举着接站牌，牌子上赫然写着——接周洋、杨舒婧。

与此同时，大神招牌式云淡风轻的声音响起——

"放心，我帮你们叫了车。"

喻茉：……

厉害了我的男神。

听说有另一辆车来接周洋和杨舒婧之后，秦甜甜就主动去坐了另一辆车，临走前还不忘在喻茉耳边嘀咕："我够意思吧？"

秦甜甜这话说得没头没脑，不过喻茉还是听懂了。

这句话的整句是：我够意思吧，不当你们的电灯泡。

喻茉有点囧。

其实她不介意的。

再说了，她怎么觉得秦甜甜之所以想坐另一辆车，是想过去凑热闹？

很快，喻茉的想法得到了证实。

秦甜甜在微信上给她做直播。

反对一切迷信势力秦甜甜：你的情敌快被我气炸了。哈哈哈哈。真爽！

天上掉下个喻大仙：厉害。你做了什么？

反对一切迷信势力秦甜甜：我什么也没做，就说了几句实话而已。

反对一切迷信势力秦甜甜：她问我怎么没有坐你们的车走。我说，大神有女朋友啊，需要二人世界，人家两个正甜蜜着呢，我不能当点灯泡。

反对一切迷信势力秦甜甜：然后她就原地爆炸了，那眼神，啧，简直能杀人。

天上掉下个喻大仙：你小心一点……

反对一切迷信势力秦甜甜：你不用担心我。周洋在这儿呢。

反对一切迷信势力秦甜甜：对了，他为了安抚我受伤的心灵，说要带我玩"农药（《王者荣耀》）"。

喻茉微惊。

周洋没在安抚杨舒婧？

他带秦甜甜玩游戏的话，那杨舒婧必然被冷落在一旁。

难怪杨舒婧会原地爆炸。

两个"竹马"都有了自己的生活，不再把她当大小姐供着了，心里落差太大，接受不了吧。

喻茉无语地摇了摇头，关掉手机，把这些无关紧要的事暂且搁置脑后，问大神："公司的事情都处理好了吗？"

那时沈怀南正在开车，闻言疑惑地挑了挑眉："嗯？"

喻茉："你离开榕城前，说公司有急事。"

原来她在担心这件事。沈怀南了然地微微颔首："不用担心，我正在处理。"

"噢……"

那就是还没有解决。

喻茉垂下眼，担忧地拧起了眉。

周洋说大神的公司资金链断了。

她是学经济的，知道对一个公司来说，流动资金有多重要。资金链一断，公司离破产也就不远了。

他面临着这么大的问题，她却什么也帮不了他。

唉。

正当喻茉失落不已之际，沈怀南忽然又说话了：

"不用担心，公司的核心技术并没有被窃取，还不至于走投无路。"

咦？

他怎么知道……

喻茉惊奇地抬眼看向他："你发现啦？"

"周洋告诉你的？"他不答反问，基本上也算默认了。

喻茉极心虚："如果我说不是……你会信吗？"

"信。"

太好了。

为了庄周周同学的人身安全，喻茉脸不红心不跳地向大神撒了个谎："不是。"

然后，她听到大神语重心长，如教导小学生般地说了这样一句话——

"喻茉同学，你辜负了我对你的信任。"

"……"

男神你总是这样挖坑等我跳，真的好吗？

你这样很容易失去我的啊！

喻茉快哭了。

呜呜呜……以后再也不敢对大神撒谎了。

开学季一如既往的繁忙，除了课业和生活琐事之外，各种校级院级系级活动也多得让人应接不暇。

好不容易到了周末，喻茉不等男神来学校接，就自己跑去他公司了。

——带着男神给的备用钥匙。

一进门，她就感觉到公司里的氛围不太对劲。

大神、周洋和大侠三个人围着一个灰头土脸的人，那人身边放着一个麻袋。

喻茉走近了仔细一看，发现那个灰头土脸的人不是别人，正是让男神的公司面临破产危险的始作俑者——款爷。

款爷今天一改平时潇洒富二代的风格，穿了一件土黄色老奶奶款毛衣，下半身是一条打着补丁的灰裤子和一双不知道从哪里挖出来的草鞋。

穿搭风格基本上可以说是山寨的难民。

"款爷你被拐卖了吗？"喻茉囧囧地问。

"啊——对，拐卖，就是这个词。"周洋惊叫，然后问款爷，"你这是从哪个人贩子手里虎口逃生来的？"

款爷嘴角抽了一下，他打开身旁的麻袋，对大神说："这些够了吗？"

四双眼睛一齐看向那破麻袋，均倒吸一口凉气。

那麻袋里装的不是别的，正是公司当前最缺的东西——人民币！

大侠第一个叫出来："别告诉我你失踪这么久，是去卖肾了。你的肾也值不了这么多钱啊？难道是卖身？"

款爷嘴角又抽了一下："我把煤矿卖了。"

大侠惊得舌头都捋不直了："那那……那是你家祖传的啊！你把祖传的煤矿卖了，你爸没把你打死？"

款爷哼了声，没接话。

喻茉也震惊极了，心情很复杂。

听大神说，款爷跟小乔见面时，提起了公司正在开发一款手游。他原本只是想表明自己不是不务正业的富二代，没料到小乔竟对游戏感兴趣，不停地追问他细节，后来把他灌醉，盗了他电脑里的手游项目设计方案。等到他第二天醒来时，电脑和小乔都消失了。

再后来，业内最大的游戏公司云讯集团发布了一款类似的手游。公司的投资方当天就撤资了。

眼下款爷能够卖煤矿帮公司渡过危机，自然是天大的喜事一件。

可一想到款爷不仅被小乔欺骗了感情，还赔上了祖传煤矿，喻茉就高兴不起来。

"这件事怨我。等公司渡过这次危机之后，我就主动辞职。"款爷满怀愧疚。

喻茉闻言看向大神：真的不能原谅款爷一次吗？

周洋和大侠也帮款爷求情："让他继续留在公司吧，他也是一时色迷心窍，着了别人的道儿。他连祖传的煤矿都卖了，教训已经够惨痛了。"

喻茉重重点头，心道：是啊是啊，给款爷一次将功赎罪的机会吧！

她可怜巴巴地看向大神。

大神则看着款爷，那眼神波澜不惊，让人瞧不出半点端倪来。

办公室内安静了大概半分钟。

然后，喻茉听到大神云淡风轻地说——

"一座煤矿，你只卖了这么点钱？"

众人："……"这是重点吗？

等等，这好像真的是重点。

那可是煤矿哎，那么大一座矿山，就换了这么一小袋人民币？

不科学呀！

几双眼睛再次齐刷刷地看向款爷——还不快老实交代，剩下的巨款去哪里了？

款爷经受不住人民群众雪亮的眼睛的质疑，只坚持了几秒钟就招了，避开眼支支吾吾地说："我卖了百分之一的股份……给我哥……"

众人："……"差点就被这个装可怜博同情的煤老板二代给欺骗了。

不得不说，果然还是大神见多识广，明察秋毫。

喻茉无限自豪地看向自家男朋友。

只这一个眼神，就遭到了单身汪天团的吐槽——

"完了完了，老板娘和老板又要开始秀恩爱虐狗了。"

"赶紧走，别在这儿碍老板的事。"

"老板，我们放假了。拜拜！"

喻茉："……"还有自己给自己放假的员工？

沈怀南很高兴自己的员工如此自觉，他满意地勾了勾唇，道："放心，我会把这里留给你们。"

喻茉：？？？

我会把这里留给你们。

意思是——

大神要给自己放假，让员工留下来加班？

"……"

不愧是资本家，说起话来可真冠冕堂皇。

喻茉看向此刻正一脸生无可恋的单身汪天团，递给他们一个无比同情的眼神，心道：

欢迎被大神套路，从现在开始我们也算是难兄难弟了。

不，不是从现在开始。因为现在，我要去约会啦！

嘿嘿。

"我们就这么一走了之，丢下他们在公司加班，会不会太残忍啦？"喻茉跟在大神身边，歪着头问。

心里揣着小小的负罪感。

毕竟今天可是周末，老板明目张胆地出来约会，强迫员工在公司加班，真的不会引起公愤吗？

"确实有点残忍。"沈怀南闻言凝神想了几秒，然后说，"程序员的心理素质都很好，你不用为他们担心。"

"……"

喻茉被大神囧到了。

程序员的心理素质都很好——

大神你是不是忘了你自己也是程序员啊？

还是说，你就是按你自己的心理素质，给程序员定的标准？

喻茉忽然好同情程序员。

出了电梯之后，她好奇地问大神："有多好？"

见他微怔，她又补道："程序员的心理素质。"

这句话用中译中的方式结合上下文翻译过来就是——

你的心理素质有多好？

这才是喻茉真正好奇的，只不过她问得比较委婉。

沈怀南只一眼就看出了自家女朋友的小心思。

他莞尔一笑，配合地说道："你试试。"

幽深的黑眸里带着宠溺——那种无论你怎么闹，我都陪你到底的宠溺。

这让喻茉的心里甜甜的，跟灌了蜜似的。

她忍不住抿着嘴无声地笑，手指不由自主地在鬓角的碎发间绕来绕去，边走边说："还是不试了，不要轻易考验人性——鸡汤文里是这么写的。"

沈怀南："你可以考验我。"

喻茉："因为资本家都没有人性吗？"

说完这句话，喻茉就蔫了。

糟糕……

居然嘴一快就把心里话说出来了。

"呵呵，我的意思是……呵呵……"话圆不回来了，她只能冲大神放大招——绝世尬笑。

然后喻茉发现，大神也在笑，边笑边悠悠地摸她的头，仿佛在给宠物顺毛。

他一边顺毛，一边还用无比和蔼可亲地语气说："别慌。我的心理素质很好。"

"……"更慌了。

"你这句话说得也没错，我有些时候确实很没人性。"

喻茉：……

哪有人这样说自己的？

"'有些时候'——指的是什么时候？"喻茉像个好奇宝宝，刨根问底。

沈怀南此时正在帮她系安全带，两人离得很近。

只听"咔嚓"一声，安全带系好。他也回答了她的问题："以后你就知道了。"

？？？

大神这话的意思是，让她去挖掘？

身为男朋友，他不是应该主动向她坦白她不为人知的一面，以防将来……

等等，大神不为人知的一面……

喻茉忽然想起寒假时，老妈让她保护好自己的事。

再结合上下文——

没有人性的大神……

以后让她知道……

喻茉的脸顿时红透了。

她慌忙垂下头，藏起自己的心思，莫名感到紧张，同时又有一丝丝说不出的悸动。

沈怀南完全不知道喻茉内心的小慌张。

他双手悠闲地搭在方向盘上，让车在环岛路上一路匀速直行，开向名俗文化村对面的嘉年华游乐场。

鹭市的嘉年华游乐场是今年才开始营业的。

开学时喻茉听秦甜甜念叨着要组团去玩，就随口跟大神提了一句，想不到大神当时就说，周末一起去玩。

她原本不想去，怕耽误他的公事，他却完全不以为意——

"这也是公事。"

"例行约会吗？"

"可以这样说。"

"……"

大神不愧是神级自律的人，连约会都要安排得跟例会似的，以后该不会连那啥……

啊！打住打住打住！

喻茉的头垂得快抬不起来了。

她这么正直的一个人，今天到底是怎么了，思路总是跑偏？

最近好像也没有阅读小黄书啊！

游乐场离东大不远，车开了约莫二十分钟就到了。

沈怀南将车开进停车场，排队进地下车库时，发现副驾上的人一直低着头，呆呆地盯着脚尖，仿若已经灵魂出窍。

"在想什么？"他问。

"啊？"喻茉一惊，抬头之际发现自己的肩颈，由于长时间保持同一个姿势，已经僵硬了。

酸痛得厉害。

她一边捏肩一边说："在想一会儿进游乐场之后，该从哪个项目玩起。"

游乐场的门票是套票，进去之后所有的项目都可以玩，无限次数，限制时间，票的有效期只有一天。

眼花缭乱的游乐项目很容易让人犯选择困难症。

喻茉在车上经过一番和发呆差不多"活跃"的思想斗争之后，确定了初步方案——

哪个项目人少，就先玩哪一个。

进场之后，她发现自己想多了。

因为没有一个项目的人是少的。

"……"

为什么大天朝的人口优势，总是发挥在这种地方？

除了人多之外，喻茉还发现游乐场内的尖叫声也特别多。

这让她不禁开始打退堂鼓。

她浑身上下最小的就是胆儿，一会儿上去之后，肯定只会比这些人叫得更夸张。

这样一来，在大神面前的形象就全毁了。

可是套票那么贵，不玩的话又太浪费了。

怎么办？

就在喻茉左右为难天人交战之际，大神给了她一个完美的方案——

"去坐摩天轮。"

喻茉顿时眼前一亮："好。"

要说游乐场里最浪漫的项目，当然是摩天轮！

也正因为如此，排队人数最多的也是摩天轮。

地面等候区的队列排得九转十八弯，一眼望去全是人。

喻茉站在队伍的末端，东张西望，眼角一晃，看见她和大神所站的前方立着一个牌子，牌子上面写着——

此处预计排队时间一个小时。

一个小时……足够去玩一次旁边的海盗船了。

可是必须留一个人在这里排队。

要不要丢下大神独自去玩呢？

喻茉朝旁边的海盗船瞟啊瞟，内心很挣扎。

就在她摇摆不定之时，肩上忽然多了一双手。

手的主人一边力道轻柔的给她捏肩，一边煞有介事地说："服务周到一点，就不会被女朋友抛弃了。"

"……"

大神你怎么知道我正谋划着抛弃你？

会读心术吗？

"呵呵。"喻茉囧囧地尬笑两声，违心地说，"我从来没有想过要抛弃你。"

"是吗？"

反问的语气里带着质疑，明显不信。

喻茉还在垂死挣扎，自我麻痹般地重重点头："你要相信我。"

"那就好。"身后的人还在给她捏肩，隔了几秒又说，"你要是抛弃了，想再追回来就难了。"

咦？

不是在说玩游戏的事吗？怎么突然之间变得这么严肃了？

难道大神是在借游戏的事，提醒她不要对他始乱终弃？

——开什么玩笑。

好不容易泡到手的男神，她怎么可能舍得抛弃？

喻茉笑眯眯地反手环住大神的腰，头靠在他胸前，朝后仰起脸对他说："这种事是绝对不会发生的！"

身后的人愉快地哼笑，将下巴搁在她的头上，沉默了一会儿，低声说："万一真的发生了……"

"不会的！"她打断他，手抱得更紧了。

她是绝对不会抛弃他的。

喻茉在心里又确定了一遍。

沈怀南淡笑，用下巴在她的头上摩挲了几下，接着之前的话继续说完：

"万一真的发生了，也要追一下试试。"

他的声音很低很轻，如嘱咐一般。

喻茉的心默默地揪了一下，她隔了许久才乖巧地点头："好。"

一个半小时之后，喻茉和大神终于坐上了摩天轮。

随着圆形巨轮缓缓转动，坐在座舱内的游客可以从不同的角度俯瞰鹭市，最顶端的座舱视野最好，能够看到鹭市的全貌。

当摩天轮到达最顶端时，喻茉望着眼前蓝绿红白交错的鹭市，震惊极了。

"从这个角度看，我们经院女生宿舍处在学校的心脏位置耶！"她惊道。

"因为你们最重要。"

大神你真的太配合了。

喻茉嘿嘿地笑："应该是巧合。"

"嗯。"他垂首在她的发上亲了一下，低喃道，但你不是。"

不是什么？

喻茉疑惑地仰起头，撞上了他的眼。

四目相对，座舱内静得出奇。

气氛开始变得微妙起来。

喻茉正想说点儿什么缓解气氛，大神铺天盖地的吻忽然就落了下来。

猝不及防地席卷而来。

时间和空间仿佛都在这一刻静止了。

喻茉如被人抽走了全身的力气一般，软绵绵地倚在他身上，笨拙地回应着。

不知过了多久，他松开她，喘着温热气息，抵着她的额道："今晚别回宿舍。嗯？"

"嗯……"

她低低地应了一声。

这声音不知是出自心还是身。

沈怀南体内的某种因子被这一声低吟激活，他几乎是完全出于本能的，越吻越深。

下了摩天轮之后，喻茉才恢复被大神吻得七荤八素的神智，然后在宿舍群里弱弱地发了一条信息，告知舍友们她今晚可能会夜不归宿。

然后群里就炸开了——

反对一切迷信势力秦甜甜：啊啊啊啊啊啊！！！

反对一切迷信势力秦甜甜：你终于对你家男神伸出了魔爪。

喻茉：……

什么叫她向男神伸出了魔爪？

明明是男神……趁她神魂颠倒……迷惑了她……

害羞妹妹（林路遥）：注意安全哦！［害羞］

赵文敏：对。一定要有安全措施。

天上掉下个喻大仙：我只是去借住而已。

在群里讨论这种事，她们不会觉得尴尬吗？

喻茉的脸快红成水蜜桃了。

她每看一次微信，就要锁屏一次，生怕被大神看到了群里的不良信息。

手机还在不停地振动，这表示大家还在积极讨论。

喻茉紧紧地握着手机，偷瞄一眼走在旁边的大神，见他没有注意自己，才飞快地点开微信。

害羞妹妹（林路遥）：茉茉，你要不要先百度一下啊？［害羞］

赵文敏：百度没用吧？可惜现在天朝扫黄打非得厉害，不然还能帮你找一本"教科书"。

反对一切迷信势力秦甜甜：现在看书已经来不及了。

反对一切迷信势力秦甜甜：@喻茉，我帮你找了个教学帖。帖子里面集合了广大网友的经验教训，图文并茂，讲得非常详细。你好好研读一下。别在关键时刻掉链子。

秦甜甜发来的这一条消息的后面，跟了一个网页连接，连接的标题是——新手上路之男女首次XXOO注意事项。

"……"

喻茉已经尴尬得无以复加了。

早知道不告诉她们，她晚上住大神家的事了。

可是不提前打招呼的话，又怕她们把她当成失踪人口，满学校找她，到时候就更尴尬了……

后来喻茉和大神又玩了几个游乐项目，都是尖叫声比较少的那种，到游乐园快关门时，才排到了过山车。

一轮火山车下来，喻茉的嗓子都快喊哑了，以至于到了大神的家之后，她疯狂地喝水，接着疯狂地跑洗手间。

怎一个尴尬了得。

当喻茉第八次从洗手间出来时，大神看她的眼神已经由怜爱变成了担忧。

"带你去医院？"他问。

喻茉囧："不用。我只是，水喝得有点多。"同时可能还有点紧张。

后面这句话喻茉没有说出来。

她还没找到机会看秦甜甜发来的攻略，心里正打着鼓。

沈怀南坐在沙发上，身体微倾，双臂搭在腿上，静静地望着面前手足无措的姑娘。

半晌，他起身从衣柜里找了一件衬衫给她，说："先去洗澡。"

喻茉心一慌："噢……"

然后抱着衣服奔向浴室。

进去之后才发现忘记带手机了。

哎，这么好的看教程的机会，就这么浪费了。

喻茉边洗澡边叹气，过了一会儿又开始胡思乱想，以至于平时半个小时就能搞定的洗漱，今天花了快一个小时。

等到她穿好大神的衣服，用毛巾抱着半干的头发出去时，大神已经不在了。

咦？

难道他也去洗澡了？

喻茉踩着大神的大号棉拖鞋来到楼道口，从上往下看，发现他坐在办公室里。

不知是不是心电感应，当她站在楼上看他时，他正好也抬起头看了过来。

然后起身，上楼，带她去洗漱间吹头发。

喻茉站在洗漱台前，透过镜子一眨不眨地望着大神，觉得他帮自己吹头发的样子真好看。

"怎么了？"他一边晃着吹风机一边问。

喻茉收回眼，摇头："没什么。"

两个人都不说话，屋子里只剩下吹风机呜呜的响声。

过了一会儿，吹风机的声音也没了。

屋内安静得出奇。

这安静让喻茉的心跳得越来越快。

她低着头，神经紧绷起来。

"早点睡。"

她忽然听到大神说。

"嗯？"她抬眼，眼里满是疑惑。

纯……睡觉？

沈怀南看懂了她的疑惑，笑了笑，说："去睡吧，我今晚加班。"

喻茉闻言松了一口气。

直到这一刻她才意识到自己并没有完全做好心理准备。

这才是她如此紧张的根源。

喻茉乖巧地爬上床，临睡觉前，拉着大神的衣角问："你今晚又要睡沙发吗？"

　　沈怀南："不用担心我。"

　　"可是……"喻茉犹犹豫豫地说，"这张床很大，我们一人睡一半吧……"

　　沈怀南一怔，随即失笑："你这是要考验我的定力吗？"

　　"你不是说，我可以考验你吗？"喻茉调皮地眨眨眼。

　　"我也说过，有些时候我很没有人性。"

　　"唔……"

　　喻茉语塞。

　　难得"话痨喻"也有说不出话来的时候，沈怀南勾了勾唇，帮她把被子掖好，只留一颗小小的脑袋在外面，又在她额上留了一个晚安吻，才说：

　　"你先睡。不用等我。"

　　"噢。"

　　喻茉乖巧点头，直到大神下楼之后，才意识到他最后那一句话的意思——

　　他答应来床上睡了。

　　于是，喻茉在被子里扭啊扭，给大神让出了半张床。

　　虽然对于那件从未经历过的事还没有做好准备，但这并不影响她，对于一睁开眼就能看到大神这件事，充满期待。

　　一定很美妙吧！

　　楼下，沈怀南在供员工临时使用的淋浴房里冲了个凉水澡之后，才回办公室加班。

　　他今晚原本并不打算加班，只是之前在楼上时，他看出来她很紧张，怕她没有做好准备，才临时改了主意。

　　来日方长，一切都不必操之过急。

　　沈怀南抬眼望了望楼上，觉得有她在的屋子，忽然变得像个家了。

　　只是今夜，他恐怕难以在这个家里入睡了。

　　长夜漫漫，多的是压不下的躁动不安，和碰不得的软香温玉。

　　相比之下，喻茉倒是睡了一个好觉，一夜无梦到天亮。

　　睁开眼时，如她所料，首先引入眼里的是大神三百六十度无死角的脸。

　　他平躺着，双眸紧闭，睫毛长长，像个粉雕玉琢的瓷娃娃。

　　她趴在他肩头看啊看，忍不住爬过去，想偷亲他，不料才刚凑过去，他就睁开了眼。

　　她呆住了，正思索着该怎么糊弄过去，他忽然又把眼睛闭上了。

　　还是那副粉雕玉琢的瓷娃娃样，只不过现在这个瓷娃娃的嘴角，往上扬了几分。

呃……大神分明已经醒了，却又把眼睛闭了回去。

是在给她机会继续完成刚才的偷袭吗？

既然如此——

她就不客气啦！

喻茉立马在大神嘴上吧唧一口。

下一秒——

她为自己的行为付出了代价。

连本带利。

……

沈怀南一把搂住身上准备逃走的人，二话不说便吻了上去。

她的身子此刻比以往任何时候都软，让他搂太紧怕弄坏，松开手怕弄丢。

他忍不住低吟了一声，灼热的吻情不自禁地从她的唇开始往下移，从下颚到脖颈，从脖颈到……

他几乎难以自持的地方。

"嗯……"

她在他怀里轻轻地吟了一声，将徘徊在失控边缘的他拉了回来。

恢复理智，沈怀南懊恼地皱了皱眉，连忙松开她，翻身坐起来，待气息平稳后，道："我下去……"

话才刚一说出口，手忽然被她抓住了。

他心头微动，干涩的喉咙滚了一下，垂眼望向她："嗯？"

"我……"

喻茉望着青灰相间的条纹床单久久，然后自言自语般低喃："别走。"

沈怀南体内那一团还没灭尽的火，一瞬间被点燃，席卷全身每一处神经。

"你知道自己在说什么吗？"他再次确认。

然后他看到她，几不可察地点了点头。

在体内躁动了一宿也被压迫了一宿的东西，在这一刻觉醒。

Chapter 09

妇唱夫随，我听她的

　　难得早早自然醒的喻茉，经过一番耳鬓厮磨之后，筋疲力尽地躺在床上，又开启了睡眠模式。

　　半睡半醒之间听到大神好像说要出去买早餐，她迷迷糊糊地"嗯"了一声，便再没有意识了。

　　再次醒来时已是日上三竿。卧室里只剩她一个人，想起早上的激情画面，她不由得红了脸。

　　大神他……果然很没有人性……

　　想起大神压在自己身上的样子，喻茉无比羞耻地把半张脸缩进被子里，只露出一双眼睛，对着天花板眨巴眨巴。

　　大神现在应该在楼下吧？

　　不知道等会儿见到会不会很尴尬？

　　还有周洋他们……

　　他们会不会发现她和大神已经……

　　唔——

　　还是躺在床上装死吧。

　　喻茉又往被子里缩了一下，用被子遮住整张脸，顿时感觉好多了。

　　果然还是不要见人的好。

　　喻茉暗暗地松了一口气，心想唯一美中不足的就是没有食物果腹。

　　哎，大神也不给她送点早餐来，实在是太没人性了。

　　他就不怕自己的女朋友饿死在床上吗？

　　喻茉又在床上躺了一会儿，肚子开始咕噜咕噜地叫。

　　饥肠辘辘的她捂着肚子，纠结着要不要偷偷下楼觅食。

　　这时额头忽然被人戳了一下。

　　接着听到大神气定神闲的声音："里面的氧气还够用吗？"

　　咦？他怎么来了？难道听到她内心深处的呼唤了？

喻茉先是一惊，接着无声地回答大神的问话：说实话，不是很够。

她囧囧地从被子的侧面探出脸，看见他站在床边，端着一个木质餐盘。

"早啊……"她笑得有些刻意。

"不早了。"沈怀南低低地笑了一声，将餐盘放到床边的矮柜上，"吃完早餐再睡。"

囧。

在大神的心里她是有多爱睡觉？

"我已经睡够了。"喻茉弱弱地说道，眼睛不由自主地向餐盘里瞟，对着里面的帕尼尼和果汁流口水。

"你怎么知道我醒了？"她问。

沈怀南："我是来喊你起床的。"

"哦……"

原来是巧合。

她还以为他连她醒来的时间都算准了呢。

喻茉极其缓慢地爬起来，坐在床边，拿起帕尼尼开始啃。她感觉浑身乏力，不知是饿的，还是被折腾的……

吃到一半，她喝了一口果汁，然后期期艾艾地问："楼下……周洋他们……"

不等她说完，沈怀南悠悠地说："我给他们放了一天假。"

放假？

喻茉仰头看向他："为什么？"

他没有立刻接话，而是注视了她片刻，才说："怕你难为情。"

她脸一红，故作淡定道："我有什么……难为情的……"越往后说，语气越心虚，脑子里全是些少儿不宜的画面。

她垂下头，继续啃早餐，嘴上嘀咕："我一点都不难为情。"语气听起来完全没有说服力，大概只能起到自我催眠的作用。

"哦？"沈怀南闻言剑眉微挑，抱着双臂，幽深黑眸里噙着笑意，勾唇说，"既然你一点都不难为情，那我让他们来上班。"

"……"

大神在逗她，她听出来了。

喻茉讪笑："还是不要了吧？难得周末，总让他们加班也不太好。"

"你觉得应该让他们周末休息？"

"嗯……"

"好。那以后每周日放假。"

？？？

她没说每周日啊？

只要今天休息就行了。

反正她又不会每周日都来……呃……等等……大神的用意该不会是……

喻茉吞下嘴里的火腿，幽幽地看向大神，然后在他笑意满满的声音里，听到了这样一句话——

"周日放假，周六就让他们在宿舍办公，免得他们太吵，打扰你睡觉。"

"……"

他就这么确定她每个周末都会来这里过夜吗？

事实证明，大神果然是"神机妙算"的。

喻茉一连两个周末都在大神家留宿。至于原因，不可描述。

过了两周的适应期之后，喻茉已经渐渐习惯了和大神没羞没臊的生活。

到第三个周末时，已经写完作业的她如往常一样，在家陪大神加班。

也是这一天，后知后觉的单身汪天团，终于反应过来了。

那时候她正在用大神的手机玩《王者荣耀》，用丑亚瑟坑了一局队友之后，毫不意外地被其余四个人同时举报，扣了三分信誉。

正抑郁着，大神的微信群里忽然开始狂跳消息——

大侠：按照现在这个节奏，是不是以后的每一个周末都能放假了？

款爷：不会吧？没班加的日子，好空虚。

大侠：有病。

大侠：我希望每天都不用加班。

款爷：你们说，老大为什么突然给我们放假？莫非他一个人在公司里做什么见不得人的事？

网瘾少年周同学：你确定他是一个人在公司？

款爷：不是一个人还能是一个鬼？

款爷：原来是这么回事！

大侠：我也懂了。泪目。居然隔空被喂了一把狗粮。

网瘾少年周同学：@沈怀南 发个红包吧老板，没钱点外卖了。

款爷：@沈怀南 发个红包吧老板，没钱点外卖了。

大侠：@沈怀南 发个红包吧老板，没钱点外卖了。

"……"

队形真一致。

喻茉囧囧有神地拿着手机找大神。

大神此时正在敲代码，见她过来，停下工作，笑问："又被禁赛了？"

"……"

难道她只有被禁赛了才会把手机还给他吗？

好吧。

好像真的是这样。

喻茉尴笑："有人让你发红包。"说完，把手机递给他。

他接过去只扫了一眼，修长手指在键盘上快速按了几下，又重新递给她。

喻茉才刚接过手机，微信群里的消息就跳个不停——

大侠：一毛。

款爷：一毛二。

网瘾少年周同学：八分。

呃……

意思是大神只发了三毛钱？

喻茉默默地点了一下红包，发现竟然还有一个，拆开一看——

九块六。

这……

就有点尴尬了。

单身汪天团的各人不约而同地发过来一个黑人问号脸。

喻茉：这是拼手气红包。不能怪我。[可爱脸]

群里安静了几秒。

然后——

大侠：老板娘？

款爷：[手动再见]。

网瘾少年周同学：发个红包吧老板娘，没钱点外卖了。

款爷：发个红包吧老板娘，没钱点外卖了。

大侠：发个红包吧老板娘，没钱点外卖了。

"……"

看来这三位少年真的很无聊。

和她此刻一样。

于是无聊的喻茉点开微信红包，积极和同样无聊的单身汪们互动，结果发现发红包需要密码，还是指纹的。

她盯着提示画面沉思了半秒，然后从沙发上跳下来，跑到大神身边，极其自然地拿起他的手指在手机背面的指纹识别处摁了一下。

"叮"的一声，支付成功。

然后她跑回沙发上，盘腿而坐，继续和大家互动。

整个过程一气呵成。

愣是让沈怀南呆了足足一分钟，才意识到自己的女朋友刚才干了些什么。

他不禁扯着嘴角笑了起来。

不错。

有人用起他这个男朋友来，越来越娴熟了。

自从喻茉在大神家住习惯之后，基本上每周末都会过去住。

大神甚至专门空出了半个衣柜给她。这样一来，就和同居差不了多少了。

为此喻茉还被舍友们八卦过——

秦甜甜："说好的只是借住呢？怎么变成长住了？"

林路遥："茉茉，你要常回来看我们噢！"

赵文敏："你放心的去吧。没有你在，宿舍变得宽敞多了。"

舍友们说得一本正经。

喻茉听得相当之无语。

她一周才去大神家住两天，剩下的五天全部在宿舍住，她们这是在演什么？

最夸张的是这个周末，她没有去大神家住，宅在宿舍里消磨时光，因此而引起了她们的高度重视。

"茉茉……你跟你家大神吵架了吗？"林路遥一脸欲言又止地问。

"没啊，怎么了？"

喻茉那时正在玩游戏，眼睛一眨不眨地盯着手机屏幕。她操作的甄姬只剩一点血了，正在被敌方的庄周追杀。

刚回答完林路遥的话，她的甄姬就一命呜呼了。

林路遥内疚道："我害你被人杀了吗？"

"没有没有，我本来就快死了。"喻茉笑嘻嘻地说。

距离甄姬复活还有二十几秒，喻茉想起刚才林路遥的问题，于是抬眼问："你为什么觉得我跟大神吵架了？"

林路遥犹豫地看向秦甜甜和赵文敏，接收到她们鼓励的眼神，才说："今天是周末。你没有跟大神去约会，却宅在宿舍玩游戏，我们觉得不对劲。"

喻茉眨眨眼，这有什么不对劲的？

谁规定情侣每周都要约会？

这周有半期考，大神中途来过学校几次，和她一起吃食堂备考，也算是约会了。

到了周末，给彼此一点自由时间也好。

当然，她没跟大神去约会的主要原因还是——

"大神出差了。"

"原来是出差了啊！"林路遥恍然大悟。

秦甜甜当即做出一个胜利的手势："耶！我赢了。发红包发红包。"

"啊——我竟然猜错了。"赵文敏仰头哀号一声，随后不死心地说，"茉茉，你跟我们说实话，你是不是把你家大神气得离家出走了？情侣在一起，吵架是很正常的，你不用觉得不好意思。"

"……"

她们这是在拿她和大神有没吵架的事打赌？

真是太无聊了。

她哪有惹大神生气的机会？

再说了，大神的心理素质那么好，怎么可能气到离家出走嘛！

"我们真的没有吵架。"

说完这句话，喻茉的甄姬又被人杀死了。

其实她压根就不会玩甄姬，所有英雄里面就只有庄周是她擅长的——因为庄周的生命值高，不容易死。

可这一局开赛时，有人先她一步选了庄周，她只好退而求其次，选了特别容易死的甄姬。

特别容易死的甄姬配上她这个特别不会玩的玩家，基本上就等于全场无敌了，人头送了一波又一波。

隔着屏幕她都能听到队友们绝望的哀号。

未免被人问候祖宗，她关闭了游戏中的聊天功能。

甄姬还在复活中。

喻茉切到微信界面，抢了赵文敏在群里发的拼手气红包。

——一不小心就抢到了手气最佳。

她飞快地发了一个"爱你么么哒"的表情，然后切回游戏界面，继续进行她的送人头伟业。

赵文敏还在对输了赌局的事纠结不已："茉茉，你为什么从来不跟你家大神吵架？"

游戏里，满血复活的甄姬正雄赳赳气昂昂地往前冲，相当之英雄无畏，喻茉边玩边说："因为没有什么好吵的啊！"

"怎么会没什么好吵的呢？两个人在一起，总会有意见不合的时候嘛！"

"噢，意见不合啊……"话才说到一半，喻茉的甄姬又死了。

哎，这大概就是传说中的被秒杀吧。

喻茉长长地叹一口气，放下手机，回答赵文敏："好像没有意见不合的时候。"

"不可能吧？你们的三观这么一致？对什么事情都有想通的想法？"

喻茉想了想，好像是挺奇怪的。

可相恋以来，她真的从来没有和大神吵过架，连小摩擦都没有。

"可能大神凡事都让着我吧。"她总结道。

赵文敏："……"这恩爱秀得也太云淡风轻了。

秦甜甜和林路遥的内心也遭到了暴击。

像喻茉家大神这种才华横溢、颜值逆天、身材爆表，还凡事都愿意让着自己女朋友的男朋友，请给我来一打——这是秦、赵、林三人的一致心声。

另一边，喻茉的游戏已经结束了，正好大神在这个时候发来了微信。

她高兴地切到微信界面，想跟大神讲她刚才的悲摧战绩，却不料看到了这样的画面——

天上掉下个喻大仙：[爱你么么哒]。

沈怀南：我在开会。晚上打给你。

？？？

！！！

喻茉呆了半秒才反应过来。

她刚才把感谢赵文敏的表情包，发给了大神。

这……虽然只是一个表情，但……

这还是她第一次对大神用"爱"这个字。

而大神竟然没有回应"我也爱你"。

嗯，感觉快要吵架了。

到晚上时，喻茉果然接到了大神的电话。

她酝酿了一下情绪，用极其低落生无可恋般的语气吐出一个字："喂？"

电话彼端默了几秒。

"不开心了？"

大神的声音非常温柔，听起来像是在哄闹别扭的小朋友。

喻茉酝酿了半天的情绪一下子就散了七八分。

"没有……"她咬着唇走出宿舍，站到阳台上听电话。

电话的另一端，沈怀南穿着笔挺的商务西装，一边扯领带，一边拿着手机往盥洗室走。

同住一间标间的周洋见状"啧"了一声，道："谁不知道你在和喻茉打电话啊，搞得这么神神秘秘。"

刚吐槽完，就听到神神秘秘的某人沉着嗓子苏炸天地喊了一声：

"喻茉。"

啧啧啧——

周洋抖了抖身上的鸡皮疙瘩，听到沈怀南又说：

"我也是。"

什么我也是你也是的？

打哑谜呢？

周洋还想继续听，可沈怀南已经关了盥洗室的门。

他歪着头敲了一下后脑门，重复沈怀南刚刚接到电话后说的几句话：

"不开心了？"

"我也是。"

什么鬼？

女朋友不开心了，不是应该哄着吗？

还敢跟她说 me too？

真当呆萌姑娘没脾气啊？

……

事实证明，呆萌姑娘真的没有脾气。

喻茉听到大神那句没头没脑的"我也是"时，心里甜得快化了。

——爱你么么哒。

——我也是。

他说得那么认真，像告白一样。

喻茉不用照镜子也知道自己此时笑得有多傻。她无声地欢喜了好一会儿，才将嘴巴合拢来。

"出差顺利吗？"她问。

听周洋说，大神这次出差主要是去和云讯集团谈合作的。

小乔虽然把游戏卖给了云讯，但没有核心技术的支撑，这款手游根本无法吸引玩家。

云讯集团现在发布的手游 1.0 版本，对硬件的要求非常高，只有最新一代的手机处理器才能兼容，并且耗电量极大。

她用款爷的新款 iPhone 玩过一次，才玩了半个小时，手机电量就掉了一半，要想持续玩游戏，只能一直接电源。

这样的产品在市场上无疑是没有任何竞争力的，是以云讯集团主动向大神的公司抛出了橄榄枝。

不知道合作谈得怎么样？

明明是自己公司的产品，现在却变成跟别人合作了，大神真的会接受吗？

喻茉很担忧。

沈怀南自然是没有接受的。

因为他这次出差的真实目的，并不是与云讯谈合作，而是来告云讯侵权的。

小乔除了没有盗走核心技术之外，还有一样东西也没有盗走——游戏的改编授权。

事实上，这款手游是根据一部不温不火的网络小说改编的。这部小说并不出名，他的公司目前的知名度也不高，因此鲜有人知道这件事。

云讯自然也不知道。

也正因为如此，他才占了先机，拥有足够的时间收集证据。

今天的会议结束后，云讯就已经下架了这款游戏，并把小乔所供职的工作室告上了法庭。

　　事情到这里，也算是有了一个圆满的结果。

　　"很顺利。"沈怀南回答喻茉的问话，其余的事没有多说，不想让她烦心。

　　"那就好。"喻茉喃喃道，然后开始主动向大神报备自己自甘堕落的一天，"我的考试也很顺利。为了庆祝半期考结束，我今天在宿舍玩了一天'农药'，战绩真的太惨了，还好我后来机智地只玩人机大战……对了，我舍友她们见我今天留在宿舍，都以为我们吵架了。"

　　沈怀南耐心地听着喻茉讲自己被虐得有多惨，能够想象到她边玩游戏边哀号的样子，嘴角越扬越高。

　　听到最后一句话时，他笑道："让她们失望了。"

　　"她们真的很失望。嘿嘿。"喻茉转个身，背靠着阳台护栏，望着宿舍里的舍友们，问，"你觉得我们以后会吵架吗？"

　　"这要看你。"

　　"什么意思？"

　　对面默了片刻，然后——

　　"你刚才接电话时，是不是想和我吵架？"

　　！！！

　　大神你也太明察秋毫了吧！

　　隔着十万八千里都能看出来我想跟你吵架？

　　好吧。

　　她确实有那么几秒钟时间想搞事情——谁让他无视了她的"爱你么么哒"？

　　不过……

　　后来不是和解了嘛。

　　喻茉心虚极了，忙不迭说："没有。我这么迷恋你，怎么可能想跟你吵架？"

　　大神大概是被她谄媚到极致的语气雷到了，默了好一会儿才说："原来你爱我爱得这么盲目。"

　　"……"

　　喻茉演不下去了。

　　对面的人估计也差不多。

　　两个人都沉默了许久。

　　而后喻茉听到大神说："放心，我们不会吵架。"

　　她一怔，拿赵文敏的话问："万一我们意见不合产生了摩擦呢？"

　　"如果真的产生了摩擦，你可以单方面指责我。"说完这句话之后，他顿了一下，随后又补充一句，"我照单全收。"

低沉磁性的声音从千里之外传来。

喻茉心中一暖，被感动到了。

沉默良久，她哑着嗓子说："大神，你实在是太宽宏大量了。"

沈怀南闻言勾了勾唇，眉宇微垂，望着酒店深灰色的地砖，脑中回响着她的话。

宽宏大量？

——对你而已。

云讯集团下架侵权手游的新闻爆出来之后，大神的公司一夜之间在业内火了，投资商蜂拥而至，但都被大神拒绝了。

虽然游戏还没有正式上线，但公司内已经一派喜气洋洋，大有提前开庆功宴的架势。

"想不到游戏还没有上线，就已经在市场上打响了知名度，实在是妙哉！连广告钱都省了，真是因祸得福啊！"周洋靠在电脑椅上，跷着二郎腿，吊儿郎当地说。

大侠："我突然开始怀疑这是老板设下的一个局。款爷就是卧底。他为咱们的远大理想献了身。"

款爷一脸血："……"

周洋："说起来，款爷，小乔有没有来找你？我听说，她供职的那个工作室，直接把锅甩给了她一个人。这场官司打起来，够她倾家荡产几百次的。"

"她自作孽不可活。找我有什么用？"款爷不爽地说。

周洋闻言眼中顿现八卦之光，噌地从椅背上坐起来，道："听你这话，她还真来找你了？"

款爷鼻子朝天哼了一声，没有否认。

正在一旁乖巧背单词的喻茉听到他们的对话，惊呆了。

"小乔来找你借钱吗？"她随口问道。

然后她就看到款爷的嘴角抽了一下，郁闷地撇开脸，一声不吭。

——这基本就算是默认了。

"……"

居然真的是借钱。

这个小乔的脸皮未免也太厚了。

"你没借给她吧？"喻茉有点担心款爷又被小乔骗。

款爷只说了两个字："没钱。"

"是老沈不让你借吧。"周洋道。

喻茉眨眨眼，大神知道内情？

......

背完"G"字头的单词后，喻茉合上词汇书，在好奇心的驱使下，悄悄地跑进了大神的办公室。

她头插两根八卦小天线，双手托腮，问："你知道款爷跟小乔是怎么回事吗？"

沈怀南那时刚签完一份文件，抬起眼，头一回见自家女朋友这么八卦，他拿笔敲了敲她的小脑袋，语气宠溺道："你的单词背完了？"

"还没有。"那么厚一本四六级词汇，怎么可能半天时间就背完？

"那你还不去继续背单词？"他扬眉，提醒道，"下个月就要考四级了。"

"我太好奇了，没办法静下心来背单词。"喻茉可怜兮兮地望着他，试图博取他的同情。

她一装可怜，沈怀南就没辙了。他笑着摇了摇头，说："他还喜欢小乔。"

居然还喜欢……

喻茉透过落地玻璃无比同情地瞟了款爷一眼，又问大神："小乔很漂亮吗？"

"这要看跟谁比。"他看她一眼，继续道，"跟你比的话，只能算普通。"

大神这是在夸她美？

喻茉荡漾了。她托着白里透红的腮帮子，笑眯眯地望着自己的宇宙第一帅男朋友，心想：跟你比的话，全天下的男生都只能算普通。

沈怀南感受到了她的灼灼眸光，兀自勾了勾唇，一边看文件，一边赶人："还不去背书？"

"好吧。"

喻茉极不情愿地起身离开，走到门口时想到一个问题："为什么你不用背单词？"

沈怀南："我背过了。"

"什么时候？"

"今天早上。"

今天早上？

喻茉一怔，仔细地回想了一下早上的情形——

明明是她在专心背单词，却被他用不可描述的方式打断了，以至于她后来又睡了一个回笼觉，错过了黄金记忆时段。

整个激情满满不可描述的早上，他连书都没有碰一下。

什么时候背的单词？

许是看出了她的疑问，他这时又补道："在你睡回笼觉的时候。"

喻茉微愣，而后露出震惊脸。

——在她睡回笼觉的那么一小段时间里，他就把整本词汇书背完了？

这也太不可思议了吧！

今天是周六，原本周洋他们应该在宿舍办公的，可早上校园网突然断了，因此他们临时"申请"了来公司加班。

为了避免尴尬，她只睡了半个小时就被大神喊醒了。

也就是说，大神只用了半个小时的时间，就背完了她需要背三天的词汇书。

"……"

喻茉受到的打击很重。

人和人之间的差距怎么就这么大呢？

英语四级考试在期末考的前一周。

喻茉用三天时间背完了四级词汇，又做了几套真题之后，就将四级考试丢下了，开始专心准备期末考，直到考试的前一天晚上，才把真题拿出来热身。

喻茉正刷题刷得认真，秦甜甜忽然凑过来神秘兮兮地说："经我打探，你的情敌明天也有考试，好像是小语种的考试，就在我们隔壁考场。"

喻茉怔了一下才意识到秦甜甜口中的"情敌"指的是谁。

她原想问秦甜甜听谁说的这个消息，随后转念一想，能告诉秦甜甜这种情报的，除了周洋之外，还能有谁？

第二天上午，喻茉果然在去考场的路上遇到了杨舒婧。

杨舒婧显然也看到了她，一如既往地没有打招呼，只冷冷地看了她一眼，便大步走开了。

喻茉也不在意，撇了撇嘴，继续往前走。

同行的秦甜甜嘀咕道："奇怪，我怎么觉得她今天这身打扮的风格，和你很像？"

喻茉起初并没有注意到杨舒婧的着装，听秦甜甜这么一说，她才又朝杨舒婧看了一眼。

杨舒婧穿着一袭白色纱裙，十分飘逸，头发两边各编了一个细细的辫子，妆容干净精致，看得出来是精心打扮过的。

至于着装风格——确实与杨舒婧以往的风格不太一样。

在她与杨舒婧为数不多的几次交集之中，杨舒婧的着装颜色基本上不是大红就是大绿，色彩浓重。

而今天竟穿了一身素白，倒是不同寻常。

"茉茉，她该不会是想通过模仿你，来引起你家男神的注意吧？"秦甜甜又说。

模仿她？

喻茉闻言无所谓地笑了笑，道："穿白色衣服的女生那么多，你什么时候见大神看过一眼？"

"有道理。"秦甜甜重重点头。在考场坐定之后，她忽然意识到自己好像在无意中被喂了一把狗粮。

"茉茉，你刚才是在炫耀你家男神对你情有独钟吗？"秦甜甜问。

喻茉一脸无辜："没有啊！我只是陈述事实。"

秦甜甜："……"

陈述事实……

你这么耿直，你家大神知道吗？

秦甜甜的小心肝受到了二次暴击。

大神今天也要来学校参加四级考试。

喻茉与大神约好考试结束后见，没有约定见面的地点。

——不用想也知道，大神必然会提前交卷，然后来考场外等她。

考试很快开始。

喻茉答得很顺利，一整套试卷做完，离考试结束还有半个多小时。

她又仔细检查了一遍之后，确定无误，便提前交卷了。

一出考场，果然看见大神站在门外不远处的树荫下。

他背对着考场，穿着淡蓝色牛津纺休闲衬衫，袖子卷到手肘处，双手抄在裤子口袋里，头微垂，似乎在思考什么问题。

喻茉弯唇一笑，背起书包，蹑手蹑脚地走过去，想从后面拍他的肩，吓唬他一下。

不料走近之后，手才刚一抬起来，就听他说："带你去庆祝考级成功。"

喻茉的手僵住了。

分数还没出来呢。庆祝什么？

不对，重点应该是——

"你怎么知道是我？"她仰着脸问。

沈怀南慢悠悠转身，对上自家女朋友满是疑惑的眸子，笑道："连自己的女朋友都认不出来，岂不是太失职了？"

喻茉一双好奇宝宝般的眼睛眨巴眨巴："怎么认出来的？难道我身上有什么特别的味道？"

"嗯。有特别的味道。"他从善如流。

"什么味道？"喻茉一边问一边闻自己的胳膊。

沈怀南没料到她真信了，莞尔一笑，揉了揉她的头，边走边说："可爱的味道。"

喻茉的心瞬时软了一下，心里又酥又麻。

"我是认真的哎……"

她一边嘟囔，一边咬着唇傻笑。

两人一路无言。

上车之后，喻茉才得到了大神的正经回答——

"我听到你的脚步声了。"

原来是这个原因啊！

——还是不正经的那个回答好。

庆祝地点选在校外的湘菜馆。大侠和款爷也在，周洋去接秦甜甜了，还在来的路上。

"你们也提前交卷了？"喻茉很意外，想不到大侠和款爷虽然看起来像个学渣，但其实——

大侠："交了。反正也考不过，早交晚交都一样。"

真的是学渣。

喻茉囧。

"等到十二月再战。"她安慰道。

大侠："只能这样了。你男朋友说，毕业之前考不过四六级，就开除我们。"

喻茉："……"

总觉得大侠说的这番话，听起来有装可怜的嫌疑，仿佛在说——

快管管你那个没人性的男朋友，让他别这么丧心病狂。

对此，喻茉当然是要——

力挺自己男朋友的。

"现在正规的公司招人，四六级是最基本的门槛。"她说道。

大侠顿时一脸心碎的表情。

款爷睨他一眼，幸灾乐祸道："现在知道什么叫'夫唱妇随'了吧？"

喻茉："……"她就说了一句大实话而已，怎么就夫唱妇随了？

说得好像她很没有原则一样。

喻茉正想抗议，却被大神抢先一步了。

"妇唱夫随，我听她的。"

大神说得甚是云淡风轻。

大侠和款爷听不下去了，有志一同地拿出手机："来，我们黑一局。不打扰别人谈恋爱了。"

这……

喻茉有点不好意思了，嘿嘿地笑了几声，也拿出手机，说："带我一个！"

"带不动。"大侠一脸为难，"我听说你已经掉回青铜了。我们都是钻石，段位相差太多，打不了排位。"

喻茉那颗因大神一句"妇唱夫随"而荡漾的心，在此刻遭到了暴击。

全世界都知道她从铂金掉回青铜了吗？

太伤心了。

冷静三秒，喻茉无可奈何地说道："那好吧。等我男朋友带我打到钻石之后，我们再一起打排位。"

大侠 & 款爷："……"求你继续玩青铜局吧，别来祸害我们钻石的同胞了。

喻茉完全不在意大侠和款爷一脸血的表情，晃了晃自家男朋友的胳膊，说："你再开一个青铜小号带我吧？"

沈怀南："不用开小号，我的大号现在就是青铜。"

喻茉微惊："咦？你也掉回青铜了？"

沈怀南被自己女朋友呆萌的样子逗笑了，他勾了勾唇，提醒道："你忘了自己的丰功伟绩？"

呃……

好像……是有这么回事。

——她把大神的号从王者玩到青铜了。

用秦甜甜的话说——这种丰功伟绩，可以说是史诗级的了。

好困。

喻茉尴笑两声，说："那我们都用大号玩……"说完正要开游戏，手机提示栏忽然跳出一条微信消息。

反对一切迷信势力秦甜甜：你情敌进医院了！

杨舒婧进医院了？

喻茉心中一惊，还来不及思考，就听到大神的手机响起了。

"杨舒婧的病又发作了，我现在正带她去医院，你快通知一下杨叔叔。她这次的症状好像比以前严重。"周洋在电话里焦急地说。

声音之大足以让坐在旁边的喻茉听到了。

她的神经立刻紧绷起来，无比紧张地看向大神，可又不知道自己到底在紧张什么。

喻茉看着手机里秦甜甜发来的一条条消息，心乱如麻。

反对一切迷信势力秦甜甜：医生说杨舒婧的病可能会有生命危险。

反对一切迷信势力秦甜甜：我在考场外面看到她倒在地上口吐白沫，还以为是中毒了，没想到竟然是癫痫。

反对一切迷信势力秦甜甜：我和周洋刚把她送到东大医院。现在她已经进手术室了。

反对一切迷信势力秦甜甜：你那边情况怎么样？大神要来医院吗？

喻茉没有回复秦甜甜，因为她也不知道大神要不要去医院。

大神刚才通知完杨舒婧的父亲之后，就没有再提这件事，没有人知道的他心里是怎么想的。

"还等周洋吗？"大侠忽然问。

"不等了。"沈怀南淡淡地说，"我们先吃。"说完便招呼服务员上菜。

——完全没有要去医院看望杨舒婧的意思。

喻茉见状，在心里大大地舒了一口气。

直到这一刻她才知道自己在紧张什么。

她怕大神会丢下她去医院看杨舒婧。

虽然知道大神绝不会辜负她，但杨舒婧的存在始终让她如鲠在喉。

相安无事的时候倒还好，她一心和大神谈恋爱，根本想不起来还有个情敌存在。

可一旦杨舒婧弄出点儿风吹草动来，她便不由自主地将一颗心提起来。

例如此刻。

……

一顿饭吃得心事重重。

吃完饭之后，大侠和款爷先走了，喻茉跟着大神来到停车场。

"我要去动车站接杨舒婧的父母，你愿不愿意和我一起去？"他边走边说。

一起去？

喻茉怔了一下才理解他的用意，然后答道："好。"

——大神是想用这种方式，向杨舒婧的父母表明态度。

去动车站的路上非常堵，平常二十几分钟的路程，今天开了快四十分钟还没有到。

大神坐在驾驶座上，双手掌控着方向盘，始终不疾不徐。

倒是喻茉，心中忐忑不已。

不知道杨舒婧的父母会用什么样的态度对待她？

应该不会太友好吧？

毕竟在他们看来，她是抢了他们女儿的心上人的人。

喻茉微微垂着头，心中思绪万千。

这时车停了下来，前方是红灯。

大神空出一只手来握住她。

"别紧张，一切有我。"他侧头说。

喻茉轻轻地"嗯"了一声，心事依然有点重。

动车站外的主干道在修路，原来的四车道变成了二车道。一辆辆私家车挨个排队进站，短短几百米的路，硬是开了十几分钟。

到达出站口时，杨舒婧父母乘坐的动车正好到站。

喻茉远远看到一对中年夫妇朝他们招手，猜测应该是杨舒婧的父母。

沈怀南也看到了杨舒婧的父母，当即牵着喻茉走过去。

"叔叔，阿姨。"他先跟两人打招呼，然后向他们介绍喻茉，"这是我的女朋友，喻茉。"

喻茉立即礼貌地向两人问好："叔叔阿姨好。"

杨父杨母显然没有料到沈怀南会带着女朋友来接他们，皆是一愣，相互交换了一个眼色之后，才略显尴尬地寒暄："你好。"

上车之后，两人便开始询问沈怀南，杨舒婧的病情。

杨母："小婧来学校之前，我们特意找医生给她开了一个学期的药。按照医生的说法，只要她定期服用，病情就会稳定下来。今天怎么又突然发病了？是不是受到了什么刺激？"

杨母这话问得十分委婉。

不过，喻茉还是听懂了。

杨母是在问，是不是她和沈怀南，又做了什么刺激杨舒婧的事。

沈怀南自然也挺懂杨母的言外之意。

他不悦地挑了挑眉，淡声道："她进医院的事，是周洋通知我的。具体的情况我也不清楚。"

"你不清楚？"杨母看一眼杨父，然后说，"怀南啊，你和小婧从小一起长大，情同姐弟，不可能因为交了女朋友，就不管她了。平时还是要多照应着她的。"

沈怀南："我平时工作繁忙，很少去学校。"

言下之意——照应不了杨舒婧。

杨母当下便不高兴了，反问道："那你怎么还有时间谈恋爱？"语气听起来显得咄咄逼人。

沈怀南眼中的不悦更甚，他沉着嗓子冷声道："阿姨您的意思是，要我把谈恋爱的时间腾出来照顾您女儿？"

声音冰冷到了极致。

杨母的气势顿时弱了下来："阿姨没有这个意思……"

"好了好了。男孩子长大了，自然是要交女朋友的。"杨父出声打圆场，"年少时多交几个女朋友，以后才能明白，谁才是最适合自己的人。"

喻茉闻言，脸唰地冷了下来。

什么叫"年少时多交几个女朋友"？

敢情在这位父亲的心中，她只是大神众多炮灰女朋友之中的一个，他女儿才是大神命中注定的真爱？

真是无语至极。

喻茉感觉自己被冒犯了，却又碍于对方是大神的长辈，不能当面怼过去，只好将一肚子的气憋着，琢磨着回宿舍之后跟舍友们好好吐槽一番。

不料下一秒，听到大神这样说——

"对我来说，交一个就够了。"

一句话将杨父的脸打得啪啪响。

也堵住了杨氏夫妇的嘴，一路上，他们再也没有说半句冒犯喻茉的话。

回程的路与来时一样堵。

一行人到医院时，杨舒婧已经出了手术室。她脸色苍白，病恹恹地靠坐在病床上，正跟周洋闹大小姐脾气。

"你要是不让她走，我们就绝交。"杨舒婧的眼睛瞪着秦甜甜，话却是对周洋说的。

秦甜甜当时就翻了个白眼。

说得好像她很想留在这里似的。

要不是周洋执意不许她先走，她才不会在这里受这个气。

谁还不是大小姐了！

"我走了！"

秦甜甜气鼓鼓地丢下这句话，转身走出病房，在门口遇见了从动车站赶过来的杨氏夫妇，以及喻茉和沈怀南。

"茉茉。"秦甜甜绕开杨氏夫妇，小跑到喻茉身边，一张娃娃脸鼓成了包子。

喻茉给她一个眼神：谁惹你了？

秦甜甜气哄哄地哼一声，小声嘀咕："等会儿再跟你讲。"

喻茉点点头，正要跟大神一起进病房，却听杨母说："还请喻小姐留步。"

喻茉一愣，看向大神。

杨母这时又说："小女刚动完手术，受不得刺激。"

喻茉闻言撇了撇嘴，正想松开大神的手，却不料被他用力一抓，握得更紧。

沈怀南停下脚步："我们在外面等。"

"我们"的意思是——他也不进去了。

杨母的脸顿时一僵："可是小婧现在一定很想见到你。"

"她现在最想见的人应该是阿姨您。"沈怀南四两拨千斤。

杨母张了张嘴，还想说点儿什么，被杨父阻止了。

杨父："进去吧，女儿在里面。"

杨氏夫妇进病房之后，沈怀南对喻茉说道："我要去买一个花篮。你是跟我一起去，还是在这里等我？"

喻茉看一眼秦甜甜，说："我在这里等你。"

"好。"

沈怀南微微颔首，然后转身走向医院外，几步之后，又停下来，说："我很快就会回来，有事随时打我的电话。"

"嗯。"喻茉点点头，心道：买花篮不过十来分钟的事，能有什么事？

十来分钟之后，喻茉明白大神的担忧了。

——杨母找事儿来了。

那时候她刚听秦甜甜吐槽完杨舒婧蛮横无理的态度，以及周洋那好到让人窝火的脾气，还来不及发表感言，杨母就从病房出来了。

杨母："喻小姐，可以和我单独谈一谈吗？"

不可以。

这位杨母当着大神的面，说话都夹枪带棍的，若是单独谈，岂不是要直接开骂了？

喻茉不打算给人骂自己的机会。她淡声道："您有事请说。"

杨母看着秦甜甜犹犹豫豫了好一会儿，终是当着第三个人的面，把话说了出来："我想请你把怀南让给小婧。"

喻茉听到这句话，简直不敢相信自己的耳朵。

大神又不是物品，能随便让来让去吗？

杨母还在继续说："你长得这么漂亮，人又健健康康的，随随便便就能找到比怀南更好的男朋友。可是我女儿不能没有他。自从得知你们在谈恋爱之后，她一天比一天抑郁，甚至有过轻生的念头。我希望你能大发慈悲，跟怀南分手，成全他们。"

喻茉："……"

她现在终于知道，杨舒婧那一身蛮不讲理的基因是从哪里遗传来的了。

这种无理的请求都能提出来，真是自私到了极点。

一旁的秦甜甜也忍不住在心里狂翻白眼。

——真应了那一句"不是一家人，不进一家门"。

现在的奇葩都兴扎堆的。

秦甜甜知道喻茉的性子向来软，生怕她被人欺负了去，当下便抢在前面怼回去：

"阿姨，您这话说得太过分。什么叫作您的女儿不能没有沈怀南，我们喻茉就能随随便便换男朋友？

"不瞒您说，我们喻茉也是个死心眼的姑娘。您要是逼她跟沈怀南分手，那也是会闹出人命来的。

"敢情您女儿的命是命，别人家女儿的命就不是命吗？"

秦甜甜一连说了一长串，将杨母怼得哑口无言。

杨母的脸色难看到了极点，沉默了好半天，才说："喻小姐看起来不像是死心眼的人。"

"那是您看错了。"

说这句话的人是喻茉。

她看着杨母，目光淡漠，语气平缓："沈怀南对我来说，不是随便什么人能够代替的。除非他主动跟我提分手，否则我绝对不会把他'让'给任何人。"

杨母闻言脸色一白，刚要接话，忽然看见沈怀南拎着一个花篮立在不远处，立时将到嘴边的话吞了回去，转身走回病房。

"她怎么突然走了？"秦甜甜嘀咕。

喻茉注意到杨母闭嘴前看了她身后一眼，心想多半是大神回来了，一回头，果然看见他立在她身后。

他的眼中闪着歉疚之色，想必听到杨母对她说的话了。

喻茉抿了抿嘴，走过去主动抓住他的手，嘟囔道："我没有被欺负。"

沈怀南眼中的歉疚并没有因此而减少，他点了点头，将花篮递给刚从病房出来的周洋，说："我就不进去了。"

周洋是听到外面有动静才出来的。他虽然没有目睹全过程，但从大家的表情来看，猜想应该是发生了不愉快的事。

于是他爽快地接过花篮，道："我帮你拿进去，你带喻茉走。"说完又对秦甜甜说，"小甜甜，你再等我一会儿。我带你去吃大餐。"

"都已经过饭点了，哪里还有什么大餐吃？"秦甜甜嘟着嘴。

周洋知道她的性子，没有拒绝就是同意，心下高兴不已，道："先带你吃甜品，然后再去吃晚饭。"

秦甜甜的心里还窝着刚才被杨舒婧轰出来的气，嘟着嘴哼了一声，没接话。

等周洋拎着花篮进了病房之后，她才对喻茉说："你跟大神先走，省得在这里被人惦记着。"

"好。"

喻茉点点头，跟大神手牵着手出了医院。

回学校的路上，大神忽然说："不如我暑假去拜见叔叔阿姨？"

什么？

喻茉怔了一下才明白他话中的深意，当即红了脸，垂着头说："等毕业之后再说……"

"也好。"

他没有强求。

几分钟之后——

他又说："那就这么定了。"

"定什么？"

喻茉疑惑地看向他。

从这个角度，正好可以看到他近乎于完美的下颚线。

只见他嘴角微扬，好似怕她听不清一般，特意俯下身来，说：

"终身。"

——就这么定了。

大神公司的游戏已进入内测阶段，是以大家都没有回家过暑假，而是留在公司做上线前最后的准备。

大神也不例外。

喻茉原本也想留在鹭市，就当是在大神的公司实习，可老妈已经制订好了全家人一起出行的旅游计划，她只好一放假就乖乖回家了。

暑假出游是他们家的传统，这个传统从她人生中的第一个暑假——幼儿园小班暑假——就开始了。

今年的旅行目的地是泰国。东南亚出国游近几年在国内很流行，其中最热门的就是泰国。

喻茉和爸妈一起在泰国玩了整整一周，想大神想得紧，一下飞机就想给他打电话，结果却先收到了秦甜甜的微信。

反对一切迷信势力秦甜甜：喻茉，你什么时候回国啊？我听周洋说，你情敌吃了安眠药，差点没抢救回来。大神的妈妈下了懿旨，一定要他回去。周洋怕出人命，也跟他一起回榕城了，就是今天上午的事。

大神回来了？

喻茉心中一沉。

她上飞机前还在跟大神聊天，并没有听他提起回榕城的事。

是忘了告诉她吗？

还是……有其他什么原因？

与此同时，榕城中心医院的 VIP 病房内。

沈怀南坐在病床边，与杨舒婧面对面。

他来回翻转着手中的手机，沉吟半晌，语气平缓地说："除了和喻茉分手之外，其他任何事我都可以答应你。"

杨舒婧原本因沈怀南的到来，心情比往天好了不少，感觉生活又充满了希望，再也不想寻死觅活了。此时听到他的话，她一颗心再次坠回无尽的黑暗之中，看不到半点光。

她垂着头，隔了许久许久才低声说："医生说我患了抑郁症。"

沈怀南微微颔首，没有接话。这件事他已经从母亲口中得知了，这也是他会回榕城来见她的主要原因。

患有抑郁症的人，如果不及时得到治疗的话，最终可能会走向自杀的绝路。

她已经有过两次轻生的念头了，谁也不敢保证会不会有第三次。

他虽然对她没有男女之情，但也不忍见她走向极端。毕竟是从小一起长大的人，关系再淡，也难免有恻隐之心。

"抑郁症并不是绝症，只要配合治疗，会好起来的。"沈怀南道。

杨舒婧："那你能陪我治疗吗？我也不想像现在这样，我想快点好起来。陪我治疗，好吗？"

杨舒婧的最后一句话近乎于乞求。

沈怀南沉思了一会儿，反问："为什么一定要我陪？"

杨舒婧没有回答他的问题，而是强调道："你刚才说，除了和喻茉分手之外，其他任何事都可以答应我，你不能出尔反尔。"

"这和要求我跟她分手没有什么区别？"

"有区别。等我的病好了之后，你还可以和她继续在一起。我只希望你现在能暂时和她分开，陪我治病。"

沈怀南的态度十分坚决："只要是和喻茉有关的，都不行。"

杨舒婧闻言整张脸顿时皱成一团，双手抱头，似乎极力控制着濒临崩溃的情绪，一连问了两遍："你到底喜欢她什么？"

喜欢她什么？

沈怀南想了想，说："只要是和她有关的，我全都喜欢。"

从秦甜甜那里得知大神回榕城的消息之后，喻茉一直心神不宁，一刻不离地带着手机，生怕错过了大神的电话，连吃晚饭时都忍不住每隔几分钟就看一下手机。

"喻茉，你不好好吃饭，老盯着手机看什么？"喻妈奇怪地问。

喻茉连忙心虚地将手机翻个面盖在桌上，随口瞎编道："我……我要在网上抢购一个东西，怕错过时间。"

喻妈一惊："现在的网上购物这么火爆？买东西还必须用抢的？"

"有些东西需要抢。大部分东西不用，直接买就行了。"喻茉怕说多错多，答完话立刻转移话题，"今天的鸡腿比昨天的好吃。"

"算你识货。这是你妈我新研究出来的做法，改天教你。"喻妈得意极了。

喻茉眨眨眼："教我干什么，我又不做饭。"

喻妈："你现在是不用做饭，等以后成家了，早晚得做饭。"

喻爸："那也说不准，现在这个社会流行男人做饭。"

喻妈："真的有这种说法？那你还不快赶一下时髦，给我和你女儿做顿饭？"

喻爸被喻妈呛得哑口无言，他嘿嘿地笑了两声，对喻茉说："女儿你放心，爸爸一定帮你把好这道关。以后新姑爷上门，第一样要考的就是厨艺。"

考厨艺啊……

——也不知道十项全能的大神的厨艺过不过关……

喻茉忧心忡忡地尴笑："谢谢爸。"

吃完饭之后，一家人坐在客厅里边看电视边吃西瓜。

喻茉被电视里的狗血婆媳剧深深地吸引住了，直到大神的电话打过来时，才想起来自己的心里还惦记着重要的事。

她噌地从沙发上坐起来，走向卧室，接通电话："喂？"

"现在方便下楼吗？"他开口便是这句话。

大神在她家楼下？

喻茉的心一下子飞了起来："我马上上去！"

不待他接话，她一阵风冲到门口，换上平底凉鞋，飞奔下楼。

留下一脸呆萌，正吃着瓜的喻爸喻妈。

喻爸："咱们女儿的性格，什么时候变得这么风风火火了？我记得她小时候很文静啊！"

喻妈："这就叫'女大十八变'。她没有变得疯疯癫癫，我已经很欣慰了。"

另一边，风风火火奔下楼的喻茉，一眼看到大神站在路灯下等她。

"你回来啦！"她小跑到他跟前，一副笑眯眯的样子，完全掩饰不住内心的欢天喜地。

整个人笑得又甜又美。

只这一个微笑，就淡去了沈怀南一天的疲惫。

他静静地望着她弯成小月牙的美眸，微微颔首："下午刚到。家里还有一些事情要处理，到现在才得空来找你。"

家里的事……应该指的就是杨舒婧服安眠药的事吧？

喻茉点点头表示理解，然后问："事情都处理好了吗？"

"会处理好的，你不用担心。"

那就是还没有处理好。

喻茉淡淡地笑了笑，没有接话。

怎么能够不担心呢？

若真的那么好处理，他就不会被迫回榕城了吧。

不用想也知道，他的父母在杨舒婧的事情上，给了他多大的压力。

喻茉不知道该怎么帮他分担，她在心里叹了口气，然后说："旁边有个公园，要不要去走走？"

"好。"

喻茉说的那个公园就在小区旁边，不到两百米的距离。

喻茉和大神在公园里绕啊绕，绕了没几分钟，她就被大神带进了小树林。

"泰国的食物吃不惯吗？"他边走边问。

喻茉此时正在心里默数着脚下凹凸不平的鹅卵石，听到他的问话，怔了一下才反应过来，答道："没有吃不惯啊，我还挺喜欢泰国菜的，尤其是他们的咖喱和大米。"

"喜欢就好。"沈怀南低笑，想起和她第一次约会时，吃的就是泰国菜。

"你看起来瘦了。"他又道。

"是吗？"喻茉摸了摸自己的脸，"可能只是脸看起来小了，其他地方没有。"

"其他地方没有小？"他黑眸一眯，侧眼看向她。

低沉磁性的声音，在夜里显得分外暧昧。

喻茉愣了半秒才听懂他话里的深意，脸瞬时一热，垂着头说道："我指的是腰之类的……"

话音未落，腰上就多了一只大手。

"还是瘦了一点，比以前更细了。"他停下脚步，转过身对她说。

喻茉瞬间被电了一下，一种难以言喻的奇妙触感从腰间传至全身。

夏日炎热，她今晚只穿了一件丝质的连衣裙。薄薄的衣服在此刻形同虚设，她能够真实地感受到他掌心的温度。

喉咙里有些干涩。

她低声说："可能是瘦了一……""点"字才发了个"D"音，余下的话便卡在了喉咙眼里。

——因为她被大神温柔地按在一棵树上，"树咚"了一下。

然后，她脸红心跳地看着他一点点靠近，直至气息扑面，唇齿交融。

旖旎的月色之中，百年老榕树下，有晚风习习，夏蝉鸣叫，和小别胜新婚。

沈怀南单手靠在树上，将头压得很低，几乎与她平齐。

"其他地方等回去之后再检查。嗯？"

最后那一声低哑慵懒的"嗯"，似蛊惑一般，让喻茉来不及思考，就已经答应了。

调整了一下气息之后，她问："你什么时候回鹭市？"

奇怪，明明她和大神都是榕城人，可不知道为什么，说起去鹭市，却自然而然地用了"回"这个字。

仿佛那里才是他们的家一般。

"公司里还有事，我最多只会在榕城待两三天。"他答道。

"可是杨……"喻茉原想说——可是杨舒婧的事情还没有解决。

一开口就意识到自己说漏嘴了。大神并没有告诉她，他此番回榕城的原因。

"你听说了？"他问。

——果然捕捉到了她话中的漏洞。

喻茉只要点头："嗯。"

"听周洋说的？"

"秦甜甜……"

"一样。"

确实是一样的，毕竟秦甜甜的情报也都是从周洋那里得来的。

哎，她又一不小心把庄周周同学出卖了。

难怪他总是戏称她为坑队友。

——她是挺坑的。

喻茉默默地在心里进行深度的自我检讨。

这时大神又说："别担心，这件事我会处理好。只是，这两天我们可能暂时见不到面。"

喻茉闻言抿着嘴冲他微微一笑，无比通情达理地说："没关系啦。等到暑假结束之后，我们就能天天见面了。"

"你要等到暑假结束后才回去？"他剑眉一挑，一脸的不乐意。

呃……大神这是在控诉她归期太晚了吗？

喻茉微囧，解释道："我要在家多陪陪爸妈。"

他沉默了一会儿，然后说："鹭市也有人需要你陪。"

语气中饱含哀怨。

喻茉："……"

大神你这是在跟你未来的岳父岳母争宠吗？

喻茉囧得说不出话来了，心里同时又有些欢喜。

她忍不住拿手指在他的心口画圈圈，边画边说："那……我跟爸妈商量一下，提前几天回去？"

"好。"他满口答应。

喻茉感觉到，指腹之下的这一颗心，因她的归期提前而愉悦地跳动着。

于是她的心也跳得飞快，怀着同样的欢喜。

当大神说"这两天我们可能暂时见不到面"时，喻茉没有多想，以为他只是忙着处理家里的事，分身乏术。

是以接下来的几天，她都没有联系他，以免打扰到他。

反常的是，大神也没有联系她。

这让喻茉不禁感到惊奇，同时隐隐担忧。

以往不管大神多忙，他都会在每天晚上临睡前，给她打一个电话，聊聊彼此的一天，然后互道晚安。

这几天竟像失踪了一样。

在失联后的第五天早上，一向爱睡懒觉的喻茉，七点不到就自然醒了。

她的心里绷着一根弦，担心有什么不好的事情发生，睁开眼之后便怎么也睡不着了。

在床上辗转反侧了一会儿，她爬起来给大神发了一条微信。

天上掉下个喻大仙：你还在榕城吗？

对面隔了五分钟左右才回复。

沈怀南：嗯。

沈怀南：等处理完家里的事情之后，我再去找你。

沈怀南：这几天我们先别联系。

大神一连发了三条微信过来。

喻茉望着最后一条信息，呆住了。

大神他……没事吧？

那晚分别时，他并没有说不可以联系，今天怎么突然……

喻茉抱着手机坐立不安，心中越来越忐忑。

过了一会儿，她给周洋发了一条微信。

周洋收到喻茉的信息时，睡得正香。

听到手机铃响，他睡眼惺忪地拿起来看了一眼，然后塞回枕头底下，继续睡觉。

几秒钟之后——

"喻大仙"三个字在脑中闪了一下。

他猛地清醒过来，再次查看手机，果然看到刚才那条微信是喻茉发来的。

天上掉下个喻大仙：大神的家里是出什么事了吗？

这姑娘终于反应过来了？

反射弧也是够长的。

周洋立刻回复。

网瘾少年周同学：我不能说。

天上掉下个喻大仙：我感觉到你其实很想说。

周洋："……"

还有心情调侃他，看来她的状态比他预想中的要好。

网瘾少年周同学：这次的事情比较严重，我真的不能说。

天上掉下个喻大仙：有多严重？

网瘾少年周同学：……

网瘾少年周同学：你别套我的话行吗，打死我也不能说。我向老沈发过毒誓的，绝不能向你透露半点口风。

天上掉下个喻大仙：你等着。

周洋一愣，等什么？

这话听起来怎么有点像威胁？

她该不会真的要找人来打他吧？

周洋摸了摸处于发蒙状态的后脑。

这时，手机突然又响了起来。

反对一切迷信势力秦甜甜：大神的家里是出什么事了吗？

反对一切迷信势力秦甜甜：听说你起过毒誓，不能告诉喻茉。你告诉我吧，我转发给她。

周洋：……

这么明晃晃地钻他毒誓的空子，真的好吗？

周洋挣扎了"漫长"的一秒钟之后，向机智的喻大仙投降了。

网瘾少年周同学：老沈父母把他关起来了，逼他跟喻茉分手。他不肯妥协，已经绝食三天了。

……

喻茉看到秦甜甜发来的聊天记录截图时，只觉一阵凉意从脚底起，直冲天灵盖，浑身发寒。

手在隐隐作颤，手机差点拿不稳。

与此同时，沈家。

沈怀南回完喻茉的微信之后，便将手机放到书桌上，双手抄在裤兜里，穿着笔挺的白衬衫，临窗而立。

他背对着房门和前来劝和的父亲，态度十分坚决，并不想多费口舌，也绝不会妥协。

沈父望着儿子的背影，明显感觉到他比三天前瘦了不少，心疼又无奈地叹了口气，道："你这又是何苦呢？"

沈怀南没有立即接话，他望着窗外沉吟了半晌，依然没有回头，只是淡淡地说："如果有一个单恋您的人，拿生命作为威胁，逼迫您和妈离婚，您会妥协吗？"

沈父一怔，道："我和你妈不一样，我们已经结婚……"

不待沈父说完，沈怀南便出声打断："我和她以后也是要结婚的。"

这个"她"指喻茉。

沈父还在继续劝："你们现在都还年轻，以后的事谁也说不准。"

闻言，沈怀南转过身，望着父亲的眼睛，如发誓般一字一句、郑重其事地说：“不管是现在还是以后，我要娶的人都只有她一个。”

“你——”沈父语塞，杵在原地哑口无言好半天，才无可奈何地长叹一声，“不管你以后要跟谁结婚，我和你妈都不会反对。现在我们只希望你能暂时放下儿女私情，以大局为重，帮帮小婧。”

说完，沈父又叹了一口气，极其头疼地道：“这件事若不是关乎小婧，我和你妈也不会这么逼你。毕竟算起来，我们是理亏的。可小婧是我和你妈看着长大的，基本上算我们家的半个女儿，我们实在是不忍心见她出事。即便是理亏，也希望你能理解。

“你杨叔叔和杨阿姨就这么一个宝贝女儿。他们前些天来我们家时，为了这事儿，只差没给我和你妈跪下了。

“只要你这一次答应暂时先和那个女孩儿分开，帮小婧解开心结，以后我保证不干涉你们的事。就算你妈要干涉，我也一定帮你拦着。

“你和那个女孩儿好好说，我相信她能理解的。”

沈父一口气说了一长串。

沈怀南依然没有妥协，他转过身，不再看父亲一眼。

他当然知道喻茉会理解，可理解并不等于不介意、不委屈。

更何况，就算她同意暂时分开，他也不会同意的。

“您走吧，这件事没有商量的余地。”他双手负于身后，语气决绝地对父亲说。

沈父还想继续劝，可又找不到说辞，能说的他全都说了，儿子依然无动于衷，他也没办法。

他叹一口气，开始思索着劝妻子的说辞——一个家里，总得有一个和事佬才行。

沈父无比头大地按了按太阳穴，转身离开，正想去厨房找妻子，不料一出门，竟看见她倒在地上。

他顿时大惊失色，朝房内喊道：“阿南，快，叫救护车！”

喻茉一想到大神三天没有吃东西，她就也跟着吃不下东西了，满桌的佳肴形同嚼蜡。

担心他的安危，又不知道该怎么帮他。

就这样惴惴不安地熬了二十四个小时之后，喻茉实在坐不住了，发微信问周洋大神的情况。

天上掉下个喻大仙：四天了，他还是没吃东西吗？

对面秒回，仿佛等着她来问一般——

网瘾少年周同学：出大事了。

网瘾少年周同学：老沈他妈妈的心脏病发作，进医院了。

天啊！

喻茉想起老妈以前说过，大神是因为他妈妈的身体不好，才留在省内上大学的。

原来沈妈妈患的是心脏病？

天上掉下个喻大仙：现在情况怎么样？他妈妈的病情稳定了吗？

网瘾少年周同学：暂时脱离危险了。不过情况很复杂。他妈妈的身体一直都不太好，这件事我真的不能细说，等以后你自己问老沈吧。

天上掉下个喻大仙：知道了，谢谢你。

毕竟是大神的家事，她也不想打探太多。

知道他妈妈已经脱离危险，她也就稍稍心安了些。

喻茉转而问大神的事——

天上掉下个喻大仙：他呢？状态怎么样？

网瘾少年周同学：不太好。

网瘾少年周同学：不，应该说是很差。

网瘾少年周同学：从昨天他妈进医院到现在，他颗粒未进，滴水未沾，一整夜守在病床边，眼都没合一下。我真担心再这样下去，他的身体会吃不消。

没吃饭，没喝水，也没有睡觉……

越往后听，喻茉的心沉得越厉害。

她知道大神这是在折磨他自己。

而自我折磨是出于内疚。

他是不是在想——

如果他妥协，他妈妈的心脏病可能就不会发作了。

如果他和她分手……

喻茉不敢继续往下想了。

在杨舒婧和她之间，大神必然会选择她。

可若杨舒婧换成了他妈妈，他……一定很为难吧？

喻茉呆呆地坐在卧室里的飘窗上，心拧成了一团，乱如麻。

第二天——

没有大神的消息。

第三天——

依然没有大神的消息。

到第四天时——

喻茉终于接到了他的电话。

她开口便问："你在哪儿？我……"

"想见你"三个字还没有说出口，大神的声音就传过来了——

"在你家旁边的公园。老地方。"

老地方的意思是，她上次被他树咚的地方。

喻茉当下就懂了，挂断电话，来不及换鞋，踩着人字拖就下楼了。

由于天气炎热，中午的公园里人不多。

她一路小跑到老地方，一眼看到大神坐在老榕树下的长椅上，眉宇之间尽是疲惫。

喻茉的心揪了一下，放慢脚步走过去，问："你还好吗？"

他没有起身，轻轻地缓缓地拦腰将她搂过去，额头抵在她的锁骨处，像是终于找到了依靠一般，将部分重量放在她的肩头，哑着嗓子低吟：

"不好。我想你了。"

喻茉站在原地，任由大神抱了许久。久到她开始感觉到他的情绪不太对劲时，才忍不住问："你……家里的事……还好吗？"

沈怀南静静地抵在她的肩头，不知道该怎么回答她的问话。

母亲被诊断为心衰竭晚期，虽然暂时脱离了生命危险，但谁也不知道还能坚持多久。

杨舒婧那里，依然还在闹。

这些事都不是"好"或者"不好"所能描述的。

"我们先不要说那些事。"他紧紧地搂着她，恨不能将她揉进自己的身体里。

这个人他是无论如何也不能放弃的。

许久，沈怀南松开手，拉着她在身旁坐下，帮她理了理两鬓凌乱的碎发，问："你呢？这几天过得怎么样？"

"我很好。"只是很担心你。

后面的半句话，喻茉没有说出来，怕给他增添心理负担。

"我这几天向我妈学了几道菜，等回到鹭市之后，我做给你尝尝。"她尽量挑着轻松地话题说，不等他接话，又笑道，"我爸还说，以后我男朋友上门时，第一样要考的就是厨艺。"

"是吗？"他也笑了，英俊的脸上，疲惫散了几分，"那我得提前做做功课。"

喻茉抿着嘴腼腆地笑："你那么厉害，一定没问题的。"

……

两人闲聊了一会儿。

话题结束后，便又双双沉默。

气氛变得沉重起来。

喻茉感觉到他有话要对她说，一直乖巧地等着。

越等，心悬得越高。

不知道过了多久，她忽然害怕起来，隐约意识到他想说什么了，猛地站起来："我要回……"

"喻茉。"沈怀南抓住她的手，拇指指腹在她白皙的手背让摩挲了几下，哑声说，"我不回学校了。"

"不回……是什么意思？"喻茉的声音在颤抖。她垂眼望着他，心中浮现出一个想法。

大神该不会……

下一秒——

"我要留在榕城，不念大学了。"

见他这么难以启齿，她还以为他是要跟她提分手……

喻茉在心里松了一口气，说："不念大学也没什么，反正在你们IT行业，多的是中途退学的。国外的比尔·盖茨、扎克伯格……不都是中途退学的吗？"

见他的表情依然很沉重，她以为他在担忧两人即将分隔两地的事，于是又说道："鹭市和榕城隔得这么近，我以后每个周末都可以回来。"

沈怀南闻言，心中感动不已。

她果然与他预想的一样，不管他做什么决定，都愿意支持他。

只是——

"我不一定能见你。"这是他最为难的地方。

母亲执意要求他分手，在杨舒婧的病痊愈之前，不允许他跟任何人谈恋爱。

他不敢拒绝，生怕母亲再次受到刺激。

可她，是他最放不了手的。

与她分手，无异于要他的命。

没了她，他便如行尸走肉，只剩一具空壳。

沈怀南的心里矛盾重重："我们……"

"我要回家了。"

喻茉飞快地打断他，怕听到更可怕的话。

他刚才说的那一句"我不一定能见你"，已如一道惊雷劈进她的脑中，轰隆隆，让她的心乱得无法思考。

"我真的该回家了。"丢下这句话，她抽回被他抓住的手，逃也似的走了。

沈怀南下意识地想挽留她，可又不知道留住之后，能说些什么。

让她等他？

可是等多久呢？

他做不到那么自私。

沈怀南握了握空空如也的手，终是眼睁睁地看着她走了。

一颗心，仿佛被掏空了一般。

他在原地呆坐了许久，才起身离开，返回医院。

榕城中心医院心脏科的某病房外，周洋正等在一旁。

"伯母正在午睡，伯父在里面守着，一切正常。"周洋汇报完病房内的情况，见好友一脸的失魂落魄，不禁心下一沉，问，"你和喻茉谈得不顺利？"

沈怀南颓然坐下："不知道。"

"不应该呀！喻茉那么善解人意，应该能够理解你的苦衷才对。"周洋一挑眉，"你是不是没有把伯母的病情告诉她？只是暂时隐瞒恋情，又不是真分手，你在丧气什么？"

没有得到答复，周洋换一口气，又说："难道你在担心，喻茉介意你陪杨舒婧治病的事？其实啊，我估计，只要一听说你和喻茉分手了，杨舒婧的病就能好七八成，根本不需要你本人去陪。"

沈怀南依然没有接话。

他自然是不会去陪杨舒婧的，正如周洋所说，杨舒婧需要的不是他的陪伴，而是他跟喻茉分开。

他之所以决定退学回榕城，是想陪母亲走完人生的最后一段路。

至于隐瞒恋情的方案，且不说喻茉会不会同意，即便她同意，他也不敢尝试，怕事情暴露之后，母亲受到的刺激更大。

周洋见沈怀南一直沉默不语，一下子就急了，问："别告诉我你们已经分手了。"

"没有。"

沈怀南闷闷地摇头。

还没有。

漫长的暑假之后，是更加漫长的大学生活。

自从那日在公园与大神分别之后，喻茉就没有再联系过他。

他的身不由己和难以抉择，她全都知道。

不联系是她所能想到的最好的办法。

大神似乎跟她有着同样的默契，也没有联系她。

分别的日子，时间单位变成了秒，一年是三千一百五十三万六千秒，长得没有尽头。

转眼到了大三上学期。

大家都已经从懵懵懂懂无忧无虑的大一新生，变成了为未来迷茫无措焦虑不安的准毕业生。

尽管距离大学毕业还有两年时间，但每个人都已经开始紧张起来了，有忙着考证的，有准备出国的，也有为保研、考研而火力全开的。

喻茉不属于其中的任何一类。

因为她的专业成绩永远是全系第一，无论是出国还是保研，都不在话下。

至于考证——在大二的一年里，她已经考完了所有能考的证。

连跟她的专业八竿子打不着的导游证都考了。

到大三时，竟一下子不知道该做什么了。

时间仿佛多得用不完。

刚考完半期考的喻茉，坐在图书馆里计算着距离毕业还有多少秒。

谢远从后面走过来，手里拿着两张讲座票。他拿票敲了敲她的肩，然后绕到她对面坐下，问："考得怎么样？"

喻茉回神："老样子。"

"又是稳拿第一名的意思？"谢远笑悠悠地勾了勾唇，"你的成绩可真是稳定得让人羡慕。"

喻茉垂着眼笑，手中的铅笔在纸上慢慢演算，嘴里说道："你不是也一样？"

谢远没有接话茬，望着她眉眼低垂专注写字的样子，心里说不出是酸还是甜。

一年了，她还在等沈怀南。

而他在等她放弃。

谢远看着手里的讲座票，视线停留在以"沈"字开头，烫金的三个字上，忍不住在心里叹了一口气。

他终究是希望她能如愿以偿的，哪怕明知道这意味着，自己的期望会落空。

"你在算什么？"他望着她身前的草稿纸问。

她没有抬眼："时间。"

"什么时间？"

"距离毕业的时间。"

"用计算器不是更快？"

"是更快。但是，"喻茉手中的笔顿了一下，嘴角微微勾出一个弧度，继续说，"反正也没事做。我可以慢慢算。"

谢远："没事做？那正好。我这里有两张讲座票，分你一张。"

"不用了，分给你的小学妹吧。"

喻茉头也没抬一下，还在演算着最基本的加减乘除，边算边问："说起来，那个小学妹还没把你追到手？"

谢远苦笑："你就别开我的玩笑了。"说完，将讲座票推到她面前，"票我给你了，你若是不去……"

那就最好了。

想到此，谢远自嘲地摇了摇头，心道：明明已经决定成全她了，你还在期待什么？

"我走了。去不去你自己决定。"丢下这句话，谢远起身离开。

"谢了。"

喻茉依然没有抬眼。回想起过去一年，和谢远从校友变成好友的时光，心中不禁感慨万千。

自从她和大神分开之后，为了让时间过得更快一些，她报考了许多考试。巧的是，谢远也报考了同样的考试，经常给她分享考试攻略和资料。

正所谓来而不往非礼也，她拿了别人的攻略，自然也要回报的。

一来二往，两个考证达人竟产生了深厚的革命友谊，成了好朋友，经常交流考试心得。

从这学期开始，联系的频率才减少了些。因为有个计算机系的大一小学妹，对他一见钟情，满校园追他。他忙着躲避小学妹，自然没空来找她这个革命老友了。

喻茉见过那小学妹一次，对对方印象挺好的。

因此还被谢远嘲笑过，说她对所有计算机系的人印象都好。

这……倒是实话。

用秦甜甜的话说——计算机系，是她的夫家呢。

想起大神，喻茉嘴角的那个弧度勾得更深了，心情也好了几分。

虽然一年没有见面了，但她一直有他的消息。

她知道他的公司开发的游戏，在市场上广受欢迎。

也知道他的公司的规模扩大了不少，据说即将在鹭市重新设立分公司——一年前他从东大退学时，将总部从鹭市搬到了榕城。

传言他现在的身价上亿，被评为年度最具潜力 IT 人。

还有人说他是中国的比尔·盖茨，因为他跟比尔·盖茨一样，只读了一年大学就退学了。

喻茉想得正入神，前方忽然传来一声疑问，打断了她的思绪。

"学姐，你喜欢谢远学长吗？"

一抬眼，看见满校园追求谢远的那个小学妹坐在对面。

"谢远？"喻茉呆了一下才意识到，小学妹误会了她和谢远的关系，笑着解释道，"我不喜欢他，我和他只是朋友。"

"太好了！"小学妹也很耿直，当下就喜笑颜开，拿起谢远留在桌上的讲座票，"学姐你应该对这种讲座没有兴趣，我代替你去听好不好？"

这话说得有够冠冕堂皇的。

喻茉失笑："你怎么知道我没有兴趣？"

"学校的讲座都很无聊的，你肯定没有兴趣，就这么定了！我改天请你喝奶茶。"

说完这话，小学妹自顾自地起身走了，边走边看讲座票上的信息，嘴里嘀咕着："沈怀南？沈怀南！我的偶像啊！"

当喻茉听到"沈怀南"三个字时，拿笔的手颤了一下，随后浑身的细胞都跟着颤抖起来。

"你说什么？"她叫住小学妹，声音里透着不敢置信。

"这场讲座的主讲人是沈怀南。"小学妹激动不已，指着票上的信息给喻茉看，"周五下午三点半，在建东大礼堂。想不到有生之年能够跟偶像离得这么近，我一定要去找他要签名。学姐你要不要？我帮你要一个。"

"啊？我……"喻茉还处于震惊中，脑子有点蒙。

小学妹一拍脑袋："哎呀，我怎么忘了，你不是计算机系的，可能不认识他。他啊，是我们系的顶级大神。只可惜我入学太晚，不能目睹大神的风采，还好他回母校开讲座来了，我实在是太……"

"那个，"喻茉打断她，语气尽可能平静地说，"能把票还给我吗？"

正兴奋不已的小学妹一呆，苦着脸问："学姐你该不会也是他的粉丝吧？"

"不是。"

喻茉摇头，久违的甜甜笑意爬上眉梢：

"我是他的女朋友。"

小学妹瞪着一对不可思议的美眸怔了好半天，才试探性地问："前女友？"

"……"

喻茉囧："现任。"说完，伸出手又说了一遍，"可以把票还给我吗？这场讲座我想去听。"

小学妹不情不愿地交出讲座票，嘴里嘀咕着："学姐，你既然是沈怀南的女朋友，为什么听他的讲座还需要门票？"

这个问题——

问得好。

她答不上来。

喻茉慢条斯理地将门票夹进笔记本中，然后说："我走了，回见。"

小学妹又是一呆："哎，喻茉学姐，你还没有回答我的问题啊！"

"嗯。"

喻茉供认不讳，接着背起书包，走了，留下一脸蒙的小学妹在风中凌乱。

出图书馆之后，她给谢远发了一条微信。

天上掉下个喻大仙：门票收到了。谢谢你。

追仙的少年：不客气。

追仙的少年：大婚时别给我发请柬，我没钱。

天上掉下个喻大仙：……

天上掉下个喻大仙：放心。我会把份子钱也一起寄给你的。

信息的另一端，谢远对着手机屏幕笑了笑，正要退出微信，忽然收到了学妹林雪菲的信息。

我就是那个仙：谢远学长，你是不是有沈怀南的讲座门票？可以给我一张吗？

我就是那个仙：我特别崇拜沈怀南，拜托你了。

谢远：……

这姑娘不是追他追得快飞起来了吗？

怎么突然之间变成了沈怀南的迷妹？

谢远的心中忽然很不是滋味。

虽说沈怀南确实优秀得不像个凡人，但也不至于让他身边的所有姑娘都为之倾倒吧？

谢远不爽地撇了撇嘴，干脆果断地回过去两个字——

追仙的少年：没有。

我就是那个仙：~~~~o(>_<)o ~~

我就是那个仙：那我问问其他人吧。

我就是那个仙：对了，我今天才知道，原来喻茉学姐是沈怀南的女朋友。实在是太意外了！学姐真的好低调噢。

追仙的少年：那是因为他们高调谈恋爱时，你还在读高中。

大一游园会那会儿，沈怀南向喻茉教科书式的告白，几乎传遍整个校园，哪里还低调的了？

对面隔了好久都没有回复。

其间谢远查看了两次手机，都没有新消息。

第三次查看时，他挑了挑轻淡的眉宇，又给林雪菲发了一条消息。

追仙的少年：你要是肯把你的微信昵称换掉，我就帮你弄一张门票。

这一次对面秒回，并且已经将昵称改成了——追少年的仙。

追少年的仙：谢谢学长。[乖巧脸]

谢远：……

现在的小姑娘都这么直白吗？

不知道的还以为他和她是情侣关系。

谢远实在是不忍直视对话框里的两个昵称。他点开微信设置，将昵称改成了谢远。

反正，他想追的那个仙，已经心有所属，他再怎么追都没有用。

改完昵称后，谢远回复林雪菲：去学生活动中心二楼，找学生会的人拿票，就说是我让你去拿的。

对面隔了半分钟才回复，昵称也跟着变了——

追谢远的林雪菲：不能找你本人拿吗？

谢远看着小姑娘的新昵称，傻眼了。

这姑娘是想让全世界都知道她在追他？

谢远颇为无奈地摇了摇头，关上手机，嘴角浮现出了连他自己都未察觉的浅浅弧度。

另一边，喻茉拿着大神的讲座门票回到宿舍，想着明天就是周五了，心中激动不已，欣喜之余同时还有一点紧张。

虽然一直都有大神的消息，但那些消息都是与他的工作相关的。

而与他的私生活相关的事，网上一点消息也查不到。

不知道他这一年过得怎么样？

喻茉忍不住打开电脑，想搜索大神的最新消息。

她才刚在搜索引擎里编辑出"沈怀南"三个字，秦甜甜就在宿舍里大叫了一声——

"论坛上说，沈怀南要来学校开讲座了！"

说完这句话，秦甜甜从椅子上弹起来，跑到喻茉跟前，又重复了一遍："茉茉，你家大神要来学校开讲座了！！！"

秦甜甜激动得手舞足蹈，仿佛要来开讲座的人是她自己的男朋友。

喻茉淡定微笑，只回了一个字："嗯。"

"嗯？就这样？你一点都不激动？"

秦甜甜一脸的不可思议。

林路遥和赵文敏闻言也都围了过来，头上分别插着两根八卦小天线。

林路遥："茉茉，你是不是早就知道这个消息了？"

喻茉诚实回答："我也是今天才知道的。"

"然后呢？"秦甜甜急得恨不能钻进喻茉的脑子里一探究竟，"你不打算去听吗？"

"我要去的。"喻茉晃了晃手里的门票，"明天下午三点。"

"居然连门票都拿到手了。别告诉我，这是你家大神送来的。"秦甜甜一脸"请关爱单身汪"的表情。

喻茉抿着嘴轻笑："没有啦。谢远给我的。"

"谢远？他怎么舍得……"秦甜甜原想说——他怎么舍得把你拱手送到大神身边？

话到嘴边，又忍住了。

有些事，说清楚了反而对大家都不好。

秦甜甜连忙将话锋一转，问："你有几张票？我们也想去见一见中国的比尔·盖茨呀！"

林路遥和赵文敏连连点头，异口同声："我也想去。"

喻茉又晃了一下手上的门票，弱弱地说："我只有一张。"

话音未落，手上的门票就被秦甜甜咻地抽走了。

秦甜甜："你再弄三张票来。我就把这张票还给你。"

喻茉："……"连这张票都是谢远分给她的，她去哪里再弄三张票来？

下一秒，秦甜甜给她指了一条明路——

"你家大神手里，肯定有很多票。"

喻茉："……"

这么久没联系，一联系就向他索票，不知道大神会作何感想？

喻茉挣扎了大概有一个世纪长的——半秒钟，然后就接受了秦甜甜的建议。

只因为她等不到明天下午三点了。

向大神索票，确实是一个不错的借口。

尽管喻茉恨不能立刻和大神相见，但——她到底还是尿包一个。

于是，在联系大神之前，她先给周洋发了一条微信探口风。

周洋收到喻茉的微信时，正在沈怀南的公寓里敲代码。

与他一起的，还有大侠和款爷。

当初沈怀南虽然将公司的总部从鹭市搬到了榕城，让他们三个在宿舍远程办公，但一直保留着这间公寓。

是以当公寓的主人回来时，他们也就被召唤过来了。

听到手机铃响，周洋解锁屏幕，看到了喻茉的消息——

天上掉个喻大仙：听说明天下午三点在建东大礼堂有一场讲座，你那里有没有多余的门票？

明天下午三点。

建东大礼堂。

周洋把时间和地点在脑中过了一遍，当下就明白了喻茉指的是哪一场讲座——

这不就是她男朋友的讲座嘛。

她不去找自己男朋友要门票，反倒找上他，是什么意思？

想让他帮忙传话？

周洋一挑眉，懂了。

——她肯定是想让他给她男朋友传话。

于是，当沈怀南左手青灰色双排扣西装，右手藏青色单排扣西装，从楼上卧室下来，问大家哪一件更好看时，周洋是这样回答的——

"两件都好看。今天穿一件，明天穿一件。"

这话一听就很敷衍。

沈怀南却极认真地又问了一遍："哪一件更好看？"

"……"

周洋很无语，心道：长成你这样，就算是身上套个麻袋，也能帅到让姑娘们尖叫好吗？

在心里吐槽完毕，周洋随手一指，说："灰色这件。"

沈怀南闻言看向右手边的藏青色西装，说："那明天就穿这一件。"

周洋："……"敢情沈总您用的是排除法？

沈怀南："据说女生的审美与男生相反。"

周洋一脸无语："我们知道你是穿给哪个女生看的，不用说出来。"

"是吗？"

沈怀南低吟一声，转过身上楼。

他嘴角轻勾，幽深黑眸里藏的是满满笑意。

周洋也弯着嘴角哼哼地笑了起来，待好友上楼后，他顺手截了一张图，发给好友，附言：转需。

然后回复喻茉：已转需。

……

喻茉望着微信对话框里的消息，愣了足足一分钟，才明白周洋干了什么好事——

他他他……他把她刚才发过去探口风的消息，转发给大神了。

这个周洋——

还挺机智的。

不知道大神看到消息之后，会有什么样的反应？

喻茉捧着手机，眼睛一眨不眨地盯着屏幕，心跳得飞快。

时间变得奇慢无比，她默默地在心里跟着秒针数数。

一秒。

两秒。

三秒。

……

数到第三十秒时——

"叮"一声，手机屏幕亮了，上面显示着五个大字——

我的男朋友。

来电。

说不定今天运气好，能碰到你

　　陡然的响铃吓得喻茉手一颤，差点将手机抛出去。

　　来不及定神，她揣着一颗兵荒马乱的心，几乎出于本能地迅速按下接听键："喂？"

　　"是我。"

　　久违的熟悉嗓音，让喻茉眼圈一热。

　　"我知道。"她哑着嗓子说，千言万语蜂拥而来，汇聚在喉咙眼里，一句也说不出来。

　　对面的人没有多做寒暄，直接说：

　　"你在哪里？我现在过去找你。"

　　他一连说了两句话，声音里透着迫切。

　　这完全不像他的风格。

　　在喻茉的记忆中，大神永远是气定神闲云淡风轻的样子，很少表现出急迫，至少她从未见到过。

　　"我在宿舍。"她答道。

　　"待在宿舍别动，我马上过去见你。"

　　喻茉闻言鼻子一酸："好。"

　　挂断电话之后，她飞快地奔进宿舍，打开衣柜，视线在衣柜里从上到下，从左到右晃了好几圈，终是拿不定主意。

　　这时，时尚达人林路遥在身后笑呵呵地一拍她的肩，指着衣柜里的一字肩连衣裙说："穿这件。露出你的锁骨和香肩，绝对美到你家大神不能自已。"

　　"……"

　　美就行，能不能自已不是重点……

　　喻茉将裙子拿出来对着镜子比了几下，问："会不会太……露了？"

　　林路遥反问："你既然担心它太露，当初为什么买呢？"

"因为好看……"一时冲动就买了，衣柜里的好几件衣服都是这么来的。

林路遥："现在流行这么穿。如果我没记错的话，你自从买回来这条裙子之后，就从来没有穿过它，眼看夏天都要过完了，也该把它放出来晒晒太阳了。不然怎么对得起你花出去的钞票？"

这话说得……很有道理的样子。

喻茉被林路遥说服，加之大神已经在来的路上了，没有太多时间纠结服饰的问题，于是点了点头，以英勇就义般的口吻说道："为了钞票，必须穿一次。"

林路遥失笑："不知道的还以为你要去跟钞票约会呢。"

"她家大神现在不就是行走的钞票？"秦甜甜打趣。

喻茉囧。

行走的钞票……那不是印钞机吗？

梳妆打扮完毕之后，不等大神来消息，喻茉就踩着细高跟鞋，飞快地奔到了楼下。

巧的是，大神正好也到了。

他站在车旁，穿着量身定制般合身的衬衫和西裤，锃亮的皮鞋，眉宇间多了几分成熟。

棱角分明的轮廓与从前比起来，清瘦了不少。

他正低垂着眉眼，嘴角轻轻勾起，拿手机发着信息。

喻茉正看得出神，手机忽然叮咚一声响了起来。不用看也知道必然是他发来的消息。

对面的人也跟着抬起了头。

四目相撞，她的心颤了一下。

对视几秒，她垂着眼走过去，心里纠结着是否该说一句"好久不见"。

沈怀南静静地打量着久别重逢的心上人，万千思潮一涌而来，竟不知该从哪里说起。

她穿着露肩的裙子，微卷的发尾散在两肩，细细的高跟鞋将腿线拉得又直又长，整个人与记忆中的她相比，平添了三分妩媚、七分婀娜。

美得不可方物。

也难怪有人一直紧追不放。

沈怀南望着喻茉，缓缓弯起唇，道："陪我去海边走走，好不好？"

"好。"

东大北门外就有一片海滩，一到夏天就人满为患。傍晚时分的人格外多，远远望去，白沙滩和近海里全是人，跟下饺子似的。

两人没有去沙滩上凑热闹，而是在远离人群的环海木栈道上漫步，沿着栏杆，听风与海浪。

"你过得好吗？我听说你的公司经营得很好。"喻茉边走边问，语气略显拘谨。

沈怀南："公司确实经营得不错。"

"那你呢？过得好吗？"

好吗？

沈怀南回想起过去的一年，脑中没有太多与自己的感受相关的记忆，大部分时间都花在陪伴母亲和经营公司上。

只在每一个夜深人静的时候，会因相思成灾而难以入眠。

"现在很好。"他意有所指地说，侧眼看向她，深邃眸子里全是心满意足。

喻茉没有听出他话中的深意，喃喃道："那就好。"

末了，她又说："我也过得很充实。大二一年，考了好多证。"

沈怀南微微颔首："我知道。"

他知道她的学习成绩一直很好，知道她大二寒假回家时剪短了头发，现在已经长长了，与一年前分开时无异。

他还知道她暑假没有回榕城，留在鹭市的一家审计事务所实习，实习成绩拿了优，那家事务所提前给了她工作 offer，但被她拒绝了。

"毕业后想读研吗？"他问。

"不想，打算毕业后直接工作。"喻茉如实回答，心里还想着，他怎么知道她考了很多证？

难道他也一直在偷偷地关注她？

这样一想，喻茉的心里更加高兴了。

"想做什么工作？"他又问。

喻茉："没有特别的意向，只要能够回榕城就行。"

"你毕业以后要回榕城？"他反问，语气里带着愉悦。

喻茉点头："嗯，想离家近一点。"

他闻言挑起了眉，望着前方一脸失望地说："原来不是因为我在榕城啊——"

最后一个"啊"音拖得长长的。

一听就是在故意逗她。

大神果然还是原来的大神，一逮到机会就逗她。

喻茉垂下头，十根手指拧巴在一起，小声嘀咕："也有这个原因……"

"我知道。"

"……"

大神你这么自信，我都不知道该怎么接话了。

喻茉又囧了一下，默默地低头不语。

沈怀南侧过头，好心情地看了她一会儿，然后问："你想要几张票？"

"咦？"

"明天的讲座门票。"

"哦，那个……"喻茉这才想起来，今天与他见面还有正事要说，"三张。我的舍友们都想去听你的讲座。"

提到舍友们，她想起临出门前，大家对他的描述，于是调皮地说道："她们说你是行走的钞票。"说完，还嘿嘿地笑了两声。

沈怀南失笑，道："她们说的应该是款爷。"

喻茉："……"心疼躺枪的款爷三秒。

与此同时，远在公司敲代码的款爷，莫名感觉背脊一阵寒。他不由得脸色一白，心道：莫非最近小黄片看太多，肾虚了？

"你们说，老板一会儿会带老板娘回来吗？"大侠特八卦地问。

款爷还沉浸在疑似肾虚的惊慌之中，随口应付道："你晚上在这里蹲他们不就知道了？"

大侠一脸怕怕："我还想多浪几年。"他若在这里蹲点，老板非扣他十年工资不可。

两人的对话提醒了周洋，他连忙说道："咱们赶紧散了，免得在这里当电灯泡，坏了别人的好事。"

事实上，沈怀南是一个人回到公寓的，没有好事给他们坏。

一年的时间说长不长，说短不短。时间虽然并没有在两人之间划下鸿沟，但许久未见，多少有些生分。

他怕进展地太快，吓到她，便将她直接送回了学校宿舍。

不知道她现在在做什么？

思及此，沈怀南不禁自嘲地笑了起来，自己几时变成一刻也离不开女朋友的人了？

另一边，喻茉将讲座门票——也就是大神的名片，分发给舍友们。

"大神说，可以凭他的名片进场。"她说。

"太好了，你的门票也还给你。"秦甜甜爽快地将门票递给喻茉，然后倚在她的衣柜上，贼兮兮地问，"你和你家大神……有没有旧爱复燃？"

旧爱复燃？

这个词不适合形容她和大神吧。

喻茉眨眨眼："我们之间的火一直没有灭过。"

秦甜甜："……"

现在的情侣撒起狗粮来，真真是丝毫不心慈手软。

秦甜甜捂着自己受到一万点伤害的单身汪之心，识趣地走了。

喻茉看着秦甜甜夸张的表情，抿着嘴笑了起来。

熄灯之后，喻茉躺在床上，兴奋得合不拢眼，对着天花板傻笑。

不知道大神现在在做什么呢？

她打开微信，正想给他发信息，对话框里却先一步弹出了他发来的信息——

沈怀南：睡了吗？

喻茉秒回——

天上掉下个喻大仙：还没有。你怎么也还不睡？

天上掉下个喻大仙：还在工作吗？

沈怀南：准备睡了。

沈怀南：你睡不着？

天上掉下个喻大仙：嗯。

喻茉回想起今天见面的情形，依然有点不真实的感觉，仿若在梦里。

她咧着嘴无声地笑了笑，正想问他是不是也睡不着，信息才编辑到一半，便又收到了他的信息——

沈怀南：见到我太高兴？

呃……

喻茉默默地删掉编辑框里的内容，弱弱地承认——

天上掉下个喻大仙：有一点……

对面安静了片刻。

然后，她收到了这样一条回复——

沈怀南：我有很多点。

大神的讲座如期而至。

喻茉和舍友们坐在会场中间的位置，右手边是谢远和小学妹林雪菲。

"喻茉学姐，一会儿散场之后，我能不能跟你的男朋友合影？"林雪菲伸长脖子，越过两人中间的谢远，兴奋地和喻茉对话。

不待喻茉接话，谢远就先懒洋洋地说了一句："知道是别人的男朋友，还犯花痴？"

林雪菲生得十分好看，一张瓜子脸粉雕玉琢般水灵，原本细长的柳叶眉被她用眉笔画成了一字形，平添几分邻家小妹的气质。

她听到谢远的话，粉唇一嘟，说："没办法，谁让我没有男朋友呢？"

谢远："……"无言以对。

喻茉失笑，回答林雪菲："我要先问一问我男朋友。"

林雪菲大喜，道："只要学姐你同意，那肯定就没问题了。"

这时秦甜甜等人也凑过来，纷纷表示要跟大神合影。

"拍一张十块钱。"喻茉恶搞道。

秦甜甜："十块钱？这打折促销的力度会不会太大了点儿啊？你家大神好歹也是亿万富翁的身价。"

　　喻茉："友情价嘛。"

　　秦甜甜："想不到咱们的友情竟然值几个亿，我现在真想把你给卖了，换钱买豪宅。"

　　"……"

　　现在绝交还来得及吗？

　　喻茉原本与大神约好，讲座结束之后，和周洋他们一起去聚餐。

　　既然大家要合影的话，那就得多预留点时间了。

　　思及此，她连忙给大神发了一条信息。

　　沈怀南收到喻茉的信息时，正在后台做最后的准备。

　　他穿着笔挺的藏青色西装，打着同色系但比西装深一个号的领带，深棕色皮鞋，身上的每一件单品都精致而讲究，气质出尘，英俊儒雅。

　　"沈总，还有五分钟就要出场了。"工作人员过来提醒。

　　他微微颔首，拿起手机正想给喻茉打电话，她的信息就先发过来了。

　　天上掉下个喻大仙：一会儿演讲结束之后，我的舍友们想跟你合影。可以吗？

　　沈怀南勾了勾唇，回复：我要先请示我的女朋友，需要她的批准才行。

　　信号的彼端，喻茉被大神的这句话暖到了。

　　她抿着嘴，一边傻笑一边回微信。

　　天上掉下个喻大仙：准了。

　　信息才刚发出去，大神的电话就打过来了。

　　会场内十分嘈杂，她用手堵住一只耳朵，将手机压在另一只耳朵上，接听电话："喂？"

　　"到了吗？"他问。

　　"到了。我坐在会场正中间的位置。"说完，她关切道，"马上就要开场了。你紧张吗？"

　　"讲完这通电话就不紧张了。"

　　喻茉听出了他的言外之意，心中微喜，带着几分扭捏和羞涩，说道："那……一会儿见？"

　　沈怀南点头："嗯。"

　　挂断电话，主持人的声音适时响起——

　　"有请今天的主讲人，汇腾科技的总裁，沈怀南先生。"

　　会场内立时响起雷鸣般的热烈掌上。

　　沈怀南应声出场：

"大家下午好。"

又是一阵激烈的掌声。

他静静地站在演讲台上，目光划过会场正中间的区域，一眼看到全场最捧场的人——他的女朋友。

她的小脸蛋笑成了一朵花，两只手不停地鼓着掌。

沈怀南被她的笑容感染，忍不住也弯起了唇。

待掌声平息后，他才收回视线，开始演讲。

今天演讲的主题是创业历程。

他之前拒绝过很多媒体记者的采访邀约，很少在公众面前讲自己的创业史。

这一次是因为喻茉，他才接受了母校的邀请。

"谢谢大家的热情。感谢母校邀请我今天来这里，与大家分享我的经历……"

……

四十五分钟的演讲很快过去，接着进入与现场观众互动环节。

工作人员将话筒递给随机选中的观众，被选中的观众则向沈怀南提问。

第一个提问的是一个男生，戴着一副厚厚的框架眼镜，书生气十足。

"沈总你好，我是计算机系大二的学生，现在也在创业中，我想请教你一个问题。"

沈怀南："你好。请说。"

"请问你在创业的过程中，最难熬的一段时间是什么时候？"

"最难熬的时候，"沈怀南拿着话筒，思索了一下，然后继续说，"是我的女朋友离开我的那段日子。"

会场内瞬时安静下来。

气氛变得有些沉闷。

"初恋女友吗？"主持人问。

沈怀南点头。

主持人又问："她离开你，是因为不支持你创业吗？"

沈怀南看一眼台下的某个位置，说："她很支持我，分开是因为其他原因。"

"什么原因？"

"我不方便在这里讲。"

"明白。理解。"主持人立刻将话题切开，"你是靠什么克服那段灰暗期的呢？"

"她的照片。"

沈怀南答得很快。

主持人愣了半天才把舌头捋直："很、很深情哈。"

沈怀南笑而不语。

主持人："那你们现在还有联系吗？她过得怎么样？"

沈怀南闻言，目光变得无比温柔，他低笑道："她过得很好，有一个很爱她的男朋友。"

台下的喻茉，听到这番话，心中百感交集，眼圈里泛着点点泪光。

"喻茉学姐和沈怀南是怎么回事啊？喻茉学姐不是说，沈怀南是她的男朋友吗？"林雪菲在谢远耳边小声嘀咕。

谢远被突然贴过来的温热气息撩得有些心躁，他往旁边挪了挪，然后答道："不知道。"

他不知道他们两个到底是怎么回事，只知道大二一开学，沈怀南就从喻茉的身边消失了。

而现在，两人又重归于好了。

台上还在互动。

话筒传到了一个女生手里。

"请问沈学长，你现在有女朋友吗？"女生问得大胆而直白。

话音未落，全场的观众便开始起哄。

主持人也笑着对沈怀南说："若是没有的话，现场有很多女生都愿意做你的女朋友噢。"说完，将话筒指向台下，问，"你们愿不愿意？"

全场女生异口同声："愿意——"

喻茉的三位舍友以及林雪菲，喊得尤其大声。

喻茉："……"

能不能稍微顾及一下她这位正宫娘娘的感受啊？

喻茉大囧，问邻座的秦甜甜："你们凑什么热闹？"

"活跃气氛嘛。谁让你家大神是万人迷呢？"秦甜甜笑哈哈道。

"……"

喻茉无语凝咽。

与她同样无语的，还有谢远。

谢远听着林雪菲那一声尖叫般的"愿意"，头上飞过乌鸦一片。

"别人已经有女朋友了。"他不咸不淡地说。

林雪菲眉眼一弯，仰着头对他笑说："可你还没有女朋友，不考虑收一个？"她边说边用手指向自己。

言下之意——赶紧把我收了吧。

谢远哼笑着摇了摇头，道："又没有后宫，收什么收？"

林雪菲一愣，随后喜道："只有我一个人在追你？这样说来，我的机会很大喽？"

谢远没有接话，嘴角的弧度往上扬了几分。

他望向台上的沈怀南，忽然之间感觉心里的羡慕减了不少。

台上。

沈怀南被大家的"告白"弄得有些尴尬，同时担心台下的女朋友吃醋，连忙对着话筒答道："我有女朋友。"

"唉——"几百颗芳心碎了一地。

主持人也做出心碎的表情，然后问："她今天也在现场吗？可不可以请她上台？"

"她不喜欢这样的场合。"沈怀南替喻茉拒绝。

主持人闻言没有再坚持，反而问了另一个问题："你刚才提到初恋女友，不怕现任女友生气吗？"

沈怀南轻笑，答道："她就是那个初恋女友。"

语气温柔得像春天里的微风，吹动人的心湖。

现场的女生们纷纷捧着脸做羡慕状。

主持人一连说了好几个"太深情了""太幸福了"。

喻茉在台下也湿了眼眶，同时笑得像个傻子。

讲座散场后，她和舍友们一起到足球场，与大神合影。

林雪菲和谢远也来了。

林雪菲自备了拍立得，负责帮大家拍照，等到大家全部与大神合影完毕之后，才让喻茉帮她拍照。

如愿以偿地拿到与偶像的合影照之后，她又索要签名。

"喻茉学姐，能让你的男朋友在照片的背面，帮我签名，并写一句祝福语吗？"她非常自觉地忽略沈大神的意见，直接向喻茉请示。

喻茉好笑地点点头，说："你想写什么？"

"写——"林雪菲回头瞟一眼站在旁边双手抱胸，冷漠脸围观的谢远，"就写——祝林雪菲早日追到谢远。"

喻茉："……"写这样的祝福语，谢远会跟她绝交吧？

喻茉见谢远满脸黑线，正想让林雪菲换一句祝福语，却见大神非常绅士地从西装内袋里掏出随身携带的钢笔，问：

"你想要几张？"

林雪菲受宠若惊，惊喜地反问："可以要很多张吗？"

沈怀南看一眼昔日情敌，面带微笑，语气悠然地说：

"多多益善。"

大神与周洋、大侠和款爷约在西校门外的一家湘菜馆碰面。是他们以前经常聚餐的地方。

喻茉一出现，大家就热情地给她倒茶，嘴里寒暄着好久不见。

"说来也奇怪，明明在同一所学校，我们怎么就从来没有偶遇过呢？"大侠说道。

"颜值问题呗。"款爷调侃，"你要是去韩国整个容回来，我保证你心里想着谁，就能偶遇谁。"

大侠一脸不齿："咱们老板娘是那种肤浅的人吗？她肯定是因为学习太认真，才没有跟我偶遇。"

款爷："她大一那会儿学习也很认真，依然隔三岔五跟咱们老板偶遇。你能说这跟颜值没有关系？"

喻茉："……"她什么时候隔三岔五跟大神偶遇了？

说得好像她故意跟踪大神似的。

她才没有那个胆……

喻茉正想为自己辩解一下，却听大神甚是云淡风轻地说："那叫缘分。你们不懂。"

你、们、不、懂……

喻茉微囧。大神你这样刺激自己的下属真的好吗？

被刺激到的单身汪天团满脸黑线。

不就是缘分吗？

他们也——

还真是从来没有过。

三人回想起过去两年的大学生活，不仅从来没有谈过恋爱，连个暧昧对象都没有，眼看就要从小鲜肉熬成老腊肉了，不禁悲从中来。

"嫂子。"周洋喊得无比亲切，一听就是有求于人的口吻。

喻茉往大神身边靠了靠，问："什么事？"

"你别紧张。"周洋给她斟满茶，然后说，"你们系里那么多漂亮姑娘，给我们介绍一个呗？"

大侠和款爷一听这话，眼睛都亮了，连忙附和道："求介绍，求脱单。"

喻茉："……"大侠和款爷求介绍也就算了，周洋凑什么热闹？

他跟秦甜甜不是打得挺火热的吗？

咦？不对，以前秦甜甜三句话不离周洋，最近似乎提的少了。

难道两人闹矛盾了？

"你跟甜甜……"喻茉的话只说了一半就停下来了。因为她相信周洋能听懂她的意思。

周洋确实听懂了喻茉的未尽之意。他喝一口闷酒，极其郁闷地说："她跟我绝交了。"

"绝交？"喻茉惊呆了。

她从来没有听秦甜甜提起过这事啊？

秦甜甜明显对周洋也有意思，怎么会突然跟他绝交？

"什么时候的事？"喻茉又问。

周洋："就是前几天的事。我向她告白，她当场就原地爆炸，把我拉黑了。"

呃……

这剧情听起来不太符合逻辑。

正常来说，被人表白之后，就算不喜欢，也不至于原地爆炸吧？

喻茉的好奇心被勾起来了，决定回去问问秦甜甜，到底是怎么回事。

暂时搁下秦甜甜和周洋的事，她转而对大侠和款爷说："我倒是有两个舍友还单身。其中一个要求男生的身高在一米八以上，另一个要求毕业后跟她回家乡工作，你们选哪一个？"

大侠和款爷相互看看对方的身高，再看看坐在对面的老板，一脸绝望。

酒足饭饱之后，单身汪天团不想当电灯泡，一出餐馆就先走了。

喻茉在大神的护送下回学校。

到宿舍楼下后，她想起大神在饭桌上没怎么说话，不禁好奇地问："你没有话对他们说吗？毕竟这么久没见面……"

"我们平时在线上沟通很多。"

"哦。对耶……"

"况且，今天我只是来买单的。他们想见的人是你。"

"我？"喻茉微惊，没料到自己才是此次聚餐的主角。

沈怀南微微颔首，道："他们不相信我只花了一天时间，就把你重新追到手了，想亲眼验证一下。"

"我们又没有分过手。"喻茉小声嘀咕。

"我也这么认为。"沈怀南好心情地说。然后缓缓弓下身，话锋一转，在她耳边低声道，"既然如此，那今晚……"

他没有继续说下去。

一切尽在不言中。

喻茉脸一红，略显羞涩地说："我、我先回宿舍……"丢下这句话，便跑进了宿舍楼。

回到宿舍之后，喻茉还来不及做任何事，便被秦甜甜拦住了。

"茉茉，你今晚是不是见到周洋那家伙了？"秦甜甜问，语气十分别扭。

喻茉老实点头："见到了。"随后想起周洋在饭桌说的那番话，便问，"你们吵架啦？"

"嘁——"秦甜甜翻个大大的白眼，"他那么拽，谁敢跟他吵架啊？"

"……"

显然是吵架了。

喻茉："我听周洋说……他向你表白了？"

"表白？他把那种话当表白？"秦甜甜气得脸都红了，只差没有原地爆炸，"你知道他跟我说了什么吗？"

喻茉："什么？"

"他说——'你的脾气那么大，肯定找不到第二个像我这样，对你好的人了。要不你干脆跟我凑合一下？'"

秦甜甜说得咬牙切齿。

喻茉听得也相当之无语。

凑合一下……

难怪秦甜甜听到之后会原地爆炸。

这种话无论是让哪个女生听到，都不会认为是有诚意的表白吧？

另一边沈怀南也在听周洋倒苦水。

周洋："老沈啊，为什么你追姑娘，一追一个准，我的情路却这么坎坷？难得遇到一个心仪的姑娘，结果却被拒绝了。"

一追一个准？

沈怀南拧眉："我只追过喻茉一个。"

"我知道你只追过喻茉一个人。你对喻茉的心，天地可表日月可鉴，一生只爱她一个。"周洋边说边抖身上的鸡皮疙瘩。

他原本想揶揄一下好友，不料对面却极其郑重地回了一个字：

"嗯。"

周洋："……"居然承认了。

闷骚了二十年的沈总，现在是要走明骚路线了吗？

又被喂了一嘴狗粮的周洋，很忧伤。

"算了。不打扰你们重温旧梦了。拜拜。"

电话的彼端，沈怀南挂断之后，苦笑了一下。

重温旧梦？

孤枕难眠还差不多。

想起和喻茉分别时的画面，沈怀南嘴角的笑容更苦了。

就算不愿意来这里过夜，也不必跑得那么快。

他又不是洪水猛兽。

沈怀南点开微信，想给喻茉发一句"晚安"，门铃忽然响了。

谁会在这个时候找上门？

他将手机搁在桌上，满腹狐疑地大步走过去。

一开门，看见了心里想的那个人。

她抱着鼓鼓的书包，仰头望着他，雾蒙蒙的眸子里满是无辜："我忘了带你家的钥匙。"

沈怀南怔了半秒才回神，俯身搂住她，低笑道："没有忘记带人就好。"

刚才谁说重温旧梦来着？

——说得真好。

喻茉第二天早上醒来时，大神已经醒了，正他单手枕在脑后，侧身看着她，她瞬间就想起了昨晚的事。

昨晚接到他的邀请时，她故意没有点头，而是跑回宿舍，拿了换洗的衣服和洗漱用品之后，才悄悄来他家，想给他一个惊喜，看看他的反应。

结果……

反应很大。

久别重逢的两个人，一直厮磨到转钟才尽兴。

喻茉越想脸越红，忍不住把头埋进大神怀里，小声嘀咕："我饿了。"

然后她就听到大神闷笑了一声，意有所指地说："看来我还不够努力。"

喻茉这回连耳根都红了，强调道："我指的是肚子饿！"

沈怀南笑意更深："餐桌上有早餐，自己去吃。"

"你不吃？"

"你先去。"

"噢。"

于是，喻茉麻溜地爬下床，穿着他的白衬衫，光着腿和脚来到餐厅，一眼看到桌上摆着一个银白色餐盖。

她奇怪地挑了挑眉，一面揭开餐盖，一面自言自语道："什么东西，这么神……"

"秘"字卡在喉咙眼里。

她望着餐盖之下的东西——一个小巧玲珑的锦盒，心里又惊又喜，同时又有点紧张。

心跳得飞快。

她屏住呼吸，小心翼翼地打开锦盒——

一枚璀璨的钻戒映入眼帘。

"愿意吗？"大神的声音在身后响起。

喻茉循声回头，看见他不知什么时候已换上了挺拔西装，拿着一束白色茉莉，缓步向她走来，嘴角带着矜持温润的笑。

"这件事本想等到你毕业之后再做，但，我好像等不及了。"

深邃黑眸里是藏不住的情有独钟。

时间仿佛在这一刻静止。

喻茉惊喜交加地望着大神，一股热流涌上眼眶。

她含着泪光，笑成了他手里的花，止不住地点头。

虽然接受了大神的求婚，但喻茉心里还是有些不安，毕竟他们之间还有问题没有解决。

激动过后，喻茉终是忍不住问出了心中的担忧："你家里……不反对了吗？"

一提及当初分开的原因，心便沉了下去。

如若他家里依然坚持反对，她不知道该怎么办。

"杨舒婧的病怎么样了？"她又问，语气故作轻松，笑着望向他。

那笑容非常勉强，像一根针在沈怀南的心上扎了一下。

"听说她已经痊愈了，她父母会把她送到国外念书。"他答道，一副事不关己的样子。

喻茉心一颤，反问："听说？"

他当初不是留在榕城陪杨舒婧治病吗？怎么会是"听说"杨舒婧已经痊愈了？

"你留在榕城，不是因为她……吗？"她等不及他接话，直接问出了心中的疑惑。

沈怀南想了想，回道："事情确实因她而起，但我留在榕城，并不是为了她。"

喻茉听到他的回答，迷惑了。

不是为了杨舒婧的话，那他休学是为了……他妈妈吗？

她听周洋说起过，他妈妈那时候病得很严重。

"伯母她……现在身体好些了吗？"她问。

沈怀南剥橘子的手一顿，沉重地摇了摇头，道："等你放假之后，我带你去见她。"

见、见大神的妈妈？

喻茉有点无措，同时又很紧张："伯母见到我，会不会……不高兴？"

毕竟当初沈妈妈那么反对她和大神在一起。

"不会。"他将剥好的橘子放进小碟里递给她，又拿了一个继续剥，同时不忘安抚她，"别紧张。她会喜欢你的。"

喻茉还是很紧张，问："为什么这么肯定？"

为什么？

沈怀南从来没有想过这个问题。

如果非要讲一个理由的话，那可能是因为——

"她知道我有多喜欢你。"

喻茉一怔，随即垂下头，嘴角荡漾着傻笑，在心里默默地说：

我也知道。

自从与大神和好如初之后，喻茉就变得忙碌起来了。

原本多得用不完的时间，一下子变得不够用了。与大神在一起，时间总是过得特别快。

这一日，她如往常一样，下课后便背起书包往大神家走，准备去那里写作业。

喻茉来到大神家时，周洋也在。她才刚一进门，就被他神秘兮兮地拉进了茶水间。

"干什么？"她边走便问。

周洋回头看一眼门外，确定无人偷听之后，才说："我有一件事想请教你。"

喻茉答应得很爽快："什么事？你说。"

周洋："你觉得，是点蜡烛好，还是放鞭炮好？"

"啊？"喻茉被他这句没头没脑地问话弄得有点蒙，"你要干什么？放火烧学校吗？"

"……"想象力敢再浮夸一点吗？

他就算对学校有意见，最多就是上论坛匿名吐个槽。

周洋挠了挠后脑，道："告白。"

告白？

喻茉更不解了："告白你放什么鞭炮？"

"庆祝啊！"

"庆祝告白失败吗？"

"喂，还能不能愉快地聊天了？"

"抱歉抱歉。我一听到你说要放鞭炮告白，就忍不住往失败上想了。"喻茉尴笑，然后回答他最初的那个问题，"我觉得，点蜡烛还行，放鞭炮就太接地气了点儿，改成放烟花比较合适。"

"噢。你说得对，小甜甜说过她喜欢花。"

"……"烟花不是花呀同学！

喻茉被周洋雷到了。

平时看起来挺机灵的一个人，怎么关键时刻尽出些烂招？

喻茉不禁想起他上一次的失败告白，忍不住关切道："台词你想好了吗？"

周洋点头："想好了。"

喻茉："说来听听。"

"你放心。我已经知道她上次为什么会生气了，同样的错误我不会犯第二次。"周洋说着，便从兜里掏出一张纸来。

喻茉接过来一看，不错，比上一次有诚意多了。

怀里揣着秘密的人，难免会流露出心虚。

喻茉亦如此。

自从知道周洋要向秦甜甜二次告白之后，喻茉就变得特别心虚了。每每一听秦甜甜吐槽周洋，她就想转移话题。

例如此刻——

"还说要跟我凑合呢，被我拉黑之后，也没有来求和好。八成是去跟其他人凑合了。哼！看我不画个小人扎死他。"

秦甜甜一边念念碎，一边开始拿笔画小人，然后用笔头在纸上扎啊扎。

喻茉：……

说实话，她更心疼那支笔。

"茉茉，他有向你打听我吗？"秦甜甜边扎边问。

喻茉回想了一下："没有……"

"噢。"秦甜甜垂下头，不吐槽，也不扎小人了。

看起来很失落。

喻茉想安慰好友，又不能泄露秘密，在心里纠结了好半天，才挑出能说的讲："那个，他可能知道自己错了，还在自我反省，不敢来惹你生气。"

"你别安慰我了。"秦甜甜的语气听起来十分落寞，"算了。就当几年的友谊喂狗了吧。"

"你别这样啊。他可能……"正在来表白的路上。

喻茉看一眼时间，差不多快到与周洋约定的时间了，于是说："我请你吃鸭脖。"

秦甜甜："今天没有卖鸭脖的吧？每周二和周四才有，今天周五。"

"有的。我吃完晚饭上楼时看到了。"

不待秦甜甜反抗，喻茉拽起她便往外走。

到楼下时，周洋已经就位。他捧着一束玫瑰，笑吟吟地站在女生宿舍门外。

大侠和款爷也在，两人站在周洋的身后，拉着大红色的横幅，上面印着白色的一排大字——

小甜甜，和我交往吧！

与周洋此刻爱意满满的眼神很搭。

喻茉赞赏地点了点头，心道：今天这阵仗不错，诚意十足，应该不会被拒绝了吧？

想到这里，喻茉看向女主角秦甜甜。果然看见前一刻还火冒三丈的人，此刻已经完全消气了，脸上还带着些许羞涩。

"小甜甜，我有话对你说。"周洋将玫瑰塞到秦甜甜手上，见她没有拒绝，心下大喜，乐悠悠地从怀里掏出事先准备好的告白书。

他清了清嗓子，对着稿子一本正经地念了起来——

"从我见到你的第一眼，我就深深地被你吸引……"

周洋的告白才刚起了个头，就被秦甜甜打断了。

"别念了。"秦甜甜一把抽走他手里的纸，红着脸说，"跟我来。"

"答应了？"周洋弓着身子与她说话，边走边问，"你不回答，我就当你答应了。"

秦甜甜："废话真多。"

这句极其别扭的台词翻译过来就是——

对。答应你了。快别说废话了。

周洋当即喜不自禁，回头冲喻茉做一个胜利地手势，无声地说：她答应了！

喻茉看懂了他的唇语，抬起大拇指笑眯眯地给他点了个赞。

待周洋和秦甜甜走远后，喻茉才发现现场缺了一个人——

大神。

自家兄弟向心上人表白这种重要的时刻，他竟然没有过来当背景墙。说不过去吧？

"大神怎么没有来？"喻茉问大侠。

大侠将横幅往款爷的脖子上一挂，然后回答道："老周不许他来。"

喻茉惊讶不已："为什么？"

"他怕你男朋友来了，会分散围观群众的注意力。"

"……"

想不到庄周周同学——

考虑得还挺周到的。

喻茉一脸笑哭不得的表情。

这时大侠又说："老周说，只有我和款爷两个人，才能衬托出他身为男主角的与众不同。你说他是不是很无耻？"

"……"

这话没法接。

喻茉尴笑两声，也给大侠和款爷点了个赞："你们做到了。"

大侠和款爷闻言，脸一齐抽搐了几下。

你们做到了——

衬托周洋。

呵呵。

这无论从哪个角度来理解，都算不上夸奖吧？

赶明儿我向姑娘告白时，也找个丑的来衬托。

大侠和款爷互看一眼，不约而同地心想：就找你了。

喻茉不知道两人的内心独白，她做完红娘的任务之后，就回宿舍继续做攻略了。

大神说，寒假要带她去见他妈妈。

是以她最近都在为这事儿做准备，琢磨着该买什么礼物，上门之后需不需要主动做家务等等。

喻茉在网上查看了许多相关的帖子。

有人说要备厚礼，还要主动做家务，以彰显出女方对此次见面的重视。

也有人说，随便买点小礼品就行了，甚至不买东西都行，以免被男方家里认为女方上赶着，心生轻视。

网上众说纷纭。

喻茉拿不定主意。

寒假回到家之后，她跟老妈提起此事。

喻妈就这么一个女儿，也是头一回碰到这种事，她打电话问了几个牌友之后，才给了喻茉建议。

"带一束花就行了。"

于是，去拜访大神父母的当天，喻茉买了一束康乃馨。

尽管一路上大神都在安抚她，让她别紧张，但她还是紧张得手心出虚汗。

从喻茉家到大神家并不远，路况好的时候，开车二十几分钟就到了。

喻茉随大神将车停到地下车库之后，才一起坐电梯上楼。

一进门，她就将花递给沈母，面带甜甜的微笑，礼貌地打招呼："伯母好。"

"你好，进来吧。"

沈母比她预想的要和善许多，眉眼与大神十分相像，体形富态，只是精神看起来不太好，说起话来也显得有气无力。

沈父则高高瘦瘦的，气质儒雅，一看就是高级知识分子。

——大神的身高想必就是从沈父这里遗传来的。

喻茉冲沈母乖巧地点点头，然后对沈父说："伯父好。"

沈父："你好你好，快进屋说话。"

语气十分和蔼，一听就知道声音的主人脾气很好。

沈父沈母的友好态度，让喻茉心里绷着的那根弦顿时松了许多。

吃完午饭后，沈母差沈怀南下楼买水，留喻茉在客厅说话。

"之前阿南和你分开的事，是我的主意。这件事你想必已经知道了。"沈母开门见山道。

喻茉局促地坐在沙发上，双腿并拢，双手交握在一起，身子有些僵硬。

她闻言点了点头，听沈母继续往下说。

"我希望你能明白，我做那样的决定，并不是争对你，也不是反对你们交往。无论当时阿南的对象是谁，我都会做同样的决定。

"让他和你分开，只是权宜之计，你们现在能够重归于好，我也很高兴。

"阿南这孩子，性格与我很像，喜欢上了一个人，便不会轻易改变。他今天既然带你回来了，往后就不可能再带其他人回来，你明白我的意思吗？

"我希望你能够不计前嫌与他好好相处。不要因为之前的事而闹得不愉快。

"之前那样逼你们，虽说事出有因，但说到底还是我们家理亏，对不住你，我现在给你赔不是。"

说完，沈母便起身要致歉。

喻茉见状，连忙站起来扶住沈母，说："伯母您别这样。过去的事，就让它过去。我早就不介怀了。"

沈母闻言，甚是欣慰，欢喜地握着喻茉地手，连说了好几个"好"字。

"有你这句话，我就放心了。"

两人又在客厅拉了会儿家常，沈母还给喻茉看了大神小时候的照片。

"好萌啊。哈哈！"喻茉忍不住说道。

"嗯。阿南小时候还是很可爱的，长大之后就不可爱了。"

喻茉囧，听起来沈妈妈似乎更喜欢可爱版的大神？

……

看完照片之后，沈母拉着喻茉来到卧室的梳妆台前，从首饰盒里拿出一条祖母绿项链，说："这是我当年结婚时，阿南他外婆给我的。"

喻茉看着绿光闪闪的宝石，由衷地赞道："很漂亮。"

"我给你戴上。"

给她戴？

初次见面，她怎么能受这么贵重的礼物？

喻茉连忙婉拒："我不能要……"

沈母却像没听到一样，径自为她戴上项链，满意地说："很适合你。"

"我……"喻茉透过镜子，看到自己脖子上那条项链，有些无所适从，想拒绝，又抵不过沈母的盛情。

"戴着吧。以后也不知道还有没有机会，亲自为你戴这条项链。"

这话听起来怎么像……

喻茉忽然明白了大神着急带她回家，见他妈妈的原因。她心里有一点难过，拒绝的话再也说不出口。

回家的路上，她将项链取下来，想让大神帮忙还给他妈妈，却被拒绝了。

"你收下。"

"可是……"

"早晚都是你的，别有负担。"

可……这是你外婆留给你妈妈的啊！

喻茉很为难。

拿着吧，不太好。还回去吧，人家又不要。

最后她只好说：“那我先帮你保管。”

沈怀南对此没有意见，他双手搭在方向盘上，淡声说：“你没有看出来，我妈是在用项链贿赂你吗？”

“贿赂我的理由是……”

“她想让你早点进我们沈家的门。”

“这是你的想法吧？”

“嗯。”

沈怀南大方承认。

这让喻茉始料未及。

她怔了半秒才意识到这个“嗯”字的深意，当即脸颊一热，道：“我还没有毕业呢。”

“不着急，我等你。”

“如果我要读研或者读博呢？”喻茉故意这样说。

沈怀南闻言，依然专注地开着车，嘴上甚是云淡风轻地说道：

“我养你。”

见过大神的父母后，喻茉就礼尚往来地找了个时间把大神带回家了。

初步寒暄之后，喻妈就去厨房忙碌了，喻爸则和大神坐在沙发上尬聊。

对话如下——

喻爸：“听喻茉说，你们是同学？”

沈怀南：“是。我们高中和大学都是同学。”

喻爸：“你高中就开始追求我们家喻茉？”

沈怀南：“这倒没有。”

喻爸：“你为什么不追求？”

沈怀南：“……”

最怕空气突然的安静……

几秒之后，喻爸打破沉默——

喻爸：“高中确实应该以学习为主。”

沈怀南：“叔叔说的是。”

喻爸：“那你是，高中时就看上了我们家喻茉，却不敢追？”

沈怀南：“……”

空气再一次安静……

喻茉听不下去了，坐过去，说：“爸，他高中时还不知道有我这个人存在呢。追求什么呀！”

沈怀南：“我知道。”

“知道？”喻茉微惊。

沈怀南想起开学时，周洋对她的评价，于是直接拿过来用：“隔壁班的第一名，长得好看，脾气又好。"

喻茉闻言暗喜，心道：想不到你高中时就注意到我了。

喻爸则将欢喜全部写在脸上："是啊。我们家喻茉，打小成绩就好，性子也好。很多人喜欢她。"

喻茉一听这话，生怕大神误会了，连忙说："爸，哪有很多人喜欢我啊？"

"怎么没有了？居委会的叔叔婶婶大妈大伯，哪个不夸你乖巧？"

"……"原来说的是这种喜欢。

喻茉尬笑："好像是有这么回事……"

沈怀南看向自家小屁包：你似乎很心虚。

喻茉：没、没有……

喻爸没注意到两人互递小眼神，继续拷问未来的女婿："马上就要毕业了，你有职业规划没有？"

喻茉："……"老爸您这是在面试吗？

沈怀南从容应答："短期规划是，让公司在三年之内上市。长期规划——尽量不让公司破产。"

喻爸："……"差点忘了，他这位未来的女婿，已经走上人生巅峰，当上了 CEO。

——看来拷问职业规划这条路是行不通了。

思索片刻，喻爸又问："有什么擅长的业余爱好吗？"

沈怀南对答如流："爱好有很多。游泳、篮球、钢琴、围棋等都有所涉猎。"

"你会下围棋？"喻爸惊喜道。

沈怀南："略知一二。"

"我们手谈一局如何？"

"还望叔叔手下留情。"

"哈哈，我的棋艺也一般。谁求谁留情还不一定。"

一个小时之后——

喻爸满脸慈爱微笑："不错不错。年纪轻轻，棋艺能到这种程度已经很不错了。"

沈怀南："是叔叔您手下留情了。"

喻爸："你太谦虚了，哈哈，我们再来一局。"

……

就这样，原本打算"刁难"未来女婿的喻爸，因棋逢对手而忘了这事儿。

一对翁婿相处得谜之和谐。

喻茉："……"说好要帮她考验大神的厨艺的呢？

与此同时，厨房内，原本就对未来女婿一万个满意的喻妈，今天见到了真人，更加欢喜得不得了，连洗菜时都在笑。

沈怀南此次的上门，超乎意外得顺利。

后来提起结婚的事，两位家长也没有意见，只说想等到喻茉毕业之后再举办婚礼。

晚上送大神到楼下时，喻茉想起他白天说，高中时就知道她的存在。

"你高中时，真的有听说过我？"她仰着脸问他。

"没有。"

"……"那些话果然只是敷衍她爸的。

喻茉很忧伤，眼神变得无比哀怨，口是心非道："我高中时，也没有听说过你。"

"哦？"

沈怀南剑眉微挑："我记得，高三篮球联赛时，你还给我送过水。"

喻茉闻言，惊得下巴都快掉了，一双凤眸瞪得比铜铃还圆。

"你、你怎么会知道这件事？"

当时她看到很多女生都过去给他送水，就悄悄地混进送水大军里，在他身边放了一瓶水。

后来返回观众席时，看到他喝了她送的水，以为只是运气好。

想不到，他竟然注意到她了。

"所以，你当时知道你喝的那瓶水，是我送的？"在诸多饱含爱意的水里，选了她的那一瓶？

喻茉的小脸蛋上荡起了小花儿。

孰料，大神只说了两个字——

"哪瓶？"

"……"

呵呵。

这天聊不下去了。

喻茉再次露出哀怨的小表情："听说我在学校还挺出名的，你怎么就没有注意到我呢？"

"谁说我没有注意到？"

"咦？"他刚才不是说，没有听说过她吗？

沈怀南揉揉自家未婚妻的小脑袋，深邃的眼眸里满是暖意。

眼前的这张脸，与高中时总是出现在他周围的那个穿校服的羞涩小女生，重合在一起。

"知道高中毕业那晚，我为什么问你叫什么名字吗？"他说。

喻茉摇头，她当时也挺蒙。

"因为那时候不管我走到哪里，总能看到你。"

"不好意思，曾经年少无知时，当了一回跟踪狂。"

沈怀南失笑，被喻茉清奇的脑回路弄得接不上话了。他牵起她的手，十指相扣，柔声说：

"喻茉，快点毕业。"

"很、很快了啦……"

寒假结束之后，喻茉和大神开始了同省异地恋，两人约定好，每周末约会，周一到周五则各忙各的。毕竟都是有正事要做的人，整日歪腻在一起不像话。

新学期开始时，大神将原本租住的那间公寓买下来了，撤了一楼的格子间，重新装修成了他们临时的家，同时在鹭市的中心区办公楼里租了一层楼，作为鹭市分公司的办公地点。

大神将分公司的筹备事宜交给了周洋，自己则留在榕城总部忙上市的事。

转眼，又到了周末。

为了迎接大神，喻茉今天起了个大早，舍友们还在床上呼呼大睡时，她已经梳妆打扮完毕下楼了，不料却在楼下遇到了林雪菲。

林雪菲看起来状态不太对劲，她刚要打招呼，林雪菲便扑在她肩上，哭成了泪人。

"学姐……"

这一声"学姐"里，满是委屈和心碎。

喻茉的心揪了起来，轻轻地扶着林雪菲的背，轻声我："怎么了？"

"谢远学长要出国了……不回来了……呜呜呜……我……好难过……呜呜……"

喻茉有点意外，因为她之前完全没听谢远提过这事，可眼下她也不知道该说什么好，只好任由林雪菲哭。

待林雪菲哭累了，渐渐又号啕大哭变成哽咽，喻茉才将她带到芙蓉湖边的湖畔咖啡厅，为她点了一杯热牛奶和一份华夫饼。

"吃点东西。"

"谢谢学姐。"

向来叽叽喳喳的林雪菲，低头吃着华夫饼，安静得像一个受伤的小孩，缩在自己的安全空间里，一声不吭。

喻茉在心里叹了口气，那手机给大神发信息。

天上掉下个喻大仙：我这边遇到了点儿事，暂时走不开。

下一秒，大神的电话打过来了——

"出什么事了？"他沉声问，语气略显紧张。

电话里有汽车鸣笛的声音，长长短短，时轻时重。

他显然正在开车。

喻茉听到大神的声音，心里便莫名地轻松了不少。

"有个学妹遇到了点儿事，我晚点跟你细说。"

"好。我先回公寓等你，有事情记得打给我。"

"嗯。"

挂断电话，喻茉又给谢远发了条微信，问他出国的事。

谢远秒回。

谢远：你和林雪菲在一起？

天上掉下个喻大仙：嗯，路上碰到的。

谢远：帮我跟她说一声对不起。

喻茉看一眼对面的林雪菲，回复——

天上掉下个喻大仙：她要的不是"对不起"。

谢远：我……无意伤害她。

喻茉自然是懂谢远的，他不是那种会践踏女生的真心的人。

天上掉下个喻大仙：我知道。你决定了就好。只是，"对不起"这三个字，我转达不了。

天上掉下个喻大仙：顺便说一句，我们在湖畔咖啡厅。

几分钟之后，谢远来了。

林雪菲撇着嘴看他一眼，低下头不说话。

喻茉给他一个"这里交给你了"的眼神，便出了湖畔咖啡厅，她沿着湖边的青石板铺成的蜿蜒小道朝西门走，眼里是蓝天白云，脚下有绿树成荫。

这一刻，她觉得自己好幸运。

大一那一年，她也与林雪菲一样，不顾一切地让一个男生成了自己的全世界。

后来，那个男生也奉上了他的全世界。

"喂。"她用手机，接通自己的全世界。

"喂。"对面给了同样的回应。

是大神低沉磁性的声音。

但并不是从电话里传来的。

喻茉心下一惊，抬眼望去，看见大神拿着手机，站在前方不远处，笑吟吟地望着她。

今天的阳光呀，耀眼得不像话。

她弯起眉眼，扑了他一个满怀："你怎么来了？"

沈怀南揉了揉她的小脑袋，笑说："来碰运气。"

说不定今天运气好，能碰到你。

喻茉不知道谢远和林雪菲聊了些什么，也不知道林雪菲有没有放下谢远，只知道从那以后，林雪菲就再没像从前那样肆意地笑过了。

谢远出国前，喻茉给他践行，两个人聊了许多，从以前的考证岁月到以后的人生规划，最后又回到了他出国这件事上。

"什么时候的事？我怎么不知道院里还有出国交流的项目？"喻茉托着腮帮子问。

谢远不答反问："知道了，你会申请吗？"

"不会。"没有大神的地方，再好她也不去。

"所以我没有告诉你。"谢远弯着唇笑，眼神在昏黄灯光下显得温暖而旖旎。他静静地兀自笑了几秒，才回答喻茉的问题，"上学期开学时就递了申请。决定去，是最近的事。"

喻茉点点头，自言自语道："原来那么早就递了申请。"那时候林雪菲还没有开始追求他吧？

喻茉又问："林雪菲对这件事接受得怎么样？"

谢远略显沉重地摇摇头："她可能还需要点时间。"一想起那日在湖畔咖啡厅，林雪菲哭红眼的样子，他的心像就被什么东西在撕扯一般，久久无法平静。

可能是出于内疚吧。

小姑娘虽然没有走进他心里，可那放下所有矜持，肆无忌惮地大胆追求，到底还是如一道光一般照亮了他的青春。

他永远也不会忘记，曾经有那样一个姑娘，为他一往无前。

一如他忘不了眼前这个，让他对自己的感情守口如瓶的姑娘。

所以他选择了离开。

谢远收回思绪，问："要不要喝点酒？"这样的日子，应该一醉方休。

喻茉一怔："我喝不了酒。你见识过的，一口就倒。"

"那你喝果汁，我喝酒。"说完，他一招手，让服务员拿了几罐冰啤酒来。

喻茉顺势举杯，说："祝你前程似锦，鹏程万里。"

"那我祝你和他白头偕老。"

"谢谢。"

"再碰一个，依然祝你和他白头偕老。"

"怎么又是白头偕老？"

"因为很重要。"

……

两人聊了很多，甚至还畅想了多年后的久别重逢。

一个是精英海归，一个已为人妇，不知道还有没有共同话题？

Chapter 11

大结局

　　大学四年转瞬即逝，转眼到了各奔东西的日子。

　　毕业那天，学校开满了火红的凤凰花。

　　凤凰木是东大的校树，种植在从东南西北四扇校门的两旁。和从教学楼通往学生宿舍区的主校道上。花开两季，分别在六月和九月，一季送旧，一季迎新。

　　一进入毕业季，校园广播里就循环播放着林志炫的《凤凰花开的路口》，一遍又一遍，唱的是深深离别情。

　　喻茉的大学四年里，交到的最好的朋友就是三位舍友。

　　而三人之中，赵文敏保送了本校的研究生，会继续留在鹭市。秦甜甜签了鹭市一家证券公司，八月初正式上班。

　　只有林路遥，选择回到家乡当公务员。

　　送别那天，秦甜甜拉着林路遥的手，哭得稀里哗啦的。

　　"路遥，以后你当大官了，可一定要记得我啊！"

　　原本泪眼婆娑的林路遥，被秦甜甜一句话逗笑了："你要当一名遵纪守法的好公民，别被我惦记上了，经济犯罪要不得。"

　　秦甜甜顿时破涕为笑："我这种水平，打打酱油还差不多。会什么经济犯罪？你应该担心茉茉，她智商高，那些经济犯罪的，一般都是高智商型人才。"

　　喻茉："……"智商高招惹谁了？

　　应林路遥的要求，三人只将她送到了宿舍楼下。

　　林路遥拖着行李箱："剩下的路，就由我自己一个人走了。我们以后再聚。"

　　秦甜甜伤感地嘀咕："不知道下一次聚会是什么时候。"

　　喻茉也很伤感，深深地抱了一下林路遥，说："路遥，以后一定要常联系。"

林路遥："放心啦。你的婚礼，我一定出席。"

喻茉重重点头："一言为定。"

站在宿舍楼下，望着林路遥越走越远的背影，喻茉终是忍不住抹了一把泪。

今日一别，从此天各一方，不知何时才能相见了。

路遥，千万要一路保重。

喻茉在心里说。

三个人在楼下望了一会儿，秦甜甜最先收回视线："茉茉，我们三个给你准备了新婚礼物。路遥说怕太伤感，要等她走了之后，再拿出来给你。"

"什么东西？"

"放在宿舍。一会儿你就知道了。"

喻茉被秦甜甜拉着，满腹狐疑地回到宿舍。

一推开门，就看见床上放着一个大大的礼盒。礼盒上面印着某国际著名婚纱品牌的商标。

"天啊！你们该不会……"喻茉捂住嘴，一脸的不敢置信。

秦甜甜和赵文敏微笑点头。

"这可是按照你的尺寸，量身定制的。快试穿一下，肯定美呆了！"秦甜甜说。

喻茉惊喜得眼泪都快出来了，一边试穿婚纱，一边问："你们怎么知道我的尺寸的？"

"趁你睡觉时量的。"

"……"为什么她完全没有察觉到？

一想到舍友们黑灯瞎火地量她的三围，喻茉的鸡皮疙瘩都快起来了。

"你们量的时候，没、没脱我的衣服吧？"她弱弱地问。

"哈哈哈……茉茉，你的关注点真不是一般的奇葩。"秦甜甜笑得腰都直不起来了，"骗你的啦。尺寸是你家大神提供的。"

"他怎么知……"喻茉的话才说到一半，就意识到自己在往坑里跳，连忙打住。

然而已经来不及了——

秦甜甜："量的呗。"

"……"

"有没有脱你的衣服我们就不知道了。"

"……"

这种感动时刻，能别聊少儿不宜的话题吗？

喻茉很快穿好婚纱。

赵文敏站在她身后，扎着马步，一边帮她系腰带，一边嫌弃道："这么矮，怎么追到你家大神的？"

喻茉："……"是你太高了好吗？

"累了我这老腰哟。哎，甜甜，把我那十厘米高的水晶鞋拿来给她穿上。"

居然还有水晶鞋……

喻茉略囧："灰姑娘同款吗？"

"差不多。"

……

穿上婚纱和水晶鞋之后，喻茉还来不及照镜子，就听到有人来敲宿舍门了。

她连忙说道："快帮我换下来。"让其他宿舍的同学看到她这个样子，不知道会怎么想。

秦甜甜和赵文敏却像没听到一样，上下来回打量着她，口中念念有词。

赵文敏："太美了！婚纱水晶鞋……还差个皇冠。"

"我有！英国女王同款。中国马云家制造。"说完，秦甜甜便从抽屉里翻出一个亮闪闪的皇冠来，给喻茉戴上。

"这上面的钻石一点都不像马云家制造……不对不对……"喻茉意识到自己弄错重点了，"你们快别闹了。让别的同学看到，还以为我今天大婚呢。"

外面的人还在敲门。

"谁说不是呢？"秦甜甜神秘一笑，冲门外喊一声，"先塞点红包进来啊！要大的噢！"

喻茉一脸蒙："什么红……"

"包"字还未说出口，门缝里就被塞进来两个大红包。

秦甜甜笑盈盈地捡起红包，分给赵文敏一个。

"怎么会有红包？"喻茉此时还出于发蒙状态，但脑中的思路已经开始渐渐理清了。

不待她脑中的猜想成形，门便被秦甜甜打开了。

下一秒——

她看见穿着笔挺西装的大神，拿着洁白的捧花，在同样西装革履的伴郎团的簇拥下，缓步走进来。

直到这一刻，她才意识到发生了什么。

"你们……"

秦甜甜＆赵文敏："茉茉，新婚快乐！"

"可是路遥……"

"她已经到酒店换好伴娘服了。"

"我爸妈……"

"也都在酒店。"

"我……"

"该上婚车了。"

……

喻茉从来没有想过，自己会从大学宿舍出嫁。

而当这一切发生时，竟幸福得像一场白日梦。

她的视线从一张张亲切熟悉的脸上划过，四年的大学时光在脑中重现。

直爽的赵文敏，爱碎碎念的秦甜甜，吊儿郎当的周洋，宅到世界末日的大侠，还有家财万贯的款爷……全都来了。

最后，她的视线落在大神俊朗儒雅的眉眼间，热泪湿润了眼眶。

大神为她，策划了一场，她最后一个知情的，盛大婚礼。

"你从什么时候开始策划这一切的？"坐在婚车里，喻茉好奇地问大神。

沈怀南眉目温柔，答："很久以前。"

从你走进我心里的那一刻起，我就筹划着这一场婚礼，庆祝——

余生有你。

沈怀南望着他的新娘，回想起那个穿校服的女生，第一次鼓起勇气站在自己面前的样子。

时光倒流到那一天，她对他说了此生的第一句话——

"沈怀南，毕业快乐。"

他轻轻握住她的手：

"喻茉，毕业快乐。"

"你也是。"

(全书完)

Extra episode
小包子

　　在沈钰琛三岁时，他第一次意识到自己的家庭地位，竟然是家里最低的。

　　是怎么发现的呢？

　　因为他听幼儿园里的同学们说，他们都是爸爸妈妈的心肝宝贝。

　　可是在他的家里，妈妈才是爸爸的心肝宝贝。

　　对此，他提出过疑问——

　　"爸爸，为什么别的小朋友都是家里的宝贝，我却是拖油瓶？"他一本正经地问，俊朗的眉目像极了沈怀南。

　　沈怀南那时正在书房开视频会议。今天是喻茉的生理期。她的身体向来虚弱，每到生理期总是会小腹绞痛，全身无力，食欲不振，脸色苍白得没半点血色。为了照顾她，他这几天特意留在家办公。

　　正说到一项重要事宜时，书房的门忽然被人推开，走进来一个穿着与自己身上的西装同款的小大人。

　　"我不想当拖油瓶，我也要当心肝宝贝。"沈钰琛拧着两撇波浪眉强调道。

　　视频里的员工们都愣住了，随后无声地笑了起来。有些女员工甚至小声议论道："好可爱啊，和沈总长得一模一样。"

　　看到儿子进来，沈怀南的脸上也有一瞬的错愕，稍纵即逝。他对员工说："你们继续说，后面的会议由副总主持。"说完，切断视频画面，然后朝沈钰琛招招手，淡声说，"过来。"

　　沈钰琛虽然只有三岁，但遗传了沈家的大长腿，比同龄人都高出一截。他迈着自己的迷你版"大长腿"，端着一张童稚的"总裁脸"，不疾不徐地走过去。

　　"谁说你是拖油瓶？"沈怀南问。

　　沈钰琛的两撇波浪眉挑了一下，控诉道："你。"

"我什么时候说的？"

什么时候呢？

沈钰琛能够回想起来的最近的一次是——

有一次妈妈看电视看哭了，问爸爸：我和儿子，你更爱谁？

他听到爸爸对妈妈说：你永远是我的心肝宝贝，儿子只是拖油瓶。

他那个时候还小，可能只有两岁半，还不太懂"心肝宝贝"和"拖油瓶"的区别。

直到他上了幼儿园之后，老师说大家都是爸爸妈妈的心肝宝贝，他举手：

"老师，我不是爸爸的心肝宝贝，妈妈才是。我是拖油瓶。老师，拖油瓶是什么？"

老师怔了好久才说："是很重要的东西。"

"和'心肝宝贝'一样重要吗？"

"差……差不多。"

下课之后，同桌悄悄告诉他，心肝宝贝和拖油瓶差很多。心肝宝贝的家庭地位最高，拖油瓶的家庭地位最低。

同桌和他一样，也是爸爸妈妈的拖油瓶。

他因此和同桌成了好朋友，相互分享了许多被爸爸妈妈嫌弃的"悲惨童年"。

比如明明睡觉之前在爸爸妈妈的房里，醒来却一个人孤苦伶仃地趟在自己的床上。

比如家里的所有好吃的，都要先给妈妈吃。

再比如每到周末，爸爸就会把他们扔到爷爷或者外公家，然后和妈妈去约会。

"约会是什么？"同桌问他。

他也不知道约会是什么。

"是只有心肝宝贝才会懂的东西，我们拖油瓶不懂。"他说。

同桌："你说得对。我们拖油瓶不懂。好希望可以变成心肝宝贝，周末和爸爸妈妈一起去约会。"

他也想，所以他来争取了。

沈钰琛面带哀怨，回答爸爸的问话："在我小的时候。"

沈怀南闻言失笑："你现在也很小。"

"我已经上幼儿园小班了。"

沈怀南点点头，开始一本正经地和幼儿园的小朋友讲道理："既然你已经是幼儿园的学生了，应该懂得女士优先的道理。"

"我知道。幼儿园的老师说过，男生要有绅士风度，要让着女生，不能欺负她们。"

"一个家里，只能有一个心肝宝贝。那你说，这个名额应该给谁？"

沈钰琛沉思三秒："给妈妈。因为妈妈是女生，我们要让着妈妈。"

沈怀南甚是欣慰，不过纠正道："不是让着，是宠着。"

"宠着是什么意思？"

"宠着就是……"沈怀南忽然不知该怎么定义这个词，他想了想，说，"就是，把她当成全世界最重要的人。"

沈钰琛若有所悟地重重点头："我知道了。"

走出书房，沈钰琛直奔客厅，爬到沙发上妈妈的旁边坐下，严肃认真地说："妈妈，你是我的心肝宝贝。"

正在喝姜糖水的喻茉闻言，差点没一口水喷出来。她咽下嘴里的水，用纸巾擦了擦嘴边的姜汁，然后笑盈盈地问儿子："我为什么是你的心肝宝贝？"

沈钰琛："因为爸爸说，你是全世界最重要的人，我们要宠着你。"

喻茉听着儿子稚嫩的童语，一股暖流淌过心底。她抬眼望向门半开半掩的书房，心中说不出的感动。

"去告诉你爸爸。他也是我的心肝宝贝。"

"好。"

于是，沈钰琛爬下沙发，再次有模有样地推开书房的门，站在门口说："爸爸，妈妈说你也是她的心肝宝贝。"

声音之洪亮，响彻整间书房——和视频彼端的会议室。

员工们纷纷大呼：

"开个会都被撒狗粮，还让不让人活啊！"

"沈总，多放我几天假，你也是我的心肝宝贝！"

"我不要放假，我要对象。沈总，给公司多招几个漂亮姑娘吧！我也想当心肝宝贝。"

……

心肝宝贝的梗快要被员工们玩坏了。

沈怀南失笑，视线掠过门口的儿子，望向窝在客厅沙发里打游戏的某人，目光温柔。

他勾了勾唇，说："知道了。爸爸在开会，好好照顾你妈妈。"

沈钰琛重重点头："我会的。"

视频的另一端，众员工惊呆了。

向来惜字如金不苟言笑的沈总，竟然是慈父？

不对，瞧这神情，明显是慈夫。

早就听闻沈总宠妻无度，天大地大娇妻最大，今日可算是见识到了。

啧啧，就那么一句"心肝宝贝"，就把他给甜化了。

"沈总，公司的例行下午茶，是不是得加点糖啊？"财务总监问。

沈怀南回头，嘴角的笑容还来不及收起，他微微领首："可以。财务部先出一个预算方案。"

财务总监："……"年底这么忙，谁还有空为几颗糖出预算啊？

与此同时，客厅。

传完话的沈钰琛问喻茉："妈妈，我是你的什么？"

喻茉笑答："也是心肝宝贝。"

"我不是。"沈钰琛摇头，"爸爸说，一个家里只能有一个心肝宝贝。这个名额要让给你。"

"……"大神居然对儿子说这种话……

考虑过小朋友的感受吗？

喻茉哭笑不得："那你就是小宝贝。"

这回沈钰琛满意了。

小宝贝，跟心肝宝贝只差一点点。

家庭地位至少也能排第三了吧？

沈钰琛很得意。